E K M DIDO

DIE ONSIGBARES

KWELA BOEKE

Omslagontwerp en tipografie deur Nazli Jacobs
Geset in Fairfield
Gedruk en gebind deur Paarl Print
Oosterlandstraat, Paarl, Suid-Afrika

Eerste uitgawe, eerste druk 2003

ISBN 0-7957-0158-6

Met liefde en dankbaarheid opgedra aan
Vereena en Zhané

≈ *Joan* ≈

HALFSES WEERKLINK DIE SKRIL GELUID VAN DIE WEKKER VANUIT DIE HOOF-slaapkamer. Dit dring deur tot in die kombuis, tot daar waar Joan ingedagte voor die elektriese stoof staan en vetkoek bak.

Die onwelkome geluid versplinter haar gedagtes. Sy sidder en haar skouers sak. So asof 'n onsigbare las daarop tot ruste gekom het. Sy trek die geel self-gebreide trui stywer om haar skouers en stoot die moue teen haar arms op. Haar hande beweeg vanself oor die pot en twee panne op die stoof. Die plaat onder die pot met hawermoutpap skakel sy af; stel die plaat waarop die pan roereiers is op sy laagste en draai die laaste vetkoeke in die kokende olie om.

Sy hoef nie na die wit Mickey Mouse-muurhorlosie bokant die agterdeur te kyk om die tyd vas te stel nie. Dis halfses en sy weet dit. Haar uur van kommer-lose stilte is verby en nog 'n onvoorspelbare dag het aangebreek. Sy kyk venster toe maar kan niks deur die dof gestoomde kombuisvenster sien nie. Die weerberig het geen reën voorspel nie, onthou sy, en haal die vetkoeke met 'n vurk uit die pan en sit hulle by die ander in die groen enemmelbak op die in-geboude kas langs die stoof. Die roereier sit sy in die warmlaai.

Met 'n ligte sug maak sy skoon waar sy gewerk het: was die pan en deeg-skottel en pak dit weg. Dan vee sy die geel plastiektafeldoek met 'n nat va-doek af en dek vier plekke. Wanneer die waterketel begin kook, spoel sy vinnig die blou enemmelkoffieketel en moeselienkoffiesak uit en gooi 'n opgehoopte lepel moerkoffie in die sakkie.

Toe sy die vol koffieketel op 'n warm plaat sit, hoor sy haar bure se kombuis-deur oopgaan. Sy gaan vee 'n kol op die ruit met haar mou skoon en loer na buite. Maar eers bekyk sy die lug. Bokant die Bolandberge gloei wolklappies in asemrowende skakerings van pienk, blou, rooi en ligpers soos die sonstrale deur hulle breek.

Dan gaan haar oë na haar buurvrou se kombuis. Die deur staan oop. Dis Magda wat daar binne besig is, sien sy en glimlag – Magda wie se hande saam-praat sodra haar mond oopgaan. Sy stap deur toe.

Magda en Michael, haar man, het al in die huis langsaan gebly toe sy en Willem in Blackheath kom woon het. Michael was 'n onderwyser maar het uit die beroep getree om sy eie sweisbesigheid te begin. 'n Vooruitstrewende besigheid vandag, omdat hy 'n noodsaaklike produk vervaardig: diefwering. "Nee," het die praatsieke Magda op hul eerste dag van ontmoeting gesê, "ek het my werk by 'n insurance company gelos om Michael se boeke te kom doen. Vir wat sal hy 'n secretary loop en soek as ek die werk kan doen, het ek hom gevra. Nou sit ek lekker by die huis, ek kyk na die kinders en organise sy orders en deliveries sommer tjop-tjop. Jy sal verbaas wees hoe baie orders vir burglar bars hy kry. Hy maak al die goed sommer hier agter in die yard onder die afdak wat hy aanmekaar geslaan het."

Joan wonder menigmale wat sy oor die jare sonder Magda se vriendskap en ondersteuning sou gedoen het. Wanneer Willem se salaris voor die einde van die maand opdroog, is dit Magda wat uithelp. Op haar reguit manier van dinge sê, is dit altyd: "Luister, ek weet dat poeliesmanne se wages nie baie is nie, so jy hoef my niks daarvan te vertel nie. Anyway, as ek so af en toe 'n paar groceries oorbring, kan jy mos lekker 'n pot aanmekaarslaan sodat my span ook daarvan kan eet, dan hoef ek nie nog oor kook te worry nie."

"Magda!" roep Joan by die draadheining wat die twee huise van mekaar skei.

"Ja?" kom die opgewekte antwoord, gevolg deur 'n kort mollige figuur in 'n lang pienk somerjapon, met bypassende oophakpantoffels aan die voete en groen haarrollers op die kop. "Morning, Joan," groet sy en kom leun regoor Joan op die draad.

"Môre. Vir wat is jy so vroeg op? Hier, ek het dit nou net afgebak," en Joan gee die bord wat sy vol vetkoek gepak het, oor die draad aan.

"Thanks, Joan," sê Magda en begin sommer aan een te eet. "Nou's my problems gesolve. Denise kan van dit in haar lunch-box skool toe vat, en Michael kan heeldag daaraan eet as hy nie vir hom iets wil maak nie. Ek gaan vandag 'n bietjie quality time vir myself vat. Ek het vir 'n hele week nog nêrens gegaan nie. Nou ruk ek net gou die huis reg sodat ek vroeg kan wegspring. Jy's die laaste een om van vroeg opstaan te praat! Jy dwaal elke oggend soos 'n gees in jou kitchen rond terwyl normale mense nog slaap. Nugter alleen weet hoekom jy nie brekfisgoed koop wat gou gaan nie. Jy bederf vir Willem en die kinders."

"En ek sê jou elke keer dat ek van die tydjie alleen in die kombuis hou," sê Joan. "Ek is elk geval al daaraan gewoond en skrik 'n uur voor die alarm afgaan vanself wakker. Waarheen gaan jy?"

"Na my afkoelplek toe," antwoord Magda ná sy vinnig oor haar skouer geloer het. "Ek moet jou eendag saamvat, want jy gaan amper nooit uit nie. Dis nie gesond om so in die huis te sit nie. Wag, ek wil klaarkry en loop voor daai phone my besig hou en my dag spoil."

"Wel, geniet jou dag," sê Joan en loop glimlaggend terug kombuis toe.

Sy gaan staan voor die lang spieël wat Willem aan die binnekant van die badkamerdeur vasgeskroef het. Sy haal die sykous wat sy snags oor haar hare trek van haar kop af, en trek 'n kam deur haar kort geknipte donker hare. Die weerbarstige hare wat oor haar ore krul, druk sy agter hulle in. "Dit kom nou daarvan as mens jou hare self knip!" brom sy en maak 'n voorvinger op haar tong nat en vee haar welige wenkbroue plat. "En julle sal seker nooit verdwyn nie," prewel sy terwyl die vinger liggies oor die donker vlekke streel wat oor haar hoë wangbene en wipneus lê.

"Dis kloasma en dis 'n normale verskynsel tydens swangerskap en sal weer verdwyn," het die dokter gesê toe sy Anna verwag het. Maar die vlekke het eerder 'n bietjie donkerder geraak toe Magriet later op pad was.

Sy streel liggies oor haar bolip en skerp ken en sy strek haar nek vorentoe om beter te kan sien. Dankie tog, dink sy verlig, ek wil nooit daai hare op my bolip hê wat Ma gehad het nie.

Toe sy met twee stomende bekers koffie 'n ruk later in die hoofslaapkamer kom, is Willem besig om sy uniform aan te trek.

"Wat het jy en Magda alewig so baie om oor te praat? Julle sien mekaar tog elke dag," sê hy na 'n vinnige soen op haar mond, en vat 'n beker uit haar hand.

"O, sommer oor als en niks," glimlag sy en gaan sit op die rand van die bed en hou hom dop terwyl sy haar koffie drink. "Gaan De Wit jou kom oplaai?" wil sy na 'n ruk weet. "Ek het ekstra koffie gemaak. Net vir ingeval."

"Ja. En jy sal seker elke dag ekstra koffie moet maak, want daai mannetjie is van plan om 'n fles aan te skaf sodat ek die koffie agter hom kan aandra as hy my die dag nie kan kom haal nie."

"Miskien moet ek 'n paar ekstra moeseliensakkies maak en dit vir sy vrou stuur," sê sy nadenkend. "Ek het nog 'n stuk materiaal, en draad is volop." Sy staan op en vat die beker by hom. "Maak klaar. Die kos is reg."

Hy buk voor die spieël en kam sy kort swart hare 'n tweede keer. Joan kyk na haar man se weerkaatsing in die spieël. Sy merk opnuut die diep kepe aan weerskante van sy mond wat sy lippe by die hoeke afrem. 'n Herinnering flits deur haar gedagte. 'n Jong, innemende gesig met 'n laggende mond. Nie hierdie ernstige persoon nie.

Waar in sy binneste kruip die grappige Willem weg wat sy by die La Fiesta-dansplek ontmoet het? wonder sy op pad kombuis toe.

Hy het voor haar staan en knieë swik en heupe swaai. Normaalweg sou sy nie twee keer na so 'n man kyk nie. Veral nie as hy so styf met iemand aan die dans was nie. Maar na die man in die knap wit T-hempie wat helderwit geskyn het toe die ligte tydens 'n stadige plaat verdof is, het sy gekyk. En toe die ligte weer helder brand, het sy nog steeds gekyk. Of dit die kort geknipte swart hare bo die oop gesig was, of die kuiltjie in die vierkantige ken, en of dit die bultende armspiere was wat haar so onbeskaamd na hom laat kyk het, weet sy nie. Maar sy het na hom staan en kyk. Of hy daarvan bewus was dat sy hom dopgehou het, het sy hom nooit gevra nie en hy het haar ook nooit gesê nie, maar nadat hy nog 'n paar keer met dieselfde meisie gedans het, het hy na háár gedraai en die res van die aand net met háár gedans. Die harde musiek het normale spraak onmoontlik gemaak en hulle moes in mekaar se ore skree. Sy, op haar tone om by sy oor by te kom, hy met sy rug gekrom om in haar oor te kan praat. Tydens die oor-en-weer-skreëry in mekaar se ore het sy verneem dat hy 'n kadet by die polisie-opleidingskool in Bishop Lavis was en oorspronklik van Swellendam af kom. Sy't hom haar naam gesê en dat sy in Woodstock bly en in 'n klerefabriek werk. Ná die laaste dans het hy haar aan sy maat Rudolf Small voorgestel, wat ook 'n kadet was. En sy het hom aan haar vriendin Liesbet, saam met wie sy na La Fiesta toe is, voorgestel. Liesbet het hom net kortaf gegroet.

"Hy's 'n boejong," het sy op pad huis toe gesê. "Niemand in die stad swaai hulle arms en heupe so wild nie. En vir wat is jy so vryerig? Jy ken die man skaars!"

"Wie, ek?" het Joan verbaas gevra.

"Ja, jy!" Liesbet het vies geklink. "Ek het gesien hoe jy aan hom klou en soen. Mens gaan nie so aan met iemand wat jy nie ken nie. En dit nogal 'n boejong!"

"Maar ek het nie. Ons was aan die gesels!" het sy haarself verdedig.

"En wat pla dit jou miskien wat Joan doen?" wou Steven, Liesbet se kêrel, weet. Die vraag het vir Liesbet stil – en dikmond – gekry.

Maar toe Liesbet vir Willem gewoond geraak het, het sy teenoor hom ontdooi, en as hulle mekaar op die dansvloer raakgeloop het, het sy hom selfs uit haar eie opgesoek om met hom te dans. Toe Joan en Willem mekaar na 'n ruk regtig begin soen en omhels, het sy nie 'n woord gesê nie. "Hy's okay," is al wat sy opgemerk het. "Mens kan jouself doodlag vir sy grappe, Joan."

"Is daar iets in die pap wat jou so laat glimlag?" vra Willem en gaan sit by die kombuistafel.

"Ek dink sommer aan Liesbet. Onthou jy, sy't jou in die begin 'n boejong genoem. Ek wonder wat van haar geword het," antwoord sy en sit die bord pap voor hom. Sy neem oorkant hom plaas, na genoeg aan die stoof om die warmlaai te kan bykom sonder om op te staan.

"Wie weet? Sy en Steven is seker lankal getroud, met 'n huis vol kinders."

"Dis die wa se toeter wat daar blaas en dis De Wit," sê Willem toe 'n toeter 'n ruk later drie keer vinnig blaas.

Joan spring op. Sy haal eers 'n beker van die rak af en sit dit op die tafel neer voor sy voordeur toe loop. Sy maak die deur oop net toe die lang, fris geboude polisieman sy hand lig om te klop. "Goeiemôre, Chrisjan. Stap maar deur. Die boeretroos wag al op jou."

"Môre, Joan. Aa, die geur! Mens kan dit in die straat al ruik. Ek weet nie wat ek sonder dié lawenis sal maak nie." Hy haal sy pet in die voorkamer af en los dit op die rusbank se leuning voor hy kombuis toe koers kry.

"Jy sal vir Elsabé vra om dit vir jou te maak!" skerts Joan en volg hom.

"Jy's reg," praat hy oor sy skouer. "Ek gaan haar vra om vir my dieselfde soort koffie te maak. Ek het nou weer mooi gekyk hoe om die sakkies te maak en die draad aan te werk. As kind op die plaas het ek altyd my ma daarmee gehelp, maar ek het amper vergeet. Ek wil vir Elsabé ook leer, maar nie nou al nie. Sy's in die wittebroodfase. Môre, Willem," groet hy en gaan sit oorkant hom.

Die mans raak aan die gesels en Joan skink die koffie en sit die beker voor Chrisjan neer. Sy maak nie moeite met melk en suiker nie, want hy drink sy moerkoffie sterk, swart en bitter.

Willem leun oor die tafel na Chrisjan toe en mompel iets wat Joan nie kan hoor nie; hulle gaan albei aan die lag, maar Chrisjan lag die hardste. Uit sy maag uit, heeltemal anders as toe hy die eerste keer oor haar drumpel getrap het.

Dit was so tien jaar gelede, net ná die groot veranderinge in die land. Soos gewoonlik het die toeter dié oggend geblaas, en oudergewoonte het Willem eers sy ontbyt tydsaam klaar geëet. Joan het geweet dat sy kollegas in die vangwa op hom sou wag, en was dus verbaas toe die klop aan die voordeur kom. Sy't die deur gaan oopmaak om te sê dat Willem nie lank sou wees nie. Die polisieman het 'n tree agtertoe gegee, botstil bly staan en in die lug gesnuif. En kortkort skelmpies oor haar skouer die huis in geloer.

"Dis moerkoffie. Kan ek vir jou skink? Willem sal nog 'n rukkie wees," het sy op die ingewing van die oomblik aangebied.

"Asseblief, mevrou, as dit nie baie moeite is nie. Dis iets wat ek nie kan weerstaan nie," het hy gretig gesê en 'n tree vorentoe gegee.

En toe sit sy in 'n knyp. Sy het nie geweet of hy vir die koffie in die vangwa, wat vlak voor die hekkie gestaan het, sou wag nie, en of hy verwag het dat sy hom moes binnenooi nie. Weer het sy op impuls gehandel. "Nou kom in en sit, dan gaan haal ek vir jou 'n bietjie," het sy gesê en na die rusbank beduie.

In die kombuis het sy naarstiglik na 'n skinkbord gesoek.

"Waarna soek jy en wie was by die deur?" wou Willem weet.

"Ek weet nie waar ek my skinkborde gesit het nie! Jou kollega sit in die sitkamer. Ek het vir hom koffie aangebied. Moes ek vir hom gesê het om buite in die vangwa daarvoor te wag?" het sy onseker gevra.

"Hoe lyk hy?" Willem het opgestaan en sy mond aan 'n afdroogdoek skoongevee.

"'n Lang wit man met so 'n lang skewe merk op sy linkerwang en –"

"De Wit!" het Willem gebulder en weer gaan sit. "Stap deur! In my huis word daar nie koffie agter jou aangedra nie. Kom hiernatoe!"

Toe De Wit oorkant Willem gaan sit, nadat Willem hulle aan mekaar voorgestel het, kon Joan dadelik sien dat die twee mans meer was as net kollegas. Uit die manier waarop hulle gesels en gelag het, wat dit duidelik dat hulle ook vriende was. Willem was heeltemal ontspanne en van die tikkie styfheid wat sy al in hom opgelet het wanneer hy in die geselskap van sy ander kollegas was, was daar geen teken nie.

Sy stap saam met die mans uit en bly by die voorhekkie staan toe Willem aan die passasierskant van die vangwa inklim en Chrisjan agter die stuurwiel inskuif. Sy hou die voertuig dop tot dit stadig om die hoek verdwyn. Dan stuur sy haar gewone gebed op: "Here, bewaar my man en bring hom veilig terug. Ook sy kollegas."

Terug in die huis, gaan maak sy die kinders beurtelings wakker. "Anna, opstaantyd!" sê sy en skud haar oudste aan die skouer. Die tiener is dadelik wakker en voel met 'n hand oor haar gesig. Met die kuiltjie op die vierkantige ken, lyk sy kompleet nes haar pa.

Met haar regterhand steeds op haar voorkop, klim sy uit die bed en gaan staan voor die spieëlkas. "Ag, nee, nie nóg een nie!" roep sy moedeloos uit en gaan val agteroor op die bed. "Wanneer gaan die goed dan weg, Ma? My voorkop voel skoons knopperig en dit lyk aaklig," kla sy, die slaap nou weg uit haar stem. Sy sukkel weer op.

"Goeiemôre. Toemaar, dit sal wel weggaan. Moet nie so aan die goed krap nie! Kom, opstaan anders gaan jy die skoolbus mis!"

Joan bly staan in die kamer tot Anna behoorlik op die been is en sleepvoet ronddraai voor sy deur se kant toe staan.

"Magriet! Opstaantyd," skud sy ook haar jongste dogter saggies wakker.

"Ek ís wakker, Ma!" kom dit met toe oë terwyl die tienjarige haar bene optrek en op die ander sy draai.

"Staan op. Ek praat nie weer nie!" sê Joan gemaak vies.

Magriet rol op haar rug en rek haar mollige lyfie eers voluit voor sy haar bene van die bed swaai. "Môre, Ma," groet sy en lig haar fyn hartvormige gesig na Joan.

Joan buk af, soen haar op die voorkop en druk haar aan die skouer in die rigting van die badkamer.

In die kombuis skep sy drie borde pap op. Die kinders kom in en gaan sit stil aan. Dis Anna se beurt om te bid.

"Oe! Ek het vergeet om my raffle-kaartjie gisteraand vir Pa te gee, Ma!" sê Magriet ontsteld toe sy die eerste hap pap afgesluk het. "Nou gaan die ander kinders voor my klaar wees."

"Watse fondsinsameling is dit hierdie keer?" wil Joan weet.

Magriet vlieg op en hardloop die kombuis uit, maar sy is gou weer terug en plak 'n plastiekbottel vol boontjies en 'n stuk stywe geel papier voor haar ma neer.

"Jy kan dit vanmiddag vir Pappa gee," sê Joan nadat sy die geel kaart gelees het, en stoot die bottel en papier oor die tafel terug na Magriet toe. "Maar onthou, ek gaan nie weer hierdie keer jou insameling vir jou doen nie. Laas keer het ek net gehelp omdat jy laat was. Maar nou het jy genoeg tyd. Ek sal net saam met jou gaan as jy aan deure gaan klop. Ek is amper seker jou kaart sal gou vol raak, want as hulle 'n halwe skaap kan wen, sal almal wil raai hoeveel boontjies in die bottel is. Ek sal later twee plekke vir my en Pappa invul."

"En jy, Anna? Gaan jy ook jou naam opsit?" vra Magriet haar.

"Met geld wat ek waar kry? In hierdie huis weet niemand mos om vir my sakgeld te gee nie," brom Anna en druk haar swart kuif plat.

Joan hou verras op om die vetkoeke wat sy met roereier gevul het, in twee vierkantige plastiekhouers te pak. Sy kan haar self dié woorde hoor sê!

Sy was in standerd sewe toe sy die Junievakansie skielik nie meer soos alle vorige vakansies bedags met Liesbet en haar ander maats op die stoep van die hoekwinkel rondgestaan en Saterdagoggende in die bioskoop gaan sit het nie.

"Het jy en jou maats dan stry gekry dat ek hulle nie meer hier rond sien nie? Hoekom bly jy heeltyd net in die huis?" wou haar ma weet.

"Nee, dis te koud en ek het nie lus om in die reën rond te loop nie," het sy ontwykend geantwoord.

"Maar die reën en koue het jou nog nooit in die huis gehou nie. Wat gaan aan, Joan? Jy praat nie meer met ons nie en sit net van een kamer na die ander rond. Jou pa is bekommerd oor jou," het haar ma volgehou en haar hande onseker teen mekaar gevryf.

Sy het haar hare begin kam en nie in die spieël na haar ma gekyk waar sy net agter haar gestaan het nie. "Nou goed, as Ma dan wil weet!" het sy uitgebars en die kam op die spieëlkassie neergegooi. "Ek is moeg om by my maats vir koeldrank en lekkergoed geld te bedel. Elke Saterdag as Ma my geld vir bioskoop gee, moet ek eers hoor hoe Pa nou nie meer werk nie en hoe ons nie sy pensioengeld kan mors nie. My maats kry sakgeld by hul ouers, maar nie ek nie. En ek het niks om aan te trek nie. Ek loop met 'n reënjas wat se moue amper by my elmboë sit, so kort is hulle. Dit terwyl my maats die nuutste dik reënbaadjies en warm boetse dra. Ek steek af teen hulle. Ek is seker hulle deel net hulle lekkers en goed met my omdat hulle vir my jammer voel." Sy het die trane met haar trui se mou afgevee.

"Daai ander kinders se ouers werk, en jou pa nie meer nie. Jy weet tog dat ek altyd vir jou sakgeld gegee het toe hy nog gewerk het. Maar nou moet ons versigtig werk met die geld."

"Juis!" Sy het haar doof gehou vir die hartseer in haar ma se stem. "Ek weet dit als! Maar dan moet Ma my nie vra hoekom gaan ek nie uit nie. Waar moet ek miskien die geld kry? Niemand in hierdie huis kan mos vir my sakgeld gee nie."

"Jy weet tog dat julle pa elke keer as hy kan vir julle sakgeld gee, Anna," sê sy en sy moet sluk as sy skielik die gepynigde uitdrukking op haar ma se gesig onthou, want toe sy uiteindelik opgekyk het in die spieël daardie wintersdag, was dit reg in haar ma se oë. Sagter voeg sy by: "En wanneer hy sy bonus kry, gee hy julle altyd meer as gewoonlik."

Anna brom iets onhoorbaars en pak die plastiekkoshouer in stilte in haar boeketas.

Hulle drie stap saam tot oorkant Magriet se skool waar Anna die bus moet kry. Daar wag net drie ander kinders wat Anna se skooluniform aanhet. Die ander het almal reeds skool toe gestap.

"En onthou om vanmiddag weer die bus te vat, Anna," maan Joan, nou weer haar ou self. "Jy loop nie huis toe nie!"

Anna blaas haar asem hard uit. "Kyk daar, Ma," sê sy, en wys met 'n vinger in die rigting van die volgende woonbuurt. "Sien Ma daai rooi dakke wat so bietjie eenkant staan?" Joan knik haar kop. "Dis ons skool se dak! As ek trap-soetjies loop, is ek binne dertig minute daar, en as ek draf, maak ek dit binne tien minute. Kyk die streep kinders wat skool toe loop! Dis geld mors om elke dag die bus te vat as ek nes die ander kinders in ons straat kan loop. Ma kan my liewer die busgeld gee vir sakgeld."

"Anna, ek en jou Pa wil hê dat jy die bus moet vat," knip sy haar kort. "Dees-dae gebeur daar te veel snaakse goed met kinders. Toe, daar kom die bus nou."

Toe Anna sonder om hulle ordentlik te groet in die bus klim, sê sy: "Kom, Magriet!" en hulle loop al langs die draadheining af tot by die skoolhek waar Magriet haar vinnig soen en tussen haar laerskoolmaats verdwyn. Joan staan nes die ander ma's en 'n paar pa's en wag tot die skoolklok lui en die kinders op die sementblad voor die klaskamers aantree.

"Jou bome groei mooi! Mens sien elke dag kinders by daai tafeltjies sit," sê 'n man wat ook sy kind kom wegbring het.

"Nie my bome nie, onse bome," sê Joan en kyk ingenome hoe mooi die boompies op die speelgrond groei, en na die vrolik geverfde bankies wat om elke boom staan.

"Ja, maar as jy nie met die idee vorendag gekom het nie, sou niemand ooit daaraan gedink het nie," hou die man vol.

Dit het eintlik so onverwags gebeur, dink Joan en kyk weer na die bome. Sy't maar net op 'n warm dag terwyl sy vir Magriet by die hek gewag het, ge-wonder waar die kinders speeltyd koelte kry, en toe kom die gedagte om bome te plant by haar op. Die skool het nie die fondse gehad nie, het die prinsipaal gesê toe sy met die plan na hom is. Sy't toe met die ouers begin gesels wat hul kinders kom wegbring. Almal het van haar idee gehou, maar niemand wou help geld insamel nie. Tot sy na Magda toe is. "Dis 'n bright idea, Joan. Ja, ek sal help," het haar vriendin dadelik gesê. "Kry jy net 'n brief van die prinsipaal af, dan vat ek dit nurseries toe. Ek is seker hulle sal die bome aan die skool skenk. En die brief moet die skool se tjap ophet, anders dink die nurseries ek wil die bome vir myself hê," het sy bygevoeg.

"Dankie, Magda. Onthou net dit moet nie net enige boom wees nie. Dit moet bome wees wat koelte gee, maar nie die hele plek gaan toegroei sodat 'n mens later nie die kinders kan sien nie," het sy gemaan.

"Kry jy net daai brief en collect solank geld vir die banke, en los die bome aan my oor!"

Joan was verstom toe die buurt se mense hul huise en beursies begin oop-maak. Die kwekerye ook. Hulle het nie 'n sent vir die bome gevra nie. Binne

17

'n maand het van die pa's die bome kom plant en die planke aanmekaargeslaan. Daarna was daar nog 'n honderd-en-sestig rand oor van die fondsinsameling, wat almal besluit het aan die skool geskenk moes word. Almal het darem ingespring en help plant en bankies aanmekaarkap en verf, dink sy, en haar hart word warm toe 'n paar kinders op die bankies gaan sit en hul boeke op die skoot oopslaan. Seker nog huiswerk op die nippertjie, lag sy by haarself toe sy huis toe stap.

Die skril geluid van haar telefoon laat haar die voorhekkie vinnig oopdruk en die voordeur haastig oopsluit. "Die Arries-wo-" sê sy effe kortasem.

"Ek het vergeet om jou te sê dat daar vandag staatswerkers gaan kom om al die ruite te vervang," sny Willem se stem haar kort.

"Wat? Die ruite makeer niks! Ek het als nog net gister skoongemaak," sê sy verbysterd.

"My aansoek om koeëlvaste ruite is goedgekeur en die ruite kan sommer nog vandag ingesit word. Ek kan nie lank praat nie, Joan." Sy hoor die ongeduld in sy stem en manstemme in die agtergrond.

"Koeëlvaste ruite? Vir wat, Willem?"

"Julle veiligheid," antwoord hy bars.

"Maar Willem, hoekom weet ek nie dat jy daarvoor aansoek gedoen het nie?"

"Ek sê jou mos nou daarvan! Ek sal die ander ruite in die buurt verkoop kry. Ek moet nou eers aflui."

Sy sit die gehoorbuis saggies op die mikkie terug. Is daar iets wat Willem vir haar wegsteek? wonder sy verstom en gaan maak eers 'n koppie tee voor sy die huis aan die kant begin maak.

Elfuur hou vier manne in wit oorjasse in 'n wit trok voor die huis stil. Sy gaan maak die voordeur vir hulle oop voor hulle aan die deur kan klop.

"Mornings, miesies. Wat is jou van?" vra die een met 'n oop boek en pen in sy hand vir haar.

"Arries," sê Joan en die man maak 'n regmerkie in die boek, terwyl die ander drie omdraai trok toe en ruite begin aflaai.

"Ons kom net die ruite insit, miesies," verduidelik die man met die boek en meet die voorkamervensters met sy oë.

Joan volg die werkers van kamer tot kamer en sonder om 'n woord te sê, kyk sy hoe hulle haar blinkskoon ruite met valeriges vervang. Sy voel skielik ingehok, nes die tyd toe sy en Willem in die bediendekwartier van die groot siersteenhuis op die hoek van Tiende Laan en Bunnystraat gewoon het. Sy ervaar dieselfde verslaenheid wat sy daardie tyd, pas getroud, gevoel het toe sy die eerste keer die een kamer en die badkamertjie gesien het. Saam was dié twee vertrekkies kleiner as haar slaapkamer by haar ouerhuis. Maar daar was geen keer aan Willem se opgewondenheid nie, al het haar en haar suster Susan se kaste en enkelbeddens, wat sy by haar ma gekry het, amper die hele kamer volgestaan. Die twee smal beddens het sy en Willem teen mekaar gestoot om 'n dubbelbed te maak. Al van haar eie waarmee sy na Willem toe gekom het, was haar klere, onthou sy. Sy het oorgenoeg beddegoed gehad, maar dit alles en nog 'n paar gordyne, het sy ook by haar ma gekry.

Die aanmekaargeflanste dubbelbed het die hele helfte van die kamer gedek. Die spasie tussen die voetenent en die hangkaste was net groot genoeg dat hulle daar kon deurskuur badkamer toe. Die ander helfte van die vertrek het diens gedoen as hulle kombuis én eetkamer. 'n Boks met brood, koffie, suiker en poeiermelk het in die verste hoek van die roesbruin teëlvloer gestaan. In 'n tweede stewige kartonhouer was die bekers en glase, met die ketel en strykyster bo-op. 'n Hele paar maande moes die bed as tafel en sitplek dien. En ons sou seker nou nog daar gebly het, dink sy, as Pa en Ma nie so onverwags dood is en ek die polisgeld gekry het nie.

Sy loop agter die werkers aan na die kombuis toe. "Is dit nuwe ruite?" vra sy vir die voorman wat elke slag as 'n ruit ingesit is, iets in sy boek neerskryf.

"Ja, miesies. Ons sal mos nie ou goed kom insit nie!" antwoord hy verontwaardig.

"Nee," paai sy gou, "ek vra maar net omdat die goed so vaal lyk. Dis nie so blink soos daai wat julle uithaal nie, en hulle is so oud soos die huis."

Hy skud sy kop laggend. "Dis maar net die materiaal waarvan die ruite gemaak is om bullets te keer. As ek nou met 'n bullet na een van miesies se blink ruite skiet, sal dit die ruit stukkend breek en regdeur gaan. Maar nie dié ruite nie. Hulle kry net krake, maar niks gaan deur hulle nie. As miesies hulle skoonmaak, kan miesies net 'n bietjie blouspirits in die water gooi en 'n sagte skoon lap gebruik."

Die manne maak elke venster toe wat hulle klaar ingesit het, en sy maak dit net so vinnig agterna weer oop. Tot ergernis van die voorman, merk sy. "Maak toe die vensters, miesies," sê hy en knip die venster weer toe.

"Ek hou van vars lug," glimlag sy en druk weer die venster oop.

Hy pluk dit 'n tweede keer toe en kyk haar uitdagend aan. "Die ruite is om gevaar uit te hou, nie om dit in te nooi nie!" sê hy met die oop boek styf teen sy bors gedruk.

"O, ek is jammer." Sy voel hoe haar wange warm word.

Toe die trok wegry, gaan staan sy hande op die heupe in haar blomtuin na die voorkamer se toe ruite en kyk.

19

"En as jy nou so daar staan asof jy die huis vir die eerste keer sien?" praat Magda deur die oop venster van hul wit kar.

Joan kyk hoe sy met die wit Opel, waarop plek-plek donker roesplekke deurslaan, deur die hek ry. Sy waai en glimlag en bly staan, wetende dat Magda by haar sal kom aansluit.

"Is daar iets verkeerd met die huis?" vra sy toe sy oor die gras na Joan aangeloop kom.

"Ja, die ruite. Maar ek dag jy't vanoggend gesê dat jy vir die hele dag uit gaan wees?"

"Ek sou ook, maar toe change ek my mind. Ek sien niks met die ruite verkeerd nie," sê sy en kry 'n ligte fronsie toe sy vir Joan aankyk.

"Dis nuwe ruite. Willem het my eers vanoggend, net voor die manne hier aangekom het, daarvan gesê," sê Joan en vertel haar van die koeëlvaste ruite.

"Girl, jy sê nie!" kom dit opgewonde van Magda. "Bulletproof vensters, hû! Wat gaan julle met die ander maak?"

"Kom ons gaan in. Ek is dors. Willem is van plan om hulle te verkoop."

"Sê vir Willem hy moet hulle net lekker skoonmaak en al die puttymerke afhaal en dit vir Michael gee. Een van Michael se customers is hoeka 'n bouer wat altyd op die uitkyk na bargains is. Daai ou sal dit koop. Hy gaan soek dan tot by die vullishope na ou boumateriaal en gebruik dit om die huise te bou. Dan het hy nog die nerve om die huise teen 'n duur prys te verkoop. Julle ou ruite makeer nog niks. Michael sal 'n goeie prys daarvoor uit daai ou kry."

"Hoe weet jy dit?" vra Joan ongelowig en sit die ketel aan. "Die mense vir wie hy bou, moet tog seker 'n lys van die boumateriaal en die pryse kry? Ons het destyds toe dié huis gebou is."

"Maak net vir jou tee, want ek kan nie lank sit nie. Ek weet, want daai ou was ons eerste customer toe Michael nog besig was om sy afdak vir die welding op te slaan. Maar vir wat sal ek staan en verduidelik? Jy ken hom ook. Daai ou met die rooi gebreide keppie wat al die gebreekte bakstene hier kom wegry het. Verlede week was hy hier onder by nommer 18 vir die sand wat van die paving oorgebly het. Hy ry so 'n rooi bakkie met 'n wit canopy. Right, laat ek my supper gaan maak."

In die kombuisdeur steek sy vas en draai na Joan toe. "Jy beter vir niemand hier rond van die ruite sê nie, want hulle sal nie 'n secret kan hou nie. Netnou wag hulle vir Willem buitekant in oor hulle hom nie deur die ruit kan skiet nie."

Joan se mond voel skielik droog en haar maag voel asof dit omdop. "Wat bedoel jy?"

"Niks. Maar dis plain om te sien hoekom Willem bulletproof ruite laat insit het. Het jy na die nuus geluister?"

Joan skud haar kop.

"Ek het op die one o'clock-nuus gehoor dat –"

Joan se oë vlieg na die Mickey Mouse-horlosie en sy spring vinnig op. "Hemel, Magda, kyk hoe laat is dit! Magriet se skool kom kwart oor twee uit en dis al tien oor. Jy sal my later van die nuus moet vertel!"

Die kinders stroom uit hul verskillende klaskamers toe Joan by die skoolhek aangedrafstap kom. Sy en Magriet is skaars by die huis, of Anna kom die kombuis in met haar swaar boeketas oor die skouer. Sy laat val die tas op die teëlvloer en mik reguit warmlaai toe.

"Anna! Gaan trek eers jou huisklere aan en was jou hande," keer Joan.

Later sit sy by Anna en Magriet langs die kombuistafel en tee drink terwyl hulle huiswerk doen. So af en toe moet sy vir Magriet met iets help. Maar vir Anna is sy nie van veel hulp toe dié met 'n wiskundeprobleem sukkel nie. "Vra vir Pappa wanneer hy netnou huis toe kom," sê sy.

"Maar ek wil my werk nou klaarmaak! Het Ma dan nie wiskunde op skool gedoen nie?"

"Maar jy wag dan altyd vir jou pa om jou daarmee te help, Anna. Hy is nou-nou hier," sê sy en dink: As ek nie agter geld aangehardloop het nie, kon ek jou nou gehelp het.

"Ma, Pa, ek gaan die skool los en gaan werk. In 'n fabriek," het sy met 'n besliste stem daardie aand gesê.

"Moenie staan en nonsens praat nie, Joan! Jy gaan jou matriek klaarmaak en vir die goermint gaan werk soos jou pa aldag sê. Jy gaan iets in die lewe word en nie soos Susan uitdraai nie. Jy't nog net drie en 'n halwe jaar om te gaan, dan kan jy gaan werk."

"Pa –" wou sy by hom soebat.

"Jou ma het gepraat, kind."

'n Paar dae later het haar vriendin Liesbet, wat ook die skool verlaat het, haar by die fabriek ingekry. As teemeisie! Sy kon huil van teleurstelling. Maar die teleurstelling om heeldag tee te maak pleks van régte werk te doen, was gou vergeet toe sy daardie Vrydag haar loon kry. Dertien rand. Haar eie geld! Haar eerste loon met háár naam op die koevert. En in die tagtigerjare was dit baie geld, dink sy met 'n wrang glimlag.

By die huis was daar geen probleme nie. Soggens het sy in haar skooluniform en met haar boeksak op die rug by die deur uitgestap en haar klere in

21

die fabriek se toilet gaan omruil. Wanneer sy kwart voor vyf se kant pleks van halfdrie by die huis gekom het, het sy goeie verskonings gehad. "Ek was by my maats", of: "Ons het eers netbal geoefen", het sy gesê. Na 'n paar weke was haar ouers gewoond aan haar nuwe roetine en het die verskonings opgehou.

Sy moes twee maande spaar om die roomkleurige kortmourokkie met die fyn ligpers strepies en die swart skerpneus-, laehakskoene te kon koop. Die rok was vyftig rand en die skoene twintig. Soms was sy mismoedig, want die dertien rand was gans te min om die duur klere te koop wat sy wou hê. Dan het sy gewonder of sy die regte ding gedoen het om die skool te verlaat.

En toe gaan foeter haar juffrou als op deur vir haar ouers te gaan vra waarom sy nie meer in die skool is nie! Daardie dag het sy die eerste en enigste pak slae van haar lewe gekry.

"Slat haar tot sy verstand kry, Japie! Slat haar. Ons moes dit lank t'rug al met Susan begin het." Haar ma het wydsbeen in die kombuisdeur gestaan om te keer dat sy kan uithardloop terwyl haar pa haar met sy leerband al oor die bene en rug bykom.

Gelukkig was haar pa al oud en ná 'n paar houe het hy hygend in 'n stoel gesak. "Jy gaan môre t'rug skool toe! Ons het by die juffrou gesoebat en sy is bereid om jou te help om die goed in te haal wat jy gemis het, maar dan sal jy elke dag en oor naweke moet leer."

"Ek gaan nie terug skool toe nie, Ma. Ek werk," het sy koppig geantwoord en haar brandende sitvlak gevryf. Sy't die nuwe klere wat sy onder in haar hangkas versteek het, gaan haal en dit vermakerig vir hulle gewys. Hulle het nie eens daarna gekyk nie, hulle het net verslae na mekaar sit en staar.

Haar pa het sy stem eerste teruggekry. "Nou goed, as jy dink dat jy te groot is om in die skoolbanke te sit en jy jou eie potjie kan roer, moet jy dan maar so maak. Maar van nou af betaal jy boarding en lodging. En as jy 'n week oorslaan, is jy uit. Vyf rand 'n week. En jou ma gaan nie meer agter jou aan skoonmaak nie. Jy was en stryk nou jou eie goed en hou self jou kamer skoon."

Met die intrap is sy die volgende oggend na die fabrieksbestuurder se kantoor. "Meneer," het sy skrikkerig maar vasbeslote gesê. "Ek is moeg van tee maak. Ek kán en wil werk. Maar ek wil op die masjiene werk, meneer. Stuur my asseblief vir 'n kursus sodat ek op die masjiene kan werk. Meneer sal nie spyt wees nie. Asseblief, meneer." Sy wou nie soebat nie, maar het ook nie geweet hoe anders om die man te oortuig nie. Sy moes net haar ouers wys dat sy 'n sukses van haar keuse kon maak.

Die bestuurder het na haar gekyk of hy haar die eerste keer sien. "Goed," het hy na 'n ruk gesê. "Ons sal jou vir die sesweke-kursus na die kollege in

Soutrivier stuur om as masjinis opgelei te word. Ons sal die opleidingskoste dek, en jy sal steeds jou weeklikse loon ontvang solank jy die kursus bywoon." Sy het haar oë vinnig geknip en haar kop weggedraai sodat hy nie kon sien hoe na aan trane sy was nie.

Toe sy die eerste Maandagoggend ná die kursus as gekwalifiseerde masjinis kiertsregop met haar eie skêr, wat sy aan 'n pienk lint om haar nek gehang het, die werkvloer opstap, kon sy bars van pure trots. Sy't gewens dat haar ouers die oomblik kon meemaak; dat hulle haar werksplek deur haar oë kon sien: die vier rye tafels met die groot masjiene op en die regop stoel langsaan by elke tafel, tien tafels in elke ry. Sy het gewens hulle kon die vriendelike gesigte agter die masjiene sien, die harde musiek bo die gegons van stemme hoor.

"Ko', teagirl, djys'ie nou op holiday nie," het iemand hard langs haar gepraat. Die vloeropsigter, het sy gesien toe sy verskrik omswaai. "Ga' vat djou plek in daai lege seat in die derde row."

"Hû-ûh, wag!" het Liesbet vanaf die middel van die eerste ry vir die opsigter geskree. "Sy's nie 'n teagirl nie. Haar naam is Joan en sy's nou 'n masjinis. Welcome on board, girl!"

"Ek traak'ie. O's is hie' om te we'k en nie om te socialise'ie. Toe, ko', girls! Va'dag se target is seventy!" het hy teruggeskree.

Joan het haar sitplek ingeneem en dadelik begin werk. Sy moes moue stik. By die kollege is sy reeds gewaarsku dat die teiken per uur bereken word en dus moes sy sorg dat sy elke uur sewentig moue klaar gestik kry. Sy't onthou Liesbet het eenkeer opgemerk dat dit beter is om nie te praat terwyl jy werk nie. "As jy aan die praat is," het sy gesê, "daal jou produksie en kan jy nie die teiken bereik nie en word jy na die kantoor ontbied om lekker uitgetrap te word. Ek sing liewer saam met die musiek wat heeldag speel. Op daai manier sal niemand jou pla nie." Joan het dié raad gevolg. So af en toe moes sy haar hand hoog in die lug steek en "Gare!" op haar hardste skree, sodat die meisie met die spaargare die volgende tol kon bring. Dat daar nooit vir gare van die masjiene opgestaan word nie, was een van die eerste dinge wat sy op die kursus geleer het.

Haar weeklikse loon het gestyg na vyf-en-veertig rand, waarvan sy haar ma vyftien rand gegee het. "Moenie al jou geld op klere mors nie, Joan," was haar ma se raad. "Maak vir jou 'n spaarboekie by die poskantoor oop en vat 'n polis uit. Ek en jou pa het gepraat. As jy aandskool toe gaan en verder leer tot jy jou matriek het, hoef jy nie meer boarding te betaal nie." Maar sy wou niks weet van teruggaan skool toe nie.

"Kan ek na Denise toe gaan, Ma?" vra Magriet terwyl sy haar boeke in haar skooltas terugsit.

"Ja, maar ek wil jou nie weer roep om te kom eet nie. Hoe ver is jy, Anna?"

"Amper klaar, Ma. Dis nog net die een som wat ek nie kan regkry nie," sê sy en kou aan haar pen. Joan ignoreer die beskuldigende kyk.

Teen sesuur is Willem nog nie by die huis nie. Sy pak die teegoed weg wat sy halfvier vir hom reggesit het. Dis nie ongewoon dat hy soms laat by die huis aankom nie. As hulle so besig is, besorg die polisievoertuig hom gewoonlik by die huis. Menigmale bel hy haar wanneer hy oortyd moet werk, maar nie altyd nie. En sy kan hom nie bel nie, want hy het reeds kort na hulle mekaar leer ken het, daarop aangedring dat sy hom net in 'n noodgeval by sy werk moes bel.

"Iemand wat in gevaar verkeer en ons hulp dringend nodig het, mag dalk die hulp ontsê word omdat ons op die telefoon praat," het hy verduidelik. Sy het saamgestem omdat sy geweet het dat daar by die stasie waar hy werk, net een lyn is van die skakelbord na die aanklagkantore wat hy en 'n paar kollegas beman.

Sewe-uur laat sy die kinders maar eet. Halfagt sit hulle nog om die kombuistafel en gesels toe hulle die vangwa buite hoor stop en Willem net daarna die kombuis inkom. Aan sy bleek gesig en hangskouers kan sy dadelik sien iets het gebeur. Waar hy haar en die kinders gewoonlik met piksoentjies groet en dan gaan stort en huisklere aantrek voor hy aan tafel kom sit, staan hy net in die kombuisdeur, pet op die kop, na hulle en kyk. Hy staan lank so.

"Ons netbalspan het vandag gewen, Pa!" bars Anna uiteindelik trots uit.

Joan kan sien dat hy geen woord inneem van wat sy oudste sê nie. Ook wanneer Magriet opgewonde op en af in haar stoel spring en skree: "Juffrou het 'n goue sterretjie in my sommeboek geplak!", staan hy horende doof daar, kyk net om die beurt na elkeen van hulle.

"Jy lyk moeg. Gaan was maar net jou hande en kom sit aan," sê sy paaiend en probeer die stygende gevoel van kommer onderdruk. Wat sou tog gebeur het? wonder sy. Hy het nog nooit so opgetree nie.

Sy staan op om sy kos uit die warmlaai te haal.

Willem beweeg, maar in plaas van met die kort gang badkamer toe te stap, skuur hy teen die ingeboude kaste verby agterdeur toe. So asof hy nie kontak met haar of die dogters wil maak nie, so asof hy hulle nie eens per ongeluk wil aanraak nie. Hy draai die handvatsel stadig, maak die deur oop en gaan uit. Die kinders wil hom agternasit, maar sy spreek hulle skerp aan: "Julle bly net hier!" Toe hulle haar verskrik aankyk, las sy vinnig by: "Pa is moeg en wil 'n rukkie alleen wees." 'n Sesde sintuig waarsku haar dat hulle hom alleen moet laat.

Magriet skakel die agterwerf se ligte aan. Saam hou hulle drie vir Willem deur die kombuisvenster dop. Hy staan onder die appelkoosboom anderkant die wasgoedlyn. Met sy pet nou onder sy linkerarm en met geböe hoof lyk hy vir haar asof hy sy laaste eer aan iemand op die grond betoon. En toe sit hy die pet weer op sy kop en draai in hulle rigting. Sy wil nog vir hom waai en sê hy moet inkom, hy moet kom eet, maar alles gebeur so vinnig dat sy nie eens kans kry om haar mond oop te maak nie.

In een draaibeweging pluk hy sy dienspistool uit die holster en begin skiet op 'n plek op die grond tussen die huis en die wasgoedlyn. Met elke skoot skree hy in 'n koue stemtoon wat sy nog nooit gehoor het nie: "Vrek! Hoekom vrek jy nie?"

In 'n breukdeel van 'n sekonde druk sy die kinders vloer toe en gaan lê half bo-oor hulle. Wie van hulle drie die hardste geskree het, weet sy nie. Al waarvan sy bewus is, is dat sy vir Anna en Magriet moet beskerm. Maar met haar dogters onder haar op die koel teëlvloer vasgepen, weet sy dis futiel. Haar skraal liggaam kan geen weerstand bied teen 'n koeël nie. Haar kinders moet uit die huis kom! Sy moet hulle wegkry, en gou ook. Aan haarself dink sy nie.

"Anna! Magriet! Hardloop!" skree sy terwyl sy van hulle afrol en in 'n hurkende posisie met haar kop in die rigting van die voordeur beduie. Magriet klou aan haar bors en roep na haar pa. Nee! skree dit in haar. Jy kan nooit jou pa die huis inroep nie! Maar al woorde wat sy kan uitkry terwyl sy Magriet se hande van haar bors probeer weg worstel, is: "Hardloop! Asseblief, hardloop!"

Anna hardloop gillend na die agterdeur. Joan kan die krag uit haar liggaam voel sypel toe haar eersgeborene die kombuisdeur se handvatsel gryp presies toe nog 'n skoot weerklink. Sy wil opspring en Anna van die deur af wegruk, maar haar bene wil nie beweeg nie. "Anna, nee! Die voordeur! Kom vat vir Magriet en gebruik die voordeur na Magda toe!" sit en skree sy.

Maar Anna kom gillend by die kombuistafel staan en rondtrippel terwyl Magriet verwese na haar pa roep. Met haar rug teen die muurkas stoot Joan haarself regop tot sy op haar voete is. Sy ruk vir Magriet van haar los, druk haar handjie in haar suster s'n en du hulle voor haar uit in die rigting van die voordeur. Met elke tree wat hulle gee, kyk sy oor haar skouer of Willem nie dalk met die pistool die huis inkom nie.

Toe Anna haar huilende sussie agter haar by die voordeur uittrek, wil Joan eers haar kinders na veiligheid volg. Maar sy wil ook in die deur talm om te sien of Willem ongeskonde en bedaard die huis sal binnekom. Sy is te bang om weer die gang af na die kombuis te loop. As sy in die deur bly staan, kan sy wegkom, sou hy met die pistool die huis instorm. Onsekerheid verlam haar. Buite die voordeur skree die kinders na haar om uit die huis te kom, agter die huis gaan nog 'n skoot af. Sy wil by haar kinders wees, maar wil ook weet wat met haar man gebeur.

En toe sak 'n skielike stilte oor die huis toe en Joan is net van haar bonsende hart bewus en van die gebed wat oor en oor in haar kop draai: "Here, bewaar my man. My kinders kan nie sonder 'n pa grootraak nie, Here."

"Willem! Dink aan die kinders!" skree sy opeens toe die woorde in haar kop tot haar verstand deurdring.

Net toe sy kombuis toe wil versit, kry 'n paar sterk hande haar aan die skouers beet en ruk haar by die voordeur uit. Michael stoot haar sonder seremonie in Magda se rigting waar sy net anderkant hulle hekkie met haar arms om Anna en Magriet se skouers staan. Toe eers merk Joan die straat vol mense. Nuuskieriges wat haar soos aasvoëls dophou.

"Daar's ge-niks bloed op haar nie," hoor sy iemand teleurgesteld opmerk. 'n Paar mense kry dadelik koers.

Michael gaan weer die huis in en maak die voordeur agter hom toe. Toe Magda haar en die kinders soos skape voor haar na haar huis aanjaag, is hy nog steeds in die huis. Magda prop vir Anna en Magriet met klere en al in haar dogter Denise se bed. Denise sit vingers in die mond vasgenael voor die televisie in die voorkamer. Die twee kinders bly met oë vol trane roerloos lê. Magda vat Joan aan die arm en sonder om te praat, loop hulle na Michael se afdak. Dis donker in die agterplaas. Magda hou Joan se arm stewig vas waar hulle deur die draadheining staan en kyk.

Willem sit plat op die grond met sy hande voor sy gesig. Hy wieg heen en weer. Haar hart wil breek, want harde snikke skeur uit hom uit. Michael sit langs hom gehurk met 'n vertroostende arm oor sy skouer. Van die pistool is daar geen teken nie.

"So, dis nou die result van vandag se happenings by die charge office," merk Magda fluisterend op.

"Waarvan praat jy?" Sy kan byna self nie die woorde hoor nie.

Magda klik haar tong soos sy dit altyd klik as sy ongeduldig is. Nou waaroor is sy met my ongeduldig? wonder Joan en herhaal die vraag.

"Demmit, Joan!" kom dit ongeduldig. "Jy moet ophou om Days of Our Lives en The Bold and Beautiful te kyk en jouself 'n bietjie up-to-date met die nuus bring. Daar was 'n incident by Willem se charge office. Was heeldag op die nuus, en —"

Sonder om haar oë van Willem weg te neem, sis Joan: "Kom tot die punt, Magda!" en sy woel haar arm los uit haar greep. Sy weet van geen insident nie, waarvan praat Magda tog?

"Die poelieste het 'n ou aangekeer en was besig om hom te boek toe 'n ander man instap en op die ou begin skiet. Maar in die skietery skiet hy 'n poeliesman dood. Sommer net so, en dit nogal binne-in die charge office!" Van pure ontsteltenis klim haar stem.

Joan druk haar lyf plat teen die muur van die afdak en hou 'n hand oor Magda se mond. Behoedsaam loer sy weer deur die heining. Willem sit nog net so, maar tussen die snikke snuit hy sy neus in sy wit sakdoek.

Magda tik die hand vinnig van haar mond weg. "Hy huil te hard om ons te hoor."

Hulle sien hoe Michael vir Willem aan 'n arm ophelp, saam met hom kombuis toe stap en die deur agter hulle toedruk. Magda vat haar ook aan die hand. "Kom ons gaan in, dan maak ek gou vir ons lekker sterk tee."

"Gaan jy maar in," sê sy met 'n bewerige stem. "Ek sal hier wag tot die polisie gekom en gaan het. Ek sal dit nooit kan hou om te sien hoe hulle vir Willem in boeie die huis uitvat nie. Gaan jy maar in. Ek bly wag net hier."

"Joan, ruk jou straight en kom in!" sê Magda vererg. "Niemand het die pote gephone nie, want almal was te bizz om te sien wat aangaan. Anyway, as iemand dalk gephone het, sou die wa lankal hier opgewees het. Maar al kom hulle nie, sal Willem nog anyways moet gaan ja en amen vir die bullets wat hy gebruik het. Watch jy dan nie die tiewie-stukke nie?" Haar tong klik weer 'n paar keer vererg voor hulle die huis in is.

Saam gaan haal hulle na Denise se kamer. Magriet en Anna lê albei steeds snikkend op hul sye met hulle bene hoog teen die bors opgetrek. Toe Joan hulle aansê om op te staan sodat hulle huis toe kan gaan, weier hulle botweg.

"Shock," kom dit van Magda af. "Laat hulle maar hier by Denise slaap. Haar kooi is groot genoeg. Ek sal hulle môreoggend in tyd vir skool by jou besôre. Denise!" roep sy oor haar skouer, "sit af daai tiewie en kom slaap, want môre is 'n skooldag!"

Die televisieklank word 'n bietjie harder. "Denise! As ek jou vat, sal jy sien wat ek met jou doen. Sit af die tiewie!"

Magda bly staan by haar voorhekkie tot Joan veilig tuis is.

Joan steek geskok in die gang vas. Willem en Michael is besig om bier te drink! Willem wat nog nooit sy mond aan drank gesit het nie! En waar kom die bier vandaan? Sou Michael deur die draad geklim en dit in sy werksplek gaan haal het sonder dat sy en Magda dit gesien het?

27

Michael beduie haar met 'n vinnige skud van sy kop om stil te bly. Sy moet maar gedweë staan en toekyk hoe Willem die bier bietjies-bietjies soos bitter, swart tee sit en afsluk.

Na 'n paar slukke lig hy sy kop. Maar hy kyk nie na haar nie. Hy staar na 'n kol ver bokant haar kop. Sy oë is rooi gehuil. Sy wil na hom gaan en haar arms om hom sit, hom styf teen haar bors druk en vir hom sê dat alles sal reg- kom. Maar sy kry nie 'n voet verroer nie, geen woord kom oor haar lippe nie.

"Sersant De Wit is dood en sy vrou is swanger met hul eerste baba," sê hy sag vir die kol teen die muur.

Die skok maak haar knieë lam en sy moet vinnig sit. De Wit! Chrisjan! Dis nie waar nie! Hy het jou dan nog vanoggend kom optel, wil sy vir Willem sê, maar geen geluid wil uit haar mond kom nie. Ek moes dan nog soos gewoonlik eers vir hom sy swart moerkoffie gee voor julle vanoggend hier weg is. Hoe is dit moontlik dat so 'n lewenslustige man nie meer lewe nie?

Sy word eers bewus dat sy huil toe Michael haar wange met die agterkant van sy hand droogvee.

Later, ná Michael vir Willem in die bed gehelp het, fluister hy in haar oor dat hy die pistool tussen die kruideniersware in die kombuis versteek het. "As hy môre besluit om die dag af te vat, moet jy die ding maar op 'n ander plek sit waar die kinders dit nie in die hande sal kry nie. Dis wel leeg en die safety catch is op, maar mens weet nooit," sê hy saggies by die voordeur toe sy hom gaan afsien.

Gedurende die nag wil sy vertroosting by haar man soek, maar kan nie. Sy wil haarself klein in sy arms maak en sy sterkte om en in haar voel. Maar hy het aan sy kant van die bed, met sy rug na haar gedraai, snikkend aan die slaap geraak. Lank na hy al liggies aan die snork is, voel sy nog sy liggaam ruk. Vir die eerste keer vandat hulle getroud is, moet sy met die reuk van bier in die kamer oor haar man lê en waghou. Sy kan nie slaap nie, al is sy hoe vaak en moeg. Elke keer as haar oë toeval, verbeel sy haar sy hoor pistoolskote.

Diep in die nag staan sy maar op en gaan raak rustig in die kombuis. Daar, op haar knieë, kan sy in die stilte en donkerte by die kombuistafel De Wit se vrou en hul ongebore baba in haar gebede aan die Here opdra en by Hom pleit om haar man te bewaar.

Toe die wekker in die slaapkamer afgaan en sy die kombuisligte aansit om ontbyt te kan maak, moet sy eers die tafel afdek en die vorige aand se skottel- goed was. Dis ook die eerste keer dat sy gaan slaap het sonder om die kom- buis op te ruim. Dit is eers toe sy die vol koffieketel op 'n warm plaat sit, dat die werklikheid van Chrisjan de Wit se dood haar regtig slaan. Daar is nie- mand meer vir wie sy 'n ekstra beker koffie moet maak nie!

Sy stap met twee bekers koffie kamer toe nadat die snikke bedaar het en sy weer kalm is.

Sy dag dat Willem ná die nag se gebeure by huis sal bly, maar hy verbaas haar want hy maak hom doodluiters vir sy werk reg. Sy't verwag dat hy met haar sou gesels oor wat gebeur het, maar hy maak geen melding van die ontwrigting van die vorige nag nie. Hy tree op asof dit net 'n gewone weeksdag is, maar hy vermy oogkontak met haar, en toe hy na die kinders se kamers gaan en hulle leeg vind, kyk hy na sy blink swart skoene toe hy haar vra waar hulle is.

"Ek het hulle by Magda laat oorslaap. Hulle sal seker netnou hier wees." Sy wag dat hy ten minste 'n verskoning maak oor hy hulle so 'n groot skrik op die lyf gejaag het. Die verskoning kom nie. In stilte gaan sit hy aan tafel en begin sy ontbyt eet.

Sy haal die pistool uit die koskas en sit dit saggies langs sy bord hawermoutpap neer en gaan sit op die stoel oorkant hom. "Willem," begin sy. Hy kyk nie soos altyd na haar as sy praat nie en gee geen aanduiding dat hy haar hoor nie. Hy stel blykbaar net in die bord pap belang. "Willem," druk sy deur, "miskien moet jy die pistool by die werk los. Ek meen, ongelukke gebeur maklik. Die kinders kan op die ding afkom en hulleself verongeluk."

Hy antwoord nie, vat net sy dienspistool van die tafel af en druk dit in die holster toe die toeter van die polisiewa in die straat blaas. Sy kan sweer dit is verligting wat sy in die bruin oë sien toe hy na 'n vinnige piksoen op haar wang haastig by die voordeur uitglip.

Sy kyk die polisiewa lank agterna. Dan gaan staan sy in die agterdeur en roep: "Magda! Môre. Sê asseblief vir Anna en Magriet om huis toe te kom anders gaan hulle laat wees vir skool!"

Magda maak haar kombuisdeur oop. "Morning," sê sy toe sy by die draad kom. "Ek dink jy moet omkom en eers met hulle kom praat. Magriet se oë is dik gehuil, maar dis Anna wat my 'n bietjie worry. Sy wip van skrik by die geringste geraas en lyk baie upset, maar wil niks praat nie."

Magriet is wakker. Sy lê opgekrul en styf teen Denise op die bed en duim suig, iets wat sy op tweejarige ouderdom al ontgroei het. Anna sit met opgetrekte knieë en arms styf om haar bene langs die bed op die dik grysgroen mat. Denise is nog vas aan die slaap. Joan moet haar trane met mening onderdruk. Die onsekerheid in haar kinders se oë is amper te veel vir haar. Toe sy langs Anna op die kant van die bed gaan sit, vlieg Magriet op en klouter op haar skoot.

"Anna, Magriet, Pappa is baie lief vir julle. Hy –"

"Pa kon ons geskiet het net soos Steven en Tammie se pa gedoen het," val

Anna haar met 'n bewerige stem in die rede. "Daai twee leë banke in die klas herinner ons elke dag dat hulle pa trigger-happy geraak het, en hy was ook 'n polisieman."

Joan onthou skielik van die man wat sy hele gesin die vorige kwartaal uitgewis het. Sy streel haar oudste oor die kop, maar Anna skuif van haar af weg. "Anna, hoekom het jy my nie gesê dat die banke nog steeds in die klas staan nie? Toemaar, skat, ek sal met jou juffrou daaroor praat."

Anna draai haar kop en kyk met rooi oë op na haar ma. Die bleekheid van die ligbruin vel laat die fyn puisies op die voorkop soos moesies lyk. "Wat sal dit help?" En toe bars sy uit: "Ma, Pa het verander. Hy is nie meer soos hy was nie. Hy gaan ons nog eendag vrek skiet. Ma sal sien. En ek wil nie voor my tyd doodgaan nie. Ek wil nog vir die nasionale netbalspan speel." Met die agterkant van haar smal hand vee sy vies en vinnig oor haar wang.

Die ontydige glimlag verdwyn vanself, want hoe gaan sy vir Anna gerusstel? "Anna," begin sy weer. "Pa is lief vir julle. Jy weet dit. Hy sal ons nie seermaak nie." Is dit regtig wat ek self ook glo? wonder sy. Maar sy doen haarself dapper en selfversekerd voor. "Hy ly net op die oomblik aan stres oor sy baie werk, en oor die polisiemanne wat te min is om al die skelms te vang. Hy is lief vir julle en wil nie dat iets met julle gebeur nie. Juis daarom verbied hy julle om na plekke te gaan waarheen julle vroeër jare kon gaan. Die hele wêreld het verander. Mense het geen respek meer vir 'n polisieman nie. Manlik of vroulik, 'n lid van die polisie maak nie vir die skelms saak nie. Vir die skelms is hulle almal dieselfde. En Pappa is bang dat die kwaaddoeners vir hom deur julle kan bykom, vir julle mag seermaak omdat hulle nie vir hom in die hande kan kry nie. Verstaan jy?"

Ek wens ék kan dit regtig glo en aanvaar, dink Joan weer.

Anna kyk haar net aan en sê niks. Sy kan die ongeloof in haar kind se donker oë sien.

Magriet lig haar kop en verskuif haar duim na die hoek van haar mond. "Maar gisteraand was daar nie skollies by Pappa toe hy so alleen geprat en die gras vol gate geskiet het nie. Hy was alleen!" Sy bly 'n rukkie stil voor sy vra: "Mamma, sal Pa eendag hemel toe gaan as hy ons miskien raak geskiet het?"

Waar is die owerhede nou om my met hierdie vrae te help? dink sy en soek desperaat na die regte woorde. Anna spring haar voor. "Moenie onnosel wees nie, Magriet. Mense wat selfmoord pleeg, kry 'n one-way ticket hel toe!"

"Anna!" Joan kan nie glo dit is in haar kind om so te praat nie.

"Dit ís so, Ma. Ons Sondagskooljuffrou het so gesê. Sy't nou wel niks van 'n ticket geprat nie, maar hel toe, dié het sy gesê."

"Anna, dis nou genoeg! Ek sal nooit toelaat dat iets met julle gebeur nie."

"Gmmf!" blaas Anna deur haar neus voor sy weer haar voorkop op haar opgetrekte knieë laat rus.

Joan moet 'n paar keer diep asemhaal voor sy haar stem kan vertrou. Sy is nie vies vir die kind nie, net omgekrap en onseker. Moet sy hulle die rede vir hul pa se optrede vertel en hulle daarmee miskien nog verder ontstel? Of moet sy liewer stilbly?

Ná 'n rukkie besluit sy om hulle die waarheid te vertel. Hulle was tog immers lief vir De Wit. "Gisteraand het daar iets verskrikliks by Pappa se werk gebeur," begin sy. "Oom Chrisjan de Wit het ernstig seergekry. Hy is oorlede."

Anna lig haar kop vinnig en laat sak dit weer stadig op haar knieë. Op haar skoot kyk Magriet haar met groot oë en bewende onderlip aan.

"Julle weet hoe erg Pappa oor oom Chrisjan was. Pappa kon nie by die werk wys hoe hy voel oor wat met oom Chrisjan gebeur het nie. Daarom het hy by die huis kom huil waar hy tussen ons was wat hom liefhet en verstaan. Mense wys hulle verdriet op verskillende maniere. Gisteraand was dit seker Pappa se –"

"Hy was tjoekoe, mal –" kom dit gesmoord van Anna.

"Anna!" keer sy.

"Ma, hoekom staan Pappa elke dag so in my kamer voor hy gaan werk of as hy van nagdiens af kom?" vra Magriet saggies en lê haar kop op haar bors.

"Omdat hy julle liefhet. Hy gaan kyk elke aand of julle veilig is en goed toegemaak is en gee julle dan 'n goeienagsoentjie, al slaap julle al," kan sy eerlik antwoord. "In die oggend wil hy julle nie wakker maak om totsiens te sê nie. Daarom staan en kyk hy maar net na sy pragtige dogters. Ek weet, want Pappa doen dit al van julle geboorte af. Pappa gaan nie meer die pistool huis toe bring nie. Hy gaan dit by die werk los waar dit veilig opgesluit word," eindig sy vertroostend.

"Wie gaan nou vir Pappa werk toe vat en hom huis toe bring?" vra Anna ná 'n kort stilte. "Hy het altyd saam met oom Chrisjan gery. Wat as die gangsters hom in die trein of in die taxi aanval en hy het nie sy gun om homself te verdedig nie? Verlede maand is 'n polisieman met sy eie gun geskiet! Onthou Ma? Dit was op tiewie. Nou gaan hulle vir Pappa met hulle eie guns peper. Hy moet maar eerder sorg dat sy maats hom met die wên kom haal en terugbring. Maar hoekom het ons nie ons eie kar nie, Ma? Dan kan hy ten minste werk toe en t'rug ry en dan hoef hy hom nie oor al die hi-jackers te bekommer nie."

Joan verstaan die weerbarstigheid wat in Anna woed, want in haar eie binneste broei dit soos stormweer. "Ons het nog nie die geld om eenkant te sit om 'n ryding te koop nie."

"Ek sal nie eendag 'n man vat wat nie genoeg geld het nie," sê Anna neus-optrekkerig. "En ek wil definitief nie 'n polisieman vir 'n man hê nie. Ek wil iemand hê wat soos oom Michael elke week sakke vol geldnote inbring en soos antie Magda wees wat mooi klere dra en net heeldag met haar selfoon van een kamer na die ander een rondsit. Ma, hoekom het Ma met 'n arme polisieman getrou?"

"Omdat ek vir Pappa liefgehad het. En nog steeds vir hom lief is," voeg sy vinnig by. "Kom, julle gaan laat vir skool wees."

"Hulle kan sommer hier by my brekfis," keer Magda hulle in die kombuis voor. "Sit. Dis Weet-Bix en tamatie-omelette. Denise!" roep sy. Anna wip van die skrik. "Sorry, Anna. Laat ek gou daai kind gaan wakker maak."

"Gaan jy hulle dan skool toe stuur?" fluistervra sy toe sy verby Joan loop. Sy trek haar skouers op toe Joan knik.

Joan skink en drink koffie terwyl die kinders in stilte eet.

"Anna kan sommer 'n lift by my kry, want daai bus is seker al weg," sê Magda en gaan sit oorkant Magriet.

Toe Joan later vir Magriet skool toe neem, merk sy twee stukkende karre voor die hoekhuis oorkant die skool op. Die enjins is uitgehaal en lê by die voordeur, en die deure is teen die voormuur staan gemaak. Sy dink glimlaggend aan haar kinderjare. Japie, haar pa, was die een wat in die munisipale vullistrok gery en almal se vuilgoed verwyder het. Enige stukkende ding wat hom geval het, het hy uit die rommel gehaal en huis toe gedra om reg te maak. Sy kan hom nou nog in sy bruin overalls sien stap. Maar sy regmaak was net bekpraatjies, want met sy aftrede was die agterplaas stampvol stukkende goed. Goed wat nie-mand wou hê nie – broodroosters, lampies, radiotoestelle, lendelam stoele en selfs 'n ou General Electric-yskas. In 'n halfmaan om die wasgoedlyn gepak, het die hoop rommel jaarin en jaaruit staan en roes en verder verflenter. Haar ma weer het al die vertrekke met sorg gemeubileer en hulle altyd blink en skoon gehou. As daar kuiergaste gekom het, het haar pa en ma soos wagte rondgestaan en bevele gegee: "Moenie op daardie stoel sit nie, sy bene is maar wankelrig. Moet liewer nie daai china-blompot optel nie, dis 'n antiek. Mens kry hom nie meer te koop nie." Antiek se voet! Die blompot se oorsprong was onbekend, want die bodem het iewers in 'n vullisblik agtergebly. Maar toe haar pa dit huis toe bring en by die ander gemors op die werf wou sit, het haar ma dit gegryp en die onderste gedeelte met sandpapier gelyk geskuur sodat dit op 'n tafeltjie in die voorkamer kon pronk. "Dit makeer net 'n bietjie glue," het haar pa gesê toe hy en 'n paar munisipale werkers die dag met die riem-piesrusbank by die huis aankom. Maar hy het nooit die houtgom gekry nie. Hy't ook nooit die stukkende goed reggemaak en weggegee soos hy keer op keer beloof het nie. Sy of haar ma of haar pa moes altyd met 'n groen kombuis-stoel in die hand agter besoekers aandraf omdat die huis wel vol stoele was, maar die groenes die enigste betroubares was.

"Ek het nie geweet dat dié mense karre regmaak nie," sê Joan vir Magriet.

"Dis ander mense wat nou hier bly, Ma. Die voriges het laas Woensdagaand getrek. Sandra het my gesê. Sy bly in daai huis." Magriet wys met 'n vinger na die geel huis langsaan.

Joan is skaars by die huis of Magda is ook daar. "Ek het gedink jy sou die kinders vandag by die huis hou," sê sy.

Joan sit die ketel aan. "Nee. Ek dink hulle aandag sal net heeldag rondom gisteraand draai as ek hulle uit die skool hou. Daar kan hulle ten minste met hulle maats speel."

"As dit met my moes gebeur het, sou ek vir Denise by die huis laat bly het," sê Magda en trek 'n stoel uit. "Maar dat Willem ook werk toe is, kan ek nog minder verstaan. Hy moes iemand oor gister se happenings loop sien het. Ek het in 'n magazine gelees dat as so iets gebeur, die persoon therapy en 'n sup-port-group makeer. In julle case hoort julle almal daarvoor te gaan. Ek is seker dat die poelies-force sulke goed het. Veral vir die kinders. Ek het laas nag nie 'n oog toegehad soos ek my oor Anna geworry het nie. Any way, hoe voel jy?"

"Ek weet nie. Nes ek aan die slaap wou raak, het ek weer die skote gehoor. Toe ek vanoggend vir Willem sy dienspistool gee, het ek gewonder of ek weer my kinders gaan sien. Magda, ek was bang! Ek was nog nooit in my lewe so bang soos gist'raand nie. En om alles te kroon, het ek nog vanoggend uit pure gewoonte ekstra koffie vir De Wit gemaak. Dis onmoontlik om te glo dat hy dood is! Willem gaan hom mis. Die kinders ook."

Die water kook en Joan staan op, maar Magda keer. "Nee, bly sit. Ek sal die tee maak. Ek het net so 'n shock gehad toe Michael my sê wie die poelies-man is wat dood is. Ek meen, ek het heeldag na die nuus geluister. Juis om die naam te hoor omdat dit die stasie is waar Willem werk. Toe dit die eerste keer oor die nuus kom, was ek in die kar, en ek het amper 'n accident in Voor-trekker Road gemaak. Van skrik. En toe kom ek maar terug huis toe, want ek het gedink dis . . . dalk . . . Hulle laat weet mos eers die close relatives voor die naam oor die nuus kom."

Joan kan nie na Magda kyk nie. "Bewaar vir Willem, Here," bid sy in stilte en met oop oë en trek die koppie tee nader wat Magda voor haar neergesit het. "Daar klop iemand aan jou agterdeur."

Magda lig haar sitvlak en loer by die deur uit. "Hello! Ek is nou daar." Met die omdraai sê sy vir Joan: "Dis die ou wat altyd vir my bargains bring."

Sy stap tot by die grensdraad en kom terug met 'n langwerpige plat karton-houer. Sy plak dit op die tafel neer en skeur die kleefband af. Dis 'n stel swart houtsteelmesse. *As shown on TV*, lees Joan op die houer.

"Hoeveel?" vra sy hard. "Dis genuine," sê sy saggies vir Joan.

"Dertig rand, mêrrem," sê die man wat intussen op Magda se uitnodiging nader kom staan het, en vryf sy hande.

"Het jy nog?"

"Ja, maar nie nou op my nie. Ek kan dit volgende week vir mêrrem bring."

"Mooi," sê sy. "Jy kan dié set vat, Joan. Dis 'n present, dan kry ek volgende week myne."

Joan haal 'n groot mes uit die boks en weeg dit in haar hand en dink aan die mes in die laai wat al so afgeslyp is dat dit soos 'n sekel begin lyk. "Da-. Nee dankie, Magda," keer sy haarself. "Ek kan dit nie aanvaar nie," en sy sit die mes stadig terug.

"Hoekom nie?"

"Willem sal wil weet waar die goed vandaan kom, en ek dink nie die man het die goed in 'n winkel gekoop nie."

"Jy sal nooit aan goed kom as jy so redeneer nie, Joan!"

Dit het ek ook vir Willem gesê toe ons nog in daai bediendekwartiere in Ken-sington gebly het en niks gehad het nie, dink sy. Maar hy't almal van die deur af weggejaag. Soos die smous wat die elektriese pan vir tien rand verkoop het en wat met pan en al straatop moes skoert. "Ons sal nooit aan iets kom as jy almal wegjaag nie!" het sy ook daardie dag ontstoke vir hom gesê. "Verlede week was dit die klere wat maklik oor die honderd rand in die winkels is maar waar-voor die vrou net vyf rand 'n stuk gevra het. Ek wil nie eens praat van die splin-ternuwe hi-fi wat jy deur jou hande laat glip het omdat jy te suinig was om die dertig rand uit te gee nie."

Maar hy't steeks gebly. "Joan, as ek gesteelde goed koop, sit ek net so diep in die stront soos jy."

Sy't aan die goed gedink wat sy nodig gehad het. "Dis bargains! Jy weet nie eens of die goed gesteel is nie!" het sy teruggeslinger.

"Dan sal hulle nie soos skelms oor hul skouers staan en loer en teen ske-mer aan deure loop en klop nie. As dit hulle eie goed is en hulle die geld nodig het, sal hulle dit nie so spotgoedkoop verkwansel nie. Ek wed jou as ek nou lêers moet gaan naslaan, sal die goed as gevolg van inbrake gerapporteer wees. Ek gaan nie my gewete en werk op die lyn sit omdat jy sente wil spaar nie. Ons sal eendag genoeg geld het om al die goed te kry wat jy so begeer."

"Ja, eendag wanneer ek stokoud is."

"Michael!" roep Magda na die afdak se kant toe. "'n Dertig rand, 'seblief!" sê sy toe Michael van sy werkplek se kant af by die draad regoor die kombuisdeur kom staan. Sonder vrae vra haal hy die geld uit sy sak en Magda beduie met haar kop dat hy dit vir die smous moet gee. "Moet maar nie worry om nog 'n set te bring nie," sê sy vir die smous en gee Joan 'n verergde kyk.

Joan probeer verduidelik waarom sy nie die present kan vat nie.

"Dis nou die grootste hoop nonsens wat ek al ooit gehoor het," sê Magda en gaan sit weer die ketel aan. "Ek kry al vir jare bargains by daai ou en niks het nog met my gebeur nie. So what as die goed gesteel is? Dis mos nie ék wat dit gesteel het nie. En dis nie asof daai ou vir die pote sal sê aan wie hy die goed verkoop nie. Hy sal nie praat nie, want anders is hy al sy customers kwyt. Niemand koop by 'n squealer nie."

Joan sê maar liewer niks.

Toe Willem vieruur by die huis kom, is sy en die kinders besig om 'n legkaart op die kombuistafel te bou. "Middag," sê hy stil en gee elkeen van hulle die gewone piksoen. Maar dit is duidelik dat hy effe gespanne is. Sy loer ongemerk na sy regterheup en sien verlig dat hy nie die pistool op hom dra nie. Sy merk hoe ongemaklik Anna ook in haar stoel rondskuif.

"Gaan Pappa . . ." begin Magriet onseker.

"Gaan was? Ja," knip Willem haar kort en loop in die rigting van die hoofslaapkamer.

"Ek wou nie dit gevra het nie," sê Magriet sag agterna. "Ek wou maar net . . ."

"Jou skoolwerk klaarmaak," troos Joan en druk 'n soen op haar voorkop. "Kom, julle moet klaarkry sodat ek die kos kan begin."

In hulle slaapkamer sit en wag sy op die bed vir Willem om uit die badkamer te kom. "Het jy toe met iemand oor gister se dinge gepraat?" vra sy.

"Mmm. Groepsessie met 'n sielkundige," antwoord hy en trek een van sy ou denimbroeke en 'n geel T-hempie aan.

"En jy?" por sy. "Kon jy alleen met die persoon praat? Jy en De Wit was baie na aan mekaar. Julle het jare saamgewerk. Jy was dan selfs sy strooijonker!"

"Nee, ek het nie en sal ook nooit nie." Hy sug. "As ek met 'n sielkundige praat, kom dit op my rekord en die owerhede sal dink dat ek nie stres kan hanteer nie. Los dit, Joan, ek is moeg."

Sy bly sit op die bed. Eintlik wil sý daaroor praat. Sy staan traag op en stap terug kombuis toe. Die kinders is nêrens te siene nie. Die legkaart is ook nie op die tafel nie. Anna se deur is toe. Willem kom uit die kamer net toe sy na die kinders wil roep om seker te maak dat hulle klaar is met hulle skoolwerk. Hy gaan staan in die agterdeur met die koppie tee wat sy in sy hande gegee het en loer kort-kort oor die heining na Michael se afdak. Iets maak haar wys dat hy seker 'n bier by Michael wil vra. Maar haar gesonde verstand stry daarteen. Dis maar net omdat hy so hewig ontsteld was dat hy gister die goed gedrink het, troos sy haarself. Nie een van hulle het ooit van die reuk van drank gehou nie of vattigheid aan alkohol gehad nie.

"Magriet het met nog 'n raffle van die skool af gekom," gesels sy. "Hierdie keer is dit 'n botteltjie vol boontjies en moet mens raai hoeveel daar in die bottel is om 'n halwe skaap te wen. Hier, miskien moet jy hierdie een ook maar werk toe vat, anders kom die vorm nooit vol nie. Die strate wemel van kinders wat met botteltjies boontjies van deur tot deur loop."

"Mm," antwoord hy sonder om van die deur af weg te draai of na die bottel met boontjies te kyk.

Sy voel seergemaak dat hy nie soos gewoonlik belangstelling in die kinders se skoolaktiwiteite toon en eers 'n rukkie met haar sit en gesels voor hy met hulle gaan speel nie.

"Hoe laat wil jy eet?" vra sy onnodig om hom aan die praat te kry.

"Ek gaan om na Michael toe." Hy sit sy koppie in die opwasbak en sonder om een keer na haar te kyk, loop hy by die deur uit.

Hy kom eers 'n uur later met 'n plastieksak tuis. Toe hy verby haar skuif en die bier in die yskas sit, kan sy ruik dat hy al een of twee gedrink het. Hy sak in 'n stoel neer. So kalm moontlik gaan sit sy oorkant hom en vat oor die tafel sy groot hand in haar smal een. "Willem."

Hy ruk sy hand los en leun agteroor in die stoel met sy vingers inmekaar gevleg op sy kop. "Los dit, Joan. Ek wil nie daaroor praat nie."

Sy oë rus net vlugtig op haar en gly dan heen en weer oor die kombuiskaste agter haar. "Willem," probeer sy weer.

"Joan, los dit!" knip hy haar kort. "Middag, Pa se mooi meisies!" kom dit heel vrolik toe Anna en Magriet die kombuis skugter inkom. Hy gaan tot by hulle waar hulle onseker net binne die deur bly staan het, en streel oor hulle koppe.

"Anna, Magriet, ek is jammer dat ek julle gisteraand skrikgemaak het." Hoekom vra hy my nie ook om verskoning nie? wonder Joan. "Dit sal nooit weer gebeur nie. Dit was verkeerd van my om so op te tree. Is ek vergewe?"

Magriet begin dadelik opgewonde van die skool se fondsinsamelings vertel.

Anna knik sonder 'n woord net haar kop maar lyk steeds onseker. Sy ontdooi eers ná ete en toe sy en haar pa oudergewoonte die skottelgoed staan en was, gesels sy spontaan met hom oor haar skoolwerk. Joan sit en luister na hulle by die kombuistafel en wonder of Anna ook agterkom dat haar pa nie veel tot die gesprek bydra nie.

In die bed probeer sy soos altyd om ligte grappies te maak sodat hy nie nors moet gaan slaap nie. Waar hy 'n staaltjie of twee sou vertel het van iets wat hy by sy vriende gehoor het, lê hy vanaand stil op sy rug na die plafon en kyk. Behalwe vir "mmm", kan sy niks uit hom kry nie. Later, toe sy ook stil raak, voel hy seker skuldig, want hy trek haar nader en rol oor haar. Maar ná 'n tydjie rol hy met 'n swaar sug van haar af en keer sy rug na haar. Tóé is sy bekommerd! Hy het nog nooit vantevore probleme gehad of sommer net van haar weggerol en sy rug op haar gekeer nie.

"Willem," roep sy saggies in die donker na hom en tik hom op die skouer. Maar al kan sy aan sy asemhaling hoor dat hy nog wakker is, hou hy hom aan die slaap. Ure lank lê en wonder sy wat met hulle aan die gebeur is.

'n Paar dae later sit hulle twee een aand voor die televisie en nuus kyk. Hy, stil met 'n glas bier voor hom op die tafeltjie. Sy, besig om die soom van Anna se uniform vas te werk waar dit losgetorring het. Toe die aankondiging kom dat 'n polisieman in die Vrystaat koelbloedig vermoor is nadat hy in 'n lokval gelei is, sien sy Willem se lyf ruk. Hy skakel die televisie af en bly sit met sy hande in sy hare, sy kop vooroor. 'n Lang tyd sit hy so.

"Het jy hom geken?" vra sy sag.

Sy stem is skor wanneer hy antwoord: "Dis nie nodig om hom by naam te ken nie. Hy was 'n polisieman. 'n Kollega. Dis wat saak maak."

Hy vat die bier kamer toe. Sy volg hom. Die res van die aand sê hy nie 'n woord nie, sit net op die kant van die bed en staar in die glas wat lank reeds leeg is. Toe hy uiteindelik aan die slaap raak, rol hy só rond dat sy nie kan slaap nie. Die volgende oggend is sy nie verbaas dat hy moeg en afgerem lyk nie. Wat haar wel verbaas, is dat hy dokter toe pleks van werk toe gaan.

"Ek sien Willem het vandag vir Magriet skool toe gevat," sê Magda toe hulle by die draad gesels. "Is hy dan nie eers volgende week op nagdiens nie?"

"Hy is siek, want hy't gesê dat hy dokter toe gaan," verduidelik Joan.

"Is daar nie miskien 'n germ of iets wat weer die ronde doen nie? Jy lyk ook nie vandag jouself nie."

"Ek is moeg. Willem het heelnag rondgerol en ek kon nie slaap nie. Maar dis nie oor sy rondrollery nie. Van daai aand se skietery af is ek wakker sodra hy roer. En as hy deur die dag by die huis is, raak ek onrustig en wil ek sien wat hy doen."

"Dis normal, ek sal dit ook doen. Wag, dis jou hek wat raas. Miskien is dit mister."

Dit ís Willem. Hy gooi 'n pak pille op die kombuiskas en 'n oop brief op die tafel neer en stap voorkamer toe. Toe sy hom met iemand hoor praat, tel sy die brief op. *Verrekte rugspiere. Sewe dae af siek*, lees sy. Toe hy met die oproep klaar is, kom haal hy 'n paar leë bierbottels en is die deur uit. Sy gaan loer deur die vaal voorkamerruite en sien hom straataf stap.

"Magda!" roep sy benoud na haar buurvrou en klouter deur die draad wat die twee huise van mekaar skei. Vandag loop sy nie nog deur die voorhekkie straatlangs nie. Magda kom verskrik uit 'n kamer.

"Dis Willem! Hy's straataf na die smokkelhuis toe!"

Magda gee haar 'n harde hou op die rug. "Jissou, Joan. Ruk jou straight! Jy sal mens nog 'n heart attack gee. Ek dog iets het gebeur," sê sy vies. "Nou hoe de hel dink jy moet hy aan die bier kom as hy dit nie gaan koop nie? Michael drink net hot stuff. Die smokkelhuise hier rond is any case goedkoper as –"

"Magda! Ons praat van Willem. Hy sal nog nooit na dieselfde onwettige plekke toe gaan wat hulle elke keer probeer toemaak nie. Ek is vrek bekommerd, sê ek jou," sê sy met 'n onvaste stem.

"Ek weet nie hoekom jy bekommerd is nie. Willem gaan koop al lankal sy eie biere." Sy skakel ongeërg die waterketel aan. "Michael kan mos nie elke slag sy werk los om –"

"Waarom Michael hom nie daai aand sterk tee ingejaag het nie, weet nugter alleen!"

"Nee wag!" Magda hou haar hand omhoog. "Michael wou help en het nie geweet hoe nie! Hoe moes hy nou weet dat Willem op die bier sal gaan staan en verlief raak? Anyway, die bier maak darem so af en toe sy tong 'n bietjie los. Ek het nog nie brekfis gehad nie," verander sy die gesprek. "Maak jy die toast dan gooi ek gou vir ons bacon en eiers op die stove."

Joan kan nie eintlik teëpraat nie en help maar met die ontbyt. Tog wonder sy of Magda agtergekom het dat Willem meer spraaksaam met mense buite die familiekring is.

Die hele dag sien sy min van hom, maar voor aandete kom sit hy in die kombuis. Anna en Magriet, wat deur die reuk van gebraaide uie uit hulle kamers gelok is, steek in die deur vas. Sonder om te dink, sit Magriet haar hand voor die mond en roep uit: "Haai, Ma, kyk! Pappa drink!"

Anna kyk haar pa 'n lang ruk aan. Toe sê sy net hard genoeg vir Joan: "'n Trigger-happy Pa wat 'n êlkie gaan word."

As Willem gehoor het wat sy dogter sê, laat hy dit nie blyk nie. En hy sou nie gesien het dat sy haar 'n vlugtige oomblik bloedrooi vir hom geskaam het nie, dink Joan.

"Joan is my laatlammetjie," het haar ma, Kristien, altyd met trots gesê as sy aan mense voorgestel is. Daar was 'n gaping van dertien jaar tussen haar en haar ouer suster Susan. Dit het haar nooit gepla nie. Tot met haar dertiende verjaarsdag. Toe het sy haar skielik daaroor begin skaam.

Haar ma het drie dae lank gebak en brou om alles vir die partytjie klaar te kry. "Japie! Die werf moet skoon!" het sy so af en toe deur die kombuisvenster geskree. "Die kinders kan nie oor al daai gemors loop staan en val as hulle aan die baljaar is nie!"

Susan het vroegtydig gesê sy sal nie die Saterdagmiddag by die huis wees nie.

Die dag van die partytjie wás die werf skoon. Op haar pa se manier – hy't de laaste stukkende ding al teen die agtermuur langs tot op die dak gestapel. Maar daai dag was sy nie oor weggooigoed bekommerd nie. Dit was haar dag. Die enigste dag in die jaar wat net aan haar behoort het. Liesbet en haar ander maats en 'n klomp ongenooide kinders het vir die partytjie opgedaag. Toe die partytjie op sy lekkerste was, het een van die ongenooide kinders nog koek by haar ma gevra. "Ouma, kan ek 'seblief nog koek kry?"

"Nie ouma nie. Antie! Dis my ma," het sy die kind laggend reggehelp.

Die seun het verwilderd rondgekyk. "Waar is jou ma?" het hy met 'n frons gevra en vinnige loertjies na die koek op die tafel gegee.

Dit was 'n onskuldige vraag, maar daardie onskuldige vraag het haar hele lewe omgekeer. Die wêreld het skielik om haar tot stilstand gekom. Al die kinders het uit haar oog verdwyn. Voor haar het 'n ou vrou met spierwit hare gestaan. Vir die eerste keer het sy werklik die stywe bolla onder 'n swart haarnet gesien; die plooie op die wange en die dubbele ken wat saamsmelt sodat dit lyk asof die ou vrou se nek by haar onderste kakebeen begin.

Sy't 'n eienaardige, onplesierige gevoel gekry toe sy afkyk en sien haar ma se blou rok maak nie die sykouse wat tot net onderkant die knieppe opgerol was, toe nie. Sy het dit nog nooit vantevore opgemerk nie. Sy't gevoel hoe warm haar nek en wange van die verleentheid word en na haar ma se gesig gekyk. Die oë was stralend en die mond laggend, maar al wat sy rigtig gesien het, was die klein pêrel in die linkeroog en grys hare op haar bolip en ken. Waarom het haar ma nie liewer haar baard nes haar pa geskeer nie? het sy skielik gewonder.

Pa. Heeltemal ontsenu het sy na hom deur die venster gekyk waar hy op die stoep met sy rug na die huis sit en pyp rook het. 'n Blink bleskop. Ronde slap skouers. Vlekke op die hand wat die pyp vashou.

Haar pa en ma.

Die huisvrou en die munisipale werker wat elke dag die groot vullistrok deur die strate ry en vullis optel. Hoekom het sy nog nooit gesien hoe oud hulle is nie? Waarom was hulle nie so jonk soos die ander kinders se ouers nie?

Alles was bederf. Haar partytjie was net niks meer lekker nie. Sy kon nie wag dat die kinders moes loop nie.

"Ma," het sy gevra ná die laaste kind weg is. "Hoekom is Ma en Pa dan soveel ouer as die ander kinders se ouers?"

Haar ma het 'n diep sug gegee en die groen kombuisstoel wat sy oral in die huis rondgedra het, nader getrek. Toe sy sit, het sy swaar vooroor gebuig en die sykouse wat tot om haar enkels afgesak het, tydsaam met haar handpalms opgestoot en die kousrek daaroor getrek. "Die goed bly afskuif sodra ek my roer!" het sy gekla en weer regop gekom en haar hande op haar skoot gevou. "Ek sal moet winkels toe en kyk of daar nie groot suspender belts is nie. Die garters beteken niks."

"Ma!" het sy ongeduldig gesê en vlak voor haar gaan staan.

"Dis van harde werk en swaarkry dat ek en jou pa so verrinneweer is," het sy met onnatuurlike blink oë gesê. "Jy is ons laatlammetjie, daarom is ons ouer as die ander ouers."

Haar ma het haar probeer nader trek, maar sy het haar losgeruk. Met haar hande oor mekaar gevou, het haar ma gesê: "Ons wou nog kinders hê, maar ons het dit maar so aanvaar toe dit net Susan is. En toe my lyf by ses-en-veertig begin lol, het ek gedag dis die change of life. Maar dit was nie."

Sy't een van Pa se kakiesakdoeke uit haar bors gehaal en haar neus hard daarin geblaas. "Ek onthou my skok en trane nog alte goed toe die dokter vir my sê dat ek swanger is. Daar sit ek toe opgeskeep met 'n tienerdogter wat haar uit die grond uit skaam vir haar ma se swangerskap, en 'n man wat hom elke keer met asynlappe oor die tyding moes lawe. Op straat en by Peninsula Maternity se kliniek het dit ook nie beter gegaan nie. Almal wou altyd geskok weet: 'Is dit 'n beplande swangerskap?' Simpel goed! Hulle wou so graag weet dat hulle nie eens besef het hoe seer hulle woorde maak nie. Ek was later só skaam dat ek nie my voete by die deur uitgesit het nie. Nie eens kerk toe nie. Maar Dominee het verstaan."

"Was Ma oor mý skaam?"

"Nee, nooit!" Haar ma het haar weer nader getrek en oor haar hare gestreel. Dié keer het sy nie losgeruk nie. "Ek was bly dat die Here vir my gekies het om jou in die lewe te bring. Dis die mense se optrede wat my skaam en self-bewus gemaak het. Dis hulle wrede opmerkings wat my in die huis laat sit het. Al was ek volgens almal te oud, was ek bly om jou onder my hart te dra. Verstaan jy nou?"

Sy het instemmend geknik maar eintlik niks verstaan nie. Al wat sy geweet het, was dat haar ouers oud was, anders as al die ander kinders s'n. Net so oud soos hulle oumas en oupas.

"Willem, staan op. Jy kan nie skaars twee dae terug by die werk wees en laat kom nie," praat sy hard en sit sy koffie op die bedkassie neer en probeer die komberse van hom aftrek. Maar hy klou daaraan. "Willem! Ek weet jy's wakker. Toe, roer jou. Moenie dat ons elke oggend die dag stry-stry begin nie."

Sy slaag uiteindelik daarin om die kombers van sy kop af te kry, maar deins vinnig terug en hou haar asem 'n rukkie op. "Ag sies, Willem! Hoe op aarde kan jy so toekop lê?"

Die gemengde reuk van ou drank en gasse wat onder die kombers uitkom, laat haar vinnig in die rigting van die venster beweeg. Sy struikel byna oor die leë bierbottel wat aan sy kant van die bed op die mat lê. "Gee my krag!" brom sy vies en skop die bottel met mening na die verste hoek van die kamer voor sy die venster wyd oopgooi.

"Los die vensters!" brul Willem in die stil vertrek. Sy wip verskrik om. Hy skuif stadig teen die koprus van die bed op tot in 'n sittende posisie. Hy kyk haar nors aan. "Dit help niks om koeëlvaste ruite deur die hele huis te hê as jy die vensters staan en oopvlek nie," brom hy en tel die beker koffie met sy regterhand op. Toe hy die komberse van hom wegdruk en sy die hare op sy kaal bolyf sien, draai sy haar rug op hom en maak nog 'n venster oop.

"Lós die donnerse venster!" bulder hy nog harder.

Sy ignoreer hom en voel hoe 'n warm bergwind die kamer binnestroom. "Ek nodig vars lug, Willem. Die kamer nodig vars lug. Heerlikheid! Om te dink dat ek heelnag deur al daai reuke geslaap het! En —"

"Jy lê al sestien jaar met die reuke. Moenie nou kla nie."

Sy kyk oor haar skouer en wil eers bitsig terugkap, maar die desperate uitdrukking in sy oë laat haar die woorde terugbyt. Met 'n onhoorbare sug gaan sit sy langs hom op die bed. "Maar dit was nie altyd so nie," sê sy sag en woel haar vingers liggies deur die kort geknipte hare terwyl sy hom onderlangs ondersoekend aankyk. Hy lyk gespanne en angstig. Op sy bolip lê 'n sweetlaag wat sy weet nie die gevolg is van die vorige nag se drie biere nie. Die kamer ruik wel nie lekker nie, maar dis koel, dink sy, en probeer om nie haar neus op te trek toe hy onverhoeds in haar gesig windbreek nie.

41

"Willem, wil jy nie maar iemand gaan sien nie? Jy kan nie elke oggend die dag so verwilderd begin nie. Gaan sien iemand, toe. Dit hoef nie die polisie-sielkundige te wees nie. Die medical aid sal tog 'n privaat persoon dek, of hoe?"

Terwyl sy praat, volg haar oë haar vingers wat oor sy kop gly. Sy slape is spierwit en die res van sy hare is sterk grys. Hemel, dink sy besorgd, wie op aarde sal kan raai dat hy maar net sewe-en-dertig jaar is? Wonder die bevelvoerder van sy tak ooit waarvan hy so vinnig grys geraak het? Sien hulle hóm ooit raak?

"Ek makeer niks!" antwoord hy bars en ruk sy kop onder haar hand weg.

Sy ignoreer die uitbarsting en laat gly haar hand teen die kant van sy gesig en nek af tot dit liggies op sy bors tot ruste kom. "Nee, Willem. Moet my nie weer met jou kyke en uitbarstings probeer stilkry nie. Jy nodig hulp en ek kan dit nie vir jou gee nie. Nie omdat ek nie wil nie. Ek wil jou graag help, maar ek weet nie wat om te doen nie. Jy moet met iemand buite die werk gaan praat, want ek weet dat dit iets met jou werk te make het."

Sy sien hoe hy sonder om 'n oog te knip in die leë koffiebeker kyk, en haar hart gaan na hom uit. "Willem, kyk hoe lyk jy! Jy kan nie so aangaan nie," sê sy met deernis. "Ek kan nie so handjies gevou en hulpeloos staan en toekyk hoe jy krepeer nie. En ek weet nie of jy al agtergekom het nie, maar dit affekteer die kinders ook, want hulle maak hulleself uit die voete sodra jy by die huis kom. En dit was nie eers so nie, my man," sluit sy saggies af. Sy oorweeg dit om hom te sê hoe hard hy die vorige nag in sy slaap gehuil het, maar bedink haar. Hy lyk erg genoeg en sy wil hom nie daarby nog laat skaam voel ook nie.

"Krepeer? Jy praat kamma altyd so deftig Afrikaans. Ek wonder of jy weet wat die woord beteken," sê hy sarkasties en plak die beker hard op die bedkassie neer en klim stadig uit die bed.

"Ek mag in standerd sewe uit die skool uit is, maar ek is nie onnosel nie!" kap sy bitsig terug. Sy besef te laat dat sy in die ou strik getrap het. 'n Strik wat hy seker doelbewus vir my gestel het om my kwaad te kry, dink sy vies vir haarself. Hy weet dat ek van hom sal wegstap as hy my kwaad maak, en hy wil dit seker nou ook hê. Maar vandag gaan hy nie so maklik van my ontslae raak nie, besluit sy.

"Ek het gister vir Magriet met haar skoolwerk gehelp. Sy moes nuwe woorde naslaan en daarmee sinne maak. Snaaks hoe baie goed deesdae se graadseskinders moet leer. As jy my nou in 'n skoolbank druk, sal ek niks weet nie."

Hy kyk haar uit die hoogte aan, rek homself uit en gee 'n lang gaap. "As jy nie voor jou tyd ougat geraak het en agter my aangehardloop het pleks van jou matriek klaar te maak nie, sou jy nou meer geweet het."

Hy merk die oop venster op. "Maak nou toe die vensters! Ek sê jou elke keer dat jy die vensters aan die agterkant van die huis moet oopmaak, want niemand kan teen daardie muur opklouter of deur die hakiesdraad bo-op die muur klouter nie." Hy glip al pratend verby haar deur se kant toe. "En sorg dat jy vir Magriet by die skool gaan haal. Sê vir Anna sy moet die skoolbus vat en reguit huis toe kom. En jy stuur hulle nie rond nie! Sorg dat hulle onder jou oë op die werf speel. Ons het gister nog 'n kind se lyk gekry."

Sy laat al die string opdragte oor haar spoel, maar oor die laaste opmerking wil sy hom agternasit en uitvra. Dan weer, uit jare lange ondervinding weet sy dat hy haar niks meer sal sê as wat in die koerante staan of oor die televisie en radio genoem is nie. Koerante koop sy nie, want die geld daarvoor moet sy in die kospotte druk. En na die nuus op die televisie en radio kyk en luister sy die laaste tyd maar selde, want sy is moeg van geweld en berigte wat haar net nog meer laat besef hoe gevaarlik Willem se werk geraak het.

Maar wanneer het dinge dan so verander? vra sy haarself af terwyl sy die bed stroop en die lakens en komberse opvou om dit later buite te gaan hang sodat dit kan lug kry. Sy het geen antwoord nie, maar sy onthou hoe dit eers was. Willem is deur almal op die hande gedra en gerespekteer omdat hy 'n polisieman was, en omdat sy die vrou van 'n polisieman was, is sy ook op die hande gedra. Selfs die kinders, toe hulle nog klein was, is soms deur die buurt se mense 'n lekker of vrug in die hand gestop. Maar toe sy haar oë uitvee, het dinge verander, en nou word sy en Willem skaars gegroet. En wanneer sy oor die naweek in die voortuin doenig is en 'n besope persoon loop verby, word sy sonder rede vir die slegste uitgeskel.

Sy moes mettertyd Anna en Magriet se speelplek tot hulle eie werf en Magda se erf beperk. En dit kan die kinders ná alle verduidelikings nog steeds nie verstaan nie. Nie dat sy self regtig weet wat aan die gebeur is nie. En dan het Willem self ook verander. Namate die nuusflitse oor moord op polisiemanne meer geword het, het hy skugterder geraak. Waar hy eens laatnag heen en weer tussen vriende se huise in die omgewing geloop het, gebeur dit nou nooit meer nie. Hy kuier nie eens meer bedags rond nie, tensy sy vriende hom in hul karre kom haal. Dis net nog saam met Michael wat hy soms 'n bier sal drink.

Sy het gehoop dat die mense se haatlike houding teenoor die polisie sou verbygaan, maar pleks van beter raak, sal dit net erger raak, want so in die verbygaan het sy van die aardigste dinge te hore gekom. Stories van polisiemanne wat skelmpies gewere en dwelms aan die gemeenskap verkoop. "Magda, ek kan dit eenvoudig nie glo nie," het sy nou die dag langsaan gekla toe hulle sit en tee drink. "'n Polisieman is dan juis daar om die publiek te beskerm!"

"Die tye het gechange, Joan," het Magda haar beterweterig ingelig en half uit die stoel opgestaan om deur die venster te loer toe Michael se sweismasjien in die agterwerf stil raak. "Ja, dinge het gechange," het sy herhaal en weer teruggesit toe sy tevrede is dat alles rustig is by Joan se huis. "Ek onthou nog my kinderjare in Aspelingstraat in Distrik Ses. Daar het ons gekom en gaan – tussen skollies wat ons kinders op ons ouers se name geken het – en niks oorgekom nie. Almal het my geken as Boeta Tommie van Aspelingstraat se meisiekind asof ek nie 'n eie naam gehad het nie. En daai einste skollies het met hulle pangas en dagga en al laat spat sodra hulle 'n poot gewaar het. Maar dit was destyds toe die Cape Flats se bek nog nie vir ons oopgegaan het nie. Nou sit ons met guns en drugs en corrupt poelieste opgeskeep." Sy het na Joan geloer en vinnig bygelas: "Willem is nou nie by daai ingesluit nie. Hy is nog die enigste straight een wat oor is. Seker dié dat hy so diep depressed is."

Sy't haar goed vir Magda vererg daardie dag. "Willem is nie depressief nie!" het sy kwaai teruggekap. "Hy is maar net 'n bietjie teruggetrokke. Seker iets met sy werk te doen, want as mens hulle ongemerk dophou, sien jy die ander manne raak nes hy. Ja, hulle werk is baie stresvol. Daaraan is daar geen twyfel nie. Maar depressief? Gmf!"

Magda het haar tee eers tydsaam klaar gedrink en toe met regterhand onder die ken en arm op die tafel gestut na Joan gekyk en gesê: "Stres? Ja, dit seker ook. Maar ek dink dis mostly depression. Hy is nie meer dieselfde nie. As 'n mens hom groet of met hom praat, lyk dit asof hy te moeg is om sy mond oop te maak om te antwoord. En soms lyk dit of sy kop te swaar op sy skouers rus om 'n mens 'n kopknik te gee. Het jy al gesien hoe traag hy loop? So asof hy varicose veins of bunions het. Dis mos goed wat die poeliesmanne baie kry, het ek eenkeer in 'n magazine gelees. Dis van al daai stanery op een plek."

Toe los sy haar ken, stoot haar koppie weg en sê: "Serious, Joan. Jy moet net vir Willem dophou. Gisteroggend toe ek deur die venster kyk, het hy penorent in die kombuisdeur gestaan en na die hemel gekyk. 'n Volle twintig minute lank. Ek het hom getime!" Om haar punt te benadruk, tik sy 'n paar keer met haar wysvinger op haar polshorlosie. "Hy het net daar op een plek gestaan sonder om te roer, nes of hy op diens was en aangesê is om sy shadow op te pas. As hy nie diep depressed is nie, is hy hoog befok, anders is my naam nie Magda Daniels nie. Onthou jy . . ." het sy begin, maar toe stilgebly.

Magda was bly dat sy nie verder gepraat het nie, want sy wou nie weer oor die nadraai van Chrisjan de Wit se dood praat nie.

"Gee daar 'n bier se geld!" het Willem haar gegroet toe hy 'n paar dae later by die huis kom. En dadelik ontslae raak van sy uniform. "Asseblief" het kort na die grasskietery uit sy woordeskat verdwyn, en so ook uit haar lewe die Willem van ouds wat hulle begroting haarfyn uitgewerk het voor daar geld vir lek-kernye toegelaat is.

"Maar jy weet dat dit die brood se geld is. Wat makeer jou?" het sy geskerm. "Dis nou al amper twee weke dat jy net inkom en biergeld vra!"

"Ek sal wel later 'n plan maak."

"Dit hoor ek elke keer. Wat gaan jy en die kinders miskien werk en skool toe vat om te eet solank jy planne maak?"

Hy het met sy hande op die tafelblad geleun en moedeloos teruggekap: "Ek soek net 'n bier se geld en nie al jou donnerse kontant nie!"

Sy het maar die geld uit die teepot gehaal en vir hom gegee. Weier, dit doen sy nie. Liefs 'n Willem met 'n bottel bier in sy lyf wat darem weet wat om hom aangaan en soms 'n woord of twee vir haar en die kinders het, as 'n terugge-trokke Willem wat die wêreld sonder 'n oog te knip ure lank sit en bespied.

"Ek weet nie meer nie," kla sy teenoor Magda toe dié een oggend by haar in die kombuis sit en kyk hoe sy koekies bak. "Op watter punt raak 'n mens só teruggetrokke en stil dat dit soos 'n kanker aan die ander mense begin vreet?"

"Dinge sal weer regkom," sê Magda en lig 'n soetkoekie uit die pan wat net uit die oond gekom het. Al knabbelend sê sy: "Maar by my werk die silent treatment nogal goed. En vinnig. As ek iets by Michael wil hê wat hy nie wil gee nie, ruk ek myself net op en ignore hom vir 'n paar dae. Dit werk elke keer."

"Magda! Dis nie waarvan ek praat nie."

"Ek weet. Maar Willem is net by ons so stil. Jy hoor self hoe hy soos die ou Willem optree en praat wanneer hy met sy police buddies hier aankom."

"Dis juis wat my pla. Voor sy kollegas tree hy kamma normaal op. Maar ek kan sien wat kos dit hom om sy skouers te lig en die glimlag reg te hou. Sodra hulle weg is en hy in die huis is, verslap sy skouers en is sy gô uit. Dit lyk nie vir my of die drinkery eens veel help nie. Dis net 'n mors van geld."

"Wel, elke mens het 'n crutch. Net jammer dat Willem moes discover syne lê in 'n bierbottel. Jy moet seker dankbaar wees dat dit nie rook was nie, want ek lees nou anderdag in 'n magazine, dink dit was *Huisgenoot*, dat mens nie maklik kan ophou as jy eers begin rook het nie."

"Rook? Hemel, Willem se kop moet net nooit in daardie rigting ook werk nie! Magda, dink jy . . . dink jy dat hy nou so in homself gekeer is omdat hy nie meer sy pistool op hom dra nie?"

"Hûh-ûh. Die gun het niks daarmee te doen nie. Willem is net diep de-pressed. Gits, watter normal poeliesman sal nie depressed raak van als wat deesdae aangaan nie? Sit mens die tiewie aan of maak jy 'n magazine oop, is dit 'n poot wat hier geskiet is of een wat homself daar geskiet het. En soms vrou en kinders ook. Eers was hulle heroes maar nou weet ek nie meer so mooi nie. En wat doen die government? Sweet boggherol, as jy my vra. Die biscuits kort iets," sê sy en druk nog een in haar mond. "'n Knippie sout, dis wat dit is. My oorle Ma het altyd 'n ekstra knippie sout in al haar koek en goed gesit. Bring glo die smaak uit. Anyway, die poelies-force het mos psychologiste en goed. Hoekom gaan sien hy nie een van hulle lat hulle hom 'n bietjie uitcheck nie?"

"Ek het dit al menigmale voorgestel." Sy sug en begin om die deegskottel uit te was. "Maar elke keer as ek dit noem, spring hy dwars by my keelgat af. Hy is bang dit kom op sy rekord of iets en mag later teen hom gebruik word."

"Nou hoekom gaan gesels jý nie met iemand in die force nie? As dit Michael was, het ek my lyf lankal soontoe gevat."

"Glo my, ek wil dit so graag doen. Maar Willem kry 'n klontjie as ek dit sou waag! Ek wens daar was 'n ondersteuningsgroep of iets met wie ek kon praat. Het jy nie die anderdag so iets genoem nie? Jy weet, 'n groep in die gemeenskap wat nie self in die polisie werk nie. 'n Klomp gewone mense. Maar mense wat ook met polisielede getroud is, by wie mens jou sorge sal kan afpak en met wie jy jou bekommernisse kan deel. Jy luister elke dag na my, Magda, en daarvoor is ek dankbaar. Sonder jou hulp en bystand sou ek nooit staande kon bly, maar ek soek ander vrouens wat ook met polisielede getroud is – mans ook seker. Mense wat sal weet wat ek deurmaak en wat ek bedoel. Daar móét ander mense wees wat nes ek voel – hulpeloos, gefrustreerd en gedaan. Jy weet, Magda, wat my onderkry, is dat niemand aan mý dink nie."

Sy pak die laaste klompie rou koekies in die pan en stoot dit ingedagte in die oond. "Die dag ná De Wit se dood het 'n sielkundige 'n sessie met sy kollegas gehou sodat hulle oor hulle gevoelens kon praat. Willem het my dit darem vertel. Maar niemand het 'n sessie met mý gereël nadat ek my kinders met my lyf moes bedek toe die skote buite afgaan nie. Niemand het 'n sessie met my en die kinders gehad nie. Niemand praat my moed in as ek myself aan die slaap moet hou en maak of ek nie my man se nagmerries of rondrollery hoor nie. Niemand nie. Jy sal sweer ons is onsigbaar!"

Sonder dat sy dit agterkom, vee sy met 'n deeg besmeerde hand oor haar hare.

"Weet jy, ek het daardie hele vreeslike nag wakker gelê en oor hom gewaak. Hoekom? Omdat ek te bang was om aan die slaap te raak en hy dalk sou opstaan en die dienspistool kry waar Michael dit versteek het en dit op my rig. Of op die kinders. Niemand reël sessies vir my wat daagliks met Willem se probleme opgeskeep moet sit nie. En ek neem aan die ander polisiemanne se vroue word net so geïgnoreer. Behalwe jý weet niemand onder watter stres ek leef nie. En die kinders? Hulle gesels en speel wel weer met hom, maar ek weet dat hulle vrekbang is. Vir hulle eie pa! Ek kan sien hoe Magriet en Anna hom gedurig dophou. Anna is nie meer so spontaan —"

"Sit weg die biscuits voor ek als opeet," onderbreek Magda haar en gryp gou nog twee soetkoekies voor sy die skottel oor die tafel na Joan stoot. "Hoekom praat jy nie met sy pals wat hom altyd kom haal nie?"

"Ek wou al, maar toe hoor ek eendag hoe hulle van 'n kollega se vrou praat wat gaan hulp soek het. Sy't glo die kaptein gaan sien oor haar man wat haar mishandel het. Vir hulle was dit die grootste sonde wat die vrou kon doen: haar man by die werk gaan bespreek. En Willem het met hulle saamgestem! Nee wat, met hulle kan ek nie praat nie. Noudat hy saamdrink, kom loer hulle soms in en hou saam jolyt. Maar dink jy een van hulle het my al ooit gevra hoe dit regtig met my en die kinders gaan? Nie dat ek my probleme met hulle sou bespreek nie. Maar dit sou darem lekker wees om te weet dat hulle omgee."

"En die paarties waarnatoe julle soms gaan? Word dit nie deur sy werk georganise nie?"

"Ja, so af en toe 'n dans wat een van die kantore reël, en soms is daar 'n familiedag waar die kinders ook ingesluit word. Maar dis nie wat ek wil hê nie. By daardie byeenkomste moet ek voorgee dat ek die gelukkigste vrou op aarde is, terwyl dit binne my kook — van bekommernis oor 'n man wat voor ander mense maak of daar niks onder die son met hom skeel nie. Terloops, gisteraand was dit weer hy en Anna. Jy moes seker haar huilery gehoor het."

"Hûh-ûh. Tiewie was te hard. Denise. Daai kind het mos nie ore nie. As daar miskien nog ander kinders was, sou sy seker nie so steeks gewees het nie. Maar toe moes my tubes gaan staan en skeef neuk en die swangerskappe daar loop develop pleks van in my womb. Anyway, jy't genoeg problems om nog na myne te luister. Hoekom het Anna gehuil?"

Joan pak die laaste klompie skottelgoed in die wasbak en vee die tafel skoon voor sy antwoord. "Willem. Sy gaan mos elke jaar na ons kerk se jeugkamp toe, maar nou het Willem voet neergesit en haar belet om te gaan. En dit oor al die aanrandings en lelike goed wat deesdae met meisiekinders gebeur. Dat die predikant en sy vrou en 'n paar ouderlinge ook saamgaan, val op dowe ore. En natuurlik kan en wil Anna dit nie verstaan nie. Nog 'n koppie tee?"

"'Seblief. Maar bly sit, dan maak ek dit gou. Jy's heeltyd op jou voete. Ek moet daai boks tee ombring wat daar in die kas staan en oud raak. Maar julle moenie die kinders so inhok oor dinge wat deesdae gebeur nie. Dit maak hulle net meer op die straat wil wees. En —"

"Het jy al 'n vrouespesialis gaan sien?" Iets het Joan te binne geskiet. "Met al die nuwe goed wat hulle deesdae gebruik, sal hulle jou seker kan help."

Magda laat amper die ketel val so vinnig swaai sy om. "Moenie befok wees nie! Op my ouderdom? Volgende jaar is ek veertig. Ek en Michael is in any case tevrede met die lot wat vir ons uitgedeel is. By the way, het jy my nie eenkeer gesê dat iemand jou voor jou troue gecounsel het nie?"

Joan kry die gevoel dat Magda die onderwerp aspris wil verander. Seker omdat dit die eerste keer is dat sy iets laat glip het oor haar begeerte na meer kinders. "Ja, 'n maatskaplike werker van die polisiediens. Sy het my sowat 'n week voor ons troue ingeroep. 'n Dikkerige, middeljarige vrou wat haar spierwit bolla onder 'n grys haarnet op sy plek gehou het. Ek onthou daai bolla en haarnet vandag nog. My ma het haar hare ook in 'n bolla gedra en sy het Sondae ook 'n haarnet oor haar kop gehad. En as dit vol gate geraak het, het sy die rekkies gebruik om die uie en knoffel in bondeltjies teen die kombuismure te hang. Sy was baie vriendelik."

"Jou oorle Ma of die social worker?" wil Magda weet.

"Die maatskaplike werker! In daai stowwerige kantoortjie in Wynberg het sy agter 'n lessenaar vol papiere en lêers gesit. Ek het daai dag gewonder hoekom sy tyd afgestaan het om met my te praat as sy so baie werk het. En tog was ek nuuskierig oor wat sy eintlik met my wou bespreek. Toe begin sy my voorberei op wat 'n lewe met 'n polisieman inhou. Sy't my gewaarsku dat daar spanningsvolle dae sal wees, dat ek geduld met hom sal moet hê as hy soms vol nukke raak, en dat die polisie nie veel verdien nie. Sy het my seker 'n half-uur lank die leviete voorgelees. Die vrou, ek kan nie eens meer haar naam onthou nie, was doodernstig. Ek het probeer om ook ernstig voor te kom, maar selfs die sedige gesig wat ek getrek het, kon nie die gelukkige glimlag weghou nie. Sy't gewaarsku oor swaarkry, en ek kon nie wag om Willem se vrou te wees nie. Sy't gepraat van min geld, en ek was seker dat ons liefde vir mekaar enige swaarkry in 'n nietigheid sou verander. Van spanningsvolle dae het ek nie 'n woord geglo nie. Ek was oortuig my liefde vir hom was só sterk dat ek hom te alle tye sou kon beskerm en vertroetel. Elke keer as sy na hom as 'jou aanstaande' verwys het, het iets hier binne my bors geborrel. Ek was malverlief! Haar ernstige uitdrukking het my nie in die minste gepla nie, want ek het geweet ek sou tot die bitter einde langs Willem staan en niks sou saak maak nie." Sy raak stil, maar bars dan uit van die lag.

"En die lag?"

"Weet jy hoekom ek daai vrou moes gaan sien?"

Magda skud haar kop.

48

"Oor ek met 'n polisieman sou trou. Ek was twee keer by haar. Magda, ek was by haar sodat sy kon besluit of ek 'n goeie vrou vir 'n polisieman sou wees! Willem het my eers agterna gesê. Ook eers nadat hy goedkeuring van die polisiediens gekry het om te trou. Hy moes hulle drie maande voor die tyd in kennis stel. Beleid, het hy gesê. En waar is hulle nou, noudat ek hulle nodig het? Daar is baie vrouens wat nooit deur daardie onderhoude gegaan het nie en ek is seker dat hulle nou gelukkiger is as ek."

Magda staan op en vou haar stewige arms om Joan se skraal lyf, want die lag is weg en trane loop oor Joan se wange.

"Nou hoekom gaan soek jy haar nie op nie? Dit klink vir my of sy sal weet wat jy deurmaak," sê Magda sag.

Joan voel beter. "Wie sê sy lewe nog?" sê sy en haal haar skouers op. "Ek sê jou dan dat sy toe al oud was. As sy nou nog lewe, het sy seker jare gelede al afgetree. En ek kan nie 'n kans waag om iemand anders te gaan sien nie. Netnou rapporteer hulle my besoek, lees iemand dit en wonder of Willem nie dalk van sy trollie afgaan nie. Buitendien bestaan die kans dat hy uitvind dat ek daar was en dan is die gort gaar."

"Nou as jy nie met iemand kan of wil praat nie, wat van anti-strespille? Julle het mos medical aid."

"Ja, die medical aid is uitstekend. Net jammer dat ek nie kos daarmee kan koop as die kaste leeg is nie. Ons huisdokter het vir Willem op medikasie gesit. Maar eers vir die verkeerde ding. Pleks dat hy oop kaarte met die dokter speel, het hy van 'n seer rug gaan kla. Ek en jy weet albei dat daar niks met sy rug verkeerd is nie. Ek moes agterna stilletjies vir die dokter gaan sê dat hy nie kan slaap nie en amper geen eetlus het nie. Nou moet ek met pille in die hand agter Willem aanhol en kyk dat hy die goed sluk."

Magda het iets op die hart, want sy begin met die soom van die geel plastiektafeldoek te vroetel. Joan hoef nie lank te wag nie.

"Kyk, Joan, ek judge niemand nie, want ek ken van swaarkry. Jy sit deesdae net met vier ordentlike old-fashion rokke op jou naam, maar elke slag as jy 'n lay-bye maak, is dit vir Willem en die kinders. Nooit vir jou nie. Jy het niks. Nie eens hand lotion nie! En moenie dink ek weet nie dat dit Willem se under-arm-goed is wat jy gebruik nie. Michael gebruik dieselfde anti-perspirant. Al ruik dit lekker, is dit nie 'n vroulike geur nie. Hoekom gaan werk jy nie om Willem se salary te supplement nie?"

Joan kyk af op haar verbleikte pienk huisrok en voel hoe haar gesig warm raak. Stry, dit kan sy nie. "Dink jy ek wil nie gaan werk nie? Hemel, as daar iets is waarvan ek altyd gehou het, was dit mooi klere!"

"Het" is die regte woord, dink sy. Verlede tyd. As sy iets vir haar gekoop het, was dit van gehalte. En gehalte kom met 'n duur strokie. Sy sal nooit met Willem se salaris iets ordentliks kan koop nie. Met die geldgeskenkies wat hulle so af en toe van sy familie kry, moet sy eers dink aan iets op die tafel sit voor sy aan haarself kan dink. Die polissie wat haar ouers haar agtergelaat het, was destyds net genoeg om hierdie huis te kry. Daarom moet sy al Willem en die kinders se klere lay-bye. Dis goedkoop klere, maar dis darem goed genoeg om hulle te bedek.

"Ek wil baie graag weer gaan werk," sê sy. "Maar Willem wil niks daarvan hoor nie. Die man-ding. Hy wil vir almal wys dat hy agter sy familie kan kyk, al gaan dit hoe broekskeur."

"Okay, ek het 'n proposition vir jou." Magda skuif ongemaklik in haar stoel rond voor sy Joan in die oë kyk: "Jy kan my mos lekker met Michael se boeke en orders help, en dan kry jy darem ook so ietsie in die sak. Dit sal nou nie baie wees nie, maar darem iets vir jouself. Soms voel ek om so 'n bietjie uit te gaan, maar lus nie om 'n selfoon en 'n notaboek oral heen rond te sleep nie. Wat sê jy daarvan?"

Die verleentheid van 'n oomblik gelede is vergete en met stralende oë gryp Joan haar vriendin se hande vas. Om weer te werk en my eie geld te verdien, dink sy opgewonde. Om weer in staat te wees om iets van my eie te kan hê!

"Dankie, Magda! Dit sal lekker wees om weer iets vir myself te doen."

Maar net so gou soos die opgewondenheid opgeborrel het, so gou verdamp dit weer. "Wag, ek . . . ek weet nie of ek moet nie. As Willem agterkom dat ek jou help, kry hy 'n klontjie. Hy wou nie eens dat ek sy suster in haar kleuterskool gaan help het toe ons laas op Swellendam gekuier het nie. Hy wou nie hê sy mense moet dink dat hy nie vir sy gesin kan sorg nie. As jy nie omgee nie, sal ek jou help wanneer hy op diens is." Sy sien die uitdrukking in Magda se oë en voeg vinnig by: "Dis nie dat ek vir hom bang is nie. Dis net dat ek niks wil doen wat hom nog ongelukkiger sal maak nie."

Magda klik haar tong ergerlik. "Willem sal mos nie weet as jy hom nie self sê nie! Eerlikheid is goed, maar soms moet mens die waarheid 'n bietjie buig om iets gedoen te kry. Dink aan die kinders. Anyway, as jy 'n phone-call kry wanneer hy by die huis is, kan jy net sê dis 'n boodskap vir my. Dit sal tog die waarheid wees. Aarde ons, gebruik jou imagination, girl!"

Trane glinster in Joan se oë toe sy haar buurvrou se hande vasgryp. "Magda, ek weet nie wat ek sonder jou sou doen nie! Dankie. Dankie vir alles."

Magda ruk haar hande gemaak vies los. "Dis niks. Ek sê jou mos ek weet van swaarkry. Voor ek en Michael hierheen gemove het, het dit maar rof gegaan.

Toemaar, Joan. Dinge sal regkom. Ek gaan sommer nou die customers phone en hulle jou nommer gee. Michael moet dit op sy business card ook sit. Hy kan dit sommer vanaand op die computer doen. Moenie worry nie, hy sal nie praat nie. Hy sal te bly wees om die ekstra hulp te kry."

"Joan!" roep Magda een middag opgewonde. Joan gaan staan met die halfge-skilde aartappel in die kombuisdeur. "Kom gou om!" sê Magda en trippel op een plek rond. Michael staan en glimlag ook net so breed op hulle kombuis-stoep.

"Ek's nou daar. Laat ek gou die aartappels klaar skil. Ek gaan skyfies maak."

"Never mind die chips. Kom! Ek gaan jou nie lank ophou nie."

Joan is verplig en was haar hande en klim deur die draad.

"Toe," sê Magda vir Michael terwyl sy haar hand oor Joan se oë hou en haar in die rigting van die garage lei. Joan hoor die garagedeur oopgaan.

"Okay," sê Magda en haal haar hand van Joan se gesig af. "Wat dink jy daar-van?"

Joan trek haar asem skerp in en kyk na die luukse rooi kar. G'n wonder dat Magda so opgewonde is nie, dink sy. "Dis pragtig, Magda! Wanneer het julle dit gekoop?"

"Nie gekoop nie, girl, gewen! Met 'n vyfrand-ticket. Hy's uit die boks uit!"

"En wat het julle met die wit skedonk gemaak?"

"Ek het hom netnou by 'n secondhand car dealer gaan verkoop," sê Michael en vee met 'n hand oor die kar se blink dak.

Sy het nooit geweet dat Magda loterykaartjies koop nie, maar sy vra nie uit nie. Magda is net te opgewonde.

Toe die oproepe begin kom, beantwoord Joan hulle opgewonde en skryf elke bestelling en die kliënt se besonderhede noukeurig in een van Anna se ou skoolboeke neer. Die honderd-en-vyftig rand wat Magda die Vrydag in haar hand druk, laat haar só trots voel, dat sy 'n knop in haar keel kry. Haar eie geld, en dit vir 'n paar oproepe! Dis te goed om waar te wees.

"Dis jóú geld om op jousélf te spandeer," sê Magda met 'n skerp stem toe Joan die honderd rand in haar bors druk en die vyftig rand in haar beursie sit.

Sy sal liewer nie antwoord nie, besluit Joan. Magda sal nie verstaan nie. Die vyftig rand gaan sy gebruik om vir die kinders ekstratjies soos vrugte en sappe te koop, goed wat sy nie altyd kan bekostig nie. Dit het sy klaar besluit. En met elke week se honderd rand gaan sy vir haar klere kan koop. Die soort klere waaraan sy jare gelede gewoond was.

Die volgende week is Willem op nagdiens en haar senuwees is gedaan, want bedags moet hy slaap. Al hou sy die kamerdeur toe en draai sy die radio in die sitkamer effe harder as gewoonlik, skrik hy tog nog wakker elke keer as die telefoon lui, en dan wil hy weet waarom die ding so baie lui.

"Verkeerde nommer," of: "Dis een van die kerksusters," antwoord sy sonder om te blik of te bloos.

Daarna betrap hy haar 'n paar keer by die telefoon tydens sy afdae en moet sy gou die notaboek versteek en die bestellings in die telefoongids neerskryf. Gelukkig slaan hy nooit 'n nommer na nie.

Maar haar plesier is bederf. Ofskoon sy gelukkig is om vir Magda en Michael te help, voel sy skuldig. "Magda, ek gaan maar vir Willem sê," bieg sy 'n paar maande later toe sy nog 'n lys bestellings aan haar oorhandig. "Ek voel sleg om so agteraf te wees. Maar dis nie al rede nie. Ek het nou genoeg geld om vir my 'n rok en skoene te koop en as hy die kwaliteit sien, gaan hy wil weet waar ek die geld daarvoor gekry het."

"Okay," sê Magda ná 'n kort stilte. "Maar ek dink jy moet hom maar sê voor hy 'n bier inhet, want netnou wil hy by my keelgat kom afspring."

"Goed, maar as hy teen my werkery gekant is, gaan ek maar net weer skelmpies voortgaan."

Teen haar voorneme wag sy die middag tot die bierbottel leeg is en Willem voor die televisie sit. As hy wil skel, sal die bier hom help om sommer alles uit te praat, dink sy, en gaan sit op die rusbank langs hom. Sy hou haar stem rustig. "Magda wonder of ek haar nie met Michael se bestellings kan help nie. Sy kan nie meer byhou nie. Ek hoef net die telefoonbestellings te neem en dit dan vir haar of Michael te gee."

Daar is geen uitdrukking op sy gesig nie, en sy druk deur. "Sy gaan my glo iets daarvoor gee. Maar ek weet nie of ek haar moet help nie. Ek meen, wat as jy nagdiens doen en die telefoon hou jou uit die slaap?"

"Dit sal seker nie lastiger wees as wat dit alreeds is nie," antwoord hy kortaf en sonder om sy oë van die sokkerwedstryd op die skerm weg te neem. Kamma geïnteresseerd bly sit en kyk sy ook 'n rukkie daarna, al wil sy eintlik van blydskap opspring en in die kombuis gaan rondtrippel.

Toe sy en Magda uiteindelik later oor die draadheining gesels, glimlag sy van oor tot oor.

"Ek het jou gesê dat dinge sal regkom, Joan," antwoord Magda vrolik.

"Kan jy miskien môre vir Magriet halfeen by die skool gaan haal?" vra sy. "Net vir ingeval ek laat is, want ek weet nie hoe die treine loop nie. Noudat Willem van die oproepe weet, wil ek stad toe gaan om vir my iets te gaan koop."

"No problem. Maar hoekom dan daai tyd? Kom sy nie altyd quater past two uit nie?"

"Ja, behalwe Vrydae en wanneer hulle sportdae het."

In die stad gaan soek sy die winkel in Adderleystraat op waar sy altyd haar klere gekoop het. Die winkel bestaan nie meer nie, dis nou 'n tweedehandse klerewinkel. Die hele middestad het verander. Sy loop by 'n paar winkels in wat sy nie ken nie, maar kry nie waarna sy soek nie. Eers in St George's Mall kry sy die soort klere waaraan sy as jongmeisie gewoond was, in 'n klein half-versteekte boetiek.

"Soek jy na 'n spesifieke maak?" vra die verkoopsdame wat haar staan en dophou terwyl sy elke rok se handelsmerk nagaan.

"Nee," sê sy.

Ja, dink sy. Ek soek Susan se naam op die rokke. My suster wat altyd al die rokke wat Ma gekoop het, losgetorring en hulle na haar eie smaak weer aan-mekaar gewerk het; wat al Ma se ou kerkhoede gevat het en lapblomme daar-op gewerk het en die swierige hooftooisels op geleë en ongeleë tye gedra het. Susan wat ek nooit sonder 'n beblomde hoed op die kop gesien het nie, en wie se kamer vol helderkleurige kussinkies gestrooi was wat sy self gemaak het. Die suster wat net twee sinne vir my oorgehad het: "Bly uit my kamer uit!" en: "Hou jou pote van my goed af!" Susan wat op 'n dag aangekondig het: "Ek gaan 'n designer word en almal gaan my klere dra. Pa sal nog sien!" – en nie lank daarna nie weggeloop het.

Nadat sy 'n paar rokke aangepas het, besluit Joan op die eenvoudige ligpers kortmourok met fyn pienk en geel blommetjies. Het jy miskien hierdie rok ontwerp, Susan? wonder sy en draai voor die spieël rond. Sy kies 'n wit lae-hakleerskoen om by die rok te pas. Op pad stasie toe glip sy by 'n supermark in en koop 'n paar sykouse.

Sy't skaars die deur oopgesluit, of Magda is daar.

"Kom, pak uit! Ek kon nie wag dat jy moet terugkom nie. Is dit al?" vra sy te-leurgesteld toe Joan die drie pakkies op die tafel sit. Maar toe sy die prys van die rok en skoene sien, hyg sy: "Is jy dan mal? Vir wat gaan staan en koop jy 'n rok van amper vierhonderd rand? Wat van die ander klerewinkels? Hulle dúúrste rokke kos nie eens soveel nie! En waarheen gaan jy skoene van twee-honderd-en-vyftig rand dra? Jy kon mos net sê, dan't ek jou na factory-winkels toe gevat waar jy dieselfde goed baie goedkoper sou gekry het. Ek moes maar saam met jou gegaan het."

"Kyk na die kwaliteit van die goed, Magda. Dié rok en skoene," en sy trek aan haar liggroen rok en stoot haar een voet vorentoe, "is amper agtien jaar oud. Die rok is wel verbleik van al die was, maar hy skeur nog nie uitmekaar soos al my ander werksklere nie. En hierdie beige leerskoene dra ek baie en

ek moes net 'n paar keer nuwe hakke laat aansit. Verder makeer hulle niks."
Sy glimlag. "Nou weet jy hoekom ek nie 'n ordentlike ding op Willem se salaris kan bekostig nie."

"Maar wat van die ander klerewinkels? Hulle het ook quality goed."

"Hulle het, maar ek het nooit daarvan gehou om iets te koop wat iemand anders ook het nie. Jy het dan net verlede Sondag gekla oor daar ses van julle met dieselfde rokke in die kerk gesit het."

Magda streel oor die geblomde ligpers materiaal. "Die rok is mooi. Dit moet ek toegee. Plain maar op dieselfde tyd unusual. Wanneer gaan jy weer sodat ek kan saamgaan en sien of daar iets is wat ek van hou?"

"Ek moet eers weer spaar. Jy sal van daai winkel se klere hou, Magda. Willem-hulle het altyd 'n Oujaarsdans. Ek dink ek gaan dié ene vir end van die jaar hou sodat ek tweeduisend-en-vier ordentlik kan inwals. Wat dink jy?"

"Jy surprise my regtig, Joan," sê Magda en vryf die soom van die rok tussen haar vingers. "Hierdie style kan jy vir enige occasion dra. Ek het nooit geweet jy't so goeie taste nie."

"Kry vir ons 'n stukkie vleisie sodat ek dit op die kole kan gooi," verbaas Willem haar die laaste Vrydag van die maand met een van sy seldsame vrolike buie.

Wie van haar of die kinders die meeste uit die veld geslaan is, weet sy nie. "'n Braai? Met watter geld? Ek het die begroting klaar gedoen en daar is nie geld vir 'n braai nie."

Sy vrolikheid is dadelik weg. "Jissis, Joan! Jy bly kla oor geld. Jou lewe bestaan net uit geld, geld, geld! Ek werk my dood en kan nie eens 'n sent van my salaris geniet nie. Weet jy hoe voel dit om die ander manne te hoor spog oor braaie wat hulle gehou het of van plan is om te hou? Weet jy hoeveel keer hulle al vir ons na 'n braai genooi het en ek dit moes weier? En weet jy waarom ek dit moes weier? Omdat ons dan onder verpligting sal wees om hulle daarna ook oor te nooi. Koop die donnerse vleis sodat die kinders vir 'n slag lekker om die vuur kan staan. Gebruik die geld wat jy by Magda kry as jy nie van my salaris wil afknyp nie."

'n Warboel emosies spoel deur haar. Sy is verstom oor die braai wat hy wil hê en seergemaak oor sy opmerkings oor geld, maar terselfdertyd opgewonde omdat hy amper nes die ou Willem praat. Al het sy skel gekry, is hy darem weer aan die praat.

Die volgende dag gaan koop sy 'n paar tjoppies en groente vir slaai. En ontdek later tot haar verbasing dat hy reg was: Anna en Magriet baljaar om die vuur soos kinders wat onverwagte geskenke gekry het, terwyl hulle pa hom glas in die hand glimlaggend in hulle pret staan en verlustig.

Toe sy die klop hoor, wil sy dit eers ignoreer omdat sy dag dat dit seker van sy kollegas is. Hoe sal ses skaaptjops tussen almal verdeel word? wonder sy terwyl sy tog maar voordeur toe stap. Darem goed dat Magda-hulle iewers heen is, anders sal sy nooit die spottery oor ses stukkies vleis op so 'n helse groot vuur oorleef het nie.

'n Smous staan by die voordeur met 'n groot vis in die hand.

"Mirrag, mêrrem. Vars snoek. Net vandag gevang. Net vi' mêrrem en die fêm'lie. As die fishboats weer inko' bring ek nog. Net vi' mêrrem. Somma tjok-ka en tuna en die lot. Hou mêrrem van black marlin?"

Speeksel dam in haar mond op. Sy sluk die lus weg en knik vinnig haar kop. Sy wil vra hoeveel die vis kos, maar hy is weer aan die praat.

"Okay, da' bring ek dit. Net vi' mêrrem. Mêrrem moet ma' net op my nom-me' druk as mêrrem nog iets wil hê. No charge. Ek bly net hie' onne' innie straat."

By die aanhoor dat sy die vis verniet kan kry, flits verskeie resepte deur haar kop. Geluk kom nie elke dag nie, en 'n gegewe perd kyk sy beslis nie in die bek nie, dink sy en hou haar hand uit.

Willem kom om die huis se hoek net toe sy die swaar vis by die man vat. Sy gesig verdonker toe sy oë van die smous na die vis in haar hande gaan.

"Hoeveel kos die vis?" vra hy met 'n kwaai stem.

"Niks nie," antwoord die smous met so 'n breë glimlag dat Joan tot in sy kies-te kan sien. "Dis 'n present, sarge. Mêrrem kan 'n lekke' smoortjie maak."

"Ek is nie jou sarge nie en ek ontvang nie geskenke nie!" kap Willem nors terug en vee daarmee die glimlag van die smous se gesig af. "Gee terug die man se vis, Joan."

In haar verbasing wil sy eers weier, maar sy merk hoe die man haar met ver-noude oë nuuskierig dophou en gee vinnig die vis terug.

Hy vat dit traag aan. "Au, hoor'ie lanie! Ek doen ma' net 'n favou' en da' treat djille 'n man soe! Moenie soe wies'ie! Da's no problems met die anne' la-nies'ie. Ek mien, een hand was mos die anne' lekke' skoen. Ek –"

"Ek wil niks van ander mense hoor nie," knip Willem hom kort. "Ek word nie omgekoop nie. Maak dat jy wegkom!"

Die smous is sonder 'n woord by die hekkie uit, maar op die sypaadjie draai hy weer na Willem. "Okay, ek loep. Ma' ek wiet wa' djy djou biere koep! Wies oppie uitkyk anners is djy sat, my bra!"

Willem maak of hy die man gaan agterna sit en dié hardloop vloek-vloek met die swaaiende snoek in sy hand straataf.

Toe eers kry Joan haar kans. "Wat de hel het in jou gevaar, Willem? Mens kry nie aldag so 'n geluk nie en ons het lank laas vars vis in die huis gehad. Weet jy hoeveel dae ons aan daardie vis kon eet? Jy kon ook nou sommer 'n lekker stuk gebraai het! Volgende keer dink jy voor jy goedwillende mense op die loop sit!"

Hy drink eers die glas leeg voor hy praat. "Dis van dink dat ek hom laat skoert het. Het 'n smous al ooit iets verniet aan iemand gegee wat hy van geen sout en water ken nie? Het jy al ooit iets by 'n vreemdeling verniet ge-kry vandat jy hier bly? Het jy?"

"Nee, maar –"

"G'n maars nie, Joan, jy moet dink voor jy iets doen. Daardie meneertjie het die vis nie per toeval gebring nie. En dit was nie vir jou nie. Hy het dit vir mý gebring. Met die hoop om my om te koop. Maar ek word nie omgekoop nie."

"Jy soek skuldiges agter elke bos," kap sy terug en kry weer die vissmaak in haar mond. "Moenie dat jou suspisies na my kospotte toe trek nie!"

Hy draai om, stap van haar af weg en verdwyn weer om die huis.

Terwyl sy met die slaai besig is, bly draai die dreigende woorde van die smous in haar kop. As Willem maar net die bierdrinkery wil los of sy drank dan op 'n ander plek gaan koop, dink sy bekommerd. Dat Michael nou daar-die aand 'n bier moes oorbring om hom te kalmeer. En daardie eerste paar dae daarna nog bier vir hom gaan kry het om daar by hom te gaan drink. Maar Wil-lem het wel heel gou self sy eie voetpaadjie na die smokkelhuis uitgetrap. Het in die begin eers vir die donkerte gewag, maar later sommer enige tyd van die dag met 'n sak oor die skouer straataf gestap.

Die dag is vir haar bederf en sy is bly toe sy nie lank nadat die blinkrooi Toyota in Magda-hulle se werf ingery het, haar van langsaan hoor roep nie.

"Middag, Magda. Iets verkeerd?" vra sy toe sy by die draad kom.

"Ja!" sê Magda naby trane. "Het Willem nie klein spykertjies nie? Michael het die tiewie geskuif en ons trou-photo van die muur laat afval. Ek worry nie oor die glas nie, want mens kan dit replace. Maar my oorle' pa het daai frame gemaak!"

Magda se gesig helder op toe Joan met 'n blikkie terugkom waarin Willem allerlei spykertjies hou. "Thanks, Joan! Michael! Kom maak reg my frame!" roep sy terwyl sy 'n klompie spykers op haar handpalm uitgooi.

Ek het geen troufoto om te wys nie, dink Joan toe sy omdraai en terugstap om die oorskietslaai in die yskas te gaan sit.

Haar troue was in 'n hof sonder die tierlantyntjies waarvan sy altyd gedroom het. Sy het die dag 'n uur by die werk afgevra en eers gou huis toe gegaan om te verklee. Die wit pakkie met die fyn pienk en pers blommetjies en die wit laehakleerskoene het sy op haar rekening spesiaal vir die geleentheid gekoop. By die huis het haar pa en ma reeds op die stoep vir haar gewag. Haar ma in haar groen terylene-Sondagrok en die swart haarnet onder die swart hoed om die bolla in plek hou, haar pa in sy swart kerkpak wat alewig na motbolle geruik het, pyp in die mond. Hy was sewe-en-sestig en sy vier-en-sestig.

"Ma se kouse," het sy gegroet, want die sykouse het verdraaid om haar ma se enkels afgesak lê, en haastig na haar kamer gedraf. Toe sy terugkom, was haar ma se kouse bietjie netjieser, maar nie veel nie.

In die stad het Willem en Rudolf, wat saam met hom in opleiding was, in volle uniform voor die magistraatshof gewag. Jy kon hulle een en almal deur 'n ring trek, maar skaars vyf minute in die hof, of als was oor en hulle staan weer buite op die sypaadjie. Hulle het mekaar oor en weer geluk gewens en toe weer elkeen sy koers gekry. Sy en haar ouers terug Woodstock toe en Willem en Rudolf terug na die polisie-opleidingskool in Bishop Lavis.

Op die bus het sy na die smal troupand om haar vinger gekyk. Sy was nou 'n getroude vrou maar sy het nie eens so gevoel nie, want daar was geen kamera nie, geen confetti of blomme nie. Gits, sy't nie eens 'n ruiker gehad nie! onthou sy nou, en haar ma, wat die hele tyd vir kerkbasaars en ander mense koek en terte gebak het, het nie eens moeite met 'n paar kleinkoekies vir die okkasie gemaak nie. By die huis het sy net weer haar gewone werksklere aangetrek. En teruggegaan werk toe. Daar het Liesbet, wat nie óók nog 'n uur kon afvat nie, haar om die nek geval en 'n groot bohaai gemaak. Sy het haar vinger met die ring onder die ander masjiniste se neuse gedruk totdat die opsigter hulle betig het.

Willem kan hom nou maar so aanstel oor ek nie matriek het nie en niks uitgedraai het in vergelyking met hom en sy broers en suster nie, maar Ma en Pa was darem saam met my in die hof, en sy ouers nie, dink sy.

"Joan! Sit gou jou tiewie aan! Maak gou! Channel three. Die six o'clock-news. Maak gou!" skree Magda een laat agtermiddag van haar kombuisdeur af.

Voor Joan tot verhaal kan kom, is Anna en Magriet soos pyle uit 'n boog by haar verby sitkamer toe. Sy haas haar agterna.

"Ma, kyk! Dis Pappa! Pappa, kom kyk!" skree Magriet en trappel op een plek rond.

"Sj! Ons kan nie hoor wat hy sê nie!" sis Joan en Anna gelyk om haar stil te kry.

" . . . misdadigers wil ek net dit sê: Slaap lig. Die arm van die gereg is lank en ons is geduldig. Ons sal julle vastrek," hoor sy Willem met outoriteit in sy stem sê. Sy pet is laag oor sy voorkop getrek en mens kan eintlik net die onderste gedeelte van sy gesig duidelik sien. Op die agtergrond is ambulansmanne besig om 'n draagbaar uit 'n siersteenhuis met stukkende vensters te dra. Die persoon op die draagbaar is van kop tot tone met 'n wit kleed bedek.

Joan weet wat daardie toegetrekte kop beteken. Nes Ma en Pa uit die huis in Woodstock gedra is. God sy dank dat Dominee op hulle lyke afgekom het toe hy daardie Sondagoggend gaan verneem waarom hulle, gereelde kerkgangers, nie in die kerk was nie. Anders sou hulle vir wie weet hoe lank daar gelê het: haar pa Japie se liggaam in die agterplaas tussen sy weggooirommel, en haar ma s'n in die hoofslaapkamer. Inbraak, was die bevinding. Maar hulle het niks gehad wat 'n mens sou wou steel nie! het sy huilend vir die speurder gesê. Die inbrekers het nie eens aan haar ma se geld geraak nie. Als was nog net so in die geel enemmelketel op die kombuisrak.

Haar hand gly na haar keel en sy prewel angstig: "Here, bewaar my man."

Net voor daar na ander nuusgebeure oorgeslaan word, lees sy die woorde onder op die skerm: *Kaptein Arries.*

"Pappa was op die tiewie!" skree Anna en Magriet en hardloop die gang af en gaan hamer aan die badkamerdeur waar Willem besig is om te stort. Joan sak verslae op die rusbank neer. Willem se stem. Hoeveel jaar laas het sy daardie uitdagende stemtoon gehoor? Wanneer, waarom en hoe het dinge dan so verander dat hy net van moegheid by die huis kla maar 'n ander mens by die werk blyk te wees? En sy naam wat nou aan almal bekend is. Wat as iemand hom merk en leed aandoen?

"Willem," sê sy waar sy nog steeds op die rusbank sit toe hy die sitkamer inkom met die kinders kort op sy hakke. "As daar dalk iets is wat ek nie reg doen nie, moet jy my sê. Asseblief."

"Waaroor gaan dit nou al weer?" vra hy en stap aan voordeur toe. "Ek moet by die dokter kom. Anna, gaan maak vir jou ma tee en sorg dat julle skoolwerk klaarkom!"

"Het jy toe gesien?" wil Magda opgewonde weet toe sy van die agterdeur se kant inkom en langs Joan op die bank kom sit. "Het hy nie bakgat gelyk nie?" Sy draai haar kop skeef en frons. "Vir wat lyk jy so bekaf?"

"Ons het hom net 'n paar sekondes gesien. Ek sal weer die agtuurnuus aanskakel om alles te hoor," antwoord Joan ontwykend en probeer om die swartgalligheid af te skud.

"O, dis oor gistermiddag se happenings. Ek het jou mos gesê daar's weer iets aan die gang toe die helikopters so laag hier rondvlieg, onthou jy? Anyway, 'n poot is deur die venster van sy huis geskiet. Morsdood. Die tiewiemense het die vrou ook geïnterview. Nogal met rollers in haar kop! Sy kon mos die goed voor die tyd uitgehaal het!"

"Magda! Dankie dat jy my sê, maar ek dink nie ek sal later na die nuus kyk nie. My senuwees is gedaan en ek wil nie van nog 'n moord op 'n polisieman weet nie."

"Okay, maar ek moet vir jou daai magazine bring waarin hulle van denial praat wat sy eie problems afgee. Ek dink dis 'n *Sarie*. O, ja, voor ek vergeet –"

Die telefoon op die tafeltjie langs die televisie knip haar kort.

Met 'n handgebaar beduie Joan haar om die televisie sagter te draai, en tel dan die gehoorbuis op. "Arries-woning. Goeienaand. Hoe kan ek van hulp wees?"

Dis een van Michael se klante en sy haal die klein boekie en pen wat sy nou oral met haar saamdra uit haar sak en begin te skryf. Uit die hoek van haar oog sien sy Magda stadig terugleun in die bank. "Goed, meneer," praat sy in die gehoorbuis. "Kan ek net weer die gegewens aan jou tugelees om seker te maak dat alles korrek is?"

"Haai, Joan, ek het nooit geweet jy't sulke mooi telephone manners nie," sê Magda verbaas toe Joan die gesprek beëindig, die bladsy uit die boekie skeur en dit aan haar oorhandig. "Maggies mens, hoekom waste jy al jou talents hier by die huis? Jy kan 'n tellie salesgirl of iets word. Het jy al daaraan gedink?"

Joan kan haar lag nie keer nie. "Dankie, maar ek sien niks buitengewoons aan oproepe beantwoord nie. Wat wou jy my vra?"

"Ek sien mister is weer by die huis. Wat makeer hy hierdie keer as hy gister so perdfris op tiewie was? Weer sy rug? Kom, vertel my soos ons omstap. Ek het 'n bak vrugte vir jou maar het vergeet om dit netnou saam te bring."

Joan se lag en glimlag verdwyn net daar. "Vandag is dit sy oë," antwoord sy toe hulle deur die kombuis loop om oor die draad te klim. Van Anna en Magriet is daar geen teken nie, maar toe sy na hulle roep, antwoord hulle uit Anna se kamer.

"Sy oë? Ek het gedag dat dit weer sy rug is. Ek meen, dit pla hom so dikwels dat ek al gewonder het of jy nie honger ly van te min poeding nie." En sy knipoog.

"Nee wat, dít het lankal opgehou. Nog in dieselfde week as die skietery agter die huis. Hy lê snags soos 'n monnik aan sy kant van die bed." Weemoed sak skielik oor haar en sy ontwyk Magda se oë.

"Loop hy nie dalk rond nie?"

Die woorde laat haar 'n oomblik voor die grensdraad huiwer, maar dan buk sy en klim langsaam deur. Nie Willem nie, dink sy hartseer. Al soek hy nog nou en dan toenadering, moet hy altyd met 'n gesig rooi van verleentheid van haar afrol omdat niks gebeur nie. "Ons kan weer later probeer," troos sy hom elke keer om haar eie teleurstelling en hunkering te onderdruk.

"Miskien is dit al die bier," het hy 'n slag vol hoop gesê en 'n volle twee weke nie 'n druppel oor sy lippe laat kom nie.

Maar verniet. "Kan ons nie maar saam 'n dokter gaan sien nie?" het sy een nag gefrustreerd gevra.

"Vir wat? Daar is niks met my verkeerd nie! Mens sal sweer dat ons nooit seks het nie," het hy woedend uitgebars.

"Weet jy wanneer laas dit was, Willem?" Sy't weer haar nagrok oor haar kop gegooi. "Daar is ander goed wat belangriker is. Ek werk en het baie om aan te dink, en kan nie heeldag nes jy net aan seks dink nie. Moenie maak asof die fout by my lê nie! Soms is ek reg, maar dan … Móét jy alewig met 'n sykous op die kop en in daai dik langmounagrok in die kooi klim? Ek keer jou nie om dokter toe te gaan nie. Daar is niks met my verkeerd nie."

Meer as 'n maand was hy so vies vir haar dat hy op die punt van die bed met sy rug na haar gekeer geslaap het en nie aan haar geraak het nie. En troos in die bierbottel gesoek het, en een per dag was ook nie genoeg nie. Maar daarvan kan sy Magda nie sê nie.

Sy plak 'n glimlag op haar gesig en loop agter Magda haar kombuis in. "Nee, Willem loop nie rond nie. Ek sal dit onmiddellik aanvoel. En nou?"

Magda het Joan se ken in haar hand beet en draai haar gesig heen en weer terwyl sy haar met vernoude oë bekyk. "Joan, ek is nie 'n shrink nie, maar ek ken mense. Toe ek netnou in jou lounge kom, was jy so bleek soos 'n laken. Ek vra jou oor poeding en jy gee my flou smiles terwyl die sorrows vlak in jou oë lê. Ek dink ek moet jou onder my vlerk vat en jou 'n bietjie uitvat. 'n Change of scenery sal jou goed doen." Sy los Joan se gesig en loer deur die venster. "Talk of the devil. Daar gaan hy nou net by julle hekkie in. Aitsa! Kyk hoe vinnig stap hy! Kan seker nie wag om by die smokkelhuis te kom nie." Sy skud haar kop. "Vat die perskes sommer saam. Ek wou kên-fruit maak, maar dit was voordat ek die recipe gelees het en nou het ek nie meer lus vir al daai pie-tie nie."

Sy kry Willem dikmond in die gang met 'n sak oor die skouer. "En nou, as jy so vies lyk?" vra sy.

"Die dokter vind wragtig niks met my oë verkeerd nie! Hy't my eerder 'n verwysingsbrief na 'n oogspesialis gegee en my net vir vandag afgeboek."

'n Week later kom Magda haar woord na. Net nadat Joan vir Magriet by die skool besorg het, laat sy haar in die rooi kar klim. "Het jy vir Willem gesê dat jy vandag uitgaan?" vra sy terwyl sy versigtig agteruit ry by die hek. "Michael!" skree sy vir laas deur die venster. "Sorg dat jy al die queries en orders reg neerskryf!" Sy kyk vraend na Joan.

"Ja. En ek het nogal die indruk gekry dat hy bly was, want voor hy van-oggend uit die huis is, het hy gesê dat ek dit moet geniet."

Dis die eerste keer dat sy in Magda se nuwe kar ry en sy skuif die gerieflike sitplek lekker ver agteroor. "Maar waarheen gaan ons?" Sy kan sien hulle is nie op pad winkels toe nie.

"Na my afkoelplek toe." En Magda glimlag breed.

Toe hulle twintig minute later die groot dobbelkompleks in Goodwood inry, raak Joan benoud. "Magda, ek het nie geld om in 'n casino te kom mors nie! Buitendien was ek nog nooit in so 'n plek nie."

"Stil, Joan. Dis juis die punt. Vandag gaan ek jou wys hoe om te relax."

Nou onthou Joan. Sy't nog altyd gewonder waarheen Magda elke nou en dan vir 'n hele dag verdwyn. "Magda, sê my. Daai dae wat jy so afvat, het jy hierheen gekom? Jy's altyd ontwykend as ek wil weet waarheen jy gaan."

Magda sê niks, maar sy lyk soos 'n kat wat 'n vet muis gevang het toe hulle deur die swaaideure stap.

"Haai, en die klomp mense!" roep Joan uit.

"Hou jou mond, Joan," praat Magda sag en gee haar 'n stamp met die elm-boog. "Moenie dat die mense sien jy's 'n groentjie nie. En ek sal vir jou geld gee. Dè."

Joan vat die twintigrandnoot by Magda en bêre dit sonder skaamte voor almal en tot Magda se ergernis voor in haar bors. Magda sug. "Dè, jy kan met my rooi kaart speel. Ek het dit gekry toe ek hier aangesluit het."

Sy prop 'n rooi kaart in Joan se hand en haal 'n goue uit haar handsak. "Ek gaan met my gold card speel wat ek gekry het toe ek driehonderd points op-gebou het. Elke slag as jy speel, kry jy points. Jy kan jou points na geld toe con-vert om weer te speel, in die hotel daarmee bly, in die restaurant gaan sit en eet, by een van die winkels iets koop. Of jy kan van die points gebruik om die lucky draws te enter waar jy geld of karre kan wen. Met die gold card betaal ek nie 'n entrance fee nie, en jy't mos gesien ek park onderdak. Kom ons stap daar na die agterkant toe waar my favourite masjien staan, dan wys ek jou hoe die masjiene werk."

Sy bars uit van die lag toe sy Joan se gesig sien. "Ja, dis hierheen wat ek kom as ek so van die huis af verdwyn."

Joan volg Magda verby honderde masjiene tot in die agterste deel van die casino. Sy kan haar nie genoeg aan die mense verkyk nie. Elkeen sit asof gehipnotiseerd na die masjien voor hom of haar en kyk. So af en toe draai iemand net 'n kop met glaserige oë om weer net so vinnig na die masjien terug te kyk.

By 'n ry masjiene gekom, pyl Magda reguit op een af. "Dié een is my favourite. Speel hier langs my, dan wys ek jou gou hoe hy werk." Sy vat die rooi kaart uit Joan se hand en druk dit in die masjien en hou weer haar hand uit. "Gee die geld."

"Het jy vir my die geld gegee om mee te speel?" vra Joan gemaak onnosel.

"Moenie staan en joke nie! Jy sal sien hoe relax jy sodra jy begin speel. Gee die geld sodat ek dit in die masjien kan sit."

"Wel, as jy dit vir my gegee het, is dit mos nou myne en ek gaan dit beslis nie uitmors nie." Uit die hoek van haar oog sien sy hoe die man langs haar sy kop skrams na hulle draai sonder om sy oë van die masjien te lig.

"Jissou, Joan," fluister Magda vies. "As dit nie oor Willem is wat jy jou doodworry nie, is dit oor geld. Jy bly aan die worry oor iets. Gee die geld, want jy mag dalk vandag lucky wees en tien keer soveel wen."

Joan bly steeks. "Speel jy maar. Ek sal jou dophou en aan die twintig rand klou."

Sy sien hoe die vyftig rand wat Magda in die masjien geprop het met elke druk van die knoppie en elke rol van die masjien al minder raak. Sy kyk na die man langs haar. Hy vaar ook nie beter nie.

"Die bleddie masjien is vandag weer bad luck!" kla Magda hardop maar druk nogtans weer 'n vyftig rand in en raas sommer met Joan. "Miskien is dit jy wat my bad luck maak deur net hier te sit. Dè! Try jou luck. Jy kan nie heeldag hier sit en my dophou nie."

Joan vat die noot by Magda en steek dit in haar bors en haal die twintig rand uit en sit dít in die masjien. Sy druk net die knoppie, toe die man langs haar aan die praat gaan.

"Ekskuus?" vra sy en buig na sy kant toe. Maar hy kyk nie na haar nie. Toe eers besef sy dat hy besig is om met die masjien te praat. Dan kan ek net sowel luister wat hy die masjien te vertelle het, besluit sy. Miskien leer ek by hom iets en wen ek sente …

"Jirre," sê die man, "dis my laaste honderd rand wat ek nou hier ingesit het en die maand is nog lank. Dis maar nou eers die derde. Waar ek aan nog geld gaan kom, weet ek nie. Ek vra net die jackpot! Gee my net die jackpot om kos vir die huis te kan koop en die rent te betaal en ek vra jou nooit weer vir iets nie. Asseblief, Jirre. Net die jackpot."

Joan is stom van skok en hou net daar op met speel. Hoe kon die man met sy kos- en huurgeld kom dobbel?

Hy druk die knoppie en rig nou sy gebed tot die rollende masjien. Maar al wat uitkom, is die boerpot.

"Miesies," sê hy vir Joan toe sy laaste sent op is. "Het miesies nie asseblief 'n twee rand vir my vir taxi-fare huis toe nie?"

Joan kry nie 'n woord uit nie, wys net met 'n duim na Magda en stamp haar aan die arm.

Toe Magda ingedagte na die man kyk, herhaal hy die vraag.

Nou is sy heeltemal by. "Sorry, mister. Ek is kaalgat," en sy hou haar handsak krampagtig vas. "Ek kom try ook maar my luck. Die masjiene is vandag almal gevrek. Hoeveel het mister ingesit?"

"My hele maand se wages. Drieduisend rand," antwoord hy met 'n bewerige stem.

Joan kan net daar flou word toe sy die bedrag hoor. Magda kyk die man deur skrefiesoë aan en hou vol dat sy platsak is. Joan kry hom bitter jammer toe hy met 'n swaar sug op sy voete kom en sleepvoet tussen die skare verdwyn. Maar nie jammer genoeg om die vyftig rand uit sy bêreplek te haal nie, dink sy.

Hy is skaars weg, of Magda spring van haar masjien af op en gaan sit by die een wat pas die man kaalgestroop het.

"Magda! Jy —"

"Shurrup en speel, Joan. Hierdie masjien is vol geld en ek voel dit aan my broek dat ek vandag die jackpot gaan slaan." Met die eerste druk van die knoppie gaan lê daar drie Crazy Doubles-kaarte op die middellyn. Onmiddellik kom daar 'n helse skril geluid uit die masjien en gaan 'n blou lig bo-op hom aan die flikker.

"Yes! Yes! Ek het hom!" begin Joan hard te skree en lag en wip op van die stoel. "Ek het hom! Ek het hom!"

'n Hele klomp mense in die buurt los hulle masjiene en staan nader. "Good shot! Sy't maximum gedruk," hoor Joan 'n man sê.

'n Vrou in 'n swart romp en baadjie en wit hemp met 'n naamplaatjie op haar bors kom met papiere in haar hand aangestap en skakel genadiglik die geraas af. "Congratulations!" sê sy vir Magda. "You've won four thousand rand. Would you like to have lucky draw tickets?"

Magda knik al ja terwyl die vrou nog aan die praat is.

"May I have your card?" Magda haal die goue kaart uit die masjien.

"Please sign for your cheque."

Magda teken en die casino-assistent oorhandig die tjek en die kaartjies en beduie waar die kassiere is wat haar tjek sal wissel.

"Ek het vroegdag al gevoel dat dit vandag my lucky dag gaan wees," spog Magda terwyl sy die kaart en tjek in haar handsak sit.

"Moenie so opgewonde wees nie. Dis daardie man se salaris wat jy nou ge-kry het," maan Joan.

"Ek het nie vir hom gesê hy moet so onnosel wees om met sy wages te kom speel nie!" En sy lag nog net breër. "Toe, Joan, speel net 'n tien rand uit dan loop ons. En moenie een-een druk nie. Druk die maksimum sodat dit darem die moeite werd kan wees. Dis 'n fifty-cent machine waarop jy speel en die maksimum is maar net two fifty. Kyk hier," en sy wys na die masjien voor haar. "Hierdie een is 'n one-rand machine en ek het die maksimum gedruk en toe die vierduisend rand gekry. Jou maksimum mag vir jou tweeduisend in die sak bring."

Joan knik haar kop maar maak vinnig somme. As sy vir Magda luister en die maksimumknoppie druk, sal haar tien rand met vyf drukke op wees. Nee, sy gaan maar aanhou een-een druk. Magda klik haar tong, spring op, leun oor Joan en druk die maksimumknoppie.

Die kaarte rol en kom tot stilstand. "Aitsa, girl!" Magda gee haar 'n ligte klap agter die blad. "Jy moet na my luister! Daar't jy nou net vyfhonderd rand op twenty-five sent gewen!"

"Waar is die geld dan?" Joan kyk na die twee ronde gesiggies en 'n vet geel vyf wat op die streep lê.

"Op jou kaart! Dié casino is nie soos die ander wat geld uitspoeg nie. Hier kom elke sent op jou kaart en as jy klaar gespeel het, loop jy net na die cashiers toe en vra dat hulle die geld van die kaart moet afhaal. Toe, kom druk nog net drie keer dan loop ons."

"Ek gaan nie aan daai vyfhonderd rand raak nie!" sê Joan, skielik gedagtig aan die man wat sy hele loon verloor het.

"Moenie stupid wees nie, Joan! Jy't nog 'n paar sente van daai tien rand oor!" Magda druk ook sommer weer, en toe die blou lig flits en die masjien begin loei, gil sy dat jy haar wie weet waar kan hoor. Joan kyk verbouereerd na die twee gesiggies en die sewe op die lyn. Magda se kaarte het eenders gelyk, ont-hou sy.

"Sien jy nou, Joan? Ek het jou gesê! Ek het jou gesê! Sy't die jackpot ge-slaan!" skree Magda opgewonde vir die mense wat om hulle saamdrom.

Joan gee nie om dat Magda so 'n spektakel van hulle maak nie. Sy glimlag net van oor tot oor terwyl dit in haar hart sing. Tweeduisend vyfhonderd rand –

en dit vir 'n tien rand! Nog nooit in haar lewe het geld so maklik in haar skoot geval nie. Geld waarvoor sy nie eens gewerk het nie! Sy kyk hoe 'n ander casino-assistent vir Magda 'n vorm laat teken en toe 'n tjek aan haar oorhandig.

"Die masjiene is vandag weer lekker gedokter om net op maksimum uit te betaal!" merk 'n man agter Joan op.

Die assistent kom staan langs Joan. "Congratulations!" sê sy. "You have won two thousand rand. Would you like to have tickets for the draw?"

Joan weet nie waarvan sy praat nie, en kyk na Magda.

"Yes! She played with my ticket."

Toe die tjek 'n rukkie later aan Magda oorhandig word, is Joan heel verward. Magda sien dit. "Relax, Joan. Dis oor al twee kaarte myne is." En dan is sy skielik ewe haastig. "Kom ons gaan haal ons geld en loop. Ek bly nooit hier as ek iets gewen het nie, want netnou speel mens weer en verloor als. Daai tjek kan net hier ingegee word. Gee daai lucky-draw tickets sodat ek dit Woensdag kan kom ingooi. Daar's elke Woensdagaand 'n lucky draw. As ek met jou tickets wen, sal ek die geld vir jou kom gee."

Magda gee die volle tweeduisend vyfhonderd rand vir Joan en wil niks hoor van die sewentig rand terugvat nie. "Ek het die geld vir jou gegee om mee te gamble," sê sy toe hulle in haar rooi kar klim. "Ek sou dit any case uitgespeel het. Weet jy, Joan, ek ken jou nou al so lank, maar ek het jou nog nooit so op-gewonde gesien soos netnou toe jy die jackpot geslaan het nie. Mind you, ek het jou ook nog nie so gelukkig soos vandag gesien nie. Ek's regtig bly dat ek jou gebring het."

Toe Magda indraai by hulle straat, wil sy weet wanneer Joan weer saam met haar sal gaan.

"Ek weet nie of ek weer sal gaan nie, Magda. Moet my nie verkeerd ver-staan nie. Dit was leersaam en definitief lekker toe ek eers die boerpot gekry het. Maar nou spook die gesig van daai man wat sy geld verloor het by my."

"Hy moes van beter geweet het. Die casino is daar om in te gaan relax en jouself te enjoy. Nie om jou laaste sente te gaan uitmors as jy goed weet dat jy nie geld het om te verloor nie. Maar dis van uitgevreetgeit dat hy al sy geld verloor het. En dit op 'n masjien wat hom ook maar net 'n duisend rand meer sou gegee het! As hy brains gehad het, sou hy sy geld op die twenty-five-sent-masjiene gaan mors wat 'n miljoen rand uitbetaal. Ek sal my nie oor hom worry nie, en jy beter ook nie."

"Hoeveel het jy al gewen?" wil Joan weet toe Magda die kar afskakel.

"Seker so oor die dertigduisend vandat die plek oopgegaan het," antwoord Magda en trek aan haar onderlip. "Maar ek het seker twee keer soveel verloor.

Any way, hierdie kar is 'n casino-kar. Ek het hom met 'n lucky draw gewen. Met 'n vyfrand-ticket."

Joan onthou hoe opgewonde Magda en Michael oor die nuwe Toyota was. Nou verstaan sy eers behoorlik.

"Dis hoekom Michael nie juis kla dat ek daar gaan sit nie. Hy worry nie oor gamble nie, want hy's te bang om 'n sent te verloor."

Teen halfvier staan sy voor die vaal sitkamervenster en wag op Willem om hom van haar dag te vertel en hom te wys wat sy gewen het. Hoe hy op die geld sal reageer, weet sy nie, want hulle het nog nooit oor dobbel gepraat nie, en as sy kollegas soms oor perdewedrenne praat, dra hy nooit tot die gesprek by nie.

Toe die polisiewa voor die deur stilhou, is sy by die voordeur. Sy wag dat hy soos gewoonlik uitklim en klaar met sy kollegas lag en skerts en hulle wegry voor sy die deur oopmaak en hekkie toe hardloop. "Willem! Raai wat!" begin sy opgewonde. Maar toe sy Willem se gesig sien, kan sy nie verder praat nie. Hy is bleek en kou aan sy lippe.

Met 'n beklemming om haar hart staan sy voor hom en wag dat hy iets moet sê. Maar hy loop sonder 'n woord by haar verby die huis in. Ag heiland, wat het nou weer gebeur? wonder sy en volg hom stadig.

Sy kry hom in die kamer. Hy sit aan sy kant van die bed met sy kop in sy hande. "Willem?" roep sy sag en gaan sit langs hom. Met 'n harde sug val hy in haar arms, met sy kop op haar bors. Met haar skraal arms oor sy skouers hou sy hom styf vas en wieg hom heen en weer. Sy bolyf lê slap teen haar. "Willem," sê sy sag, "jy weet dat ek nooit in jou werksake inmeng nie. Maar dalk sal dit help as jy met my praat. Jy hoef nie oor goed te praat waaroor jy nie mag of wil nie."

"Ons het nog 'n kind se lyk gekry," sê hy gesmoord teen haar bors. "Sy's seker nie 'n dag ouer as vier nie! Watter man kan dit aan 'n kind doen? Sy was maar nog 'n baba! 'n Weerlose kind!"

Ag, Here, gee my die regte woorde, bid sy. Maar sy kan aan niks dink om te sê nie, kan net hoop hy kan voel dat sy die seer met hom meemaak. Ten einde raad lig sy sy kop en soen hom teer op die mond en voorkop, en toe hy met 'n sug met klere en al op die bed gaan lê en aan die slaap raak, gooi sy die deken oor hom.

"Gaan Pappa dan nie kom eet nie?" vra Magriet toe sy Willem se bord kos in die warmlaai sit.

"Pappa gaan later eet as hy wakker word. Hy was so moeg dat hy sommer aan die slaap geraak het," antwoord sy gemaak kommerloos. Haar eie eetlus is weg en sy stoot maar die kos in haar bord rond en vat so af en toe 'n klein happie as die kinders na haar kyk.

"Is Pa regtig moeg of maar net weer in een van sy moods?" en Anna gee haar 'n beterweterige kyk.

"Anna! Jy praat nie so van jou pa nie!" Haar stem klink onnodig skerp.

Anna stoot haar ken uit. "Pa ís vol moods, Ma. Mens weet nie meer hoe om jou te gedra as hy by die huis is nie. Ek weet nie hoekom Ma 'n man gevat het wat so vol dinge is nie," brom sy en staan op.

"Sit, Anna! En eet klaar." Maar haar liefdeskind is klaar die kombuis uit.

"Ek het jou verlang en is verskriklik lief vir jou," het Willem teen haar mond gesê en haar saam met hom op die enkelbed neergetrek. Haar beker van geluk het oorgeloop. "En ek vir jou," het sy geprewel en hom teruggesoen.

"Ontspan," het hy gesê toe hy oor haar rol en haar bene met sy knie oopdruk terwyl hulle lippe opmekaar bly kleef. Sy wás ontspanne, dolgelukkig om sy liggaamshitte so dig teen haar te voel. Sy't nie skaam gevoel om sy handbewegings oor haar liggaam op syne na te boots nie. Maar toe sy die skerp brandende pyn tussen haar bene voel, het sy onder hom versteen. "Joan, ontspan! Ek sal versigtig wees," het hy dié keer met gejaagde asem gesê.

"Is jy nie maar net laat nie?" het hy weke later in die donkerte van sy kamer in die barakke gevra.

"Ek wens ek was! Maar die dokter het dit bevestig. Ses weke. Wat gaan ons doen?"

Hy het sy kort geknipte swart hare deurmekaargevryf en sy hande biddend voor sy mond gehou. "Jissus. My ouers vermoor my as hulle dit te hore kom! Ek is nog nie eens klaar met my kursus nie. Wat –"

"Wat van mý ouers? Dink jy miskien hulle gaan daaroor lag?"

"Joan, asseblief. Ons kan nie nou nog stry kry ook nie. Maar ek weet nie hoe dit kon gebeur het nie. Ek was tog uiters versigtig. Miskien moet jy iemand gaan sien. Ek sal by die ouens uitvind of hulle van 'n dokter of iemand weet. Ons is nog te jonk vir kinders."

Dit was asof iemand haar voete onder haar uitruk. Haar verstand het botstil gaan staan. Sy kon aan niks dink om te sê nie, kon net van die bed opstaan en deur die venster sukkel. 'n Oomblik het sy gehoop dat sy haarself disnis sal val sodat die probleem hom vanself kan oplos, maar sy was te bang om haarself te beseer. Dit het mooipraat van Willem gekos om haar weer in die kamer te kry. Ook net omdat daar teen daardie tyd van die nag geen busdiens na Woodstock was nie.

"Ek sal by die werk hoor of daar iets is wat ek kan doen," het sy toonloos beloof toe hulle teen dagbreek by die gat in die heining langs die barakke afskeid neem.

Daar was sommer baie rate en sy het alles getrou gevolg. Als puur verniet. "Ek sit nie weer met my agterstewe in 'n bad kokende water vol uieskywe nie! Ek is amper gaar verbrand!" het sy die Saterdagmiddag twee weke later teen hom uitgevaar in die parkie voor die Woodstock-biblioteek op die gras.

"Wat van die purgeermiddels en harlemensies en goed wat ek vir jou moes koop?"

"Als gebruik. Elke keer as ek wind breek, ruik jy net kasterolie en harlemensies." Sy het opgestaan, die droë gras van haar rok afgeskud en met die Hoofweg langs vinnig huis se kant toe begin stap.

Willem het haar agternagesit en haar by die geel geverfde Woodstock-polisiestasie ingehaal. "Een van die ouens het van 'n vrou gehoor wat hier rond bly. Maar sy vra glo baie en ek het nie die geld nie," het hy sag gesê. "Miskien –"

"Nee, Willem," het sy ewe sag gesê. "Kry jou loop as jy wil. Ek sal my ouers sê."

Willem het soos 'n vasgekeerde duifie daar voor die polisiestasie rondgedraai. Sy weet nie of dit Willem was of die gewapende polisieman wat op die trap van die rooi gepoleerde stoep van die aanklagkantoor wag gestaan het, wat haar laat besluit het om die verantwoordelikheid op haarself te neem nie. Ek sal regkom, het sy haarself oortuig en haar kop gelig om finaal van hom afskeid te neem. Sy sou hom sy gang laat gaan sodat hy sy drome kon bewaarheid.

Hy het net sonder 'n woord omgedraai en van haar af weggestap en by die bushalte bokant die biblioteek vir 'n bus gaan wag. Sonder om een keer na haar om te kyk.

Toe sy by die huis kom, het sy in haar kussing gaan huil. Haar pa het haar later uit die kamer geroep. Willem was daar, en haar ma, en hulle vier het om die kombuistafel gaan sit. Willem in sy uniform en haar ouers in hul nagklere.

Willem het met haar ouers gepraat. Oor die swangerskap. Oor trou.

Haar ma wou-wou in beswyming gaan toe sy dit hoor. "Ag, liewe Here, wat het ek en Kristien gedoen om so swaar met u hand gekasty te word?" het haar pa gesê.

"Ek glo nie in moet-trou nie," het haar ma gesê toe sy uit haar byna-floute kom. "Dit het nog nooit gewerk nie en op die einde is dit die kinders wat daaronder lei. Julle is elk geval te jonk om te trou. Joan het nie eens 'n troessou nie. Dit kom nou van staan en klere koop!"

Sy het haar man se hand gevat. "Ek en Japie sal Joan help om die kind groot te kry. Maar, Willem, luister wat ek vandag vir jou sê: As jy nie die kind onderhou nie, loop gee ek jou self vir non-support aan!"

Toe Willem haar Swellendam toe vat om sy ouers te ontmoet, het sy teleurgestelde pa gesê: "Julle sal moet trou, want geen kind van ons mors voor 'n ander mens se deur en hardloop dan weg nie."

Willem se strelende hande maak haar in die nanag wakker en sy rol gretig in sy arms. Laat dit tog hierdie keer werk, wens sy en maak haar mond oop, laat haar tong in sy mond dartel, suig. Haar hand gaan na sy borskas en soek oor die sagte hare tot dit die klein knoppies kry. Sy rol en trek enetjie liggies met haar vingerpunte. "Joan!" kreun hy in haar mond terwyl 'n groot hand oor haar tepels streel.

Sy help hom om van die kort deurskynende nagrok wat sy met die geld van die oproepe bekom het, ontslae te raak. Haar hand gly van die sagte borshare af na sy buik, tot onder waar die hare growwer, langer en kroeserig is en die hitte van sy liggaam merkbaarder as op enige ander plek.

"Joan!" kreun hy weer en skuif oor haar. Sy verwelkom die gewig en toe sy mond om 'n tepel sluit, du sy haar liggaam teen syne. Ritmies, hunkerend, afwagtend.

"Demmit!" ontplof die vloek in haar oor; sy kop is styf teen haar nek gedruk.

"Jy is maar net te gespanne en moeg," troos sy toe hy van haar afrol. Sy wikkel styf teen hom aan en bid dat hy nie die teleurstelling in haar stem sal hoor of die trane op sy vel sal voel rol nie. Sou hy ook besef dat dit al amper 'n jaar se probeerslae is? wonder sy.

"Jy moet asseblief sorg dat die kinders by die huis bly en nie alleen in die strate rondspeel nie," sê hy ná 'n lang stilte. "En Anna stap nie alleen van die skool af nie. Asseblief. Sy moet saam met die ander kinders vir die bus wag. En jy laat Magriet nooit alleen om die blok skool toe en huis toe loop nie."

"Ek doen dit al van Magriet se eerste skooldag af," stel sy hom gerus.

"En sê vir Magda sy moet met daai meisiekind van haar praat. Ek het haar nou al 'n paar keer alleen in die parkie gesien. Dis moeilikheid soek."

"Goed. Maar Blackheath is gelukkig stil en almal ken mekaar."

"Ag, Jissus, vrou," sê hy vies. "Doen soos ek sê! Blackheath is nie veilig nie. Die lykie het ons vandag hier in Blackheath gekry. Die derde een binne 'n maand. Elke kind word gesê om nie lekkers en goed by vreemdelinge te vat of om saam met vreemdelinge iewers heen te gaan nie. Maar wat moet hulle doen as 'n familielid of vriende van die familie hulle iewers heen lok? Sorg tog asseblief net dat my kinders veilig is."

"Willem," sê sy ná 'n ruk sag in sy oor.

"Mmm?"

"Wil jy nie maar daaraan dink om 'n oorplasing na 'n ander stasie of afdeling te vra nie? Ek meen, dis nie in al die afdelings waar die kaptein nog veldwerk doen nie, of hoe? In ander afdelings gaan hulle seker nie meer uit nie . . ."

"Ag, Joan," kerm hy in die donkerte en woel haar arms van hom af los en draai sy rug op haar. "Moet toggie nou weer begin nie. Ek hou van die afdeling waar ek werk. Los dit. Ek is vaak."

Here, daar moet iets wees wat ek kan doen voor ek van my kop af raak, bid sy in die donkerte.

Sy voel opnuut hulpeloos en gaan die volgende oggend na die een persoon met wie sy kan praat. "Magda, ek het jou hulp nodig," begin sy.

"Wil jy hê ek moet met Willem praat oor hy net in sy onderbroek in die strate rondloop?" vra Magda met glinsterende oë en 'n koppie koffie in die hand.

Joan is heel uit die veld geslaan. "In sy onderbroek? Waarvan praat jy? Willem was nog nooit net in sy onderbroek op straat nie! Hy loop nie eens in die huis voor die kinders so rond nie."

"Hy wás in sy onderbroek. Nou die dag toe hy gaan biere koop het. In so 'n blou satin-ding met bloedrooi blomme. Ek het met my eie oë gesien. Ek wou jou nog op pad casino toe sê."

"O," antwoord Joan verlig. "Maar dis nie 'n onderbroek nie. Dis boxer-shorts. Almal dra dit. Dra Michael dit dan nie?"

Magda gaan so aan die lag dat sy haar koffie stort en die beker op die tafel moet neersit. "Michael dra dit, ja. Onder sy broek waar dit hoort. Dis nie 'n shorts om net so gedra te word nie. Dit hoort onder die broek instead of 'n onderbroek. Hoe watch julle dan tiewie? Daai boxer-shorts is goed wat die Americans onder hulle broeke dra. Jy kan mos sien dat die ding se gulp anders as 'n broek s'n is. Maar ek sal met hom praat, want hy lyk darem te stupid met daai onderbroek met sy wye pype wat so om sy maer beentjies dans."

"O." Joan is heel afgehaal. "Anna en Magriet het twee vir sy verjaarsdag gekoop. Maar ek sien baie mans in die strate daarmee rondloop. Ek het tot al 'n paar mans in die stad en in die winkels in Bellville daarin gesien."

"Yip. Dit sal net South Africans wees wat ander lande sal imitate sonder om iets eers goed deur te kyk. Waaroor wou jy praat?"

"Jy het my nou heel van stryk gebring en ek weet nie meer . . . O ja, Willem is bekommerd oor Denise. Hy sê dat hy haar al 'n paar keer alleen in die parkie sien sit het. Met alles wat deesdae met kinders aan die gebeur is, voel hy dat jy met haar –"

Magda sit haar beker hard op die tafel neer en kyk hande op die heupe na Joan. "Willem moet nou nie met sy depression na my kind se kant toe lol nie. Wil hy sê dat ek nie na my kind kan kyk nie? Hy moenie my soek nie!"

"Magda, asseblief," paai Joan. "Willem bedoel dit nie sleg nie. Hulle het nog 'n lykie hier iewers gekry. Die derde een waarop hulle binne 'n maand hier in Blackheath afgekom het. Hy wil maar net hê dat jy met Denise moet praat sodat sy nie so alleen moet rondloop nie. Dis al."

"Dis al? Gmf! Denise is dertien en kan na haarself kyk. Die koerante het gesê dat daai ander kinders tussen die ouderdomme van drie en agt jaar was. En as jy my miskien van daai meisies van Eersterivier wil remind wat so wreed vermoor is, moet jy net onthou dat hulle ounag by disko's en smokkelhuise was. Denise loop nie ounag rond nie! En ek gaan haar nie in die huis hou soos jy met Anna en Magriet doen wat ná skool en oor holidays nêrens heen kan gaan except om na Denise toe te kom nie. Ek gaan my kind nie in-cage nie. Kinders nodig space. Jy kan dit gerus vir Willem sê!"

Joan weet dat die tyd nie nou reg is om van haar bekommernis oor Willem te praat nie. Sy sal maar later, wanneer Magda klaar stoom afgeblaas het, met haar daaroor praat. Sy loop stadig by Magda se kombuis uit, en in plaas van deur die draad te klim, gebruik sy die straathekkie. Dis eers wanneer sy in haar eie kombuis staan dat sy besef dit die eerste keer is dat sy Magda kwaad gesien het, en dit oor Willem se goedbedoelendheid.

Maar toe sy later die telefoniese boodskappe vir Magda gee, is sy weer haar ou gemoedelike self, en Joan besluit om ook maar die klein uitbarsting te vergeet.

Die Vrydagmiddag is Anna teen drieuur nog nie by die huis nie. "Denise!" roep Joan met stygende onrus oor die draad. "Was Anna vanmiddag saam met jou in die skoolbus?" vra sy toe Denise en Magda in die kombuisdeur verskyn.

"Nee, antie Joan."

"Hoekom vra jy?" wil Magda oor Denise se kop weet.

"Sy is nog nie by die huis nie. As Willem netnou kom, gaan ek nooit die einde daarvan hoor nie. Ek het nog nou die dag met haar en Magriet gepraat."

"Sy's seker nog by die skool met netbal besig. Kom, ek trek gou die kar uit dan kan ons haar by die skool gaan haal. Denise, strain vir my die rys en hou die vleispot dop. Michael!" skree sy na die agterkant van die huis. "Ek en Joan gaan gou vir Anna loop soek!"

Michael kyk vraend na Joan. "Sy is nooit laat nie," verduidelik sy bewerig.

By die skool gekom, is die plek verlate en die hekke gesluit. "Ag, Here, waar kan sy tog wees?" prewel Joan en sien in haar gedagte hoe Willem oor die vermoorde kind gehuil het. "Magda, wat as iets met my kind gebeur het?" vra sy met nat wange.

"Ruk jou straight, Joan! Sy sit nou seker by 'n skoolmaat en weet nie eens dat ons na haar soek nie. Kom ons gaan huis toe. Miskien is sy al terug. As sy nie daar is nie, gaan klop ons van deur tot deur en vra al die kinders in die buurt. Daar is baie in ons straat wat hier skoolgaan. Elke oggend en middag is die strate vol turquoise skirts en wit hemde van die Blackheath High School. Maar noudat 'n mens na hulle soek, sien jy nie een nie. Toemaar, Anna sit seker by een van haar maats."

"Maar sy weet tog om reguit huis toe te kom," praat Joan half met haarself.

Hulle het nog nie voor Magda-hulle se hek gestop nie, of Willem, nog in uniform, kom na hulle aangehardloop. "Het julle haar gekry?" wil hy vervaard weet toe Magda langs hom stilhou. Joan vertrou haar stem nie en kan net haar kop skud.

"Jissus, Joan! Hoekom het jy my nie dadelik werk toe gebel nie?"

"Ek het gewag om te kyk of sy nie –"

"Vir wat wag as jy weet dat sy altyd met die skoolbus huis toe kom?" onderbreek hy haar, terwyl hy heeltyd heen en weer, straatop en straataf kyk. "Dis al amper vyfuur! Sy is al byna drie uur laat! Hoeveel keer het ek jou nie al gesê en het jy dit nie al op televisie en oor die draadloos gehoor dat die polisie onmiddellik verwittig moet word as 'n kind wegraak nie? Dink jy hulle gee al die voorligting vir die grap? En het ek jou nie nou die dag van die lyk hier in Blackheath gesê nie? Waar het julle gaan soek?"

Joan sien die wit spoeg op sy mondhoeke en hoe groot en wild sy oë staan.

"Ons het by die skool gaan kyk," antwoord Magda kalm.

Joan is nie seker of Willem haar gehoor het nie, want hy bly straatop en straataf kyk. "Aai, Joan! Al wat jy moet doen, is net om na die kinders om te sien! Is dit te veel gevra? Wat as iets met haar gebeur het terwyl jy aan die wag was om te kyk wanneer sy huis toe kom?" raas hy voort.

"En dit gaan ook nie help om nou met Joan te rumoer nie. Ons mors tyd. Ons moet na Anna gaan soek," sê Magda in sy rigting terwyl sy die kar stadig tot net voor haar hek laat loop.

Maar Willem is soos 'n besetene. "Joan, as iets met my kind moet gebeur . . . Die polisie! Ek moet hulle bel sodat hulle kan kom help. Waarheen gaan jy, Joan?" vra hy met 'n harde stem toe Joan uit die kar klim en oor die straat na hulle oorkantse bure se hek loop.

"Ek gaan uitvind of hulle vir Anna gesien het. Die meisiekind is in haar klas," antwoord Joan oor haar skouer en sien dat Magda alreeds na die huis onderkant haar op pad is, en Michael stap ook vinnig oor die straat na 'n ander huis toe.

"Here, my kind!" kom dit half histeries van Willem toe hy by hulle voordeur inhardloop.

Joan en Magda en Michael drafstap die hele Matroosbergsingel plat. Hulle gaan klop aan elke deur, maar nie een het Anna gewaar nie.

"Anna!" hoor Joan Willem roep. "Anna!" Toe sy by die onderpunt van die volgende straat, Franschhoekstraat, kom, sien sy Willem verder op in die straat. Hy hardloop roep-roep van deur tot deur. Sy hemp hang slordig oor sy uniformbroek.

Net voor sy by 'n huiswinkeljie kan ingaan, kom Magda en Michael aangehardloop, 'n groep mans en vroue kort op hulle hakke. "Nog niks?" wil Magda weet toe hulle uitasem by haar kom.

Sy kan net haar kop skud en die trane van haar wange afvee.

"Kom ons split op en soek verder tot die polisie opdaag," stel Michael voor.

"Polisie?" vra 'n vrou wat ook kom help soek. "Hû? Dit sal die dag wees! Ek sal nie op hulle wag as ek julle is nie. Laas toe daar by my ingebreek is, toe ek met my selfoun en al onder my kooi moes wegkruip om hulle te kan phone solank die inbrekers nog in die huis is, het hulle nooit kop uitgesteek nie. Hulle het eers die volgende dag t'ruggephone. Ook maar net om te hoor of ek dalk tydens die inbraak seergekry het! Ons –"

"Nie nou nie, miesies," maak Magda die vrou stil en haak by Joan in terwyl sy met Michael praat. "Ons gaan op grootwinkel toe en gaan sommer by die videowinkels ook inloer. Denise gaan staan gewoonlik daar rond en miskien sal Anna dit ook doen. Michael, kyk hoe lyk Willem," en sy wys met 'n vinger straatop na waar Willem met albei vuiste aan 'n deur hamer terwyl hy "Anna! Anna!" roep. "Ek dink jy moet maar vir hom gaan join. Vandat ons hier staan, het hy al drie keer aan dieselfde deur gaan klop en dit lyk nie asof daar mense in daai huis is nie, want die vensters en curtains is bottoe. Gou, Michael, voor hy netnou die deur afskop!"

Anna is nie in die winkel nie en nog minder in die videowinkels.

"Magda, wat as Anna nes Susan van die huis af weggeloop het?" vra Joan huilerig.

"Susan?"

"My suster. Sy was dertien jaar ouer as ek en wou ná matriek modeontwerp gaan doen. Maar Ma en Pa wou hê sy moes vir die staat werk. Sy't van die huis af weggeloop net ná sy haar matriekuitslae gekry het. Ons het eers nie besef dat sy weg was nie, want sy't baie vriende gehad en het altyd net gekom en gaan soos sy wou. Ma het eers drie dae later in haar kaste gaan kyk. Al haar goed was weg. Toe het Ma-hulle na haar begin soek. Dit was 'n vreeslike ding. Selfs in die hospitale en lykshuise het hulle gaan kyk en vreemdelinge op straat gevra of hulle haar nie gesien het nie."

73

"Ja, en toe? Het hulle haar gekry?" vra Magda, maar haar oë is nie by Joan nie, hulle soek ver in die straat af.

"Die predikant het eers amper 'n maand later uitgevind dat sy saam met 'n vriend Johannesburg toe is en daar by een of ander kollege leer om klere te ontwerp. Hy't haar by al wat 'n kollege is probeer opspoor, maar ons het nooit van haar gehoor nie. Ek onthou lankal nie meer hoe sy lyk nie." Joan kan voel hoe die angs in haar opstoot, maar sy kan nie ophou praat nie. "Hemel, ek weet nie eens of sy nog lewe nie! Wat gaan ek doen as Anna weggeloop het? Sy't nou die aand gekla dat sy nie meer weet hoe om haar voor haar pa te gedra nie. Wat gaan ek doen as sy weg is, Magda?"

"Sjj," sê Magda en sit haar arms om Joan se skouers. "Ek ken mense, Joan, en Anna is nie die wegloop-type nie. Kom ons gaan vra daar onder anderkant die kanaal voor dit donker raak. Maar kom ons maak eers gou weer 'n draai by die winkel sodat ek vir ons drinks kan koop. Die lopery het my keel kurk-droog."

Toe hulle koeldrank in die hand uit die winkel kom, is dit net betyds om die straatligte te sien aangaan. Joan begin te snik. "Magda, wat as iets met haar gebeur het en sy lê nou iewers sonder hulp . . ."

"Ons sal haar kry . . ." En toe: "Good Lord, Anna! Waar was jy?" hoor Joan Magda skree en sy lig haar kop van haar skouer af. Anna staan hulle boeksak oor die skouer glimlaggend en aankyk.

Joan is so verlig dat sy haar skoen net daar uittrek en vir Anna vier harde rapse oor die sitvlak en boude gee. "Weet jy hoe lank soek ons al na jou!" sê sy met elke hou wat op die verbouereerde en huilende Anna val.

Magda gaan staan voor Joan en trek Anna agter haar rug in. "Dis nou genoeg, Joan! Mens slaan nie 'n teenager voor haar maats nie. Waar was jy, Anna?"

"Hier bo by die dokter se spreekkamer, antie Magda. Ek het net saam met my vriendin gekom wat by die skool siek geraak het. Vra haar, daar staan sy." Anna snuif en vee haar wange met die agterkant van haar hand droog.

'n Meisie van Anna se ouderdom en in dieselfde uniform geklee, staan tussen 'n klomp kinders op die winkelstoep. Die winkeleienaar loer ook by die deur uit.

"Hello, Michael!" praat Magda oor haar selfoon. "Sê vir Willem ons het vir Anna gekry. Sy was by die dokter. Wat? Nee, man! Sy makeer niks! Sy's saam met 'n olike skoolmaat soheentoe."

Willem wag hulle by die hek in. Anna spring agter Joan se rug in en begin weer te huil, maar Willem trek haar aan die skouer na hom toe en hou haar styf teen sy bors vas. "Ek het my amper dood oor jou bekommer, Anna," sê hy met 'n hees stem.

"Ek is jammer, Pa," snik sy agter hom aan die huis in. "Maar Lisa het by die skool siek geraak, en Juffrou wou haar nie alleen by die dokter se kamers los nie. En haar ma en pa was nog in die werk. Toe sê ek ek sal by haar bly en Juffrou los ons daar by die dokter. En Pa weet mos hoe lank sit die mense daar en wag."

"Hoekom het die juffrou my nie gebel nie?" vra Joan. "En jy kon mos die dokter se ontvangsdame gevra het om my te bel. Magda! Sê vir Magriet sy moet omkom!" roep sy van die agterdeur af.

"Volgende keer laat jy eers die juffrou vir jou ma bel voor jy instem om iets te doen, verstaan?" sê Willem en sit weer sy arms om sy oudste.

"Ja, Pa."

"Is mister dan al weer siek?" vra Magda 'n paar dae later oor die draad toe Joan weer bestellings van Michael se kliënte vir haar gee.

"Nee, hoekom?"

"Want ek het hom nie met die sak oor die rug sien verbystap nie."

"Hy's die week op nagdiens, en daar's nie tyd vir drink nie. Soggens is hy te vaak, en in die middae wil hy nie met 'n bierasem gaan werk nie. Maar gistermiddag het hy lank na die bottel in die yskas gestaan en kyk. Klim oor, die koffie is nog warm," nooi Joan.

"Ek gaan net gou die French toast kry en . . . Haai, kyk daar. Daar het surely weer iets hier rond gebeur as daai helikopter so laag vlieg."

Hulle hou die helikopter 'n tyd lank dop. Hy vlieg heen en weer oor die buurt. So laag dat hulle die polisiediens se geel embleem op die donkerblou agtergrond duidelik kan sien. "Dankie, Here, dat Willem by die huis is," prewel Joan.

Michael kom ook onder die afdak uit en kyk 'n ruk na die ding. "Wonder waarna hulle soek," sê hy.

"Ons sal gou weet. Bring die koffie om hierheen, dan sit ek solank die radio aan. Willem gaan wakker skrik as ons julle een aansit."

Hulle koppies is lankal koud en die eierbroodjies geëet toe die nuusberig kom: "Twee polisie-offisiere wat op 'n noodoproep in die Delft-woonbuurt gereageer het, is van hulle dienspistole beroof en op gevuur. Een offisier is noodlottig gewond en het op die toneel beswyk. Die tweede offisier is in 'n kritieke toestand in die waakeenheid van Tygerberg-hospitaal opgeneem. Die name van –"

"Wat makeer jou? Ek luister nog," sê Magda toe Joan die draadloos afskakel.

"Ek wens Willem wil 'n ander werk soek! Hemel, Magda, ek kan myself nie indink hoe daardie man se vrou moet voel as sy die tyding kry nie." Joan staan op en stap deur toe.

"Dalk was dit 'n vrou, want daar is 'n paar vrou-poelieste wat in Delft werk. En Delft is net hier anderkant! Wat gaan jy vir supper maak?"

"Koolbredie. Ek sal 'n bord vir jou omstuur."

"Moenie worry om te kook nie. Michael lus vandag breyani en ek kan nooit min daarvan maak nie. Dit sal vroeg gaar wees sodat jy vir Willem ook daarvan kan opskep."

Joan se moed sak toe sy in die kombuis kom en die draadloos hoor speel. Willem staan in sy wyepyp-onderbroek met 'n glas bier in die hand voor die voorkamervenster. "Moet ek vir jou 'n toebroodjie maak?" vra sy en draai die draadloos sagter.

"Los die kos en gee 'n paar biere se geld!" sê hy nors.

"Maar jy werk dan vanaand!" sê sy verslae.

Hy skuur verby haar en ná 'n ruk hoor sy hom water in die bad tap. Toe hy later in die gang afloop en sy die voordeur hoor oop- en toegaan, gaan loer sy deur die voorkamervenster. Hy't die nuwe grys broek en wit hemp aan wat sy die vorige week vir hom gekoop het. Hy staan 'n lang tyd in die hek voor hy straatop loop en om die hoek verdwyn. Sy weet waarheen hy op pad is.

Toe hy terugkom, is sy nie verbaas om die pakkies pille te sien nie. Ook nie dat hy weer as gevolg van 'n rugkwaal vir sewe dae afgesit is nie. Wat haar wel verbaas, is dat hy 'n ander dokter gaan sien het.

"Waar's die geld?" vra hy bars ná hy werk toe gebel het. Sy beduie met haar kop na die tien rand wat sy op die tafel gelos het. "Gee nog 'n vyf rand!"

"Dis die broodgeld, Willem."

"Moet tog net nie weer begin nie, Joan."

Sy haal die blou erdeteepot waarin sy die huisgeld hou van die rak af en druk vies 'n vyfrandstuk in sy hand. Sonder 'n dankie hond of kat, stop hy drie leë bottels in 'n sak en loop uit die kombuis.

Joan klim deur die draad en gaan sit by die tafel waar Magda besig is om 'n stuk vleis in stukkies te sny.

"Wat pla?" vra sy ná 'n ruk. "Jy sit en skuif die seat van daai stoel netnou nerraf. Jy kan nie vir my sê dat jy nie geweet het dat Willem weer dokter en smokkelhuis toe gaan spring nie, Joan."

"Ek voel skuldig. Ek het eers netnou, toe ek die nuwe klere sien wat Willem aanhet, onthou dat ek dit met die casinogeld gekoop het. En ek het nooit kans gekry om hom daarvan te vertel nie. Ek weet nie of die tyd ooit reg sal wees om met hom oor enigiets te praat nie. Hy't ook nie eens gevra hoe ek vir hom en die kinders op dieselfde tyd klere kon koop nie."

Magda klik haar tong. "Girl, wanneer gaan jy 'n slag aan jouself dink? Daai casinogeld moes jy op jouself gespend het! Hoeveel het jy nog oor?"

"Genoeg. Eenduisend vierhonderd. Ek sal dit moet hou, want soos Willem nou drink, sal dit wat ek by julle kry ook nie genoeg wees om ons deur die maand te trek nie."

"Hy nodig net 'n shrink dan sal hy regkom. Wat dink jy van daai hair tint?" vra sy en beduie na die voorblad van die *Huisgenoot* wat op 'n kombuisstoel lê. "Ek dink my kop gaan smart lyk as ek dit wit streaks gee. Dan prepare ek sommer Michael ook vir die dag wanneer ek grys is."

Joan maak die tee en blaai lusteloos deur die tydskrif tot by die advertensies. Sy lees 'n paar en staan dan ingedagte op en groet.

Willem is terug. Hy sit voor die televisie en kyk na die skerm sonder om die klank aan te skakel. Hy praat nie met haar nie. Toe die telefoon lui, maak hy nie moeite om dit te antwoord nie. Joan doen dit. "Dis vir jou," sê sy en gee die gehoorbuis aan.

Sy kan nie help om af te luister nie. Hy klink amper soos die ou Willem. Ferm. "Ja, ek het oor die nuus gehoor . . . Dit het my wakker gemaak . . . Ag, nee! . . . Dis 'n helse groot verlies . . . Dankie dat jy my laat weet. Totsiens." Hy staan lank met die gehoorbuis in sy hand voor hy dit saggies neersit.

"Is dit oor vanoggend se gebeure, Willem?" vra sy.

Hy kyk na haar, maar dis asof hy deur haar kyk. Hy maak sy glas vol en gaan by die voordeur uit.

Sy voel seergemaak. Sy kan net so wel onsigbaar wees. Al wat sy kan doen, is omdraai en haar strykgoed gaan klaarmaak. Toe sy vir Magriet gaan haal, staan hy nog op die voorstoep en toe hulle terugkom, lê hy met klere en skoene en al opgekrul op die bed. Sy oë is toe, maar Joan kan aan sy asemhaling hoor dat hy wakker is. Sy trek sy skoene uit en gooi 'n deken oor hom.

Die nag lê hy ook opgekrul en met sy rug na haar gekeer op sy kant van die bed.

In die stilte voor haar huismense begin roer, sit sy die volgende oggend en skryf by die kombuistafel. Advertensies. Sy't klaar gebid. *Op soek na vrouens en mans wat met lede van die polisiemag getroud is.* Nee, dis te lomp. Sy skeur die blad op en begin weer. *Soek eggenotes van polisiemaglede om mee te gesels.* Nee, nou lyk dit na iets vir die Hoekie vir Eensames. Eers teen dagbreek is sy tevrede met wat op die bladsy staan.

Ná sy vir Magriet skool toe gevat het, gaan sit sy by Magda. "Môre. Ek weet dat jy haarkapster toe wil gaan, maar ek wil hê dat jy my gou met iets moet help."

"Morning. Iets met Willem te doen? Toe Denise gister vir jou die breyani bring, toe staan hy teen die muur asof hy die ding vashou sodat dit nie kan omval nie. Hoe is hy?"

"Hy slaap nog. Kan jy dit glo? Hy't gisternag so rondgerol dat ek nie 'n oog toegemaak het nie."

"Kyk, ek is nie 'n dokter nie," sê Magda met 'n ernstige trek op haar gesig en sit 'n beker koffie voor Joan neer. "Maar Willem makeer iets en dis nie net depression nie. Toe hy laas week toe ons na Anna gesoek het deure wou af-skop omdat daar niemand in die huise was nie, het ek bang geraak. Okay, ons was almal anxious, maar hy was meer anxious. Michael sê hy was miskien disap-pointed omdat die polisie eers later, toe Anna al gekry is, gekom het. Maar ek stem nie saam nie. 'n Normal mens raak nie so hysterical soos hy was nie."

"Dis juis hoekom ek so vroeg by jou is. Verlede week het dit gelyk asof Wil-lem van sy kop af raak. Gister was hy weer soos daai aand van die skietery. Totaal in homself gekeer. Ek was eintlik bly dat ek nie kon slaap nie, want ek sou sien as hy opstaan en . . ." Sy bly stil, sy wil nie in die daglig aan haar nag-telike vrese dink nie. "Maar ek kan dit nie meer vat nie! Ek moet met iemand praat en hoor wat ek kan doen."

Magda maak haar mond oop om te praat.

Joan skud haar kop en vee vinnig oor haar oë. "Nee, ek weet wat jy gaan sê. Maar ek wil nie net na geluister word nie. Nie deur die police union se social workers nie. Ek soek nie mense wat op my sal neerpraat nie. Ek soek mense wat in dieselfde bootjie as ek is. Mense wat sal verstaan sonder dat ek in diepte daarop hoef in te gaan. Ek wil met hulle in verbinding kom en hoor hoe hulle dinge benader en hanteer. Ek kan nie langer net handjies gevou sit en sien hoe Willem agteruitgaan nie. Én ons huwelik!"

"Kom ons gaan kyk op die internet of daar nie klaar sulke support systems is nie," stel Magda voor en staan op.

Maar Joan keer haar. "Wag, die internet is goed en wel, maar ek kan nie elke slag na jou toe oorhardloop om dit te gebruik nie. En baie mense het bui-tendien nie internet nie. Hier, lees dit en sê my wat jy daarvan dink," sê sy en stoot die stuk papier wat sy ongemerk saamgebring het, oor die tafel.

Magda lees die drukskrif hardop: "*Gesinslede van polisiemaglede: Soek u on-dersteuning? Bel 021-9050001.* Wat is dit dié?" vra Magda met opgetrekte wenkbroue.

"Toe, lees aan," por Joan.

"*Family of police-force members: Do you need support? Phone 021-9050001.* Kom, Joan. Nou's ek heel inquisitive. Wat is dié?" wil Magda ongeduldig weet.

"Dis 'n advertensie. Ek gaan dit Maandag in die koerant laat sit. Iewers moet daar iemand wees met wie ek kan praat. Wat dink jy daarvan?"

"Dit lyk 'n bietjie kaal, maar dis okay. Maar hoekom nou ewe skielik hulp soek as jy hom die afgelope jaar gelos het om julle lawn stukkend te skiet en om oor elke dingetjie wat by die werk gebeur soos 'n baby hier by die huis te kom huil? Of dokter toe te hol? Hoekom nou? Is dit oor gister?" Magda staan op en gaan haal 'n bord toebroodjies van die kas agter haar en sit dit voor Joan neer.

"Dis nie net oor gister nie. Dis oor alles, en oor ek nie weet wat om te doen nie. Die idee van 'n advertensie het gister by my opgekom toe ek hier deur jou *Huisgenoot* sit en blaai het. Ek is heeltemal raad-op. Ek gaan Maandagoggend stad toe om die advertensies in die koerant te sit. Sommer in *Rapport* en die *Sunday Times*, wat regdeur die land gelees word."

"Hoekom nou al die pad Kaap toe? Ek is amper seker daar's branches in Bellville," sê Magda.

"Ek weet nie of daar is nie, en ek wil ook nie die hele Bellville platloop en soek nie. Ek weet waar die *Times* se gebou in St George's Mall is, want ek koop my klere 'n entjie daarvandaan. En ek het reeds in die telefoongids gesien dat *Rapport* se kantore in die Naspers-gebou op die Foreshore is. Ek gaan vir die advertensies met die casinogeld betaal. Ek behoort dit oor 'n maand te laat loop, of hoe?"

Magda dink na. "Ja, ek dink 'n maand is ample time vir mense om te respond," sê sy.

Ná sy die Maandag die advertensies met die casinogeld geplaas het, loop Joan die hele week met ligte tred.

"Het jy dan al van iemand gehoor dat jy so jolly lyk?" wil Magda weet.

"Nee, dit verskyn seker eers in Sondag se koerant. Maar ek voel goed omdat ek ten einde laas iets gedoen het!"

Selfs Willem merk iets en die aand toe hulle in die slaapkamer kom, sê hy: "Wat voer jy in die mou? Jy bly aan die glimlag."

"Sommer niks," troos sy, en toe val iets haar skielik by. "O ja, daar is iets. Ek sit op amper seshonderd rand! Wat dink jy daarvan?"

"Geld wat jy waar kry?" wil hy met agterdog in sy stem weet.

"Casino. Ek was met Magda daar. Twee weke gelede. Daai dag toe sy my uitgevat het. Ek het nie kans gekry om jou daarvan te sê nie. Ek het meer as dit gehad, maar het dit gebruik om vir jou en die kinders die klere te koop."

"Casino, nè?" sê hy ná 'n ruk. "Ek hoop nie dat jy die pad soontoe gaan snuif trap nie. Magda kan gaan speel as sy wil, want hulle het geld en ons nie. Ek gaan my nie doodwerk sodat jy my geld daar kan gaan uitmors nie."

Joan wil hom eers sê dat sy die geld by Magda gekry het en dat hy self besig is om sy geld te mors, maar sy bly stil toe hy 'n bierbottel teen die lig hou en daarna sy glas volgooi.

Sondagoggend kyk sy al van sesuur af uit vir die koerantjoggie wat oor naweke met die koerante van straat tot straat loop. Toe sy hom uiteindelik "Rappo-ô-ô-ort!" verder af in die straat hoor skree, is sy by die voordeur uit en gaan wag hom by die hekkie in.

"Morning, girl," groet Magda, wat ook vroeg op en buite is. "Moenie die *Sunday Times* koop nie. Jy kan ons s'n kry. Is jy excited? Kom oor, dan kom lees jy dit hier by my!"

Maar Joan het al haar kop begin skud voor sy nog oorgenooi is. "Nee, ek wil dit eers alleen lees. Ek sal die Engelse een later by jou kry. Hemel, moet die man nou so stadig loop! Ek kan nie meer wag nie!"

Met die koerant styf teen haar bors gedruk, drafstap sy om die huis en gaan sit plat op die gras met haar rug teen die stam van die appelkoosboom. Sy blaai haastig tot by die advertensies en laat haar vinger vinnig oor die kolomme afgly. Sy kan haar hart in haar ore hoor doef.

Toe sy die advertensie kry, is sy nie eens bewus dat sy hardop skree nie.

"Bakgat, nè?" roep Magda laggend oor die draad. "Maar jy hoef nie die hele neighbourhood wakker te skree nie. Dè, hier is die Engelse een," en sy gooi 'n blad na Joan toe oor.

Joan bly 'n lang ruk onder die boom sit en lees die advertensies met 'n breë glimlag oor en oor. Later knip sy albei uit en gaan versteek hulle onder haar onderklere in haar klerekas.

Die res van die dag en die volgende drie weke sorg sy dat sy naby die telefoon is. Die telefoon lui wel, maar dis net altyd bestellings vir Michael.

"Nog niks?" wil Magda ná die derde Sondag weet. "Ek het jou gesê daai ads lyk te kaal. Miskien moet jy weer try. Maar dié keer moet ons dit saam doen sodat ek jou kan help om die woorde meer vleis te gee."

Joan skud haar kop teleurgesteld. "Daar was niks met die advertensies verkeerd nie, Magda. Miskien lees die mense waarna ek soek, nie koerant nie. Ek gaan nog 'n paar weke wag en dit dan in die plaaslike koerante probeer. Miskien het ek te hoog gemik om dit in die Sondagkoerante te sit."

Toe die eerste oproep 'n paar aande later kom, is sy so verbaas dat sy als vergeet wat sy oor die maande so sorgvuldig beplan het om te sê. Dis 'n manstem. "Mevrou, my naam is Adriaan Cronjé." Hy klink moeg, dink sy. "Ek het u advertensie gesien en wil net weet waaroor dit gaan. My vrou is 'n speurder."

"Ek is Joan Arries," sê sy opgewonde. "Ek het die advertensie uit moedeloosheid geplaas, meneer Cronjé. Ek is raadop en soek hulp. Ek moet met mense praat wat ook met iemand in die polisiediens getroud is en hoor of hulle ook dieselfde probleme as ek ervaar. My man is nie meer dieselfde nie, en ek weet nie hoe om hom te help nie."

"Mevrou, ek verstaan. Kyk, op die oomblik is ek nie alleen nie en kan dus nie vrylik praat nie. Maar ek verstaan wat jy bedoel. Ek soek ook hulp. Ek wil ook met iemand praat. Volgens die nommer bly jy in die noordelike voorstede. Ek woon in Bloubergstrand. Is dit moontlik dat ons mekaar môre iewers kan ontmoet? Jy kan maar net sê waar, en ek sal daar wees. Dis vir my ook baie belangrik."

Joan ken net een plek waar 'n mens rustig kan sit en terselfdertyd veilig voel. "Die Bellville-biblioteek is vir my naby. Daar is 'n koffiekroeg in die gebou. Ons kan mekaar daar ontmoet. Sê so tienuur?"

Hy stem in om haar daar te kry en sy sit die gehoorbuis fronsend op die mikkie terug. "Ek gaan gou na antie Magda toe," sê sy ingedagte vir Anna.

Magda en Denise sit in die "tiewieroom" soos Magda die agterste kamer langs Michael se "study" noem. Joan onthou hoe beïndruk sy met hulle bure se televisie- en studeerkamer was kort nadat hulle in Blackheath ingetrek en sy Magda ontmoet het. "Willem, ek kan nie verstaan nie," het sy die dag gesê, "van buitekant af lyk hulle huis dan net so groot soos ons s'n. Hoe kan hulle dan nog 'n ekstra studeerkamer en 'n televisiekamer hê?"

Willem het aan die lag gegaan. "Ons het drie slaapkamers en hulle vier. Hulle het een kind en dus twee leë slaapkamers wat hulle net herdoop het." Eers later, toe sy en Magda pal by mekaar se huise begin kuier het, het sy gesien dat Willem reg was.

"Ek het my eerste oproep nou net gekry!" sê sy vir Magda sonder om te verduidelik van watter oproep sy praat.

Magda vlieg uit die diep russtoel op en trek Joan nader en gee haar 'n klapsoen. "Nou hoekom lyk jy dan so bekaf? Kom sit."

"Ek kan nie lank bly nie. Wou jou maar net kom sê. Jong, Magda, ek weet darem nou nie so mooi nie. Die persoon, Adriaan Cronjé is sy naam, klink dan vir my –"

"So what?" snap Magda dadelik. "Is jou problems met Willem dan 'n colour issue? Denise, gaan speel met jou tiewie-games in jou kamer of gaan sit by die ander tiewie in die lounge!" raas sy sommer met Denise wat hulle beurtelings aankyk. "Ek sal my nie pla oor hy wit is nie," gaan sy voort toe Denise dikmond uit die vertrek loop en die deur hard agter haar toeklap. "Problems kyk nie na colour nie. En wie weet, miskien is hy die einste een wat jou dalk sal kan help. Wanneer meet julle mekaar?"

"Môre! Ek hoop net Willem gaan nou nie môre van alle dae besluit om by die huis te bly nie. Ek wil nie nog skelmpies agter sy rug uit die huis moet glip ook nie."

"Nou wanneer gaan jy hom vertel? Hy gaan tog een of ander tyd uitvind."

"Nie nou al nie. Ek gaan eers kyk hoe dinge uitwerk."

Sy voel gelukkig toe Willem die oggend sonder klagtes werk toe gaan. Nadat sy vir Magriet by die skool afgesien het, staan sy 'n lang ruk voor haar hang-kas en bekyk die paar rokke wat sy oor die maande met Michael se oproep-geld gekoop het, maar nooit dra nie. Dis van duur, smaakvolle klere wou hê dat ek uit die skool is, dink sy. En nou het ek weer rokke wat ek nêrens heen dra nie. Ma was reg. Mens kan nie jou geld net op klere wil spandeer nie.

Sy besluit op die vrolik geblomde Switserse katoenkortmourok en haar lae-hak-, navy leersandale en klein navy handsak. Toe sy by die deur uitstap, voel sy selfversekerd.

Sy is van pure opgewondenheid 'n halfuur vroeg en alreeds haar tweede koppie koffie aan die drink, toe sy die man deur die groot glasdeure van die koffiekroeg gewaar. 'n Aantreklike blondekopman in 'n wit hemp en grys pak wat onseker langs die sekuriteitswag staan en rondkyk. Kan dit hy wees? Joan raak bewus van die senuagtigheid wat in haar oplaai. Sy wil eers doodstil sit en kyk of hy die gebou verder sal instap, maar sy sien hom iets vir die seku-riteitswag sê, en dié wys met 'n vinger na die koffiekroeg. Waarom het ek my hierin gedruk? vra sy haarself af, maar sy ken die antwoord: dis vir haar en Willem en Anna en Magriet dat sy nou hier sit. Met dié besef druk sy haar skouers agteroor en sit meer regop in die stoel.

Die man kom met lang, gemaklike hale na die koffiekroeg aangestap. Sy be-studeer die gesig, die dun snorretjie op die bolip en die groen oë wat soekend rondkyk. Dit lyk nie asof hy laste op sy skouers dra nie.

Hy wil haar net verbysteek, toe sy haar onseker uit die stoel lig en vra: "Eks-kuus, is u miskien Adriaan Cronjé?"

Hy steek vas. Sy oë gly vinnig oor haar. "Ja, ek is. En jy moet seker Joan Arries wees," sê hy en steek sy hand na haar uit.

Sy hou van die stewige handdruk, hou van die manier waarop sy oë saam glimlag. Maar sy hou net mooi niks van die lang rooi merke aan die linker-kant van sy nek wat hy met sy kraag probeer bedek nie. Vergeet daarvan, dit laat 'n mens net meer daarna kyk, wil sy vir hom sê, maar maak liewer of sy dit nie sien nie.

Hy trek 'n stoel uit en bestel vir hom ook 'n koppie koffie. Terwyl hy daarop wag, weet sy dat sy iets moet sê, maar kan aan niks dink nie. Sy merk hoe sy oë van die smal tafeltjie na die groot vensters dwaal en op die tentoonstelling van beeldhouwerk in die aangrensende lokaal tot ruste kom.

Praat, Joan! raas sy met haarself. Sy maak haar mond oop maar moet eers oor haar droë lippe lek. Vat 'n slukkie koffie, kom die gedagte by haar op. "Meneer Cronjé," begin sy met 'n senuweeagtige laggie. "Toe ek die advertensie geplaas het, was dit om hulp te soek. Ek soek nog steeds hulp, maar nou weet ek sowaar nie waar om te begin nie."

Hy gee haar 'n aanmoedigende glimlag en skuif sy vaal-en-wit streepdas se knoop hoër om die hale op sy nek te bedek.

"Ná ek die advertensie geplaas het en drie weke niks gehoor het nie, het ek begin dink dat ek die enigste mens is wat probleme het. Ek het begin dink dat die probleem miskien by my lê en dat ek bydra tot die stres wat my man deurmaak."

Hy kyk haar stip aan en knik so af en toe sy kop. So asof hy regtig verstaan wat ek bedoel, dink Joan. "Maar toe jy bel, het ek moed geskep. Ek wil nie kla nie, ek soek raad. Ek is bekommerd. Willem, dis my man, is 'n kaptein. In die begin het ons werklik swaar gekry omdat daar altyd te min geld was. Maar in die swaarkry was ons gelukkig en het ek hom verstaan. Noudat dit lyk of ons kop bo water staan en geld nie meer die belangrikste kwelling is nie, is hy net anders. Hy het 'n jaar gelede begin drink. Ná die dood van een van sy kollegas. Wat ook 'n vriend was. Maar daarmee kan ek saamleef. Dis sy algemene gedrag wat my onderkry. Hy het net om een of ander rede stil geraak. Praat nou net soms as hy gedrink is. Speel of gaan nie meer met die kinders aan soos hy eers gedoen het nie. En elke keer as iets by die werk gebeur, kom krul hy hom op 'n bondeltjie op die bed en rol heelnag in sy slaap rond."

Sy oë sak na die koppie koffie en hy trek die hempskraag weer 'n bietjie op.

"Nog 'n ding, as enige polisieman – of dit nou hier of in 'n ander gedeelte van die land is – vermoor word of sy eie lewe neem, is hy siek."

Hy kyk weer aandagtig na haar en knik af en toe.

"Die verandering – die stilraak – het 'n paar jaar gelede al begin, met die eerste polisiemoorde. Tóé was hy nog 'n sersant. Maar vandat die vriend met wie hy jare lank saamgewerk het bietjie meer as 'n jaar gelede geskiet is, is hy soos hy nou is. Hy is nou al op die stadium waar hy elke maand vir een of ander kwaal of pyn 'n paar dae by die huis sit. Ek probeer met hom praat, maar dit help nie. Ek kan niks uit hom kry nie. Ek is regtig raadop. Ek wil hom help, maar weet nie hoe nie. Daarom dat ek die advertensie geplaas het. Om met ander mense te gesels en dalk raad by hulle te kry. Ek kan nie na die polisiediens se maatskaplike werkers gaan nie, want dalk kom hy dit te hore en vererger dinge net." Adriaan Cronjé knik begrypend en sy sluit af: "Ek weet nie meer nie, meneer Cronjé."

"Ek ook nie," kom dit sag. "Ek het gedag ek staan alleen met my probleme. Ek en my ouers is baie geheg aan mekaar, maar selfs vir hulle kan ek nie altyd alles sê nie. Net voor ek jou advertensie gelees het, het ek aan skei gedink. Dit het soos die enigste uitweg vir my en my seun gelyk. Ja," sê hy toe hy Joan se oë sien rek. "Ek is amper doodseker dat die hof my seun in my sorg sou toevertrou as hulle die slaanmerke op sy liggaampie sou sien en die mediese verslae sou lees van elke keer wat al 'n arm of 'n been gebreek was. Ek wou ten spyte van my liefde vir my vrou skei, want ek het geen uitweg gesien nie. En toe lees ek jou advertensie en dag dat ek eers sal uitvind waaroor dit gaan en dalk iets leer van hoe om my vrou te hanteer."

Joan sweer dat Adriaan Cronjé die harde slae van haar hart moet hoor waar hy sit. Gits, Willem het nog nooit in woede aan haar geraak nie! Het ek nie 'n berg van 'n miershoop gemaak nie? wonder sy. Here, gee sy 'n skietgebedjie, ek het maar net 'n halwe standerd sewe agter my naam en Adriaan Cronjé lyk geleerd. Gee vir my die regte woorde. Asseblief.

"Kom ons vergeet eers van skei. Kom ons kyk eers hoe ons mekaar dalk kan help sodat ons vir hulle kan help," sê sy kalm. "Hoe oud is jou seuntjie?"

"Drie en 'n half jaar." Joan hoor die trots in sy stem. "Mevrou, ons was so gelukkig! Sy is 'n speurder en ek het my eie rekenaarbesigheid. Al het ons probleem twee jaar gelede begin, weet ek die oorsprong lê verder terug. Drie jaar gelede was sy deel van 'n span wat oor 'n bomdreigement na 'n restaurant uitgeroep is. Die bom was in 'n vullisblik en het ontplof terwyl hulle met die ondersoek besig was. 'n Paar van haar kollegas is ernstig beseer. Sy moes intensiewe behandeling by 'n sielkundige kry en het die afsprake 'n hele jaar getrou nagekom. Ek het gedag dat alles agter die rug was."

Sy diep stem raak sagter en Joan moet vooroor buig om te kan hoor.

"Maar toe begin sy in daardie selfde week wat 'n kaptein net buitekant Mitchells Plain in sy kar doodgeskiet is, snags huilend wakker skrik. Nou bejeën sy almal en alles met agterdog. En sy wip vir die geringste geluid. Dit kan nog gaan, maar . . ." Hy bly stil. Joan voel aan dat hy nog meer wil sê en besluit om ook stil te bly.

"Sy is 'n liewe mens met 'n sagte geaardheid," hervat hy asof hy met homself praat. "Maar sy het verander," sê hy 'n bietjie harder, asof hy so pas weer van Joan onthou het. "Soms vaar die duiwel in haar en begin sy net te slaan. Aan my. Aan die kind ook. Sy arm is al 'n keer gebreek en op die oomblik loop hy met gips aan sy beentjie. Hy't geval, van die stoel afgespring, sê sy elke keer huilend agterna. Sy is elke keer wat sy so aan ons geslaan het, vol werklike berou. Hier," en hy draai sy kop blosend skuins sodat sy die merke kan sien. "Dit was gisteraand toe ek vyf minute laat by die huis aangekom het. Ek kan myself teen haar verdedig, maar dis teen my beginsels om 'n hand teen 'n vrou te lig. Nou voel dit asof my manlikheid meer en meer van my gestroop word."

"Wie sien bedags na jou seuntjie om?" wil Joan sag weet.

"Ek moes 'n kinderoppasser kry toe ek my vrou een aand vang aan hom slaan. Maar die kinderoppasser is nie vier-en-twintig uur van die dag by hom nie. Ek weet voor die Vader dat my vrou die kind liefhet en dat sy hom onder normale omstandighede nooit leed sal aandoen nie. Nadat ek gisteraand met haar gepraat het, het ek uit desperaatheid 'n ultimatum aan haar gestel."

"Wat?"

"As sy nie weer vir terapie gaan nie, vat ek my kind en loop." Sy kop sak en 'n vinger gly stadig oor die rand van die koppie. "Goed," sê hy en lig sy kop en kyk Joan in die oë, "ek weet dit was afpersing, maar vir my kind se ontwil sal ek alles probeer. Ek het haar darem sover gekry om 'n afspraak met 'n privaat sielkundige te maak."

Joan dink aan sy ultimatum en weet dat sy Willem nooit voor so 'n keuse sal kan stel nie. Doen sy dit, is sy dalk die een wat sonder kinders die deur gewys word. "En wat het jou vrou gesê?" vra sy met 'n flou glimlaggie.

"Sy wou uiteindelik nie gaan nie." Hy probeer sy vrou se weiering regverdig. "Sy is bekommerd dat dit sal uitlek, die owerhede daarvan te hore sal kom en haar dalk onbevoeg vir haar werk sal bevind. Of dat sy daardeur haar kanse op bevordering kan belemmer."

Ken ek dit nie! dink Joan en knik instemmend.

"Sy is 'n sersant. Sy hou van haar werk. Sy leef daarvoor! Maar teen watter koste?" Hy krap vinnig oor sy kort blonde hare.

Frustrasie, herken sy die tekens. "Meneer Cronjé, het jy ook voor julle troue 'n onderhoud met die polisiediens se maatskaplike werker gehad?"

Hy kyk haar onbegrypend aan. "Maatskaplike werker? Nee. Het jy?"

"Ja, kort voor die troue. Die maatskaplike werker het my probeer voorberei op die wipplanklewe wat ek as die vrou van 'n polisieman te wagte moes wees. Vir daardie onderhoude sal ek altyd dankbaar wees, want daar was al baie dae wanneer ek geen uitweg kon sien nie, en dan het haar woorde my bygeval."

Adriaan Cronjé leun met sy arms op die tafeltjie en kyk haar vol belangstelling aan. "Woorde van motivering gaande 'n polisieman se stres, lae verdienste en die vertroulikheid van sy werk. Daarmee kon ek oor die jare saamleef. Maar . . . maar sy het my nie voorberei op die vrees dat my man dalk nooit weer by die voordeur sal instap nie, of vir 'n klop aan die deur om te sê dat hy nie meer is nie. Niemand het my hierop voorberei nie. Maar ek kan ook nie net sit en in vrees lewe nie."

Sy raak eers bewus dat sy aan die huil gegaan het toe 'n traan op haar hand val. En snaaks genoeg gee sy nie om om voor die wildvreemde man te huil nie. Diep in haar hart voel sy dat hy haar ten volle verstaan. En, besef sy verbaas, sy voel eintlik alreeds beter net omdat sy met hom oor haar probleme kan praat.

Hy maak geen aanmerking oor haar trane nie, bestel net nog koffie. Maar toe dit kom, bly die drinkgoed onaangeraak staan. Hulle sit stil teenoor mekaar, elkeen met sy eie gedagtes, eie bekommernis, eie vrese, soekend na 'n oplossing.

'n Groep besoekers kom die kroeg binne en neem by die tafeltjies om hulle plaas. Joan wonder nog hoe hulle verder gaan praat as die vrouens als kan hoor, toe hy opstaan en sy hand uithou.

"Kom ons gaan stap hier langsaan in die park rond, mevrou. Ek dink beter op my voete, en buitendien kan ons nie langer hier gesels nie."

Hy rem weer aan sy kraag toe hulle by die kassier kom en hy vir die koffie betaal.

Hulle loop die afdraandjie in stilte af en stap onder die wilgerbome al met die stroompie langs. "Dankie dat jy na my geluister het, meneer. Ek voel klaar baie beter. Nou moet ons net koppe bymekaar sit en kyk wat ons gaan doen," sê sy toe hulle onderkant 'n blok woonstelle naby die biblioteek omdraai en weer terugstap.

"Ek voel ook beter," sê hy ná 'n ruk. "Dit voel eintlik asof daar 'n groot las van my skouers afgerol het. Kyk, mevrou Arries, al is ons probleme uiteenlopend, is daar tog 'n paar goed wat dieselfde is. Kom ons begin by ons. Een," en hy druk op sy pinkie.

Joan kyk na die netjiese kort naels en goue trouring en kry gedagte dat Willem nie een dra nie. Miskien moet ek Vrydag se oproepgeld eenkant sit om vir hom een te koop, dink sy in die verbygaan terwyl sy na Adriaan luister.

"Ons voel albei dat ons iets wil doen, maar weet nie wat dit moet wees nie. Twee, ons voel albei hulpeloos en vasgevang in kommer en vrees vir wat met ons geliefdes mag gebeur. Drie . . . Is daar 'n derde punt?" vra hy met 'n glimlag.

"Ja. Frustrasie," voeg sy dadelik by.

Hy buk en tel 'n platgetrapte koeldrankblikkie op en gooi dit in die naaste vullisdrom. "Ek dink ons moet eers na onsself probeer kyk voor ons hulle kan help," sê hy ná 'n ruk en kyk nadenkend in die verte.

"Wat het jy in gedagte?" vra sy 'n tikkie onseker.

"'n Klant het eenkeer aan my gesê dat hy sy werkers en die probleme in sy besigheid beter kon verstaan nadat hy 'n streswerkswinkel bygewoon het. Ek weet nie waarom ek nou daaraan dink nie."

"Alles gebeur met 'n doel," sê Joan, haar oë op 'n paar droë blare wat op die helder stroompie dryf. "Hierdie werkswinkels. Wat behels dit alles en waar word dit gehou?"

"Ek weet nie. Maar ek sal my klant nog vandag kontak en jou dan dadelik bel."

Hulle het klaar gegroet en sy wil net wegstap, toe Adriaan weer nader staan. "Is iets verkeerd?" vra sy toe sy die frons op sy voorkop sien.

"Nee, ek dink maar net," stel hy haar gerus. "Ek wonder sommer net of ek my vrou nie te veel vroulike pligte ontneem het nie. Om haar laste ligter te maak, het ek 'n voltydse bediende aangeskaf, sonder dat ek dit met haar bespreek het. En dan is die kinderoppasser ook daar. Wanneer sy inkopies vir die huis wil doen, het ek dit reeds gedoen. Miskien het ek te veel van haar rolle oorgeneem en haar met 'n leemte gelaat wat nou tot haar probleme bydra. Maar ek wou haar help en haar laste ligter maak. Sy is elke dag so moeg as sy by die huis kom."

"Moenie jouself verwyt nie," troos Joan. "In 'n poging om hulle te help, het ons seker albei foute gemaak en ons sal seker nog meer maak. Die belangrikste is dat ons hulle wil help."

Joan sing nog toe sy die voorhekkie oopstoot.

"Jessou! Jy't darem lank gemaak!" begroet Magda haar en kom aangehardloop. "Luister, ek het nou net op tiewie gehoor."

Toe sy die erns op Magda se gesig sien, sak die benoudheid op haar toe. Ag Here, asseblief, bid sy. "Wat het jy gehoor? Het iets met Willem gebeur?" vra sy vinnig. Maar eintlik wil sy nie regtig weet nie.

"Nee, man! Niks met Willem nie. Oor sy werk. Hulle het netnou die statistics gegee. Van verlede jaar af tot nou toe is daar al tweehonderd ses-en-veertig poeliesmanne vermoor en dit is nou maar eers –"

"Shurrup, Magda! Shurrup! Bly stil. Ek wil niks hoor nie!" begin sy te skree. Sy voel hoe haar bene onder haar meegee en moet aan die hekkie hang om nie neer te slaan nie.

Soos van ver hoor sy Michael se stem en voel dan sy sterk arms haar optel.

"Jirre, Magda! Hou jou bek! Jy moet dink voor jy praat. Ons het dan mekaar belowe om haar niks te sê nie! Nou gaan sy weer soos 'n dooie gees staan en rondloop en worry. Toe, kry die huissleutels in haar sak en gaan sluit die deur oop. Jy sal by haar moet bly tot sy reg is."

Joan wil vir Michael sê dat sy op haar eie by haar deur kan inloop, maar hy gee alreeds lang treë met haar in sy arms. Toe Magda aan die praat gaan, is sy vol verontwaardiging: "Aa-aa wag, moenie op my kom staan en skree nie. Ek wou haar maar net prepare voor sy dit by iemand anders hoor."

"Moenie nog staan en lieg nie, Magda. Jy's soos 'n vampire wat net bloed wil sien en dan is jy kamma haar vriendin. Mens maak nie so nie. Kyk hoe lyk sy nou," kap Michael terug.

Toe hy haar op die rusbank wil neerlê, beur sy op, maar hy druk haar ferm terug. "Nee, lê 'n rukkie agteroor sodat jou bloed na jou kop toe kan loop. Jy't 'n helse skok weg. Oor Magda se bek. Jammer. Sy praat altyd soos haar mond staan en dink nie vooraf nie."

Magda buk oor Joan en vee die hare van haar voorkop af weg. "Sorry, Joan. Ek het dit nie so bedoel nie. Maar ek het self 'n helse shock gekry toe ek hoor dat so baie —"

"Magda!" keer Joan en Michael gelyk en Magda spring vinnig kombuis toe.

Ná 'n ruk kom sy met 'n skinkbord terug. "Michael kon vir ons van sy brandy in die wine cabinet gaan haal het, maar jy drink mos nie," sê sy en gee vir Joan 'n koppie tee aan. "Ek het vir jou baie suiker ingeroer. Maar ek nodig 'n shot. Ek vat altyd 'n shot as ek nervous is."

Maar sy drink nietemin 'n koppie tee terwyl Michael oor haar staan. Om seker te maak dat sy nie weer haar mond verbypraat nie, dink Joan met 'n flou glimlag.

Later, toe Joan beter voel en Michael weg is, wil Magda gretig weet: "Toe! Vertel my van die meeting wat jy gehad het!"

"Ons het maar net gesels," sê sy ontwykend. "Hy's 'n gawe man. Hy't min of meer dieselfde probleme as ek. Dit was lekker om met iemand anders te praat." Toe Magda haar kop laat sak en op haar hande kyk, las sy vinnig by: "Ek meen met iemand in dieselfde skuitjie as ek, jy weet mos wat ek bedoel."

Magda antwoord nie en Joan sê: "En weet jy wat is die lekkerste?"

Magda skud haar kop.

"Ek was toe al die tyd reg om te dink dat daar ander mense is wat net met iemand wil praat. Kom saam kamer toe dat ek ander klere kan aantrek."

"Maar kon julle toe julle problems solve?" vra Magda

"My eie voel al halfpad reg, maar ek weet nog nie hoe ek vir Willem gaan help nie. Wat ek wel vandag besef het, is dat ek en Willem nooit oor De Wit se dood gepraat het nie en dis van daai dag af dat hy so erg geraak het. Ek het in die trein gedink dat ek 'n bietjie daaroor met hom moet praat, en nie altyd moet wag tot die tyd reg is nie. Wat dink jy?"

"Ek het nooit 'n problem om iets vir Michael te sê nie," sê Magda en gaan sit op die bed se voetenent. "Maar hy's ook nou nie Willem nie. As ek jy is, sal ek hom sê en nie wag op die timing nie. Die nuwe *Cosmopolitan* het 'n mooi article in oor honesty in a relationship. Ek gaan hom later vir jou ombring. Dit sal jou miskien help om vir mister uit te figure." Sy kyk na Joan. "Weet jy, ek het jou nog laas in die casino so sien smile. Sorry vir die shock wat ek jou ge-gee het."

"Als reg, Magda," sê Joan vinnig.

"So, wanneer meet jy weer daai man?"

"Adriaan Cronjé. Hy gaan my bel. Hy't iets gesê wat my regtig laat dink het. Hy práát met sy vrou. Ek doen dit nie met Willem nie. Ek praat net as ek moet wanneer hy in een van sy buie is. En hy is amper altyd in een. Oe, ek voel goed, Magda!"

"Hmm," kom dit droog, "wees maar so jolly totdat Willem uitvind."

Adriaan Cronjé bel net voor vier. Die diep stem klink 'n bietjie ligter. "En ek het sommer klaar kontak met die persoon gemaak wat die streswerkswin-kels aanbied. Dit kos 'n bietjie geld, maar ek dink dat dit die moeite werd is," vertel hy ingenome. "Dis 'n vrou wat dit aanbied."

"Meneer Cronjé, van hoeveel geld praat jy?" vra Joan vinnig. Die casino se vyfhonderd rand lê nog in my laai, dink sy. Sal ek kan afbetaal as die ding meer kos? Ek het nooit gedink dat dit geld gaan kos om vir Willem te help nie!

"Luister," klink sy stem in haar oor, "ek weet wat 'n polisiebeampte se salaris is. Ook dat jy 'n huisvrou is. Ek het my eie besigheid en wil my vrou help. Ek hoop nie jy gee om of dink iets daarvan nie, maar ek het klaar die tjek uitgeskryf. Dis eenduisend vyfhonderd rand vir so 'n werkswinkel. As daar ander mense by ons aansluit, bly die prys dieselfde. Dit strek oor 'n week. En die vrou sê dat mense wat die kursus voltooi het, dit ná die tyd vir ander kan aanbied."

Joan is so verlig dat sy duiselig voel. Dan eers besef sy dat sy heeldag nog niks geëet het nie. "Baie dankie, Adriaan. Wanneer is die werkswinkel?" Sy naam het sommer vanself uitgeglip.

"Ons moet self op 'n datum besluit en haar dan in kennis stel. Dink daar-oor na en besluit op 'n datum en ek sal daarby inpas."

Willem se opgekrulde lyf op die bed flits verby haar. "Ons kan sommer nou op 'n datum besluit. Vandag is die elfde. Wat van oor twee weke? Miskien het daar teen daardie tyd nog meer mense kontak gemaak."

"Joan, baie dankie dat jy die advertensie geplaas het!" sê hy voor hy aflui. En ek sê dankie dat jy na my geluister het, dink sy.

Toe Willem later by die huis kom, groet sy, maar hy kyk haar nie eens aan nie. Net toe hy verby haar wil loop, trek sy hom aan die mou, spring van die stoel af op, gaan staan op haar tone en soen hom op die wang. Verbeel ek my, of was daar verbasing in sy oë? wonder sy toe hy sy arm loswoel. Hy stap verder, maar net voor hy om die hoek na die slaapkamer verdwyn, kyk hy vinnig om.

Aan tafel wil sy 'n geselsie aan die gang sit, maar kan aan niks interessants dink wat hom sal laat saampraat nie. So af en toe vang sy hom na haar loer, maar as sy na hom kyk, draai sy oë vinnig weg.

"Ek het vandag aan De Wit gedink," sê sy later toe sy uit die badkamer kom en hy nog die kamerplafon glas in die hand meet. Die hand wat die glas amper weer by sy lippe het, verstil en hy gluur haar oor die rand van die glas aan.

"Ons moet eendag 'n taxi Stikland-begraafplaas toe vat sodat ek blomme op sy graf kan gaan sit," sê sy terwyl sy hom vas in die oë kyk. "Die Bellville-taxi's ry mos daar verby."

Met 'n paar slukke is die glas leeg en hy kap die prop met die hak van sy hand terug op die halfvol bottel en draai sy rug op haar.

"En as jy nou so alleen sit en lag?" vra Magda die volgende oggend toe sy oorkom. Joan het skons gebak en die kombuis hang vol geur.

"Môre. Oor Willem. Ek dink dat ek hom 'n helse skrik gegee het. Eers soengroet ék hom, en toe stel ek voor dat ons eendag blomme op De Wit se graf gaan sit."

"Hoe't hy ge-react?"

"My kyke gegee en seker gewonder of ek nie by sy bier uitgekom het nie. Toe ek van De Wit praat, dag ek dat hy my met die glas gaan gooi. Hy't nie eens sy bier klaar gedrink nie!" Sy bars opnuut uit van die lag.

"En jy sit en lag daaroor?"

"Hy het na my gekyk, Magda!" sê Joan vrolik. "Hy't nie soos hy die afgelope tyd maak, verby of deur my gekyk nie. Hy het hom ook nie eens in die bed opgekrul soos ek verwag het nie. Terloops, Adriaan Cronjé het my toe gebel, en ek wil jou 'n groot guns vra. Ons gaan oor twee weke 'n streswerkswinkel bywoon." – en toe ek hom nagsoen, was sy rug wel na my gedraai, maar hy't nie sy kop weggeruk nie, sing dit in haar.

"Mmm, die skons is lekker," sê Magda tussen happe deur. "Jy't seker weer ounag opgestaan om dit te maak. Streswerkswinkel? Wat vir 'n ding is dit?"

"Ek weet nog nie. Maar ek sal jou als kom vertel. Dis vir 'n week. Ek móés skons maak, want ek het gister vergeet om brood te koop en sien toe eers vanoggend die broodblik is leeg. "

"Jy beter notes vat, want ek wil alles weet! Ek sal vir Magriet by die skool gaan haal. Wat wou jy vra?"

"Magda, jy's 'n skat! Ek wou jou juis vra om vir Magriet by die skool te gaan haal. Miskien soggens wegvat ook. En asseblief net 'n ogie hou dat hulle hulle huiswerk doen. Adriaan het net gesê dat dit in Bellville sal wees, maar nie geweet hoe laat dit gaan begin of uitkom nie."

"No problem. Maar wat gaan jy vir Willem sê? Ek meen, om net vir 'n dag uit te slip, is niks. Maar vir 'n hele week? Jy sal aan 'n plan moet dink, want as hy dag-af is, sal jy nie net by die deur kan uitloop nie."

Joan se glimlag verdamp. "Ek het nog twee weke om daaraan te dink. Weet jy, eers het ek van sy afdae geweet, maar deesdae is hy so baie by die huis dat ek nie meer weet of hy siek of af is nie."

Sy is besig om te stryk en Anna en Magriet blaai deur 'n hoop ou tydskrifte wat hulle by Magda gekry het, toe Willem instap. Toe sy hom weer op die wang soen, lyk hy nie verbaas nie, maar kyk haar agterdogtig aan. Anna draai haar kop vinnig weg terwyl Magriet agter haar hand giggel. "Middag, ek het nou net 'n pot tee gemaak. Moet ek vir jou skink?"

Hy antwoord nie en gaan haal die halwe bottel bier uit die yskas en sit dit op die tafel neer. "Jy skuld my 'n bier se geld!" sê hy, gee die kinders dan die gewone piksoentjie en loop kamer toe.

Sy volg hom en gaan sit op die rand van die bed terwyl hy uittrek en vra: "Hoe was jou dag?"

"Wat makeer jou?" vra hy en verdwyn in hulle badkamer en skuif die grendel toe voor sy kan antwoord.

"Morning, Joan," groet Magda die Sondagoggend en kom staan langs die voorhekkie by haar. "Collect jy dan nog steeds cuttings?"

"Môre. Nie so hard nie! Willem is af en hy's wakker. Ja, vandag is mos die laaste keer dat die advertensie in die koerant gaan wees. Ek voel bekaf, want ek het gehoop om van meer mense te hoor. Van vrouens. Maar ek is dankbaar dat ek darem vir Adriaan ontmoet het, nou het ek iemand om mee te praat as dinge rowwer gaan."

"Miskien lees die mense nie koerant nie," troos Magda. "Hoekom sit jy dit nie next time in die magazines of in die local koerante nie?"

"Miskien moet ek . . . Wag, Magda, ek moet gaan klaarmaak, want ek en die kinders gaan kerk toe. Die predikant sal my seker nie meer herken nie."

Laatmiddag sit sy en Magda in die voorkamer met 'n tydskrif wat Magda vir haar gebring het. "Waar is mister?" fluister sy. "Ek het hom nie met die sak sien verbyloop nie."

"Een van sy kollegas het hom kom optel. Hy is met die sak en al hier weg," las sy gou by toe die telefoon begin lui.

"Die Arries-woning, goeie-" begin sy toe 'n skril vrouestem haar onderbreek.

"Ek bel van 'n tiekieboks af en die ding sluk geld!" Die vrou praat so vinnig dat sy amper nie kan volg nie. "Ek bel in verband met die advertensie wat ek in die *Rapport* gesien het. Werk jy vir die staat en oor wat gaan die advertensie?"

"Nee, mevrou. Ek is 'n gewone huisvrou wat met 'n polisieman getroud is. Ek het die advertensie geplaas omdat ek my man nie meer verstaan nie en hom wil help. En ek het gevoel . . . Mevrou?" Joan hoor hoe die telefoon aan die ander kant piepgeluide maak en hoe die vrou vloek en meer geld ingooi.

"Hello? Is jy nog daar?" vra die skril stem.

"Ja, mevrou. Mag ek jou naam weet?"

"Diana Friesland. Kyk, ons sal moet gou praat, want ek het nie meer geld nie en ek kan nie van die huis af bel nie! Hoekom betrek jy die publiek in jou en jou man se besigheid?"

"Mevrou, van waar af bel jy?"

"Van Manenberg op die Kaapse Vlakte. Hoekom?"

"Gee my die nommer dan bel ek jou terug." Joan vind dat sy net so vinnig soos die vrou begin praat het. Sy skryf die nommer haastig neer terwyl Magda haar aan die rok pluk.

"Goed. Ek het dit, mevrou. Ek het die advert-" Die piepgeluid begin weer en dan is die lyn dood.

"Jessou, Joan! Hoe het ek dit met jou? Jy run mos nie nou 'n charity nie! Jy kan nie elke call van mense kom staan en return nie! Netnou is jou phonebill sky high!" raas Magda terwyl Joan die nommer skakel.

"Ek gaan nie 'n gewoonte maak om almal terug te bel nie, Magda," en met haar vinger op haar lippe beduie Joan vir haar om stil te bly. "Goeiemiddag, mevrou. Dis Joan Arries," sê sy toe die telefoon met die eerste lui aan die ander kant opgetel word. "Soos ek netnou gesê het, my man is 'n polisieman. Hy ly erg aan stres as gevolg van sy werk en dit het 'n negatiewe uitwerking op ons gesinslewe. Ek het die advertensie in die koerant gesit omdat ek met mense in aanraking wil kom wat miskien ook probleme het sodat ek hopelik daaruit kan leer hoe om hom te help. Ek kan met niemand by sy werk gaan praat nie."

"Sê my iets wat ek nie weet nie," klink dit met drif in Joan se oor. "Ek het helse probleme, maar ek kan nie nou daaroor praat nie, want daar is nog ander mense wat wag om te bel. Ek sal jou graag wil ontmoet. Maar nie vandag nie. Hy doen nagskof en as ek nou die kar vat, gaan hy wil weet waarheen ek gaan. Miskien môre of die dag daarna? Ek kan 'n tydjie by die werk afvra."

Iets in Diana Friesland se stem gee Joan die gevoel dat sy dringend met iemand wil praat. "Môre sal my uitstekend pas, mevrou. Waar sal ons mekaar ontmoet?"

"Ek sien jou nommer is 905. Dis mos Blackheath. Ek werk daar. Ek is 'n boekhouer in 'n staalfabriek. Ken jy die Engen-garage in Buttskopenstraat? Die fabriek is net agter die garage. Die tweede een van die hoek af. Sal jy so teen 1.30 tot daar kan kom? My etenstyd is 'n halfuur maar ek sal vir ekstra tyd vra. Sal jy, mevrou? My daar ontmoet, bedoel ek."

"Dis nie ver van waar ek bly nie," sê Joan, wat nie 'n woord kon inkry nie, verlig. "En ja, ek sien jou môre om 1.30. Sterkte, hoor."

"Met al jou daily outings sal Willem gou agterkom wat jy doen," merk Magda op.

"Maar gelukkig werk sy net hier bo agter die garage en kan ek binne tien minute daar wees. Sal jy asseblief vir Magriet om kwart oor twee by die skool gaan haal?"

Magda stem al in terwyl sy nog praat.

"Hoekom moet Magda vir Magriet gaan haal?" vra Willem van die deur af.

Joan en Magda spring gelyk op. "Willem! Jy gaan mens nog 'n heart attack gee! Ek dink dis my phone wat daar lui, Joan. Sien jou later," sê sy en loop.

Joan moet gaan sit. Haar bene is heeltemal lam. Sy het nog net een keer vantevore in haar lewe so uitgevang gevoel – die laatagtermiddag toe sy in haar skooluniform by die huis aangekom het en haar juffrou was daar om by haar ouers uit te vind hoekom sy nie meer skool bywoon nie.

Willem maak die deur toe en sit die sak biere op die tafeltjie neer en kom staan oor haar. "Ek wag, Joan. Hoekom moet Magda vir Magriet by die skool gaan haal?"

Sy moet 'n paar keer oor haar lippe lek om 'n woord uit te kry. "Ek . . . ons . . ."

"Wat steek jy vir my weg, Joan? Jy sien iemand agter my rug, nè? Is dit hoekom jy die afgelope paar dae so vryerig is en daar nuwe goed in jou hangkas is? Kom, praat!"

Joan is so verbaas dat sy hom net kan aangaap. Hy gaan kombuis toe en kom met 'n glas en die botteloopmaker terug en gaan sit sodat hy kan sien.

Maar in die kort tydjie wat hy kombuis toe is, het sy haar stem teruggekry. "Ek sien niemand nie, Willem. Ek en 'n paar mense wat met polisielede getroud is, gaan volgende week 'n werkswinkel bywoon sodat ons kan leer hoe om ons mans beter te ondersteun. Ons ondersteun mekaar ook. Ek moet môre 'n vrou hier in Blackheath by die fabrieke agter die garage ontmoet en ek het vir Magda gevra om vir Magriet by die skool te gaan haal, want miskien is ek te laat terug."

"Hoekom hoor ek nou eers daarvan?" vra hy nors, drink sy glas leeg, en maak dit dadelik weer vol.

"Ek het nie geweet hoe om jou van die werkswinkel te sê nie. Die vrou wat ek môre moet ontmoet, het maar netnou eers gebel."

"En wie gaan miskien vir Magriet volgende week skool toe vat en gaan haal en 'n oog oor hulle hou? Magda? Gmf! Sy kan skaars haar eie kind in die huis hou!" snork hy.

"Ja, ek het haar klaar gevra, en sy gaan 'n ogie oor hulle hou."

Hy gee weer 'n snork en kyk haar vies aan. "Sy kan môre vir Magriet gaan haal, maar sy gaan nie 'n week lank na die kinders kyk nie. Môre, oormôre maak hulle ook voetpad parkie toe. Ek sal self na hulle kyk! Daar is manne wat te bly sal wees om my hul nagdiensskof te gee." Hy sien haar verbasing en sê: "Ek hoop nie jy gaan elke dag op straat wees en die huis en kinders verwaarloos nie. Of dat jy my met 'n klomp skinderbekke gaan bespreek nie!"

Toe hy met die sak kamer toe verdwyn, glip sy by die agterdeur uit en toe sy binne hoorafstand is, roep sy: "Magda!"

Magda kom met 'n glas in die hand in die kombuisdeur staan. "Dis brandy vir my shock," verduidelik sy.

Joan volg haar die kombuis in en sê laggend: "Hy't gedink ek jol!"

"Aarde ons! Wat gee hom so 'n mal gedagte?"

"Die nuwe klere in my kas, en . . ." Sy bedink haar. "Al die goed in my klerekas en dat jy vir Magriet môre moet gaan haal. Van skrik het ek hom sommer van die ondersteuningsgroep en die werkswinkel gesê. Hy gaan sy skof met iemand ruil sodat hy volgende week nagdiens kan doen. Hy wil nie hê dat jy Michael se besigheid moet afskeep nie, want volgende week gaan jy die telefoon alleen moet antwoord," lieg sy gladbek.

"Is hy dan dronk? Well, I never!" sê sy toe Joan haar kop skud. "Wat sê hy oor jou advertisements?"

"Ek het hom nie gesê nie, want hy het nie gevra hoe dit alles begin het nie."

Toe sy die volgende dag soos afgespreek vir Diana Friesland by die ingang van die grys siersteenfabriek ontmoet, weet Joan vir 'n oomblik nie wat om te sê of hoe om haar skok weg te steek nie. Die dik laag grimering kan die skraal vrou se blouoog nie verberg nie. Here, bid Joan, ek het mos nie die advertensie geplaas om net mense te ontmoet wat geslaan word nie!

"Toemaar," sê die aantreklike donkerkop, wat Joan se ongemaklikheid raakgesien het. "Die werkers in die fabriek het klaar gespot oor ek al weer teen 'n deur vasgeloop het." Sy sê dit met 'n glimlag maar die weemoed lê vlak in haar stem en grys oë. "Kom ons gaan sit in my kar, want daar is geen ander geskikte sitplek hier buite rond nie." Sy loop voor Joan uit na die parkeerterrein en sluit 'n klein wit kar oop.

Sy gaan aan die praat voor Joan 'n woord kan uitkry. "Ek en my man het eergister weer stry gekry – oor die meisies wat hy in die polisiewa op en af deur die strate ry. Ek mag nêrens heen nie, maar hy is byna nooit by die huis nie." Met 'n gebalde vuis kap sy op die stuurwiel. "Hy is altyd by vriende. Ongetroude vriende. Ek wil hom nie los of aangee nie, mevrou Arries, want hy was nie altyd so nie. Maar ek weet ook nie meer wat om te doen nie. Ek kan nie elke keer uit die werk bly tot die kneusplekke weg is nie. Hy was nie altyd so nie! My kinders weet nie eens meer wat dit is om sonder 'n gestryery in die huis te gaan slaap nie."

Joan laat Diana Friesland uitpraat, en eers toe sy haar kop met oë vol trane op die stuurwiel laat sak, vertel Joan haar van die werkswinkel.

Sy lig dadelik weer haar kop. "Ja, ek sal gaan," antwoord sy gretig toe Joan klaar is. "My baas sal my afgee. Daarvan is ek seker, want hy het al hoeveel keer vir my gesê dat hy die skeigeld sal voorskiet as ek die dag besluit om te skei. Maar ek wil nie skei nie. Ek en my man het te veel dinge deurgemaak vir my om hom nou te los," sê sy en vleg haar vingers inmekaar en blaas haar asem hard uit en gaan voort: "Maar as die werkswinkel nie help nie, mag ek dit oorweeg. Toe ek jou gister bel, was dit van die polisiestasie af. Ek het op die bevelvoerder gewag om hom alles te vertel en hom my oog te wys. Dis ook daar waar ek die *Rapport* gekry en die advertensie gelees het en toe maar besluit het om eers met jou te praat."

Net voor hulle uitmekaar gaan, kry Joan Diana Friesland se werksnommer en belowe om kontak te hou en haar die finale datum vir die werkswinkel te gee.

"Sterkte, Diana," sê Joan sag en gee haar 'n stewige drukkie.

"Dankie dat jy na my geluister het."

"Toe, vertel," por Magda ongeduldig toe Joan vir Magriet by haar kom haal.

"Kom saam om, dan vertel ek jou alles terwyl ek die kospotte opsit," sê Joan.

⇒ *Gladys* ⇐

"MOLO, MATRON MHAULI. VEILIG HUIS TOE RY. SIEN JOU VANAAND!" SKREE 'n wag in 'n dik jas en swart wolhandskoene opgewek toe hy die hekke van die Chris Hani-Baragwanath-hospitaal net ná seweuur agter die blou Toyota toetrek.

Gladys Mhauli ry al gapend die entjie deur Diepkloof na haar huis toe. Die strate wemel van mense op pad na hul verskeie werksplekke. In sommige strate staan lang toue op busse en taxi's en wag. In haar straat gekom, parkeer sy die kar in die dubbelgarage van 'n pragtige siersteenhuis. Maar sy gaan nie die huis binne nie. Sy steek die pad oor na 'n afgebrande dubbelverdieping. By die ingang na die werf stop sy. Sy tel die afgeskilferde, wit geverfde hekkie wat op die grond lê op en gaan maak dit teen die swart muur staan. Sy staan 'n ruk by die swart gerookte muur en laat gly haar vingers oor die bakstene. Haar gewese praghuis.

"Ek gaan jou weer regmaak, al moet ek my vingers tot op die been werk. Hulle gaan ons nie breek nie. As ek met jou klaar is, gaan jy beter lyk as ooit tevore. Dit belowe ek jou," praat sy met die puin asof dit ore het om te hoor.

Met 'n sug stap sy om die hoek van die afgebrande huis na die agterwerf, tot by die eenvertreksinkhuisie in die hoek van die hoë betonomheining. Voor die selfgemaakte houtdeurtjie haal sy eers diep asem en druk dan die wankelrige deur oop. Dis donker binne. Sy moet laag buk om onder die deurkosyn deur te gaan, maar daaraan het sy gou gewoond geraak en stamp nie meer haar kop soos vroeër nie.

Net binne die deur vroetel sy rond op 'n houttafeltjie aan haar regterkant tot sy die vuurhoutjies raak vat. Daarmee steek sy die gaslamp aan wat sy saam met die tafeltjie en 'n paar komberse by haar oorkantse buurvrou, wat nou ook 'n veilige plek vir haar en haar man se karre verskaf, gekry het. Terwyl sy die gaslamp hoog bokant haar kop hou om tot in die verste hoek van die vertrek te kan sien, wonder sy vir die hoeveelste keer hoe dit moontlik kon wees dat haar lewe binne 'n oogwink so drasties verander het. Die een dag was sy die heerser

96

van 'n pragtige dubbelverdiepinghuis, die trotse vrou van 'n bekende polisie-man, die ma van vier pragtige kinders en matrone by die grootste hospitaal in die Suidelike Halfrond. Die volgende dag besit sy niks, is haar jongste kind van haar op 'n wrede manier ontneem, en moet sy haar ander kinders inderhaas in 'n kosskool kry. Sy, 'n vrou wat die hoogste status in die gemeenskap beklee het, moet haar kinders nou gedurende vakansietye soos kospakkies na haar fami-lie in die Transkei stuur, en na 'n man omsien wat vir sy eie skaduwee bang geraak het.

Daar is min beweegruimte in die vertrek. Die binnekant van die sink-shack het haar man, Joe, met karton uitgevoer om die reën en ergste koue uit te hou. Agter die deur staan 'n vierkantige, wit geverfde tafel met 'n plankie onder een poot om hom stewig te hou. Dié tafel het sy by mevrou Templeton in Melville gekry, die vrou vir wie sy een keer 'n week char. Dit word nou gebruik om die sinkwateremmer, gasstofie, broodblik en 'n kartondoos met hulle kruideniers-ware op te pak. Bokant die tafel het Joe 'n wankelrige rakkie aangebring vir hulle twee potte en die bekers. Onder die tafel, op die rooi linoleumtapyt wat die hele vloer bedek, staan 'n paar verseëlde kartonhouers vol breekgoed wat sy en Joe elke maand aankoop. Haar oë gly oor die groot tweedehandse hang-kas langs die tafel, wat hulle op 'n vendusie gekoop het. Teen die oorkantse muur staan die enkelbed waarop sy en Joe slaap as hulle gelukkig is om die nag albei gelyktydig by die huis te wees.

Sy gee 'n sug toe sy die bewegende bondel op die bed sien, en kyk op haar polshorlosie. "Tshini, Joe! Ubungamelanga ukuba ube semsebenzini na? Is jy nie veronderstel om by die werk te wees nie?"

Hy gee 'n lang gaap en rek hom uit. Sy voete en bene hang ver oor die voe-tenent van die bed. "Molo," groet hy tussen gape deur, kom orent en swaai dan sy lang bene oor die kant. "Ndicela ikof, toe! Ek is siek, Gladys. Ndizakuya kugqira. Ek gaan dokter toe. Hoekom maak jy nooit die deur agter jou toe nie? Eli tyotyombe soze lifudumale xa ungali vali ucango. Hierdie shack sal nooit warm word as jy die deur laat oopstaan nie."

Gladys gaan druk die deur toe en skuif die gordyn van die venstertjie weg. Die lig wat deur die ruit val, is so min dat sy die lamp laat brand. Terwyl sy die ketel vol water gooi, sê sy oor haar skouer: "Ingxaki yintoni namhlanje? Wat is vandag die probleem? Het jy gister betyds vir die onderhoud opgedaag?"

Joe stut sy arms op sy knieë en hou sy kop vas. "Ndiphetwe ngumqolo. My rug is seer. Ewe. Ek het die tydelike sekuriteitswerk gekry. Ek gaan 'n pakhuis in Benoni oppas sodra my verlof begin. Kodwa ndithemba ukusebenza phaya xa ndi-off. Maar ek hoop om in my afdae ook daar te werk. Kodwa, Gladys, ek weet nie hoe ek dit gaan hanteer nie. Ek bedoel, om sonder 'n ruskans van die een werk na die ander te spring. Hayibo. Ndidiniwe! Nee wat, ek is moeg!"

"Kufuneka sinyamezele kalokhu, Joe. Ons moet mos vasbyt," praat sy hom moed in. "Dit sal nie vir ewig wees nie. Net tot ons weer die huis reghet." Voor sy haarself kan keer, voeg sy by: "As jy na my geluister het en assuransie op die huis uitgeneem het, was dit nou nie nodig om ons so dood te werk nie. Drink jy die vitamienpille wat ek vir jou gebring het?"

"O Thixo wami! O my God!" sê Joe en kap met sy hande teen sy kop. "Hou tog net op om van die pille te vra! My liggaam het rus nodig en geen pil ter wêreld kan die plek van 'n goeie slaap inneem nie. Bendiza kuyazi njani, hoe moes ek weet dat die bliksems my huis gaan afbrand oor hulle 'n probleem met die dwelmeenheid het? Ek werk nie eens in daardie eenheid nie! Kon hulle nie maar net die huis geplunder het nie? Kon hulle nie eers deur die huis gegaan en gekyk het of iemand binne is nie?" Met 'n swaar sug laat val hy sy een hand op sy knie en sit die ander oor sy gesig.

Gladys gaan sit sonder om te antwoord by hom op die smal bed en vou haar dik arms om hom. Vir 'n tydjie kan nie een van hulle praat nie.

Sy kom eerste tot verhaal. "Yonke into izakulunga, Joe. Alles sal regkom. Maar niemand sal ooit die leemte in my hart kan vul nie. En ons kan nie elke dag swaar sugte gee as ons aan haar dink nie. Ons sugte sal verhinder dat sy volkome rus kry. Ek het gisteraand vir Mama van die werk af gebel. Die kinders geniet die vakansie, sê sy, maar hulle laat weet dat hulle verlang."

Joe wikkel hom uit haar omhelsing los en blaas sy neus in sy kakiesakdoek en druk sy kop weer teen haar breë bors. "Nam ndiyabakhumbula. Ek verlang na hulle ook. Ek wil weer by die deur inloop, voor die televisie gaan sit en hulle raserige stemme om my hoor."

"En jy gaan dit weer kan doen, Joe," praat Gladys met 'n rustige stem. "Uya khumbula, onthou jy hoe hard ons twee gewerk het om ons tweevertrekraad-huis tot 'n dubbelverdieping met twaalf vertrekke te verbou? Uyakhumbula? Dit was harde werk en ons het dit gedoen, want ons het van 'n dubbelverdie-ping gedroom. Ngoku, nou droom ons van ons huis wat ons weer uit die as uit tot 'n praghuis sal herbou. Terwyl ons aan ons drome kleef, sal ons dit regkry. Kodwa, jy sal nie elke keer siekverlof kan vat en vir een of ander probleem dok-ter toe hardloop nie. Jy gaan later met 'n slegte bywoningsrekord teen jou naam sit. Kutheni ungayi uye uyo ku bona ukapteini wakho umchazele yonke into? Hoekom gaan sien jy nie jou kaptein en praat dinge met hom uit nie?"

Joe ruk sy kop vinnig van haar bors af. "Moet tog net nie weer begin nie, Gladys. En wat sê ek dalk vir hom? Dat ek ná dertig jaar in die diens vir my eie skaduwee begin skrik het? Dat ek bang is om nes my ander kollegas vermoor te word? Dat ek in permanente vrees leef en nie weet wanneer die koeël my gaan kry nie? Hayi suka! Nee wag! Vergeet dit, Gladys. Ek is nie al een wat in vrees leef nie. Al die ander polisiemanne leef ook in vrees. Hulle steek dit net beter weg as ek."

"Jy kan hulle vra om vir jou kantoorwerk te gee, Joe. Jy is immers 'n inspekteur. Dan is jy ten minste nie op straat nie. Hou op om net aan jouself te dink! Wat gaan van die kinders word as iets met jou gebeur? Tshini! Dink jy ek bekommer my nie ook oor jou veiligheid nie?" Gladys is so ontstoke dat sy 'n entjie van hom af wegskuif.

Joe kom op sy voete en kyk haar met hande op sy heupe aan. Toe sy na hom opkyk en sy gesigsuitdrukking sien, weet sy dat sy te ver gegaan het. Maar sy voel nie spyt oor haar woorde nie. Sy moes dit lankal gesê het, dink sy. Sy moes hom lankal gesê het om te vra om na 'n ander afdeling geskuif te word. As sy dit vroeër gedoen het, sou haar Sindiswa nog geleef het, dink sy weemoedig. As sy maar destyds, toe sy en Joe nog soos hond en kat geleef het, terug na haar ouerhuis getrek het, sou haar baba ook nog geleef het. As . . .

"Andikuceli ukuba uzikhathaze ngam, Gladys. Ek vra jou nie om oor my bekommerd te wees nie. Jy het geweet jy trou met 'n polisieman. En jy het daarvoor kans gesien. Moenie nou van my verwag om iets anders as 'n aktiewe polisieman te wees nie."

Stom kyk sy hoe die lang lyf met die boepensie die shack kaalvoet uitstorm, om maar net so gou weer terug te kom. Bibberend.

Gladys is ook op haar voete en mompel: "Ndicela uxolo. Ek vra verskoning. Maar ek kwel my oor jou." Waarom sy verskoning vra, weet sy nie. Dan besef sy: om die vrede te bewaar.

"Wat sê jy?" bulder Joe, nog steeds vies.

"Ek sê dat ek moet klaarmaak en loop. Ek char vandag in Melville. Oor 'n paar maande kry ek my stokvelgeld en is daar genoeg om bakstene en goed te koop om mee te begin. Ukhe wathetha nobhuti Simphiwe? Het jy al met boetie Simphiwe gepraat?"

Joe skud sy kop.

"Moenie vergeet om dit te doen nie. Hy het belowe om die bouwerk vir ons teen 'n goedkoper prys te doen. Hy't ook gesê dat ons hom net moet sê wat ons nog te kort aan het, dan sal hy dit van sy werkplek –"

"Ek wil niks van spazagoed hoor nie!" val Joe haar in die rede. "Miskien moet jý met hom gaan praat. Op daardie manier bly my gewete skoon."

Gladys gluur hom aan en klik saggies met haar tong. Skoon gewete. Verbeel jou! Sy skoon gewete sal nie toelaat dat hulle êrens kom nie, dink sy vies. Sy skoon gewete het nie vir Sindiswa lewend gehou nie.

Sindiswa. Die gedagte aan haar baba laat 'n vlymskerp pyn deur haar borste skiet. Asof hulle nog vol melk is en nie maande gelede al opgedroog het nie.

Sindiswa, wat met die spekvet boudjies aan die kruip was en haarself teen tafels en stoele optrek het en in haar loopring vinnige treetjies deur die huis gegee het en almal se ore kon afskree as die ding iewers vasgehaak het. Haar baba wat oopmond met almal gelag en op haar manier met geluidjies gepraat het, met die sagte haartjies wat sy met 'n stomp naald en gare in mooi reguit rytjies op haar koppie gevleg het. Haar kleinding wat elke dag met badtyd haar keeltjie kon droog skree om langer in die water te wees. Sindiswa wat net een woord – "titi" – vir haar gehad het en die pram self uitgewoel het.

"Hoekom kan die kind nie nes al die ander werkende vrouens se kleintjies na die crèche hier in Diepkloof gaan nie?" wou Joe die dag weet toe sy vir hom sê dat haar ma 'n kinderoppasser uit die Transkei gaan stuur om na Sindiswa te kyk. "Of jy kan haar mos sommer soggens saam met jou werk toe vat. Ninayo ikrishi phaya, andithi? Julle het mos 'n crèche daar, dan nie?"

"Aai, Joe," het Gladys wal gegooi. "Sy's dan onse enigste meisiekind! Buitendien verwag die gemeenskap sekerlik dat 'n vrou soos ek 'n kinderoppasser moet hê. En jy hoef nie oor die vrou se salaris bekommerd te wees nie. Ek sal haar betaal."

"Dit gaan nie oor die geld nie, Gladys. Dit gaan juis oor die gemeenskap. Vandat ons die huis klaar gebou het, sien ek jou nie meer by die vrouens hier rond kuier nie. En ek het al gesien hoe neusoptrekkerig jy my township-vriende bekyk as hulle hier by my in die huis kom. Al mens met wie jy nog praat, is sisi Bukelwa hier oor die pad. Ek wil nie by die ander manne hoor dat my vrou hoogmoedig is nie."

"Ek is nou 'n matrone en moet my plek in die gemeenskap volstaan, Joe," het sy hom sag geantwoord en terselfdertyd gedink dat hy niks van 'n geleerde vrou se pligte in die gemeenskap weet nie.

"Jou plek? Izayokubheka phi? Gmf, waar sal dit jou gaan neersit?" het Joe gesnork en die saak daar gelaat.

Gladys kon nie verstaan dat hy as inspekteur hom nog met die gewone mense op straat bemoei het nie. Hy moes sy plek eer aandoen, wou sy hom meermale sê, maar het geweet dat sy dit nooit sou durf waag nie. En wat het hy miskien van haar vriende geweet? het sy in die stilte teen hom uitgevaar. Sy het baie vriende gehad: onderwyseresse, vrouens wat in banke en regspraktyke werk, én gewone huisvroue wat nes sy in spoghuise gebly het.

Daardie oggend was haar afdag en is sy nes al die ander dae vroeg uit die huis uit om ekstra sakgeld in Melville te gaan verdien. Sy en Joe se geld was net mooi genoeg vir al die normale uitgawes, maar die seuns se privaat skool het alewig iets uitgedink wat hulle moes hê.

Pumla, die oppasser, was besig om vir Sindiswa pap te voer – hawermout en heuning, onthou Gladys. Net voor sy die kar gaan uittrek het om eers vir Bongani en Zandile en Temba by die skool te gaan aflaai voor sy Melville toe gaan, het sy vir Pumla gesê: "Maak seker dat jy al die veiligheidshekke gesluit hou. Ungavuleli mntu! Jy maak vir niemand oop nie!"

"Ewe, sisi," het Pumla plegtig belowe, en net om te wys dat sy dit bedoel het, het sy die hekke sommer dadelik agter Gladys gesluit. Pumla, jonk maar ywerig. Haar ma kon nie 'n beter persoon gestuur het om na Sindiswa te kyk nie, het Gladys gedink toe sy wegry.

Sy was teen drieuur weer op pad huis toe. Onder naby die hospitaal, waar sy na Diepkloof moes afdraai, het sy die donker rookwolke in haar gebied die eerste keer opgemerk en gewonder wie al weer motorbande aan die brand ge-steek het. Dit was vreemd, van 'n staking of onrus was sy nie bewus nie. Mis-kien is dit weer 'n paar plakkershuise, het sy gedink. As dit so aangaan, gaan ons vanaand met noodgevalle besig wees, het sy met haarself gepraat, en die dae na die einde van haar derde en laaste maand van nagdiens vir die jaar dankbaar begin aftel.

Maar toe sy haar straat inry en die horde mense en brandweerwaens, die ambulans en polisievangwa verder af in die straat sien, het haar borste volge-skiet. Sy het instinktief geweet dat daar iets by haar huis gebeur het.

Sy het die kar sommer op die eerste beste plek langs die straat gelos. "Sindiswa! Umntwana wami! My kind!" het sy skreeuend uit die kar gespring. Terwyl sy die deur toegooi en na hulle huis begin hardloop, het sy gevoel die borstuk van haar rok is nat. Nat van melk wat haar agt maande oue baba moes drink.

Die omstanders en brandweermanne het haar van die vlamme weggehou, maar sy het verbete geveg om uit hul arms los te kom en histeries geskree: "Sindiswa! USindiswa ungenile! Sindiswa is daar binne! Pumla! Zisa umntwa-na wami! Bring my kind!"

'n Polisievrou het haar aan die arm na die ambulans gelei. Sy het die twee liggame agterin die ambulans gesien. Van kop tot tone met wit lakens bedek. Een klein liggaampie en een grote. Die polisievrou moes hulp kry om haar staande te hou. Iemand het die lakens van die gesigte afgetrek. Pumla was erg verbrand. Vir Gladys het dit gelyk asof Sindiswa vuil gespeel aan die slaap ge-raak het. Nie eens haar kort haartjies was geskroei nie.

"She needs resuscitation!" het sy skielik wild geskree en haar kind uit die ambulans probeer kry. Maar talle hande het haar in 'n wurggreep gehad en sy kon nie by haar kind kom om lug in haar longetjies te blaas nie.

"Ons het dit reeds tevergeefs vir meer as 'n uur op albei van hulle probeer, mevrou," het 'n ambulansman sag gesê. "Dit was die rook. Hulle is by die voordeur gevind. Die vrou het probeer om die veiligheidshek oop te sluit, maar sy was nie teen die rook opgewasse nie. Sy het die kleintjie met haar liggaam probeer beskerm, daarom dat daar geen uiterlike letsels aan die kleintjie is nie."

"Probeer dit weer! Asseblief!" het Joe op sy knieë voor die oop agterdeur van die ambulans gesoebat. Die ambulansman het sy kop stadig geskud. Gladys het nie geweet hoe lank Joe al daar was nie.

Vlamme. Vuur. Hoe lank moes Pumla nie geskree en op hulp gewag het nie!

Hoeveel keer het sy nie vantevore self gewonder hoe sy by die huis sou kon uitkom as iets binne met hulle sou gebeur nie! Veiligheidshekke en veiligheidstralies aan elke venster het wel die diewe uitgehou, maar ook haar kindjie ingehou toe sy na buite moes vlug.

"Kutheni na? Waarom?" het sy oor en oor herhaal.

"'n Kortsluiting," was die brandweermanne se onmiddellike bevinding.

"Brandstigting uit pure jaloesie!" was die buurt se uitspraak.

Voor die dag om was, is daar 'n amptelike lêer geopen: Moord en brandstigting. Die polisie het vir haar en Joe ondervra. Wou weet of hulle enigiemand in gedagte gehad het wat hulle kwaad sou wou aandoen. Haar eerlike antwoord was nee, niemand. Joe se oë het so groot gerek dat hy die woorde nie kon uitkry nie en net maar sy kop heftig geskud het.

Wat van jou snaakse vriende wat altyd voor die huis op jou staan en wag het? wou sy op hom skree, maar sy het haar gedagtes vir haarself gehou.

Hulle het by sisi Bukelwa tydelike blyplek gekry. Dit was ook sisi Bukelwa, het sy later gehoor, wat die middag gereël het dat iemand die seuns by die skool gaan haal. En toe Bongani, die oudste, met sy arms om die skouers van Zandile en Temba versteen voor die afgebrande huis bly staan, was dit sisi Bukelwa wat die grootoog-, oopmondseuns uit die rook en roet na haar huis gelei het, hulle skoolklere gewas en komberse oor hul skouers gehang het. Sy wat sisi Bukelwa is, wat net 'n kerksuster en buurvrou maar geen familielid van Gladys is nie, het dit op haar geneem om die telefoonnommers by Joe te kry en sy mense in Pretoria en Gladys se mense in Lady Frere te bel.

Dit was ook sisi Bukelwa wat met behulp van die grootvrouens in die buurt aan deure geklop en blyplek gevra het vir Joe se Pretoria-familie en haar en Pumla se familie wat uit die Transkei te wagte was. Blyplek tot ná haar kind se begrafnis.

In sisi Bukelwa se huis het sy, soos gewoonte dit vereis, drie dae met 'n doek oor die kop en 'n kombers oor die skouers plat op die vloer gesit en mense van die buurt ontvang wat hul simpatie kom betuig het en haar aangemoedig het om oor Pumla en Sindiswa te praat. En terwyl die kerksusters en mense van die buurt die drie dae lank sonder ophou gesange gesing en gebede gesê het, was dit die vroue van haar stokvelgroep wat vir oorgenoeg kos gesorg het. Tóé was sy bly dat sy haar vyfhonderd rand gereeld elke maand bygegooi het, nie net oor die kospotte wat die vrouens aan die kook gehou het nie, maar ook vir hulle simpatie en ondersteuning.

Haar ma en Pumla se pa, wat verlangse familie was, het die volgende dag net voor elfuur in 'n stowwerige vaal bakkie aangekom. Haar ma het vir haar 'n koffer vol nuwe rokke saamgebring.

"Banayo imali yokugodusa uPumla? Het hulle geld om vir Pumla huis toe te neem?" het sy sisi Bukelwa vir Joe hoor vra ná Pumla se pa met hom gepraat het.

"Ewe, sisi, maar hy wil hê dat Pumla langs Sindiswa moet rus, want sy was baie lief vir die kind en het altyd in haar briewe van haar gepraat. Ek en hy en my broer gaan nou stad toe om reëlings te tref."

Maar voor hy weg is, het Gladys hom gevra om vir hom klere en skoene en vir haar skoene en onderklere op haar rekening te koop. Toe sy vir hom haar kredietkaart gee, het hy verbaas na sy klere gekyk. Hy was nog steeds in sy uniform.

Pumla en Sindiswa is langs mekaar begrawe. Toe Gladys by haar kind se oop graffie staan, kon sy geen traan stort nie. Joe het vir hul albei se part gehuil. Stilweg. Mens kon die huil net aan sy nat wange sien. Sy self het in haar hart gehuil, want haar oë het droog gebly.

Toe die meeste mense ná die begrafnis weg is, het Joe haar eenkant geroep. "Bongani en Zandile en Temba moet saam met jou ma Lady Frere toe gaan. Ek het klaar met haar gepraat. Hulle moet by haar bly tot ons 'n ander skool in 'n ander provinsie vir hulle gekry het. En vakansiedae gaan hulle ook by haar deurbring."

"Hayi Joe, uthini na ngoku? Wat praat jy dan nou? Die kinders het dan nou net 'n nuwe skooljaar begin! Hulle skoolboeke en dié kwartaal se fooie is ook klaar betaal. Hulle kan nie nou in die Transkei gaan sit nie! Vir wat?" wou sy geskok weet.

"Dis nie veilig vir hulle hier nie," het hy geantwoord met sy oë op sy nuwe bruin skoene.

"Dit is nie 'n goeie rede nie, Joe!"

"Die persoon of persone wat die brand veroorsaak het, is nog nie opgespoor nie en nou weet ek nie of ons almal se lewens dalk bedreig word nie. Maar ek wil nie wag tot daar iets met die seuns gebeur voor ek optree nie."

Dit het sin gemaak. Maar dat Joe haar nie in haar oë kon kyk nie, het haar onrustig gelaat.

"Verdink jy iemand?"

"Nee!" het hy vinnig met verskrikte oë op haar bors gerig, geantwoord.

Sy kon dit nie verstaan nie. "Hulle kan mos hier by sisi Bukelwa bly tot ons weer op die been is, Joe. Ek is seker sisi Bukelwa sal hulle met graagte by haar laat bly. Ons sal net moet losies betaal," het sy bygevoeg en gedagte gekry aan die huisgeld vir die daaglikse brood en melk wat in haar laai was en ook in vlamme op is. "Maar as sy 'n probleem met die seuns het, kan hulle by die skool bly en net oor naweke en vakansiedae kom. Daar is mos 'n koshuis op die perseel. Ek sal met die prinsipaal gaan praat."

"Nee, Gladys, nee. Hulle moet uit die plek uit. Nog vandag."

Was dit vrees wat sy in Joe se oë gesien het toe sy blik vinnig oor haar gesig gaan? "Die Transkei is ver, Joe," het sy volgehou. "En hulle het nog net 'n paar keer daar gaan kuier. Al hulle vriende is hier. Wat van Pretoria? Hulle kan mos by een van jou broers bly tot ons hulle daar in 'n privaat skool kry? Dis darem naby."

"Ndithethile, Gladys. Ek het gepraat. Bhaya e maXhoseni. Hulle gaan Transkei toe. En terwyl hulle daar is, kan ons na 'n privaat kosskool in Natal of in die Kaap vir hulle soek. Hulle gaan in die Transkei en in kosskole bly tot ons uitgevind het wie agter die brandstigting is."

Nog daardie selfde aand is Bongani en Zandile en Temba huil-huil met haar ma saam terug Transkei toe. Terwyl Temba, hulle jongste, aan haar rok gehang en gesoebat het om by haar te bly, het dit gevoel asof sy nie net vir Sindiswa verloor het nie, maar ook besig was om haar seuns te verloor. "Thula, Temba," het sy met 'n knop in haar keel getroos, "as ek my verlof kry, gaan ek dit saam met julle kom deurbring."

Sy kon die seuns gelukkig nog daardie selfde maand by 'n kosskool in Kuilsrivier in die noordelike voorstede van Kaapstad inkry. En dit omdat sy oop kaarte met hulle vorige skoolhoof gespeel het en hom van Joe se vrese vertel het. Hy het vir haar 'n lys van kosskole in die ander provinsies gegee, en die een in Kuilsrivier was die eerste wat die drie dadelik kon vat.

Daardie eerste aand sonder die kinders het hulle in die kamer wat sisi Bukelwa aan hulle afgestaan het, vertroosting in mekaar se arms probeer vind. Maar in al die soeke na vertroosting het 'n gedagte aan haar bly knaag: Joe – hy was nie net in diepe rou oor sy jongste gedompel nie, hy was vreesbevange. Sy oë het soms groot en stil in sy kop gestaan – van vrees. En dit kon sy nie verstaan nie. Waarom bang wees as mense klaar jou huis afgebrand en jou kind se dood veroorsaak het? Dit was hulle, wat die huis aan die brand gesteek het, wat moes bang wees omdat die polisie na hulle op soek was.

Die volgende dag het Joe en 'n paar mans van die buurt die sinkkamertjie aanmekaar getimmer. Sy het langs haar afgebrande dubbelverdieping die mans se handewerk staan en bekyk toe sisi Bukelwa haar kry.

"Tshini, Gladys," het sisi Bukelwa verbaas gesê. "Gaan jy in die shack bly? Julle kan mos by my bly tot julle weer op die been is. Jy weet tog dat die huis net vol is wanneer my kinders en kleinkinders vakansietye kom kuier. Dis net ek en my suster se kleinkind wat op die oomblik daar is. Maar dit weet jy tog!"

Gladys het na Joe gekyk om te hoor wat hy van die saak dink. Maar voor hy kon praat, het sisi Bukelwa die uitnodiging om in haar huis te bly tot hom ook gerig.

"Nee, baie dankie, sisi Bukelwa," het hy dadelik geantwoord. "As ons die werf verlaat, sal die mense die mure kom sloop en hulle eie shacks hier kom oprig en ons sal hulle nooit van die werf kan afkry nie."

Gladys het doodstil bly staan. Joe het met sy woorde vir sisi Bukelwa die indruk gegee dat sy ook in die shack wou bly. In daardie stadium het sy self nie geweet waar sy wou bly nie. 'n Deel van haar het gevoel om by Joe te bly, maar die ander deel het gevoel om in haar kar te klim en te ry. Net te ry en nooit weer om te draai nie.

Sisi Bukelwa het net haar kop geskud en omgedraai om terug huis toe te gaan. Dit was met die omdraai dat Gladys die verbande om haar hande gesien het. Sy het nader gestap. "Izandla zakho, sisi Bukelwa. Jou hande, wat makeer hulle?" het sy gevra.

"Niks. Sommer maar net weer die jig wat pla."

Maar Gladys het reeds die verband om haar linkerhand effens opgelig. "Yhu, sisi Bukelwa, maar dis dan brandmerke!" het sy uitgeroep. "Hoe het dit gebeur?"

Die mans het nader gestaan en ook na die hand gekyk, maar nie Joe nie. Hy het net vlugtig oor sy skouer gekyk en weer aan die sinke gekap.

"Hayi, mntwana wam, die ou hande sal reg kom. Vergeet dit maar."

"Sisi Bukelwa," het Gladys aangedring.

"Aai," het sisi Bukelwa eers swaar gesug. "Ek het my nou die dag so gebrand toe ek vir Pumla en Sindiswa uit die huis probeer kry het terwyl ons op die fire brigade gewag het. Pumla kon nie die deure en hekke se sleutels kry

nie. Ek en die mense wat kom help het, het die ruite stukkend gegooi en em-
mers water deur die ysters by die vensters ingegooi. My hosepipe was te kort
om tot hier te kom. Die manne het aan die ysters begin te saag en te kap, maar
ek was ongeduldig en het die handvatsel van die ysterhek met my hande pro-
beer afbreek toe Pumla nie meer skree nie. Aai, mntwana wami, sy het na
jou geroep en met ons gepleit om vir Sindiswa uit te kry as ons dan nie vir haar
kon bevry nie. En Sindiswa . . . Ek het haar nie hoor huil nie. Miskien het sy,
maar toe ek die mense in die straat hoor skree en by my deur uitkom om te
kyk wat aangaan, het die vlamme reeds hoog in jou huis gestaan. Dié ou hande
sal gesond raak, Gladys," het sy met 'n sug geëindig. "Dit is niks."

"Yo!" Van die mans het hul koppe stadig geskud. "Yo!"

Joe het tussen die sinke gaan hurk.

Sisi Bukelwa het stadig oor die pad na haar huis teruggestap en 'n rukkie
later het Gladys haar in die straat na kinders hoor roep. Dit was nie lank nie,
of sisi Bukelwa en 'n paar kinders was terug by die shack – met komberse, die
gaslamp en die tafeltjie.

"Ina, dè, Gladys, ek gebruik dit in elk geval nie," het sisi Bukelwa gesê en
die tafeltjie langs die sinkkamertjie staangemaak en die komberse en gaslamp
netjies daarop gepak.

Toe die son al begin sak, en Joe nog besig was om die karton teen die binne-
kant van die sinkmure vas te spyker, het die kerksusters al singend die werf
ingeloop, elkeen met iets in die hand.

Met hande oor die mond geslaan het sy na die enkelbed gekyk wat op een
van die ouer vrouens se kop gebalanseer was. Vier ander vrouens het die rooi
linoleumtapyt gedra, nog twee het met 'n dik matras gesukkel.

Toe die singery ophou en hulle mekaar klaar oor en weer gegroet het, het
die oudste vrou in die groep gepraat: "Ewe Mntwana wami, ingxaki isichana
sonke. Ja, my kind, probleme raak ons almal. Ibilixesha yenu ngoku. Dit was
nou julle beurt. Gladys, ons het nog nooit een dag iets slegs van jou gehoor nie.
Jy's gehoorsaam en onderdanig. Jy's 'n goeie vrou wat deur dik en dun by haar
man staan. Vandag kry julle swaar, maar ons is hier om te help, want môre mag
dit een van ons wees wat swaarkry. Jou ma is doer in die Land, maar ons is hier
om haar plek vol te staan. Die bietjie wat ons het, gee ons met liefde," het die
vrou gesê. Sisi Bukelwa was onder die kerksusters.

Hulle het weer begin sing, en die vrouens het die ysterkatel met matras en
al langs die shack by die tafeltjie met die komberse neergesit. Daarna het hulle
die tapyt op die bed gelê, en toe die pakkies suiker, mieliemeel en stampmie-
lies, die blikkie kitskoffie en kondensmelk, die enemmelbekers, blikborde en

lepels en die blink wateremmer. Die laaste wat op die bed neergesit is, was 'n ronde, tuisgemaakte potbrood, in 'n nuwe afdroogdoek toegedraai.

Sy was gereed met haar dankwoorde, en toe sy elkeen om die beurt haar regterhand gee, terwyl haar linkerhand haar regterarm net bokant die pols stut, soos dit die groetgewoonte is, het sy gevoel om hulle te soen en om die nek te val. Maar dit sou nie van pas wees nie.

Saam het sy en Joe eers die stuk linoleum oopgerol en toe die bed en twee tafels die sinkkamertjie ingedra en die gaslamp opgesteek. Toe sy die kos alles op die wit tafel gerangskik het, het sy buite gaan asemskep.

In die aandstilte kon sy Joe se harde sugte van buite af hoor. "Yo!" het hy so af en toe gesê.

Sy is weer na binne. Hy het met sy rug teen die kartongevoerde muur gestaan. "Laat Sindiswa rus, Joe. Moet haar nie so pla nie," het sy getroos.

"Ek treur nie net oor Sindiswa nie. Dis ook oor wat hulle aan my gaan doen as hulle my in die hande kry! Yhu! Thixo wami, ndenze ntoni! My God, wat het ek gedoen! Soze ndiphinde! Ek sal nooit weer nie!" het hy hande oor die gesig gesê.

Sy het hom by die lig van die gaslampie verbaas aangekyk. "Yhu, Joe! Weet jy dan wie die huis aan die brand gesteek het? Hoekom het jy dit nie genoem vir die polisiemanne wat hier was nie?" Sy het haar al meer ontstel. "Waarom nie, Joe?"

"Ek ken hulle nie by naam nie. Weet nie eens hoe hulle lyk of waar hulle bly nie."

Nou was sy heeltemal verbysterd. "Maar, Joe, andiqondi lento. Ek verstaan nie hierdie ding nie. Jy is bang vir mense wat jy nie eens ken nie!"

"Ek ken hulle nie, Gladys! Die vader weet, ek ken hulle nie. Ek wou maar net nes sommige van die ander manne geld maak. Groot geld sonder om meer as een werk te behartig soos jy. En toe . . . en toe vra iemand my oor die telefoon om 'n klagte in 'n dokument waarmee ek besig was, vir 'n groot som geld te verander."

"Yhu! Yhu! Yhu!" het sy met hande op die kop geskree.

Maar Joe was lank nie klaar gepraat nie. "Ek het dit gedoen en daardie selfde dag het ek die bruin koevert met die vierduisend rand daarin by iemand gekry wat hier bo by die stopstraat op my gewag het. Hy het verdwyn nog voor ek sy gesig kon sien. Ek onthou net die hoed en donkerbril wat hy opgehad het."

"Yhu, Joe! Maar jy is dan opgelei om mense dadelik uit te ken?" het sy met 'n droë mond gevra.

"Ek het eers net die bril gesien en gewonder waarom hy op 'n reënerige dag 'n sonbril dra. En later was ek te besig om die geld te tel en toe ek opkyk, was hy weg. Maar dit het nie daar opgehou nie."

Gladys het skielik duiselig gevoel en wydsbeen plat op die vloer gaan sit. Sy kon dit nie glo nie. Joe was die rede waarom haar baba dood is!

"Soms moes ek ook dokumente laat wegraak. Ek het altyd die versoeke oor die telefoon gekry en is elke keer gesê hoeveel ek sou kry. Dit was nooit dieselfde persoon wat die geld afgelewer het nie, en ook nie altyd hier by die huis nie. Soms was dit by die werk, soms daar onder by die robots, en een keer het ek die koevert in my laai gekry." Hy het op die bed gaan sit en oor en oor sy oë gevryf. "En toe kom ek te hore dat die Scorpions 'n ondersoek in ons departement gaan doen en ek raak bang en weier om verder met dokumente te peuter. Toe dreig hulle oor die telefoon en ek sê ek sal na my hoofde gaan en vir hulle van al die dokumente sê wat ek vervals en laat verdwyn het. Toe brand hulle die huis. En . . . o, umtwana wami! Ag, my kind!" Hy het vorentoe en agtertoe op die bed gewieg.

Sy het gevoel om Joe aan die nek te gryp en die lewe uit hom te wurg. Maar wat sou dit help? "Hulle kon ten minste seker gemaak het dat daar niemand in die huis is nie!" het sy vol verwyt uitgevaar.

"Hulle wou mý dood hê, Gladys," het hy geprewel.

Tot haar verbasing het sy uitgevind dat sy hoër aansien in die oë van die gemeenskap verwerf het deurdat sy saam met Joe in die shack gebly het. Die kerksusters het die hele eerste twee weke wat sy met spesiale verlof was, elke dag 'n tydjie kom kuier. Soms was dit net om stil te sit en niks te sê nie, en soms, veral in die begin, was dit om haar aan te moedig om oor Sindiswa en Pumla te praat. Sy was diep dankbaar. Hoe meer sy met ander oor haar baba gepraat het, hoe draagliker het die hartseer geraak. Maar niemand kon iets aan die seer binne-in haar doen nie. En diep in haar hart was sy skaam ook, skaam dat Joe nie was wat hy voorgegee het nie. Terselfdertyd was sy bang dat iemand sou uitvind waarom hulle huis afgebrand is en dan iets ergers aan hulle sou doen.

Joe was nooit weer dieselfde nie. Hy het soms weke lank met siekverlof gegaan en in die shack bly sit. Die vrees het by hom bly spook dat diegene wat die huis afgebrand het, weer iets sou probeer. "Hulle wou my dood hê, Gladys. Ndifunga uma!" het hy bly kerm. "Ek sweer by my ma! Hulle wil my dood hê." Dan het hy uit pure vrees dae lank uit die werk gebly.

"Gaan praat met jou hoofde," het sy gesoebat. "As hulle sien dat jy opreg berou het, sal julle dissiplinêre span jou dalk net 'n waarskuwing gee."

"As ek my mond oopmaak, is dit net so goed ek grawe my eie graf!" was sy antwoord.

Jy vergeet jy het jou eie kind se graf deur geldgierigheid gegrawe, het sy bitter gedink

Maar sy het hom in stilte blameer, nooit openlik nie. Nooit het sy hom nog Sindiswe se dood in woorde verwyt nie, al blameer sy hom nog steeds daarvoor. En vir ander dinge ook: veral dat hy nie die huis verseker het soos hulle saam besluit het nie. Dat die huis nooit verseker was nie, het sy eers 'n dag ná die begrafnis uitgevind toe sy 'n lys wou maak van alles wat in die huis was om die waarde te bepaal.

"Ek kon nie assuransie kry wat ek kon bekostig nie – al die polisse was meer as my maand se salaris," het hy kop onderstebo gesê.

En wat het jy met die omkoopgeld gemaak? het sy gedink, maar ook niks gesê nie.

"En niemand se huis, behalwe die tyotyombes, die plakkershuise, het al ooit in hierdie buurt afgebrand nie," het hy verdedigend afgesluit.

"Want niemand hier rond het met dokumente gekonkel nie!" het sy sonder om te dink teruggekap. Hy het soos 'n verlore kind deur die as gekrap op soek na iets wat dalk nog te redde was en wat hulle in die shack sou kon gebruik.

"Yhu!" het hy swaar gesug. "Ndikuxelele ntoni. Waarom het ek jou vertel? Jy sal my seker nooit vir ons kind se dood vergewe nie."

Sy kon aan geen woord dink om terug te antwoord nie. Die waarheid oor hoe sy teenoor hom gevoel het, sou sy vir ewig in haar binneste ronddra. Die steekpyne in haar borste, wat reeds besig was om op te droog, was niks in vergelyking met die pyn van die woede wat sy teenoor hom gekoester het nie. En tog, hy was haar man, die pa van haar drie seuns ver weg in die Transkei . . .

Toe haar twee weke spesiale verlof om was, het sy na die hoofmatrone geaan en om meer nagdiens aansoek gedoen. Sy wou so ver moontlik uit Joe se pad bly. Sy kon haarself nie voorstel wat sy sou doen as hy dalk toenadering by haar sou soek nie. Eers later het sy daaraan gedink dat die ekstra nagdiensgeld sou bydra om haar droomhuis te herbou.

"Ek kan jou nie permanent op nagdiens hou nie," het die hoof agter haar groot eikehoutlessenaar gesê. "Jy weet mos dat nagdiens tot net meer as drie maande per jaar beperk word, mevrou Mhauli."

Maar Gladys het haar man gestaan. "Ek weet, mevrou. Maar 'n langer tydperk word wel in sekere omstandighede toegelaat. My huis is twee weke gelede afgebrand. Ek moes my kind en bediende wat in die huis was, begrawe. Ek moet die nagdiens doen sodat ek bedags daar kan wees om te sorg dat plakkers nie hul huise op ons stuk grond oprig nie. My man is snags daar om dieselfde rede. Die nagdiens sal nie vir altyd wees nie. Dis net tot ons die huis weer herbou het."

Die hoof se nuuskierigheid het die oorhand gekry. "Vertel my van die brand, mevrou Mhauli," het sy genooi. Gladys het haar nie veel meer gesê as wat die buurt se mense reeds geweet het nie: onbekende booswigte het 'n petrolbom deur een van die oop vensters gegooi terwyl haar bediende en kind agter veiligheidshekke in die huis vasgekeer was.

Sy het dit uiteindelik reggekry om Joe te oorreed om 'n oorplasing na 'n ander tak te vra, pleks van in werktyd in die shack weg te kruip. Hy het die oorplasing gekry en begin om sy uniform net aan diens te dra. Maar soms kon sy nog die vrees in sy oë sien. Hy het al stiller geraak en alles gedoen wat sy vir hom gesê het en sy het geweet dat hy daarmee vir hul kind se dood wou vergoed. Maar niks wat hy doen, sou ooit daarvoor vergoed nie, het sy stilweg gedink.

Ja, die Here het my om een of ander rede swaar geslaan, dink sy terwyl sy die gasstofie aan die brand maak en die ketel water opsit. Maar dinge sal regkom. Solank niks met Joe gebeur nie, sal dinge regkom. Sy maak gou 'n klompie toebroodjies.

Ná hulle in stilte geëet het, trek sy haar verpleeguniform uit en haal 'n geel geblomde rok uit die hangkas. Dit is 'n paar mate te groot vir haar en op die linkermou en rugkant is daar swart kolle. Sy sluit haar oë vir 'n oomblik, want sy moet die weemoed wegdwing. Die klere het op die wasgoedlyn gehang die dag van die brand, en saam met die water is as en kole daaroor gespuit. Sy het die rok die dag saam met Sindiswa se doopklere gekoop – die spierwit tjalie en lang wit kantrok en wit velskoentjies en wit kappie wat nog te groot was vir haar koppie. Hoe pragtig was Sindiswa nie! Joe het die buurt se fotograaf gekry om kiekies te neem en om alles op videoband vas te lê. Nou was als behalwe die paar foto's wat hulle vir haar ma gestuur het, veras.

Voor sy ry, was sy haar wit uniformbloes en kouse en sy werkshemp uit en gaan hang dit buite op die draad voor die shack.

"Ndiyahamba, ek loop nou, Joe," sê sy sag toe sy sien dat hy weer met klere en al onder die komberse ingekruip het. "En moenie vergeet om werk toe te bel en hulle te sê as die dokter jou afgeboek het nie. Uvile, Joe? Het jy gehoor, Joe?"

Sy kry geen antwoord nie en vat haar karsleutels en trek die deur agter haar toe.

Sy weet Joe makeer niks nie. Nie vandag nie en ook nie al die ander kere nie. As hy van die vrees en spanning ontslae raak, sal hy nie weer allerhande siektes onder lede hê nie, dit weet sy ook. Maar die spanning sal nie verminder terwyl die vrees nog in hom spook nie. Elke keer as hy by die deur uitgaan en werk toe gaan, kan sy die vrees in sy oë sien. Elke keer as daar 'n geweerskoot iewers in die buurt afgaan, moet sy hom van die vloer af lig waar hy op die rooi linoleumtapyt plat geval het. Elke keer as 'n kollega van hom of 'n wildvreemde polisieman daarlangs kom, moet sy hospitaal toe bel en die een of ander verskoning maak sodat sy by hom kan bly om hom te kalmeer, en deur die nag wakker te bly om die angssweet van sy gesig af te vee, en hom soos 'n baba te sus as hy bibberend uit 'n nagmerrie wakker word.

Maar elke keer as hy uit die werf in die straat stap, loop hy breëbors asof hy vir g'n mens ter wêreld bang is nie. En wanneer die owerhede hul mannekrag lof toesing, dink sy met 'n suur smaak in haar mond, word daar nooit van die vrou en kinders gepraat nie. Asof hulle onsigbaar is. Of nie bestaan nie.

Dinge sal regkom, praat sy haarself weer vir die soveelste keer moed in. Hy dra mos darem nou sy uniform net by die werk en kom in gewone klere huis toe. Dit sal hom reeds tot 'n mate beskerm.

Sisi Bukelwa wag haar met 'n toegevoude pakkie in die hand in toe sy haar kar gaan uittrek. "Molo, Gladys," groet sy opgewek. "Jy's skaars by die huis en dan is jy weer op pad. Is jy weer op pad na madam Templeton toe? Yhu! jy werk al lank vir haar. Ek werk nou net by een huis. By een van haar vriende. Ek het die ander huise gelos en ander vrouens gekry om in my plek te char, want my rug kan dit nie meer hou nie. En waar is Joe? Ek het hom nog nie gesien nie."

Gladys probeer nie eens antwoord nie, want as sisi Bukelwa iemand alleen kry, praat sy so baie dat niemand 'n woord kan inkry nie.

"Jy het al donker kringe om jou oë," praat sisi Bukelwa eenstryk deur. "Van te min slaap, as jy my vra. Maar jy moet oppas. Te min slaap is nie goed vir mens se gesondheid nie. Netnou raak jy skoon van jou kop af nes daai suster van my wat daar bo in Mamelodi bly. Ja, sy't van te min slaap skoon kens geraak. U-phambene ngoku! Sy's nou mal! Maar vir wat sal ek al die goed vir jou staan en sê? Jy is onse matrone en hoort dit te weet. Maar watter dokter drink nou sy eie medisyne? Ina, dè, vat dié saam om later te eet. Of moet ek dit hou tot jy terugkom? Dis 'n stukkie gebakte hoender. Nee, laat ek dit vir jou hou." Sy skep 'n halwe asem. "O ja, ufikelwe zindwendwe phezolo. Jy het gisteraand besoe-kers gehad. Daai vroumens met die dik lyf nes joune, wat altyd broek dra. Met Sindiswa se begrafnis het sy in 'n wit kar gery. Maar gisteraand was sy in 'n blink blou kar. Ek sien jy kry nie meer besoekers nie. Ook nie Joe nie. Dis net die kerkmense wat na julle toe kom. Dis nie goed om julle vriende af te skeep nie, Gladys. En moenie skaam wees oor julle nie meer 'n huis het nie. Swaarkry stop waar hy wil. Hy vra nie."

Gladys weet dat sisi Bukelwa uitgepraat is toe sy stilbly en afwagtend na haar kyk. "Ndivile, sisi Bukelwa. Enkosi. Ek het gehoor, dankie."

Op pad Melville toe herkou sy aan sisi Bukelwa se woorde. Sy het reg dat sy en Joe hulle vriende afskeep. Hoekom Joe dit doen, weet sy nie. Sy doen dit omdat sy skaam is vir hulle blyplek. Sy kan haar nie indink wat haar vriende sal dink as hulle daar moet ingaan nie. Maar dalk moet sy hulle bel en só met hulle in kontak bly. Sy glimlag breed toe sy aan die dik vrou wat broek dra dink. Dis haar vriendin wat skoolhoof by een van die hoërskole is. Dan dink hulle darem nog aan my, dink sy en 'n warm gevoel gaan deur haar.

In Melville parkeer sy die kar 'n hele ent van mevrou Templeton se huis af. Nie omdat sy bang is dat 'n bekende persoon die kar daar sal sien nie, maar omdat sy nie wil hê dat mevrou Templeton moet weet dat sy 'n kar besit nie. En dis ook nie haar skuld dat sy haar kar moet loop en versteek nie, dink sy toe sy die deur sluit. Mevrou Templeton het self besluit dat sy wat Gladys is, te arm is om 'n kar te bekostig. Sy het nie eens gevra watter ander werke sy doen nie. Het net gevra of sy kan werk, toe sisi Bukelwa haar jare gelede aan haar voorgestel het. Baie van haar kollegas doen ekstra werkies om hul salaris aan te vul. Sy verkies om vir mevrou Templeton te werk en elke keer met 'n honderd rand huis toe te gaan, en om elke week, soms twee keer per week as die gier mevrou Templeton beetkry, kamers skoon te maak wat nooit bewoon word nie.

"Gladys," het mevrou Templeton kort ná sy vir haar begin char het, gesê, "volgende maand moet jy elke dag inkom. My seun en sy familie kom vir my kuier en my kok sal nie al die werk kan behartig nie."

Gladys kon nie elke dag daar wees nie, maar sy is nooit 'n rede gevra nie. Mevrou Templeton het ingestem dat sy elke derde dag die huis deeglik sou skoonmaak en op die ander dae laat kon inkom om af te stof en reg te pak. Die huis is van bo tot onder gestofsuig en blink gevryf vir die seun en sy familie se besoek en daardie eerste week het mevrou Templeton gretig deur die venster gaan kyk elke keer as daar 'n kar in die pad gestop het. Sy't die telefoon ook net so gretig geantwoord. Hulle werkgewer se opgewondenheid was aansteeklik en later kon Gladys en Grace, die kok, ook nie wag dat die seun moes opdaag nie. Hulle het elke slag saam met haar venster toe gewip of langs haar by die telefoon gaan staan.

Ná die tweede week het Gladys en Grace geweet dat die seun nie meer sou kom nie en Gladys het gevra om maar weer net een keer 'n week te werk.

"Nee, jy moet steeds kom soos ons afgespreek het. My seun sal nou enige dag hier wees en dan wil ek die huis skoon hê. Hy is seker iewers vertraag," het mevrou Templeton nog vol hoop gesê.

Maar die seun en sy gesin het nooit opgedaag nie en toe die maand om was, moes sy en Grace vir mevrou Templeton 'n tyd lank in die bed verpleeg. Gladys het soms op haar eie 'n rukkie by die ouvrou in haar kamer gesit.

"Waar bly jou seun, mevrou?" het sy ná 'n paar weke die moed bymekaar ge-skraap en gevra.

"In Durban," het die antwoord gekom. "Maar hy het vir my 'n poskaart uit Antwerpen gestuur. Kyk, daar op die tafeltjie. Hulle gaan vir ses maande deur Europa reis."

Gladys het verslae na die poskaart gekyk. En toe het sy kwaad geraak. Hoe kon haar seun dit aan sy ma doen? Hy kon mos uit die staanspoor gesê het dat hy nie sou kom nie!

Van daardie dag af het sy 'n spesiale plekkie vir mevrou Templeton in haar hart. En al het die ouvrou haar ook al talle kere weggejaag omdat sy nie op spesifieke dae daar kon wees nie, het sy maar weer gekom en altyd het mevrou Templeton self weer die hek vir haar oopgemaak.

By die hoë swart ysterhek moet sy eers 'n klokkie teen die baksteenmuur druk en haarself identifiseer. "Dis Gladys, jou char, mevrou Templeton," sê sy.

Die elektroniese hek gly oop en sy stap met 'n klippaadjie deur die pragtige tuin na die agterkant van die huis. In die agterplaas gaan sy reguit na 'n pot met malvablomme en haal 'n sleutel tussen die blare uit en gaan sluit die deur van die bediendekwartier oop. Sy maak die venster oop om van die muwwe reuk ontslae te raak. Die eenvoudige vertrek, nes die toilet en stort langsaan, is skoon en netjies. Die enkelbed, waarop niemand 'n baie lang tyd geslaap het nie, is met 'n pienk deken oorgetrek. Toe mevrou Templeton van hulle huis se afbrand te hore gekom het, het sy uitgevaar: "Waarom het jy my nie gesê dat jou huis afgebrand het nie? Ek moes daarvan by 'n brugpartytjie te hore kom. By my vriendin, die een by wie die vrou wat jou aan my voorgestel het, werk. Jy moet my sê as jy iets nodig het, anders dink die mense dat ek nie vir my werkers omgee nie. Hier, neem solank die paar kledingstukke. Ek verstaan al jou klere het ook verbrand."

Mag jy nooit te hore kom wat my regte werk is nie, het Gladys gedink en die klere dankbaar aanvaar wat mevrou Templeton vir haar gegee het. Deftige klere wat myle te klein vir haar was, maar wat sy teen 'n goeie prys in haar buurt kon verkoop.

"Die een bediendekamer staan leeg, soos jy self weet. Jy kan tydelik jou intrek daar neem. Maar geen man of kinders nie, hoor! Ek kan nie kinders se rondhardlopery en mans se dronkenskap hanteer nie."

Gladys het haar van harte bedank en die aanbod van die hand gewys. Toe sy vir mevrou Templeton vertel dat sy 'n sinkhuisie agter haar afgebrande huis opgerig het, het sy diep skaam gekry toe die ouvrou se oë nat raak.

"Ek sal regkom, mevrou. Die werf kan nie onbewoon gelaat word nie, want as ander mense daar intrek, verloor ek dit. Ek sal regkom."

"Dan moet ek met my vriende praat sodat jy nog skoonmaakwerk kan kry," het mevrou Templeton vasbeslote gesê.

Dít het vir Gladys benoud gehad. "Dankie, maar dis nie nodig nie, mevrou. Ek werk alreeds elke dag by 'n ander huis," het sy gladbek gelieg en gebid dat mevrou Templeton nie moes uitvra nie.

Maar haar vrees was ongegrond. Al wat mevrou Templeton gesê het, was: "O, ek is bly om dit te hoor. Dit sal jou help om vinnig weer op die been te kom."

Toe daar later die dag 'n donderbui uitsak, moes sy egter behoorlik bontstaan, want mevrou Templeton het daarop aangedring om haar huis toe te neem. "Dis nie nodig nie, mevrou, die taxi vat my tot by die huis" was nie genoeg nie. Toe moes sy maar weer lieg en sê: "Die plek waar ek bly, is baie rof, mevrou. Hulle sal die kar onder die klippe steek en dalk vir mevrou beseer." Dit was die laaste keer dat mevrou Templeton aangebied het om haar huis toe te neem.

"Jy is laat. Het die taxi's weer probleme veroorsaak?" wil mevrou Templeton vanagter die rooshouttafel in die sonnige eetkamer weet toe Gladys instap en onmiddellik met 'n stoflap en stofsuier die trap na die slaapkamers wil klim.

"Ja, mevrou. Goeiemôre, mevrou."

"O, goeiemôre. Ek weet darem nie wat makeer julle mense nie. Stry en baklei gedurig oor geld en taxiregte, maar pak die goed so vol dat mense buite hang. Ek sal julle nooit verstaan nie."

"Ek ook nie, mevrou."

"Wat?"

"Niks nie, mevrou."

"Ek wil jou sien as jy klaar gewerk is. Ek sal in my studeerkamer wees."

"Goed, mevrou." Sy't uitgevind dat ek 'n matrone is, dink Gladys benoud. Iemand het my uit my kar sien klim en haar kom vertel, of haar gebel! Sy is bekommerd en hou mevrou Templeton heeldag ongemerk dop, maar sy raak niks wys nie. Toe Grace haar vir ete kombuis toe roep, probeer sy iets agterkom, maar die altyd spraaksame kok is stug en laat niks blyk nie.

Sy kan die huis nie gou genoeg skoonkry om te gaan hoor wat skort nie. Toe

114

sy drie-uur die studeerkamer instap, raak sy nog meer verbouereerd toe mevrou Templeton haar nooi om te sit. "Hoe lank werk jy nou al vir my, Gladys?"

Sy gaan sit op die punt van 'n diep leerstoel. Hier kom dit nou, dink sy. "Amper drie jaar, mevrou."

"Ja, dis reg. En in daardie tyd het jy my nooit rede gegee om jou te wantrou nie, en jy weet self dat ek nooit 'n kas of 'n laai gesluit hou nie."

"Nee, mevrou," antwoord Gladys en dink met 'n innerlike glimlag aan die eerste keer toe sy in die pad gesteek is. Sy was besig om mevrou se kamer aan die kant te maak. Twee van die botteltjies gesigroom was oop en sy was net besig om hulle weer toe te draai, toe mevrou Templeton die kamer inkom en haar net daar op die plek wegjaag. Oor sy volgens mevrou Templeton besig was om van die duur gesigroom te gebruik. Die ander keer toe sy haar in die pad gesteek het, was dit oor sy vergeet het om die kanarie se hokkie skoon te maak en die voëltjie die volgende dag dood aangetref is. Of die kanarie hom oorvreet het, soos Grace beweer het, weet sy nie, want sy het geen kennis van voëls nie.

"Wat ek jou gaan sê, bly net hier tussen hierdie vier mure, verstaan?" gaan mevrou Templeton voort.

"Goed, mevrou."

"Goed. Jy het seker al opgelet dat Grace nie so gesond is nie, nè?"

Van pure verligting omdat dit nie oor haar gaan nie, blaas Gladys haar asem hard uit. Mevrou Templeton kyk skuins op en Gladys gee haar 'n flou glimlag. Maar sy stem saam met mevrou Templeton. Ofskoon sy nie altyd kans kry om met Grace te gesels nie en net etenstye saam met haar deurbring, het sy ook die veranderinge gemerk. En dit is meer as net die baie gewig wat Grace verloor het. Sy praat wel altyd oor die een of ander suksesvolle dieet, maar sy moet iets ergers makeer. Sy lyk siek en is soms inmekaargetrek, soos iemand wat groot pyn verduur.

"Wel, Grace het vigs," sê mevrou Templeton toe Gladys niks sê nie. Gladys sit terug op die stoel. Waarom het sy nooit vir Grace oor die diëte uitgevra toe sy binne 'n kort tydjie so baie gewig verloor het nie? verwyt sy haarself. Hoe kry Grace dit reg om die las so alleen in haar bediendekamer te dra? In plaas van bystand en ondersteuning te gee, het sy net elke week vir Grace gemaan om die dieet te staak. Hoe dom van haar! "As ek weer kom, sit jy met anorexia nervosa," het sy nog net verlede week vir Grace gesê, en wat het Grace gedoen? Sy het geglimlag! Maar wat het Grace se toestand met haar te doen? wonder sy.

"Hoe sy daaraan gekom het, weet ek nie," sê mevrou Templeton. "Sy gaan nooit uit nie, en sover ek weet, kuier daar nooit mans by haar nie. Ek het haar, nadat ek haar onlangs verplig het om 'n dokter te gaan sien, op behandeling laat plaas. Sy weet nou hoe om na haarself te kyk, maar ek kan sien dat haar takies soms vir haar te veel raak. En al werk sy al jare vir my, kan ek dit nie bekostig om haar aan te hou as sy niks kan doen nie. En alleen in haar kamer bly, dit kan ek ook nie toelaat nie."

Waarheen lei hierdie gesprek? wonder Gladys benoud.

"Een of ander tyd sal ek haar moet afbetaal, en dit sal beter wees om dit te doen voor sy te swak is om huis toe te gaan. Haar familie is op die platteland. In Pietersburg se wêreld – die plek het mos nou 'n nuwe naam. Wat is die nuwe naam, weet jy?"

"Polokwane, mevrou."

"Ja, dit klink reg. Sy kom van daardie wêreld. Ek het van die kosmaak oorgeneem om haar werk ligter te maak. Ek berei net ligte maaltye voor, maar ek kan nie elke dag voor potte staan nie. My huisdokter is ook nie gelukkig daarmee nie. Hy dink seker dat ek myself sal verbrand en hy mag reg wees, want my lewe lank was ek gelukkig om iemand te hê wat my kos berei. Maar enige mens weet hoe om 'n eenvoudige dis te maak. Dit daar gelaat. Ek wil jou graag permanent in diens neem."

Gladys sit stom. Hoe nou gemaak? Grace is nie net tydens etenstye in die kombuis nie. Sy begin soggens kwart voor agt en werk regdeur die dag tot ná aandete. Sy kook ook nie net nie, maar sorg dat die huis netjies is en mevrou Templeton se klere gewas en gestryk is. En Grace het haar al gesê dat as mevrou Templeton haar gereelde besoekers ontvang of 'n brugpartytjie by haar huis het, kom sy nie voor elfuur in die bed nie.

"Dankie vir jou vertroue in my, mevrou Templeton. Maar my kinders is nog klein en my man sal nooit toelaat dat ek inslaapwerk doen nie. Buitendien –"

"Jy hoef nie in te slaap nie," onderbreek mevrou Templeton haar. "Ek het nou so gereken. As jy soggens agtuur hier kan wees en tot vyfuur toe werk, kan jy snags in jou eie bed gaan slaap. En wanneer dit my beurt is om die brugpartytjie hier te hou, kan jy net vir ons 'n vingerete klaarmaak. My vriende sal nooit instem om bedags brug te speel nie. Kan jy kook?"

Gladys onderdruk 'n glimlag en kyk na die regop figuur in die stoel agter die lessenaar. Sy het die ouvrou met die verouderingsvlekke op die goedversorgde hande en die plooie in die nek mettertyd leer liefkry. "Speel mevrou dan brug in die aand? Waarom nie bedags nie?" vra sy om tyd te kry om aan 'n oplossing te kan dink.

Mevrou Templeton trek haarself nog meer regop in die stoel. "Bedags? Wat 'n onsinnige vraag! Waarom sal ons dit wil doen? Jare lank ontmoet ons mekaar al vroegaand en kuier dan 'n bietjie. Is daar iets verkeerd daarmee?"

Gladys glimlag nou openlik. Hoe is dit moontlik dat mevrou Templeton en haar vriendinne nie opgelet het dat die wêreld verander het nie? "Nee, mevrou," sê sy vol erbarming.

"Goed. Kan jy kook?"

Nou moet ek lieg soos nog nooit tevore nie, want jy lyk vasbeslote om my permanent aan te stel, dink Gladys. "Ja, mevrou. Die stywe pap en stampmielies wat ek kook, is baie gewild waar ek woon."

"Ag, heiland!" sug mevrou Templeton en vee met 'n hand waarop 'n groot edelgesteente skitter, oor haar voorkop. "Dis nie kook nie! Kan jy ten minste 'n resep uit 'n boek volg?"

"Ek het nog nooit probeer nie, mevrou. Maar ek kan 'n betroubare iemand kry om vir jou te kom werk! Ek kan haar miskien volgende week saam met my bring sodat Grace haar touwys kan maak." Terwyl sy praat, dink sy dat sy met sisi Bukelwa sal moet praat, want sy sal definitief van iemand weet wat by mevrou Templeton kan kom werk.

Mevrou Templeton lyk nie gelukkig nie. "Weet jy hoeveel ek vir Grace betaal? Drieduisend rand per maand plus betaalde verlof. Al my vriende sê dat ek die enigste een is wat 'n bediende so goed betaal, maar my pa het ons van kindstyd af geleer dat as jy jou werkers goed betaal, jy die beste uit hulle kry. Het jy die geld nodig?"

"Ja, mevrou, maar ek sal iemand betroubaar bring," antwoord Gladys met 'n skuldige gewete.

Dis nie die antwoord wat mevrou Templeton wou hoor nie. "Ek sal julle mense nooit verstaan nie! Jou huis is afgebrand en jy wil weer op die been kom en hier bied ek jou duisende rande aan, en jy sien nie daarvoor kans nie! Het jy geweet dat ek vir Grace 'n maand se verlof gee? Het sy al vir jou gesê hoeveel keer sy met siektes en sterftes huis toe moes gaan en ek haar vervoerkoste gedek het? Op die oomblik betaal ek al haar mediese koste ook."

"Mevrou is 'n baie goeie mens," sê Gladys en laat blyk nie hoe die "julle mense" aan haar skaaf nie. "Ek sal 'n betroubare en hardwerkende vrou vir mevrou kry."

"Jy beter, want ek het al baie vir jou gedoen!" Sy laat sak haar stem. "Moenie dat Grace agterkom dat ek met jou gepraat het nie. Ek sal haar gedurende die week voorberei sodat sy nie geskok of teleurgestel is wanneer jy volgende week met die vrou opdaag nie. Hier."

"Dankie." Gladys vat die honderdrandnoot vir die dag se werk en wonder wat, buiten die rokke, die vrou als vir haar gedoen het. Sy kan aan niks dink nie.

Op pad om haar handsak in die bediendekwartier te gaan haal, loop sy trompop in Grace vas wat in die kombuisdeur staan en haar agterdogtig aankyk. "Oor wat het die madam so lank met jou gepraat?"

Sy is onkant gevang maar ruk haarself gou reg. "Ag, niks nie. Sy wou weet of ek nog steeds in die shack bly en of ek nie in die kamer langs joune wil intrek nie. Ek het die gevoel gekry dat die voorstel om hier te kom bly maar net was omdat ek weer vanoggend laat hier aangekom het."

Onder die praat stuur sy haar oë ondersoekend oor Grace. Hoe is dit moontlik dat sy nie vroeër die ingesonke oë en wange en die sleutelbene wat skerp uitstaan, opgemerk het nie. Die pienk oorjas met die wit voorskootjie wat altyd so mooi om haar lyf gepas het, is in breë plooie saamgetrek en om haar lyf vasgestrik. As verpleegster wat daagliks met die siekte in aanraking kom, moes sy die tekens baie vroeër raakgesien het. Sy is spyt dat sy mevrou Templeton belowe het om niks vir Grace te noem nie, want sy wil haar graag vra of sy ondersteuning iewers kry, of sy by die een of ander groep aangesluit het wat haar kan onderskraag. Noudat sy die waarheid weet, wil sy uitvind op watter medikasie Grace is en haar aanmoedig om dit gereeld te gebruik. Dit is ook nodig dat Grace aangespoor word om oor haar vrese te praat.

"Is dit regtig al waaroor sy met jou gepraat het?" vra Grace.

"Ja. Maar ek het haar gesê dat ek nie sonder my man en kinders hier kan kom bly nie. Sy sal nie eens toelaat dat hulle vir 'n nag hier by my kom oorslaap nie."

"Ek sien."

"Wel, totsiens. Sien jou volgende week," groet Gladys en wag dat Grace van die deur af moet padgee. Sy wil wegkom, want die skuldgevoel vreet aan haar.

"Nee, wag so 'n bietjie," keer Grace. "Ek het iets vir jou." Sy stap reguit op die groot wit dubbeldeur-yskas af en haal 'n stuk bevrore vleis daaruit. "Jy kan dit vanaand vir jou familie gaarmaak. Teen die tyd dat jy by die huis kom, is dit seker net reg vir die pot. Kom ek draai dit gou met plastiek toe sodat die ander goed in jou handsak nie nat raak nie. So ja, gee 'n stuk van daai koerant wat daar onder die groenterak lê sodat ek die vleis vir jou mooi kan toedraai. Het die madam enigiets oor my gesê?" vra sy onverwags toe Gladys die koerant na haar toe uithou.

Die vraag kom so skielik dat Gladys haar verward aankyk. "Moes sy?"

Grace antwoord nie en draai die vleis toe. "Jy kan maar net so wel die vleis vat. Die madam koop altyd te veel vleis wat niemand eet nie, en deesdae eet sy net in restaurante. Dis 'n nuwe fashion van die rykes, het sy my nou die ander dag gesê toe ek haar vra wat sy vir supper wil hê. Sy doen mos net wat ander mense doen, maar met soveel geld kan sy ook. Hier, vat die vleis en gaan maak dit vir jou familie gaar."

Gladys vat die pakkie. "Dankie."

"Is jy seker Madam het jou niks van my gesê nie?" kom die vraag weer.

"Nee," antwoord Gladys dadelik. "Maar wat moes sy my dan van jou vertel het wat sy jou nie self kan sê nie? Jy ken mos vir mevrou. As 'n ding haar pla, dan sê sy dit."

"Ag," sê Grace en begin die tafel met haar hand af te vee sonder om na Gladys te kyk. "Dis nie dat dit my pla as julle oor my gepraat het nie. Ek hou maar net nie daarvan dat mense agter my rug van my praat nie."

"Grace, ek verstaan nie mooi nie. Wat dink jy moes mevrou my oor jou vertel het?" sê Gladys en hoop dat die vraag Grace sal laat praat.

Maar in plaas van praat, druk Grace vir Gladys na die deur se kant toe. "Toe, jy moet loop. Teen die tyd dat jy by die taxi-rank kom, staan daar 'n lang tou mense. Jy moet loop anders kom jy eers sononder by die huis. Onthou, dis 'n stuk marinated skaapboud. Druk hom net in 'n pot en sit dit op die stoof om stadig gaar te raak. Sien jou volgende week."

Gladys stap met 'n ompad deur Vierde Laan na haar kar toe en kyk eers goed rond voor sy die deur oopsluit en inklim en vinnig wegry. Grace is so agterdogtig, sy sal sy nie verbaas wees as die vrou dit in haar kop kry om haar agterna te sit nie, dink sy. Sy ontspan eers toe sy op die snelweg is.

Ná sy die kar by sisi Bukelwa geparkeer het, gaan staan sy voor die veiligheidshek en lui die deurklokkie. "Ngena! Kom in!" skree sisi Bukelwa iewers in die huis. Gladys druk die veiligheidshek oop en stap in. Die hek was toe nooit gesluit nie!

Toe sy sisi Bukelwa sien, raak Gladys so droewig dat sisi Bukelwa haar na 'n stoel moet lei.

"Tshini Gladys, k'wenzeke intoni na? Wat het gebeur?" vra sy met kommer in haar stem.

"Niks."

"Mens huil mos nie vir niks nie. Wat is dit?"

"USindiswa. My kind! Ek het daai oggend vir Pumla gesê om die veiligheidshekke gesluit te hou. En sy het dit gaan sluit terwyl ek nog besig was om my kar tot in die pad te trek. Yhu! Umntwana wami! My kind! Daai hekke was oop en ek het vir Pumla gesê om hulle te sluit. As ek my mond gehou het, sou sy en my kind lewendig uit die huis gekom het. Yhu! lityala lami! Dis my skuld! Daai

119

dag het die hekke net soos sisi s'n gestaan en enige mens sou kon dink dat dit gesluit was. Ek moes my mond gehou het!"

"Thula, Gladys. Dit het gebeur en is verby, maar jou kind sal altyd in jou hart wees. En jy was reg om haar te sê om die hekke te sluit, want hier loop 'n klomp tsotsi's rond. My hekke sluit ek altyd, maar ek het net gou iets vir die kerksusters kom haal. Ons het vandag vergadering gehou. Thula, sisi. Sula iinyembezi. Vee af jou trane. Ek gaan gou vir jou tee maak."

Sisi Bukelwa is gou terug in die klein voorportaal met die twee enkelrusbanke en ronde tafeltjie. "Ina, sisi," sê sy sag vir Gladys en druk 'n koppie tee in haar hand. Gladys wil die koppie neersit, toe sy daaraan proe: die tee is stroopsoet en sý neem net 'n halwe teelepel suiker.

"Hayi. Nee, drink. Ek het dit so soet gemaak om die skrik wat jy gekry het, te dokter."

Gladys neem teësinnig klein slukkies tee. Al die maande blameer sy al vir Joe vir haar kind se dood en nou besef sy vir die eerste keer dat sy die eintlike skuldige persoon is. As sy maar net daardie oggend haar mond gehou het . . .

"Waarom wou jy my sien?" vra sisi Bukelwa sag toe die koppies lank reeds leeg is.

"Sien?" Vir 'n oomblik het Gladys vergeet waarom sy daar is. "O, ja, mevrou Templeton se inslaapbediende is siek en gaan een van die dae terug huis toe. Nou soek sy 'n betroubare persoon om vir haar te werk. Ek het haar belowe dat ek by sisi sal kom hoor of sisi nie iemand ken nie."

"Yhu! nyani, uThixo umkhulu! God is regtig groot! 'n Kerksuster het netnoumaar gekla dat sy volgende maand sonder werk gaan sit, en hier laat val die Here 'n werk in haar skoot! Yhu! Hayi njani! Nee, regtig! En sy en mevrou Templeton sal goed met mekaar klaarkom. Die kerksuster se madam en baas gaan sak en pak trek. Baya phesheya kaloku. Oorsee. Is daar nog iets? Ek wil sommer nou gou na die suster toe gaan sodat sy vannag rustig kan slaap."

Voor Gladys nog haar handsak en die pak vleis uit die kar se kattebak gehaal en die kar gesluit het, is sisi Bukelwa reeds singend die straat op, met die woorde "Unkulunkulu wam uyandithanda! My God het my lief!" galmend agterna.

Dis terwyl sy na die sleutel van die groot slot aan die wankelrige deur van die shack in haar handsak soek, dat Gladys se oog op die pak vleis val.

Family of police force members: Do you need support? Phone 021-9050001 lees sy op die stuk ou koerant waarin die vleis toegedraai is. Ag, dink sy en maak haar handsak toe, sit die vleis onder haar arm en stap oor die pad na haar werf toe. Dis seker weer een of ander skelm besigheid wat geld teen 'n kamtige lae rentekoers uitleen, net sodat jy jou later dood moet sukkel om die lening af te betaal.

Ek stel nie belang nie, want ek trap nie weer in dieselfde strik nie, besluit sy. Sy en Joe was pas getroud en in 'n raadshuis ingetrek toe Joe 'n lening by iemand in die buurt wou aangaan om 'n kamerstel te koop. Sy het hom gesoebat: "Moenie 'n lening maak nie, Joe. Die loan sharks gaan jou kop van jou skouers af laat betaal. Ek sal een van my kleurlingvriende vra om dit op haar naam te koop, want hulle kan goed op huurkoop kry." Sy was nog nie lank hier in Johannesburg nie, en sy en Joe het pas Soweto toe getrek, maar sy het geweet van loan sharks.

"Ons swart mense kan nou ook vir 'n paar maande op huurkoop koop," het hy geantwoord. "Maar ek kry die indruk ons paaiemente is meer as die ander mense s'n. En al stap ek nou by 'n winkel in en gaan koop die kamerstel, sal ons nie die paaiemente kan betaal nie. Ek ken die man wat my die geld gaan leen. Hy sal my nie verneuk nie."

Joe wou nie hoor nie, en sy hom laat begaan en hy het vir haar 'n kamerstel gekoop van die geld wat hy geleen het van die man wat hy gesê het hy ken. Maar in plaas van die vier-en-twintig maande wat dit hom sou neem om 'n meubelwinkel af te betaal, of vir haar om die stel met behulp van haar bruin vriendin te gekoop het, het hy 'n volle vyf jaar afbetaal aan paaiemente – wat toe sy gaan uitvind, net dertig rand minder as die winkelpaaiement was. En hy het afbetaal sonder dat hy ooit 'n kwitansie gekry het.

"Ons ken mekaar goed. Dis nie nodig dat ek 'n kwitansie by hom moet vra nie," het Joe elke maand gesê wanneer sy by hom oor 'n kwitansie geneul het.

En toe sy ná drie jaar vra: "Hayi, Joe! Hoekom kry jy nie die kamerstel afbetaal nie?" het hy sy kop laat sak.

"Hulle sê die interest rates het gestyg," was sy verweer.

"Interest rates? Elke keer as daar in die koerante van verhogings staan, sê hulle so. Hulle kry nie meer 'n sent nie!"

Maar die einde van daardie maand, terwyl sy en Joe een aand voor die swarten-wit televisie sit, klop iemand aan die deur. Toe Joe die deur oopmaak, stap twee mans in swart pakke en met swart hoede op die kop sonder 'n woord by hom verby en begin elke ding in die huis – daar was nie veel nie – in dun lêers opskryf.

Sy het haar stem eerste teruggekry. "Wat doen julle? Julle kan mos nie net hier kom instorm nie! Andiyazi noba nina niya yazi na. Kodwa, ek weet nie of julle weet nie, maar julle staan nou in 'n polisieman se huis," het sy geraas. "Joe, praat!"

Maar die oudste van die mans het Joe voorgespring. "Hayi, sista. Siyamazi ubra Joe. Ons ken vir bra Joe. Maar ons is net hier om onse werk te doen. Ons moet die huisgoed kom opskryf sodat dit verkoop kan word om die uitstaande geld te dek."

Hy't na Joe gekyk en gevra: "Bra Joe, is daardie black and white joune?"

Gladys het voor die televisie gaan staan. "My goed vat? Hayi suka! Joe het daai goed al dubbel en dwars afbetaal. Vat die kamerstel as julle dit wil hê, want dis bad luck!"

"Sithetha ne ndoda yendlu, sisi. Ons praat met die man van die huis," het die jonger man van hom laat hoor. "Bra Joe, ons kan nie daardie kamerstel vat nie. Julle gebruik dit nou al vir drie jaar en hy is nie meer baie werd nie. Maar as ons al die ander goed in die huis verkoop, sal dit die damages cover. Anders moet ons maar 'n prokureur gaan sien."

"Sien jy!" het sy Joe sommer voor die manne geskel. "Dit kom van vriende vertrou en geen kwitansie vra nie. Nou is daar geen bewys dat jy die goed al drie jaar lank afbetaal nie!"

Joe het die mans deur toe geneem. Sy het hom aan die manne hoor sê dat hulle die goed moes los, hy sou 'n plan maak.

Hy het plan gemaak, dink Gladys toe sy om die hoek van die afgebrande huis stap. So 'n goeie plan dat hy nog twee ekstra jare aan die slaapkamerstel betaal het. En die dag toe hy haar sê dat die kamerstel nou hulle s'n is, is sy reguit na Ellerine's om hom vir 'n nuwe een in te ruil.

Skielik wonder sy oor die plan wat Joe gemaak het. Het hy toe al …? Maar sy druk die gedagte uit haar kop. Nee, nie sý weer in die skuld nie.

Sy sit haar handsak en die stuk vleis op die wit tafel in die shack neer. Die stuk *Sunday Times* waarin die vleispakkie toegedraai is, vou sy op en druk dit tussen die verseëlde bokse in. Dan gaan soek sy na Joe. Sy kry hom aan die agterkant van die huis op 'n leer, besig om die beskadigde muur af te breek. Sy hou hom 'n wyle dop. Hoe lank gaan dit hom neem om die muur tot die fondasie toe afgebreek te kry? wonder sy, want in plaas van te kap en klaar te kry, tik-tik Joe versigtig aan 'n baksteen tot hy los is, en dan dra hy die baksteen teen die leer af en pak dit by die hopie in die hoek van die erf.

Toe sy dit nie langer kan uitstaan nie, sê sy: "Joe, soze ugqibe. Jy sal nooit klaarkry nie. Hoekom gooi jy nie net die stene daar van bo af en kry iemand om jou te help nie?"

"Die bakstene kan ons weer gebruik as hulle versigtig losgekap word. As ek iemand kry om my te help, sal hy nie omgee hoe hy kap nie en dan moet ons op die ou end derduisende bakstene gaan koop. 'n Handlanger sal buitendien nie verniet wil werk nie en ons het elke sent nodig. As Lady Frere nou nie so ver was nie, kon ons die bakstene van daar af bestel het," sluit hy glimlaggend af.

Sy is dadelik agterdogtig. "Ubuyile kwagqira? Was jy by die dokter?" antwoord sy met 'n vraag.

"Ewe. Hy sê ek het 'n slipped disc."

Regtig? dink Gladys, maar sy laat hom voortpraat.

"Hy't my 'n inspuiting in my rug gegee en my vir tien dae afgesit. As dit nie beter word nie, gaan hy my vir X-strale stuur en daarna hospitaal toe as dit moet," en hy klim rats teen die leer af.

"Wat bedoel jy dat hy jou volgende week vir X-strale gaan stuur? Hoekom het hy dit nie vandag gedoen nie?"

"Hayi. Nee. Ek het hom gesê my rug is so seer is dat ek nie eens kan buk of gemaklik kan loop nie."

"Het hy vir jou pille gegee?"

"Ewe. Van die ronde pienkes wat ek elke keer as die pyn te erg is, twee van moet vat. Maar net as ek iets in my maag het. Van die . . . Vir wat vra jy my so in en uit?" Die glimlag is skoonveld.

Sy ignoreer die vraag. "Jy kan nie daardie pille drink nie. Jy weet net so goed soos ek dat jou rug niks makeer nie, en as jy 'n negatiewe reaksie op die pille kry, sal dit nie die dokter se skuld wees nie. Dit sal jou eie skuld wees. Jy behoort met iemand te gaan praat. 'n Sielkundige. Maar moenie weer vir my vra om 'n afspraak vir jou te maak nie, want jy kom dit nooit na nie."

Toe Joe haar nie antwoord nie en weer met die leer opklim, gaan haal sy die pak vleis uit die plastieksak uit. Sy staan 'n ruk met die stuk kaal vleis in haar hand. Sy kan nie besluit of sy dit later oor die pad na sisi Bukelwa moet vat en haar vra om dit in die yskas te hou, en of sy dit maar in die pot moet sit nie. Dan haal sy haar skouers op en trek 'n pot nader.

"Joe," roep sy van die deur af, "ek gaan 'n bietjie slaap, want oor twee uur moet ek aan op diens wees. Daar is 'n skaapboud op die gasstofie. Sal jy dit asseblief dophou?"

"Ewe. Ja."

Sy stel die wekker en gaan lê met klere en al op die bed.

Toe sy wakker skrik en in die pot gaan loer, sien sy dat Joe 'n paar aartappels ook in die pot gedruk het. Haar ligblou bloes het hy ook gestryk en teen die deur van die hangkas gehang. Haar werkskoene staan blink gevryf voor die bed. Dit verbaas haar nie. Joe het nog al die jare haar uniform gestryk en haar skoene gepoets. En hy is lief vir kook. Was dit nog al die jare.

"Ek loop nou, Joe," sê sy teen skemer toe sy uit die shack kom en hy nog steeds op die leer doenig is.

"Mmm," steun hy.

Sy is al om die hoek toe iets haar byval en sy hard oor haar skouer roep: "Yitya eza pilisi zipinki! Drink van daardie pienk pille – as jy klaar geëet het en as jou rug jou miskien regtig pla!"

Op pad werk toe hoop sy dat die kindersale onder haar toesig vannag besig sal wees sodat sy kan inspring en die verpleegsters met hulle take help. Dan het sy nie geleentheid om op haar eie moegheid te konsentreer nie. Sy help hulle nie omdat sy so danig fluks is nie, maar omdat sy wil hê haar verpleegsters moet weet dat sy altyd byderhand is waar hulp nodig is.

Tog is dit nie so lank gelede nie dat sy nog van die babas en kleuters weggeskram het. As sy dit kon verhelp, sou sy nie eens by 'n kindersaal ingegaan het nie. Die wond in haar binneste was net te rou en die gehuil van 'n baba het haar gemartel. Die grond was nog te vars om Sindiswa se wit kissie. Sy wou nog die roumantel styf om haar siel trek en nie met babas en kleuters in aanraking kom nie. Die swart knoop wat sy as teken van rou ses maande lank vasgespeld op haar bors gedra het, het nie die verlange na haar kind ligter gemaak nie. Die knoop was daar vir ander om te sien dat sy iemand aan die dood moes afstaan; die kindersale was daar om haar met herinneringe te martel. Maar sy móés die deure van die kindersale oopstoot en ingaan, want dit was immers sy self wat aangedring het om op nagdiens geplaas te word. Sy het egter toe vir geen oomblik daaraan gedink dat sy oor die kindersale toesig sou moes hou nie.

Sy hét by die kindersale ingaan. Maar ook net tot in die saalsuster se kantoor waar sy die mondelinge en geskrewe verslag aangaande elke pasiëntjie gekry het. Sy kon nie, soos dit hoort, van wiegie tot wiegie gaan en die siek – maar lewende – kinders sien nie. Dit was te veel gevra! Maar toe een aand op haar rondes kom 'n kleuter asof van nêrens na haar aangehardloop en gryp haar aan 'n vinger. Sy wou eers haar vinger uit die warm handjie loswikkel, maar haar moederlike instink het haar die kind spontaan laat optel. Daardie handjie om haar vinger het haar weer rigting gegee.

Toe sy die hospitaal instap, kom 'n paar verpleegsters uit en groet haar beleef. Maar hulle is net 'n entjie weg toe sy een hoor sê: "Oe, my arme kollegas! Sleeping Beauty gaan weer vannag hulle sake werk!"

Gladys steek in haar spore vas en kyk die verpleegsters agterna. So, dan is sý Sleeping Beauty! Die klein niksnuts, glimlag sy by haarself en stap die lang gang af na die hoofmatrone se kantoor om vir diens aan te meld en om die dagverslag oor haar sale te kry. G'n wonder dat die verpleegsters eers kyk wanneer sý af is voor hulle na hulle eie diensrooster kyk nie!

Gelukkig is sy die hele nag besig en sien die verpleegsters haar net wanneer sy haar ronde gaan doen. Sy het verwag dat almal sou gelukkig lyk omdat hulle so min van haar deur die nag gesien het, maar hulle loop met suur gesigte rond.

"Is daar dalk 'n probleem waarvan ek moet weet?" vra sy uiteindelik die senior student wat haar op die ronde vergesel.

"Nee, mevrou Mhauli. Geen probleem nie. Ons sukkel maar net om al die werk sonder hulp klaar te kry," kom die antwoord vinnig.

Uit die hoek van haar oog sien Gladys hoe 'n groepie verpleegsters wat 'n entjie verder besig is, wild met hul hande beduie dat die verpleegster nog meer moet sê.

"En ons het vannag vier opnames kort agter mekaar gekry."

"Ja, suster het my reeds daarvan verwittig. Julle is dus baie besig, nè?" sê sy en praat 'n bietjie harder sodat die ander ook kan hoor: "Wat 'n groot jammerte dat Sleeping Beauty ook nog vir die volgende vier dae af gaan wees!" Toe die verpleegster haar asem intrek en vinnig wegstap en die ander haar agternasit, bars Gladys uit van die lag.

Die volgende week vat sy die vrou wat sisi Bukelwa vir mevrou Templeton gekry het, saam met haar. Toe hulle in die kombuis kom waar Grace staan en skottelgoed opwas, weet sy nie wat om te sê nie.

"Grace … dis sisi Yoyo," begin sy huiwerig.

"Dis okay, Gladys," maak Grace dit vir haar maklik. "Madam het vir my gesê jy sal nie praat nie. Vat die vrou in. Madam wag vir haar in haar studeerkamer."

Grace vermy haar die hele dag. Etenstyd roep sy vir Gladys en sisi Yoyo kombuis toe, maar vat haar bord, waarop daar net groente is, na haar kamer toe.

Toe Gladys haar betaling vir die dag by mevrou Templeton in die studeerkamer gaan haal, moet sy weer sit. "Gladys, vir die volgende maand of wat moet jy asseblief twee keer 'n week inkom tot hierdie nuwe vrou . . . Ag, waar het ek tog haar naam neergeskryf?" en mevrou Templeton blaai senuweeagtig deur 'n klein boekie.

"Yoyo, mevrou," help Gladys haar, en dink aan die ekstra geld.

"Ja. Jy moet maar kom uithelp tot sy aan my roetine gewoond is, want ek twyfel of sy die regte dinge by Grace gaan leer."

"Goed, mevrou."

"Het jy vir Grace gesien? Ek is bekommerd oor haar. Ek het met haar gepraat, maar sy wil nie huis toe gaan nie. Sy sê sy voel nie siek genoeg om huis toe te gaan nie. Maar ek moes Sondagmiddag my huisdokter kry om haar hospitaal toe te neem!"

"Regtig, mevrou?" Gladys is bekommerd, nie net oor Grace nie, maar ook oor mevrou Templeton wat 'n mens fyn kan kou en tog die hart van 'n duifie het. Sy moes Sondag in 'n toestand gewees het, dink Gladys.

"Ja. Sy is eers gisteroggend ontslaan. My huisdokter het aan haar gesê dat hy haar self na haar mense toe sal neem as sy nie op haar eie wil gaan nie. Sy kan nie langer hier bly en alleen in haar kamer siek lê nie. Ek kan haar nie versorg nie. En ek kan haar ook nie toelaat om sonder herberg deur die strate van Johannesburg te dwaal nie. Ek . . . Goed," sê sy skielik saaklik. "Ek sien jou dan twee keer 'n week totdat …"

"Yoyo."

"Yoyo haar voete gevind het. Sy is ten minste gewillig om in te slaap en op haar afdae huis toe te gaan. Hier."

"Dankie, mevrou," sê sy en wonder of mevrou Templeton oor Yoyo se gewilligheid om in te slaap 'n skimp gegooi het.

Toe sy vir Grace groet, kyk dié haar net 'n ruk lank aan voor sy by die kombuisdeur uitstap.

"Hoekom lyk dit asof hierdie vrou my nie hier wil hê nie?" vra sisi Yoyo.

"Nee wat, sy is net kwaad vir my. Ons het verlede week 'n stry gehad," lieg Gladys.

Om die aandag van Grace af te trek, vra sy sisi Yoyo uit oor die onderhoud wat mevrou Templeton met haar gehad het. "Nee, ons verstaan mekaar. Ons sal goed oor die weg kom," antwoord sisi Yoyo tevrede.

"Sisi, ungamxeleli. Moet haar nie vertel wat my regte werk is nie, asseblief."

"Sisi Bukelwa het my klaar gewaarsku," stel sy vir Gladys gerus.

Gladys haas haar weer soos vantevore tussen Chris Hani-Baragwanath, mevrou Templeton en die shack, maar ná die tien siekteverlofdae is Joe skaars twee dae by die werk, of hy is weer by die huis. Die oggend raak sy net aan die slaap, toe hy aan die deur klop en haar sê om oop te maak.

"Het jy iets vergeet?" vra sy nog half deur die slaap.

"Nee, ek gaan dokter toe."

Sy het skaars die woord "dokter" gehoor, of sy sien rooi voor haar. "Die Here weet, Joe!" bars sy uit. "Ek kan nie meer nie! Ek kan nie. Ek werk my dood sodat ons weer gemaklik kan leef, maar jy doen alles in jou vermoë om uit jou werk geskop te word. Gaan kruip dan in jou malle maai en sien of ek omgee. Ndiguqukile! Ek is op!"

Haar vaakheid en moegheid is weg en sy ruk die hangkas oop en pluk haar klere van die hangers af en gooi dit op die bed. "Ek gaan nie langer met jou sukkel nie, Joe. Ek probeer om ons weer op die been te bring en jy breek alles af." Sy vou en pak haar paar besittings op 'n hopie.

"Ja, trap!" bulder hy. "En moenie dink dat ek jou by jou mense sal loop haal nie. Ek het jou nie gevra om ekstra werk te kry nie. Jy is die een wat almal wil beïndruk, nie ek nie. Jy is die een wat altyd op soek is na geld. Jy is die een wat daarop aangedring het dat die kinders na die duurste skole moet gaan asof hulle nie geleerdheid in gewone skole kan kry nie. En jy het goed geweet dat hulle skoolfooie meer is as wat ons albei se verdienste is. Ibikukhathaza? Het dit jou gepla?"

Met 'n sakdoek vee hy oor sy voorkop en begin op en af in die beknopte blyplek stap. "Nee! Want ek moes mos die geld inbring. Geld wat ek nie geweet het waarvandaan moet kom nie. Nou moet ek soos 'n skelm oor my skouer loer en op die uitkyk wees vir wie my ook al wil vermoor. Dis alles jou skuld! Dis deur jou deftigheid en aanstellerigheid dat ek die onwettige dinge gedoen het. Ja, dis deur jou dat Sindiswa en Pumla uitgebrand het. Hamba, xa ufuna ukuhamba! Loop as jy wil loop!"

Sy hoor 'n rou skree en besef dan eers dit kom uit haar keel. "Hoe kan jy al die lelike dinge sê? Dis nie waar nie! Dis nie net my skuld dat my baba dood is nie! Ek het jou nie gevra om dokumente te gaan vervals en weg te steek nie, het ek? Ndixelele! Sê my, het ek? Jy het dit gedoen. Omdat jy te lui is om te gaan werk, wou jy gou groot geld maak. Nou gee jy my die skuld? Hayi khona, nee wat, jy gaan my nie vir jou oneerlikheid blameer nie!"

Sy is so kwaad dat sy die rokke wat sy opgevou het, van die bed afklap en hom met een van haar skoene gooi. "Ons het saam besluit om die kinders in privaat skole te sit."

"Uyaxoka! Jy lieg!" kap hy terug en staan nader.

Maar sy staan waar sy staan langs die katel en verroer nie 'n voet nie. "Jy is die een wat gesê het ons moet spaar sodat die kinders eendag by 'n goeie universiteit kan inkom. Jy, Joe en nie ek nie. En nou bly ek in hierdie tyotyombe – 'n plakkershut! en werk my vrek terwyl jy jou net die hele tyd siek hou. Moenie my die skuld vir jou oneerlikheid en luiheid gee nie!"

"Tyotyombe? Jy is die een wat nou weer wil spaar vir 'n dubbelverdieping-huis terwyl ons klaar genoeg geld het om net 'n eenvoudige huis te laat bou. Dink jy miskien ek gee om waar en hoe ek bly? Nee! Dink jy die huis is vir my belangrik? 'n Huis is net 'n dak oor my kop en niks meer nie. My lewe is vir my belangriker as 'n huis. Mý lewe! Mýne! Dink jy miskien dis lekker om in 'n werk te staan waar jy nooit weet of jy die dag van môre sal sien nie? Dink jy dis lekker om jouself kwaai en sterk in die strate te hou terwyl jou poephol knyp van angs as 'n verdagte hom teen jou opmeet? Hayi! Fokkof as jy wil loop. Ek keer jou nie. Loop!"

Met die laaste woorde swaai hy sy oop hand na haar. Maar sy sien die klap kom en koes betyds deur agteroor op die bed te val. Sy is net so vinnig weer op haar voete met haar hande op haar heupe. "Slaan aan my, Joe, slaan! Ndifunga uma! Ek sweer by my ma, jy sal skaars die eerste hou gegee het of ek is by 'n polisiestasie en vertel hulle wat jy met die dokumente gedoen het. Ek sweer ek sal dit doen. Ek is nie meer daai jonggetroude bruid wat jy kon klap nie. En as daar iemand is wat moet trap, dan is dit jy, want ek het net so hard aan die erf en die huis betaal!"

"Dis my huis en my erf en dit staan op my naam!" skree hy.

"Dit sal die hof besluit!" skree sy terug en staan bors teen bors met hom. Hy met gebalde vuiste, sy hande op die heupe.

Hy los 'n vloekwoord en storm die shack uit. Ná 'n ruk hoor sy die kar met skreeuende bande wegtrek.

"Dis my huis ook en ek moes lankal daaraan gedink het," praat sy hardop met haarself en tel al haar rokke weer op en hang hulle in die hangkas terug.

Sy maak 'n koppie tee om haarself te kalmeer voor sy die huis sluit. Sy is besig om in haar kar te klim om werk toe te gaan, toe Joe langs haar stilhou en sonder 'n woord of 'n kyk na haar oor die straat na hulle shack stap. Dat hy haar ignoreer, pla haar min.

Die volgende oggend wag sisi Bukelwa haar in toe sy net ná halfsewe haar motor kom parkeer.

"Gladys, ndifuna ukuthetha. Gladys, ek wil praat," sê sy.

Gladys wil eers sê dat sy moeg is, maar die manier waarop die ouer vrou haar ondersoekend aankyk, laat haar instem en sy loop agter sisi Bukelwa aan die huis in. "Masiye ekhitshini, kom saam kombuis toe sodat ek vir jou iets kan maak om te eet terwyl ons gesels."

"Kulungile, sisi," stem Gladys in en volg haar deur die voorportaal en sitkamer en 'n lang gang af na die agterkant van die huis. In die kombuis wag sy eers op toestemming voor sy vir haar 'n stoel langs sisi Bukelwa se witgeskropte houttafel uittrek en gaan sit.

"Uyabona, sien jy, Gladys," sê sisi Bukelwa terwyl sy 'n paar snye witbrood uit die broodblik op die tafel haal en hulle in die rooster sit. "As jy woorde met jou man het, is dit net julle besigheid en nie almal s'n nie."

Gladys se oë rek van verbasing. Waarvan praat die ouer vrou? Maar dan onthou sy die stry wat sy en Joe die vorige dag gehad het. "Ewe, sisi," sê sy gedweë.

"Jy weet, my kind: abantu bayathetha, mense praat. Ek wil nie hê dat hulle stories oor jou moet loop en versprei nie. Ek is seker dat jou ma jou nie so grootgemaak het nie."

"Hayi, sisi."

Haar ma hét hulle nie so grootgemaak nie. Dis waar. Mama het hulle kinders, sy, Gladys, wat die jongste was, en haar twee broers en ouer suster, in die werk gedruk sodra hulle doodmoeg en honger van die ses kilometer se stap van die skool in die dorp af by die huis gekom het. Omdat hulle in 'n groot vierkantige baksteenhuis met drie slaapkamers en 'n hoë sinkdak gebly het, terwyl die ander mense buite Lady Frere grasdakrondawels gehad het, het hulle die naam van ryk gehad. Langs die huis het 'n groot watertenk gestaan wat die reën opgevang het en wat mens van kilometers ver kon sien blink. Maar Mama het net daai tenk oopgedraai as die rivier afgekom het en die rivierwater te vuil was om te drink. Die res van die jaar moes hulle water by die stroompie skuins agter die huis gaan haal, of as hy opgedroog het, onder in die rivier.

"Lena indlu khiwe ngutata wenu eyedwa! Hierdie huis is deur julle pa man-alleen gebou!" het haar Mama altyd vir hulle gesê as sy die huis van binne en buite met kalk afgewit of lekplekke in die dak reggemaak het.

Maar dit het sy eers gesê nadat Tata 'n huis iewers in Humansdorp gaan bou het en nooit weer huis toe gekom het nie. Gladys was twaalf en in standerd twee toe Tata die dag al sy hamers en goed op sy geroeste bakkie laai en wegry.

"Watshipha. Hy't verdwyn," het sy die mense hoor sê.

Ja, sisi Bukelwa weet dit nie, maar die mense het stories oor haar tata loop en rondversprei.

"Uyosebenza. Hy het gaan werk," het haar mama vir hulle kinders gesê, en een van hulle moes elke dag ná skool by die poskantoor omgaan en kyk of daar nie 'n brief van Tata is nie. Maar Tata het nooit weer van hom laat hoor nie. Ook nie geld gestuur nie. Mama het later opgehou om hulle poskantoor toe te stuur.

"Hayi, kulungile ke. Nee, dan is alles reg," sê sisi Bukelwa en lê 'n grastafelmat en 'n mes op die tafel neer voor sy brood en allerlei smeergoed voor Gladys neersit. "Eet solank, Gladys. Die water kook nou-nou." En om gesels te maak, vra sy: "Wie maak jou Sondagklere? Sondag het almal van die groen rok gepraat wat jy aangehad het."

"My ma, sisi."

"Nyhani? Regtig?" sê sisi Bukelwa en klap haar hande saam. "Wie het haar geleer om so mooi te werk?" Maar dan kook die water en sy gaan maak koffie.

Gladys drink die koffie, maar haar gedagtes is baie ver.

Haar ma het haarself op 'n Singer-handmasjien leer naaldwerk doen. Een jaar toe die droogte kom en daar geen oeste was nie en die water in die watertenk later ook gedaan was, het haar ma op die dorp van deur tot deur vir werk ge-vra, tot sy was-en-strykwerk by vier huise gekry het. Met die geld het sy die Singer gekoop. "Julle gaan in die skool bly!" het sy met Gladys se broers ge-raas toe hulle die skool wou los om haar te help werk, want smiddae wanneer sy doodmoeg by die huis gekom het, het sy altyd eers 'n tydjie die stofdroë lande gaan skoffel. Dan het sy tot dagbreek by die lig van 'n olielampie aan die rokke sit en werk. Sy het deftige rokke gaan leen en hulle dan mooi bekyk en nagemaak. Hulle kinders het haar nog nooit so bly gesien soos die dag toe sy haar eerste twee rokke in die dorp verkoop gekry het nie. Toe die bestellings begin inkom, het sy die was-en-strykwerk gelos.

"Tshini, Gladys, wat sit jy so? Die koffie raak koud!" raas sisi Bukelwa.

"Ndicela uxolo, sisi. Ek vra verskoning. Ek het aan my ma sit en dink."

"Wat doen jou ma? Doen sy inslaapwerk?"

Gladys skuif ongemaklik in haar stoel rond en wonder hoekom sy haar mond oopgemaak het. "Sy het haar eie besigheid. Yhu! Dis laat en ek moet nog weer vanaand werk," sê sy haastig en staan op. "Dankie vir die ontbyt, sisi Bukelwa."

Maar sisi Bukelwa word nie so gou van die spoor afgebring nie. "Haar eie besigheid in die Land? Undixelela ntoni na ngoku! Raai! Watse besigheid? Wat vertel jy my dan nou?"

"Sy't 'n paar meisies wat vir haar werk en rokke maak en 'n paar mans wat vir haar bakstene maak. Ek loop nou, sisi." En dié keer kan sisi Bukelwa haar nie terughou nie.

Ja, niemand het kon raai dat Mama 'n kop vir besigheid het nie. Nie eens haar pa se broer wat bakstene maak, het dit vermoed toe hy die dag geld by haar kom leen nie. Mama het die geld op een voorwaarde vir hom gegee: dat sy sy vennoot word en dat 'n prokureur die kontrak opstel. Sy onthou hoe ontsteld haar oom, en haar pa se hele familie ook, was toe haar ma op 'n kontrak aan-gedring het. Daar was selfs 'n tyd toe die mense in die omgewing van Lady Frere skielik geen rok by haar gekoop het nie. Maar Mama het nooit gekla nie. Sy het net stilgebly en die rokke op ander dorpe gaan verkoop, en dit was nie honderd jaar nie, of Mama het soggens skoon uit die huis af rivier toe geloop en teen sonsak vuil en vol modder teruggekom. Toe sy by Baragwanath-hospi-taal vir verpleegster kom leer het, het haar mama nog steeds saans en oor na-weke aan die rokke gewerk en bedags stene onder by die rivier gemaak en ver-koop. Niemand het toe kon raai dat sy die volgende jaar haar skoonbroer se aandele in die baksteenmakery sou uitkoop nie.

Sy stap met 'n glimlag op haar gesig oor die straat. As sisi Bukelwa haar ma moet sien werk! Sy sal seker net so verstom wees soos Joe toe hy en sy mense af is Lady Frere toe om by Mama trou te vra en op haar afgekom het waar sy langs die mans staan en bakstene maak.

Maar dis nie 'n goeie ding dat sisi Bukelwa van die steenmakery weet nie. Nou gaan sy seker wonder hoekom ek my so doodwerk as my ma bakstene maak, dink Gladys toe sy die slot aan die deur van die shack oopsluit en na die vuurhoutjies op die tafeltjie begin voel.

Sy sal nie verstaan nie, dink Gladys terwyl sy die gaslamp brandmaak. Niemand sal verstaan nie. Sy hoef net 'n telefoon op te tel en vir haar ma te sê hoeveel bakstene sy nodig het en dit sal afgelewer word. Maar wat van Joe as die bakstene hier aankom? Hy sal nie tevrede voel dat sy na haar ma toe gehardloop het asof hy nie daarvoor kan werk nie. Dis soos daardie keer met die slaapkamerstel. Hy wil voorsien.

Die volgende paar dae praat sy nie wanneer hy sonder 'n woord soggens van die bed opspring en plat op die vloer gaan sit en slaap wanneer sy by die huis kom nie. Dit pla haar nie om self die kreukels uit 'n bloes te stryk en haar skoene skoon te maak nie. Toe sy 'n paar dae later by die huis kom, sien sy dat hy nie op die bed geslaap het nie: dis nog soos sy dit soos 'n hospitaalbed opgemaak het. As Joe dit gedoen het, is die bed altyd knopperig om die rande.

Seker die nag by een van sy vriende deurgebring, dink sy, maar skud dadelik weer haar kop. Vandat die huis afgebrand het, kuier Joe nie meer by sy vriende nie. Te bang om deur die brandstigters beseer te word. Sy vriende kom hierheen en dan sit en gesels hulle voor die shack, of as dit reën of te koud is, in een van die karre. Nee, hy is seker die hele ent pad na sy broer in Pretoria toe. Hy het nog al die jare soms net daarheen weggeraak.

Sy haal haar sakboekie uit haar handsak en gaan sit buite op die houtbankie wat Joe jare gelede vir die seuns langs die swaaie opgesit het. Met 'n potlood begin sy haar begroting uit te werk. Sonder om Joe se salaris by te tel. Net vir ingeval hy besluit om my te los, dink sy.

Eerste skryf sy: *Stokvel*. Yhu! ibinzima kanjani! Hoe swaar was dit nie sommige maande om van die vyfhonderd rand afstand te doen nie! Veral in die maand toe sy vir Bongani en Zandile en Temba nuwe uniforms vir die kosskool in Kuilsrivier moes koop. Haar ma het aangebied om te help, maar sy het dit tog self reggekry. Nou kan sy glimlag, want die tyd om haar geld plus rente terug te kry, is om die draai. Maar as sy elke maand gesug het, het die ander negeen-twintig lede ook gesug. Tog het hulle almal deurgedruk. Nes hulle elke jaar bygegooi en deurgedruk het om dan aan die einde van elke jaar van oor tot oor te glimlag.

Een van die dae sal die boumateriaal gekoop kan word, dink sy. En as Joe besluit om weg te bly, vra ek die stene by Mama, want sy torring lankal dat ons die stene moet laat haal. Kodwa, as Joe terugkom, los ek nie hierdie keer die assuransie aan hom oor nie. Ek sal self daarvoor sorg.

Teen die tyd dat sy in die bed klim, is sy tog bekommerd oor waar Joe sou geëet en geslaap het as hy so bang is om onnodig op straat te wees. Maar sy maak haar hart hard. Toe hy teen agtuur rooioog met sy werkshemp onder sy arm die deur instap, weet sy dat hy by die werk was en sy druk haar lyf teensinnig teen die kartonmuur om plek vir hom op die bed te maak. Later is dit die pyne en krampe van op een sy lê wat haar opjaag en die shack laat skoonmaak.

Toe sy die goed onder die tafel wegskuif om te vee, val die stuk koerant van die boks af waar sy dit gegooi het toe sy die aand met die skaapboud huis toe gekom het. Sy tel die papier op en draai dit om en lees weer die advertensie. 'n Kaapstad kode, sien sy, en vou weer die blad op en gooi dit saam met die ander vullis buite in die drom. Maar dan onthou sy dat die eerste syfers van die telefoonnommer van die skool waar Bongani en Zandile en Temba is, 904 is en dat die nommer op die advertensie met 905 begin. Sy gaan krap weer die koerant uit die vullisblik en lees weer die advertensie. *Family members of police officers: Do you need support? Phone 021-9050001.*

Miskien is hulle nie ver van die skool af nie en kan hulle my ondersteun deur my seuns te gaan besoek, dink sy, en skeur die advertensie uit. Sy gaan sit die flentertjie papier in haar handsak met die doel om die nommer van die werk af te skakel wanneer sy oor drie dae weer op dagdiens is.

Die volgende oggend slaap sy al vas toe Joe hard aan die deur hamer en benoud na haar roep. "Vula, Gladys! Vula! Maak oop!"

Sy spring op en maak die deur oop. Sy oë staan groot en wild in sy kop en die voorkant van sy hemp en broek is vol stof. Sy wange en voorkop ook. Hy kom haastig in en klap die deur agter hom toe en skuif die grendel toe.

"Joe, wat is dit?" vra sy, nou ook vreesbevange.

"Phantse ndafa! Ek was amper dood!" Hy skuifel terug deur toe en vroetel in die donkerte om seker te maak dat dit gegrendel is.

"Joe?"

"Yhu! Steek aan die lamp dat ek hulle kan sien as hulle hier inkom. Maak gou!"

"Wie, Joe?" Sy voel haastig op die tafeltjie rond, kry die vuurhoutjies en steek die gaslamp met bewerige hande aan.

"Hulle! Nee! Los die gordyn toe!" keer hy toe sy die gordyn wil optrek om meer lig in die vertrek te kry.

"Wie?"

"Yhu! Ek is amper dood! Ek was nog besig om my kardeur oop te sluit om huis toe te kom toe . . . Yhu! Vier manne met swart klapmusse oor hul koppe en met gewere het uit 'n wit kombi gespring en die polisiestasie ingehardloop en begin skiet! En toe hulle uitkom, het hulle vol sakke gedra en al skietend in 'n wit kar gespring en weggejaag. Gladys, een van hulle het so vlak by my verby-gehardloop waar ek langs my kar gelê het dat ek aan sy been kon raak!"

"Wat het jy gedoen?"

"Wat kon ek doen?" praat hy 'n bietjie kalmer en gaan sit op die bed. "Ek kon niks doen nie. Ek kon net daar op die teerblad soos 'n lafaard lê en myself teen die kar probeer klein maak en bid dat hy my nie gesien het nie. En as hy my gesien het, dat hy nie moes raai dat ek ook 'n polisieman is nie. Ek het lê en bid dat hy nie moes afkyk en die dienspistool op my heup sien nie, en dat hy nie in die kar moes kyk en my uniform op die agterste sitplek sien lê nie. In plaas van op hom te skiet, het ek net daar bly lê. In plaas van na hom te kyk om hom later te kan identifiseer, het ek my kop plat op die grond onder die kar gedruk."

Gladys se verstand werk volspoed. Sy dink aan dié Joe wat in 'n krisis vroeër altyd eers sy werk en sy kollegas voor enigiets anders sou plaas.

Joe vryf vinnig oor sy kop. "Ek wóú hulle gaan help, maar ek kon nie. Bendi-yoyika! Ek was bang! Ek kon myself nie van die teerblad gelig kry nie. Ek was nog nooit in my lewe so bang soos vanoggend nie."

"Wat van die polisiemanne in die stasie, Joe?"

Hy antwoord nie, maar gaan druk sy oor styf teen die deur.

"Leef hulle nog, Joe? Jy het later hulp ontbied, nè, Joe?" 'n Nare gevoel pak haar beet en sy gryp die borsstuk van haar nagrok vas.

"Die konstabels wat by die hek en deure waghou, het eerste geval," sê hy en gaan sit weer op die bed. "Ek het hulle nie weer sien roer nie. Gladys, alles het so gou gebeur! Die een oomblik het ek nog die manne uit die kombi sien spring en die volgende oomblik, toe ek my mond oopmaak om na die wagte te skree, klap die skote. Die wagte het nie 'n kans gehad nie. Toe die rowers in die sta-sie begin skiet, het ek net hulle gewere gehoor en nie die pistoolskote van die manne nie. Ek weet nie eens hoeveel van hulle is dood nie! Met die rowers weg, het ek net opgevlieg en in my kar gespring en weggejaag."

"O Yehova! Joe!" Sy voel vinnig onder die bed maar kry nie waarna sy soek nie, en spring daarsonder deur toe.

"Wat doen jy?"

"Ek gaan gou na sisi Bukelwa toe," antwoord sy en skuif die grendel haastig oop.

"In jou nagrok en kaalvoet dié tyd van die dag?"

"Ek gee nie om wat ek aanhet nie! Ek gaan van haar af 'n naamlose oproep na die Brixton-polisiestasie maak en vir hulle sê wat gebeur het. Joe, daai polisiemanne is miskien besig om dood te bloei!" en sy hardloop by die deur uit.

"Yima! Wag!" roep Joe en sy steek in haar spore vas en kyk om na hom waar hy in die deur staan.

"Hulle is daar. Die Brixtonse moord-en-roofafdeling. Ek hét eers weggejaag en wou huis toe kom. Maar ek kon nie. Ek het 'n ent gery en weer teruggegaan om hulle te bel en om die manne te help. Maar toe ek die straat wou inry, was daar 'n padblokkade en ek het verbygehou." Hy laat sak sy kop. "Ek kon nie vir hulle gaan sê wat gebeur het nie. Ek wou, maar ek kon nie!"

"Nou hoekom is jy dan so laat?" vra sy toe sy weer op die voetenent van die bed gaan sit.

"Ek het gesukkel om die kar op die pad te hou en moes kort-kort aftrek en tot bedaring kom. Yhu! Ek het netnou oor die draadloos in die kar gehoor dat daar sewe manne dood is. En ek het niks gedoen om hulle te help nie . . ." Hy kom sit met sy hande in sy hare op die bed langs haar.

Sy voel haar hart ruk toe sy die getal hoor, sy val agteroor op die bed en bedek haar gesig met haar hande. Sewe! Sy wil opspring en die shack uithardloop en op en af langs haar afgebrande huis gaan skree, en die smart met daardie sewe mans se vrouens meemaak. Maar sy bly lê op haar rug en voel die warm druppels langs haar ooghoeke tot in haar ore afrol.

Veel later begin sy hande en mond te dwaal. Toe die voorkant van haar nagrok se klein geel knopies onder sy hand meegee en hy soos 'n kind aan 'n tepel begin suig, laat sy hom begaan. Toe hy haar later woordeloos van die voetenent van die bed optrek en haar langs hom op die smal bed neertrek en op sy sy lê om vir haar plek langs hom te maak, sak sy gewillig langs hom neer. Toe sy hande haar nagrok tot om haar middellyf optrek, maak sy geen aanstalte om uit te trek nie. Sy laat hom begaan. Sy, wat 'n paar maande gelede ná haar Sindiswa se dood gesweer het dat sy hom nooit weer sou toelaat om aan haar te vat nie, laat hom nou begaan.

In die stilte van die vertrek is sy net bewus van die groot hartseer wat sy in haar man se oë sien. En woordeloos lig sy haar heupe toe hy haar broekie oor haar boude aftrek. En met dié gebaar nooi sy hom om in haar al die krag, moed en durf te kry wat hy nodig het om in sy beroep te oorleef.

Maar dan beduie sy na die oop deur. Hy staan sugtend van die bed af op en gaan maak dit toe. Toe hy weer langs die bed staan, ontklee en poedelnaak voor haar, sien sy nie die fris geboude man met die effense boepie nie. Sy sien die

134

onsekerheid, die verwardheid, die vrees. Die geboë skouers en rooi oë. 'n Gebroke polisieman wat ander se veiligheid moet verseker.

Sonder 'n woord lig sy haar tot in 'n sittende posisie en strek haar arms na hom toe uit. Teer neem sy sy ereksie in haar hande en trek hom só stadig nader na die bed toe. Na haar toe. Toe hy bo-op haar tot ruste kom, lig sy haar bene hoog en vleg haar voete in mekaar om sy rug en laat glip haar arms om sy skouers. Toe hy haar binnedring en hulle ritmies begin beweeg, wil sy al haar krag na hom toe, gee sy hom alles wat hy nodig mag hê. Gee sy hom haar alles om sy vrese te besweer.

Toe hy later uitgeput op haar bors neersak, is sy tevrede dat hy moontlik 'n paar minute lank nie aan werk gedink het nie.

Ná 'n ruk wikkel sy haar onder hom uit, gaan maak die gasstofie brand en sit die waterketel daarop. Sy was hom eers voor sy haarself was en aantrek.

Joe bly sit peinsend op die bed en sy laat hom begaan terwyl sy 'n kombers in die hoek op die vloer oopmaak om haar wit bloes te stryk.

"Daar is nog van gister se kos oor," gesels sy terwyl sy die strykyster op die gasstofie warm maak. "Ek sal dit vir ons warm maak, dan kan ons saam eet voor ek werk toe gaan."

"Andilambanga, ek is nie honger nie," sê hy sag en steek sy kop stadig by die deur uit en loer straat se kant toe.

"Wat is dit, Joe? Verwag jy dan nog iemand?" vra sy toe hy met 'n paar treë weer by die enkelbed is, onder die komberse inklim en dié tot onder sy ken trek sonder om haar te antwoord. "Joe? Jy't dan nog niks vir die dag geëet nie! Daar," en sy beduie met haar kop na die tafel, "lê die kos in jou skaftien dan nog net soos jy dit vanmôre hier uitgevat het."

"Ek sê jou mos dat ek nie honger is nie!"

"Gladys! Telefoon!" hoor sy sisi Bukelwa buite na haar roep.

Joe spring op en hou die komberse teen sy bors vas. "Hulle het uitgevind! Sê ek is nie hier nie!"

"Ndiyeza! Ek kom!" roep sy van die deur af, maar draai eers na Joe. "Wie het wat uitgevind?"

"Hulle het uitgevind," herhaal hy en vee die sweet met die kombers van sy voorkop af. "Hulle het uitgevind! Iemand moes my vanoggend op die parkeerterrein gesien het, en vir hulle gesê het! Toe, gaan sê ek is nie hier nie, voor hulle iemand uitstuur om my te kom opsoek! Maak gou!"

"Joe?" Sy voel oor sy voorkop met die palm van haar hand. Dis koel, maar nat van die sweet.

"Maak die deur reg toe!" sê hy toe sy uitloop.

Haar broer Langa se stem klink in haar oor op. Hulle gesels 'n ruk oor ditjies en datjies, nes hulle altyd doen wanneer hy haar een keer 'n week bel. Hy gaan 'n konferensie in Kaapstad bywoon en sal vir Bongani, Zandile en Temba by die kosskool gaan besoek, sê hy.

"Hoe gaan dit regtig met jou?" vra hy.

Sy weet waarvan hy praat. "Die verlange na haar kry my soms nog onder. Ek het gister nog van haar speelgoed in die as gekry." Hulle gesels nog 'n rukkie voor hy aflui.

"Sisi Bukelwa," roep sy na die kombuis se kant toe. "Ndicela. Ek vra asseblief om 'n oproep werk toe te maak. Ek wil hulle net laat weet dat ek nie op diens gaan wees nie. Ek voel olik. Hulle gaan ontevrede wees omdat ek nou eers bel."

Sisi Bukelwa verskyn in die gang en kyk Gladys met 'n ligte frons aan.

"Ek het 'n skeelhoofpyn," lieg sy oor die telefoon. Haar hoof klink geïrriteerd. "Ek het medikasie daarvoor en sal dus nie na 'n dokter hoef te gaan nie. Ja, mevrou, ek sal môreaand weer op diens wees. Totsiens."

"Mens kan nie met migraines speel nie," sê sisi Bukelwa toe Gladys die gehoorbuis op die mikkie terugsit en die vier rand wat sisi Bukelwa vir 'n plaaslike oproep vra, in haar hand druk. "Mens moet pille drink as die kopseer begin en nie wag tot dit so erg is nie. Ewe, ja," sê sy beterweterig en sit die munte in haar voorskootsak. "Een van die kerksusters lê nou hoeka buiten hoop in die hospitaal oor haar migraine haar 'n stroke laat kry het. Daardie soort kopseer laat 'n mens se kopare tog te maklik bars. Maar het jy –"

"Dan moet ek gou nog 'n pil gaan drink, sisi Bukelwa," en Gladys glip vinnig by die deur uit.

"Thini, Joe! Dis ek, maak oop die deur," sê sy half ergerlik toe sy die deur wil oopmaak en nie kan nie.

Sy hoor die grendel aan die binnekant skuif. "Was dit hulle?" vra hy toe hy die deur oopmaak en eers straat se kant toe loer.

"Nee, dit was Langa. Hy stuur groete." Sy begin haar uniform uittrek.

"En nou? Moet jy nie netnou gaan werk nie?" Sy verbeel haar dat sy verligting in sy stem hoor.

"Ek voel nie lekker nie. My maag is omgekrap," sê sy en gooi 'n rok oor haar kop. Sy trek 'n vuurhoutjie en vroetel onder die tafel en kry die blik ontsmettingsmiddel waarna sy soek.

"Waarheen gaan jy?" vra hy toe sy dik rubberhandskoene aantrek en die skropemmer vat.

"Hayi suka. Nee wag, Joe! Ruk jou reg! Ek gaan die buitekamer skoonmaak voor dit netnou donker raak. Hulle het al weer 'n vuil balie ingesit, want die hele plek stink. En los die deur oop!"

Buite gaan tap sy water by die kraan waarvan die blink koperkop skerp af-steek teen die stuk gebrande muur, en loop dan oor die werf na die groen mobiele toilet wat sy gehuur het. Joe sal moet terug werk toe, dink sy toe sy met die toilet klaar is en die slot aan die groen deur toeknip. Maar hoe gaan ek hom sover kry om tot daar te kom? Sy kry gedagte aan iets en gaan was die handskoene en emmer uit, en hang die handskoene op die wasgoedlyn.

"Joe," sê sy van die deur af en staan eers 'n ruk sodat haar oë aan die donker-te binne gewoond kan raak. "Wil jy nie maar werk toe gaan nie? Ek bedoel, miskien nie om te gaan werk nie, maar om van vanoggend se gebeure te gaan praat. Netnou gaan iemand die diensrooster na en sien dat jy veronderstel was om ook daar te gewees het toe die ding gebeur het en dan word daar verkeerde gevolgtrekkings gemaak."

"Wil jy nou vir my sê dat ék agter vanoggend se skietery sit?" vra hy bars.

"Nee. Ek weet dat jy niks daarmee te doen het nie. Maar ek sal niemand blameer as hulle so dink nie. Ander mense sal agterdogtig wees omdat jy wat ook op daardie tyd daar moes wees, nêrens te vinde was nie. Dink jy nie ook so nie?"

"My hoofde sal dit nog nooit van my dink nie! Ek het jou dan vanmôre gesê dat toe ek die padblokkade gesien het ek ingebel het om te sê ek is siek! Dat jy my regtig van so iets verdink, Gladys!" Kwaad vou hy 'n kombers om hom en gaan sit op die rand van die bed.

"Ek verdink jou nie, Joe. Ek sê maar net iets wat ander mense mag dink," sê sy sag.

Later skep sy op en hy peusel met lang tande aan die kos. Sy is nog besig om vir hulle tee te skink toe sy die knal van 'n geweerskoot iewers in die buurt hoor. Daaraan is sy gewoond. Toe Joe met 'n kreet plat op die rooi linoleum-tapyt val en sy hande oor sy kop hou, is sy ook nie verbaas nie. Sy het daaraan ook al gewoond geraak.

"Kom, staan op, Joe. Dis seker maar net weer tsotsi's wat teen mekaar ba-klei," sê sy en help hom op. Sy hande bewe liggies en sweet het op sy voorkop en bolip uitgeslaan. "Kom sit hier op die bed. Ek het vir ons tee gemaak."

Sy kry die botteltjie kalmeerpille wat sy by hul huisdokter vir hom gevra het in die hangkas en skud twee in haar hand uit. "Hier, sluk dit sommer met die tee af," sê sy toe sy die koppie tee in sy hand druk. Sy staan oor hom tot hy die wit pilletjies gesluk het.

Die geluid van potte wat teen mekaar skuur, maak haar die volgende oggend wakker. Die olielamp brand en Joe is by die gasstofie besig. Die vertrek ruik na gesigseep en naskeermiddel. "Hoe laat is dit?" vra sy.

"Kwart voor ses. Ek maak koffie. Ufuna ukuphunga? Wil jy daarvan drink?" Hy trek 'n beker nader voor sy kan antwoord.

Sy staan op, trek haar skoene aan en vou die kombers oor haar skouers. "Waar is die flitslig?" vra sy toe sy dit nie op die gewone plek op die tafeltjie sien nie. Hy gee dit aan. "En waar is die toilet se sleutel?"

"Die toilet is oop. Ek sou dit netnou gaan sluit."

"Ag, Joe!" sê sy dadelik vererg. "Hoeveel keer moet ek dan nog vir jou sê om die ding gesluit te hou? As daai mense van die tyotyombes hier onder in die straat moet weet dat die ding oopstaan, sal hulle hiernatoe kom en dis nie 'n openbare toilet nie."

Hy loer net vinnig oor sy skouer na haar en hou hom met die koffie besig.

"Joe?" vra sy toe sy ná 'n ruk weer inkom.

"Ek gaan werk toe," sê hy en buk af om die veters van sy werkskoene vas te maak.

"Yintoni na ngoku, wat is dit dan nou, Joe? Jy trek dan lank nie meer jou uniform werk toe aan nie," sê sy verslae.

Yehova, bid Gladys. Ek het gevra dat U hom my krag en sterkte moet gee. Maar ek het dit nie só bedoel nie! Wat as hy iets moet oorkom?

"Ek gaan in my uniform werk toe, Gladys. Die ding van gisteroggend pla my. Aan die een kant dink ek dat ek ook nou dood moes gewees het. Aan die ander kant dink ek weer hulle sou nie almal gesterf het as ek dadelik gereageer het toe ek die mans uit die kombi sien spring het nie. Elke ding speel nou so stadig in my kop af, maar gisteroggend het dit so vinnig gebeur! Ek gaan die bevelvoerder sien en vir hom alles vertel. En dan moet ek maar die straf vat soos dit kom."

"Gaan sien eers jou vakbond voor jy die bevelvoerder gaan sien. Miskien sal een van hulle saam met jou wil gaan. Vir ondersteuning."

"Ek gaan nie agter die vakbond wegkruip nie, Gladys. Bendimele ukuncedisa amanye amapolisa. Ek moes die ander polisiemanne gehelp het."

"Ek sê nie dat jy agter die vakbond moet wegkruip nie, Joe. Hulle sal dit in elk geval nie toelaat nie. Hulle sal net daar wees om te kyk dat jy regverdig behandel word. Maar ek dink nie net aan gister se ding wanneer ek van die vakbond praat nie. Die Scorpions . . ."

Sy sien hoe sy hande op die veter waarmee hy besig is, stil raak en sy neusgate oopgaan. "Gister se saak het niks met die dokumente te doen nie!"

"En ek sê ook nie dit het nie, Joe. Maar ondersoeke vat soms lank, en mense wat alreeds in hegtenis geneem is, sal praat omdat hulle nie alleen gestraf wil word nie."

Hy gaan sit op die bed en sy gaan sit 'n entjie van hom af en vou haar hande in haar skoot. "Joe, ek is bly dat jy besluit het om werk toe te gaan. Maar jy kan mos jou uniform nes altyd by die werk gaan aantrek. Baie polisiemanne doen dit. Asseblief, Joe!"

"Hayi. Nee," sê hy steeks en sit sy polshorlosie om sy arm. "Ek gaan in my uniform."

Hy is al by die deur, toe sy aan iets dink. "Hoekom vra jy nie vir Monde om deur te kom en dan saam met jou te ry nie?"

Hy lig 'n wenkbrou en sy verduidelik vinnig: "Nie die Monde wat die kafee hier bo het nie. Ek praat van die een wat saam met jou gewerk het en die pakket gevat en nou sy eie sekuriteitsbesigheid het. Julle was nog tot onlangs baie geheg."

"Ek weet van wie jy praat. Ek het nie 'n oppasser nodig nie. Wat makeer jou? Eers is dit 'n sonde as ek siek by die huis rondsit. En nou is dit ook nie goed dat ek gaan werk nie! Hayi suka! Yeka ukundingxolela! Hou op om om my kop te raas!"

Sy hoor hoe die voetstappe 'n paar keer huiwer. Ná 'n ruk hoor sy die dreun van sy kar en hoe dit stadig sagter raak.

In die shack kan sy net langs die bed op haar knieë gaan en bid dat hy veilig na haar toe sal terugkeer.

Sy skrik net voor vier die middag wakker toe Joe die deur oopdruk en eers bly staan om sy oë aan die donkerte gewoond te maak. "Batheni, Joe? Wat het hulle gesê?" vra sy.

"Ek sal voor 'n tugkomitee moet verskyn en die saak word ondersoek," sê hy en gaan sit met sy hande oor sy gesig by die voetenent van die bed. "Ek kan nie onthou watter een eerste gaan kom nie, want ek is doodmoeg. Nie moeg gewerk nie. Moeg geworrie. Ek is gelukkig dat hulle my nie tydelik sonder betaling skors nie, het een van die Brixton-manne gesê."

"En die ander saak? Die . . ." In die skemerte van die kamer lyk hy so moeg dat sy nie die woord "dokumente" hardop wil sê nie.

"Daai saak word nog steeds deur die Scorpions ondersoek. En hoe langer dit vat, hoe sekerder is ek dat hulle my een van die dae gaan inroep. Yhu! kunini ndilipolisa. Hoe lank is ek nie al 'n polisieman nie en om nou na al die jare voor 'n tugkomitee te gaan staan! Die skande!"

Dink aan die groter skande wat ons gaan tref as die Scorpions jou moet inroep, dink sy maar sy sê niks, staan liewer op sodat hy in die kooi kan kom.

Terwyl hy uittrek en sy op die vuil hemp en kouse wag om dit in die was te sit, dink sy wat die hospitaal, die mense in die buurt, haar ma, sal sê as Joe se naam weens bedrog groot in die koerante moet verskyn, soos dit al té dikwels met ander staatsamptenare gebeur het.

Nadat sy die aand haar eerste ronde gedoen en haar onmiddellike verpligtinge nagekom het, sit sy in haar kantoor met die stukkie koerantpapier voor haar.

≈ *Joan* ≈

AMPER DRIE MAANDE NADAT SY DIE EERSTE ADVERTENSIE GEPLAAS HET, sit Joan en Magda laataand by die kombuistafel met 'n groot bak appelkose tussen hulle.

"Hoekom wil jy jam en kên-fruit van al die appelkose maak?" vra Magda en breek 'n lekker ryp in die helfte en druk een stuk in haar mond. "Jy kan 'n hele klomp pakkies opmaak en dit vir die ou van die vrugtestal gee om dit vir jou te verkoop."

"Ek het klaar vir die gemeentesusters belowe dat ek die canfruit en die konfyt vir die kerkbasaar sal skenk. Ek wil sommer môreoggend vroeg met die kokery begin. Daai appelkose wat nog so swaar aan die boom hang, is vir ons twee se gebruik. Het jy nog die bottels wat ek jou laas jaar gegee het?"

Magda knik.

"Jy moet dit ombring sodat ek dit solank kan uitkook. Ek hou van daardie groen kleur van jou gown. Maar noudat ek daaraan dink: is iets verkeerd dat jy so laatnag hier sit? Het jy en Michael stry gekry?"

Magda steek tydsaam 'n haarroller vas wat dreig om af te val.

"Nee. Maar Michael stry nie met my nie. As daar die dag gestry moet word, doen ek dit. 'n Vrou moet haarself assert en haar sê sê, het ek nog netnou die dag in 'n magazine gelees. Daar is vanaand niks op tiewie nie, en ek het my magazines almal al van voor tot agter gelees. Ek weet nie hoekom mens tiewie-licence moet betaal as daar sweet nothing op is wat interesting is nie. Ek kan nie eens met Michael praat nie, want hy sit vasgeglue voor die computer. En Denise sit en kyk 'n video wat ek seker al tien keer gesien het. Toe ek jou lig nog sien brand . . . Wag, daar lui jou phone. So laatnag? Seker Willem of iemand van jou group." Sy staan op en loop agter Joan aan voorkamer toe.

"Joan Arries wat praat. Goeienaand," begin Joan.

"My naam is Gladys Mhauli," hoor sy 'n sagte stem sê. "Ek bel van Johannesburg af om uit te vind waaroor die advertensie in die *Sunday Times* gaan."

Sy druk die gehoorbuis stywer teen haar oor. "Watter adver-. O! Die advertensie wat ek drie maande gelede geplaas het? Nee, als reg, mevrou," sê Joan en hou haar hand oor die spreekbuis en fluister gou na Magda toe. "Nog iemand!" Dan sê sy: "Ek het die advertensie uit desperaatheid geplaas," en vertel vir Gladys Mhauli wat daartoe gelei het.

"Ek is bekommerd oor my man, mevrou Arries," hoor Joan die vrou sê. "As gevolg van iets wat hy gedoen het en waaroor ek nie kan praat nie, het hy 'n werklike vrees dat iets met hom sal gebeur. Ek is baie bekommerd, maar ek het niemand om mee te praat nie."

Joan vertel haar van die werkswinkel wat sy bygewoon het en van die klein netwerk van mense in dieselfde posisie as hulle, wat sy opgebou het.

Dis nie 'n verrassing vir Joan nie toe Gladys Mhauli vir haar sê dat sy klaar beter voel net omdat sy met haar kan praat, en omdat sy weet ander mense met probleme soos hare het ook op die advertensie gereageer. Maar dit is nogal 'n verrassing toe die vrou dadelik alles oor die streswerkswinkel wil hoor. Sy vertel haar kortliks wat gebeur het, maar Gladys Mhauli wil alles hoor, tot in die fynste besonderhede.

"Ek vertel jou met graagte," sê Joan, en lag verleë, "maar dit gaan 'n baie lang telefoongesprek wees."

"Dit maak nie saak nie, want dis 'n lewensbelangrike saak vir my," kom die antwoord.

Toe Joan haar regskuif op die armleuning van 'n stoel naas die telefoon, staan Magda van die rusbank af op, maak groot-oë vir haar en fluister dat sy liewer huis toe gaan as om nog 'n keer van die werkswinkel se in en outs te hoor.

"Dit het oor 'n week geloop," begin Joan. "Van die Maandag tot die Donderdag het ons soggens agtuur begin en vieruur in die namiddae opgehou. Vrydag het ons om twaalfuur afgesluit en daarna 'n klein seremonie gehad waar ons sertifikate gekry het as bewys dat ons die kursus suksesvol voltooi het. Wil u regtig die volle besonderhede weet, mevrou Mhauli?" vra Joan net om seker te maak.

"Ja, asseblief," kom die besliste antwoord en Joan vertel haar van die "ysbreker" waarmee Maandag begin het – hoe hulle vier wat die kursus bygewoon het, stop-die-musiek moes speel sodat elkeen haarself kon voorstel, sê waarom sy daar was en wat sy aan die einde van die kursus verwag het.

"Laat ek net 'n stuk papier kry," sê die vrou aan die ander kant van die telefoonlyn. "Ek dink ek moet aantekeninge maak."

Toe Gladys Mhauli sê dat sy met pen en papier regsit, sê Joan: "Ja, ons moes ook juis dinge neerskryf wat vir elkeen van ons stres veroorsaak het, en dan het die groep dit bespreek en moontlike oplossings gegee. Ons het amper elke dag rolspel gedoen. Op 'n dag was ek die skoorsoekerige, afjakkerige man wat net als na sy smaak wou hê en die vrou nooit kans gegee het om haar sê te sê nie. Die persoon wat my kamma-vrou was, het elke slag gewip en senuweeagtig rondgedraf as ek in dieselfde kamer as sy was, en haar naels gekou."

Gladys Mhauli sê byna niks, maar Joan kan hoor hoe sy aan die ander kant skryf, en sy doen haar bes om haar so volledig moontlik te vertel van die lees-stof wat hulle gekry het, die ontspanningsoefeninge, die self-evaluering en die soort groepsbespreking.

"Was dit baie duur om die werkswinkel by te woon?" vra Gladys toe Joan haar verseker dat sy haar alles vertel het wat daar oor die werkswinkel te ver-tel is.

"Dit was eenduisend vyfhonderd rand vir die hele groep, mevrou," verdui-delik Joan. "Maar nou kan ons op ons beurt dieselfde werkswinkels aanbied. As jy werklik belang stel, sal ek die vrou wat ons kursus aangebied het, vra wie sy in Johannesburg kan aanbeveel."

"Baie dankie, mevrou Arries, ek sal dit waardeer, want sodra ek by so 'n streswerkswinkel was, wil ek graag self ook sulke kursusse aanbied."

Joan hoor die gretigheid in Gladys se stem. Sy wens Magda was nog daar sodat sy haar kon vertel.

"Dit sal 'n ekstra inkomste gee," hoor sy Gladys opgewonde voortborduur, "en ek weet ek sal geen probleem hê om 'n plek te vind om dit aan te bied nie. Die skole en kerke hier rond maak altyd hul deure oop vir iets wat vir die ge-meenskap van nut is."

"Mevrou Mhauli," gooi Joan bietjie wal. "Luister, baie van my man se pro-bleme is nog daar. Moenie wonderwerke verwag nie. Maar dinge kry my nie meer onder nie. En ons het al 'n paar keer daaroor gesels. Hy gee ook weer aandag aan ons twee dogters en speel soms soos in die ou dae met hulle en help hulle met hulle huiswerk." Ná sy 'n oomblik nagedink het, sê sy: "En hy bly nie meer so dikwels uit die werk uit nie."

Om Gladys behoorlik voor te berei op wat sy te wagte kan wees, vertel sy haar van elke klein oorwinninkie wat sy behaal in haar poging om haar man te help. Later noem sy Gladys op haar voornaam en omgekeerd.

"Kry jy nog baie oproepe?" wil Gladys weet.

"Nie meer so baie nie," antwoord sy. "Ek het die advertensie 'n maand lank laat loop en in daardie tyd het net twee mense my gebel. Die ander het later eers gebel. Saam met jou is dit nou agt. Ons ander bel mekaar ten minste een keer per week om te hoor hoe dit gaan, en natuurlik enige tyd van die dag of nag as dit nodig mag wees. Die reëling beteken so baie vir ons dat die ander voel ons moet weer 'n advertensie plaas." Joan kry 'n plan: "Met jou daar bo in Gauteng, kan ons dalk hier onder in die Wes-Kaap adverteer. En miskien in die Oos-Kaap en Noord-Kaap. Wat dink jy?"

Gladys beloof dat sy dan 'n adventensie in die Noorde sal plaas. Net voor hulle die gesprek beëindig, gee sy vir Joan haar werknommer en 'n huisnommer. "Dit is sisi Bukelwa se nommer," verduidelik sy, "maar sy sal my enige tyd kom roep."

"En onthou dat jy my enige tyd kan bel as jy lus voel om te gesels," sê Joan vir oulaas.

"Joan …"

"Ja, Gladys?" vra sy en wonder of die vrou dan nou van gedagte wil verander.

"Ek het eintlik oor my kinders gebel …"

"Ja?" Ek dag dit was haar mán, dink Joan heeltemal verward.

"Toe ek die kode sien, het ek gewonder hoe ver jy van Kuilsrivier af bly."

Sy hoop dat Gladys nie haar verwarring kan hoor nie toe sy antwoord: "Nie ver nie. Kuilsrivier is een stasie van hier af. Hoekom?"

"My drie seuns gaan daar skool en hulle bly in die hostel op die skoolperseel. Die Good Hope College. Ken jy dit?"

"O. Ja, ek weet waar dit is," sê sy verlig. "Dis net 'n entjie van die stasie af."

"Dis nou die derde kwartaal dat die kinders daar is. Ons het hulle weggestuur omdat dit hier nie so veilig is nie." Daar is 'n stilte voor Gladys voortgaan: "Ek het gewonder of dit miskien vir jou moontlik sal wees om by hulle te gaan inloer. Hulle ken niemand buite die skool nie. Hulle name is Bongani en Zandile en Temba. Ek sal baie dankbaar wees."

"Natuurlik, Gladys. Met die grootste plesier. Ek sal sommer hierdie komende naweek gaan. Ek sal my meisiekinders saamneem."

Sy sit die gehoorbuis neer. Maak 'n vinnige aantekening van die skool en die kinders se name en dans dan met haar notaboekie in die hand voor die telefoon rond. Sy kan nie wag om "Het jy dit gehoor?" vir Magda te sê nie. "Ná al die tyd is daar iemand wat die advertensie in 'n ou koerant gesien het. Sy't al die pad uit Johannesburg uit gebel! Sy's 'n matrone by die hospitaal! En sy gaan ook advertensies daar laat loop en vir mense werkswinkels gee. En sy't seunskinders wat net hier om die draai skoolgaan. Is dit nie wonderlik nie?"

Sy kan Magda al hoor: "Girl, jy sê nie!"

⤜ *Shalon* ⤝

CAROL VAN DYK STAAN EN KLOP AL 'N GERUIME TYD AAN HAAR DOGTER
se deur in Duncan Village, maar niemand maak die deur oop nie. Net voor
sy die trappies wil afgaan, verbeel sy haar dat sy 'n geluid in die huis hoor. Sy
draai weer om deur toe en druk haar mond teen die sleutelgat en skree na
binne: "Shalon! Maak oop'ie deur. Dis ekke!"

Shalon het haar ma lankal deur die kamergordyn gesien, maar kan nie
dadelik op die klop reageer nie. Sy moet eers die plastieksak vol geld in die
halfmeter diep gat onder die hangkas kry. Haar ma sal moet wag of later weer
terugkom. Sy druk die note dig opmekaar en knoop die plastieksak styf toe.
Dan skuif sy die veertig by veertig sentimeter-sementblok terug oor die gat
en laat dit in die gleufies pas wat aan die boonste rand van die gat aangebring
is om dit gelyk met die res van die sementvloer te maak. Daarna druk sy die
stuk dik rooi-en-wit blommat oor die sementblok en maak tydsaam seker dat
die patroon van die los stuk by die res van die mat inpas, voor sy die swaar
hangkas versigtig op sy plek terugskuif.

"Ek kom, Ma!" skree sy toe haar ma weer na haar roep. Maar sy maak geen
aanstaltes om dadelik by die voordeur te kom nie. Sy staan eers hiernatoe en
dan weer daarnatoe in die kamer rond en bestudeer die hangkas van alle kante
om seker te maak dat mens niks kan merk nie.

Eers toe sy doodseker is dat niemand sal sien dat daar aan die hangkas ge-
skuif is nie, gaan staan sy voor die spieël en trek 'n kam deur haar kort rooi
hare, vee die sweet van haar ronde sproetgesig, en strik die gordel van die lang
skokpienk kamerjapon stywer om haar. Daarna eers loop sy sleepvoet voor-
deur toe.

Toe sy die gepynigde uitdrukking op haar ma se gesig sien, wonder sy wie
van haar broers of susters nou weer in die moeilikheid is, en begin sommer te
raas: "Jirre, Ma! Byt die vlooie in Buffalo Flats dat Ma 'n mens so vroeg uit
die kooi moet kom jaag? Ek sweer die hele East London slaap nog!"

"Moenie met my kom twice faai nie, want dit lyk nie of jy nou net wakker geskrik het nie en dis lankal verby ten o'clock. Tshini, Shalon, die son sê al tieng en jy's nou nog in jou gown en nightie. Jy moet jou skaam! Jou deurklok werk nie," en sy skuif verby haar dogter die huis in. 'n Wyle bly staan sy in die sitkamer en kyk kopskuddend om haar rond. Die tjint het nie ore nie, dink sy elke keer as sy die huis binnekom. "Shalon, wat sê jy en Adam as die mense vir julle oor dié duur furnitjur ietvra? Almal weet mos lat 'n poeliesman se wages nie so baie is nie."

"Hayibo, nee, dis niemand se business wat in my huis aangaan nie!" antwoord Shalon vies en sluit die voordeur agter haar.

Nee wat, dink Carol kopskuddend. Praat help nie met dié tjint van haar nie. Haar oë rek toe sy die tamaai nuwe televisiestel sien. "En dit?" vra sy oor haar skouer en wys met 'n vinger na die muur. "Dit was mos nie hier toe ek laas hier was nie. Wanner het julle dit gekoop? En vir wat? Julle het dan al klaar tiewies in elke kamer. En was dit dan nou nodig om so 'n groot ding te loop staan en koop? Anner mens vat die geld en kry iemand om die huis buitoekant 'n bietjie te peint en om daai stuk grond te bewerk wat julle 'n tuin roep. Julle kan sommer vir Tollie kry om die werk vir julle te doen, want Adam is te lui om aan 'n graaf te raak. Ek sal vir Tollie na jou toe stuur. Daai broer van jou kry hoeka swaar en nodag die geld."

"Daai ou tiewie? Dis smart, nè? Maar ons het dit nie gekoop'ie. Iemand het vir Adam geld geskuld en kon nie betaal nie. Toe vat Adam die tiewie."

Carol glo nie 'n woord van Shalon se sorgelose verduideliking nie.

"Daar'sie geld om op die tuin en peint te mors nie," gaan Carol voort en trek haar ma aan die hand kombuis toe. "Any case lyk al die huise hier rond asof hulle enige dag inmekaar gaan val. Ons kan mos nou nie anners wil wees nie. Netnou dink die mense lat ons beter as hulle wil wees en dan kruip die amasela ook nader. Hier steel hulle jou skoene onner jou bed uit." Sy skep asem. "En van wanner af het Tollie nie geld nodig gehet nie? As hy sy gat 'n slag lig en gaan werk, sal hy beter af wees. En Ma moet vir hom sê om sy gulp 'n slag toe te hou. Hier was nou die anner dag weer 'n tjint wat nes hy lyk. Die tjint is uitgeknip Tollie met daai kroon wat ampertjies op die voorkop is en daai lang dun neus. Die tjint het tot sy geboortevlek op die linkerwang! Skone Tollie. Asof hy nie genoeg tjinners by sy vrou het nie. Watchit, een van die dae loop sluit hulle hom weer vir non-support op en loop sit hy in 'n plek waar Adam g'n connections het om hom los te kry nie. As Tollie die wyn en vrouens los, en Ma hom 'n slag los om sy eie kop te stamp, sal hy miskien 'n bietjie regkom. Ma vat altyd sy part. Nes daai slag toe Adam – en ek met dikpens en al – ounag uit die huis gesit is."

"Jy sal dit altyd voor my kop gooi, nè?" sug Carol.

Ja, want ek kan dit nie vergeet nie, wil Shalon sê, maar bly stil.

Sy't met Andriena gestaan en sy en Adam het in haar óú kamer by haar ma in Buffalo Flats se council-huis gebly. Die spaarkamer waar haar broers in geslaap het voor hulle uitgetroud is, sou Andriena s'n wees.

Maar toe moes Tollie homself uit sy werk uit drink en sy huis verloor en – om alles te kroon – by hulle in die babakamer kom intrek. As dit net hy en sy vrou met hulle drie vuilgesig-, snotneuskinders was, sou dit nie saak gemaak het nie. Maar toe trek sy dronkenskap ook saam met hom in en soek hy elke keer met Adam skoor wat nooit drank oor sy lippe sit nie. Wanneer Tollie so dronk was, en dit was amper elke dag, soos dit nou ook nog gaan, het Adam maar net uit sy pad gebly en in die kamer gaan sit. Maar dit was nie goed genoeg vir Tollie nie. Een Saterdagaand het hy in die kamer gekom en aan Adam begin slaan. Adam moes teen daai tyd seker net mooi genoeg gehad het, want hy't vir Tollie lekker bloedneus en dikoog gebliksem. Haar ma het in haar lang flennienagrok vol pienk blommetjies half deur die slaap in die kamer ingebars.

"Adam, hier wort'ie aan my baby geslat nie! As daar geslat moet word, doen ek dit self!" het haar ma tekere gegaan en vir Adam van Tollie afgeruk.

"Tollie het eerste aan Adam geslat, Ma. Hy soek al lankal na 'n ordentlike pak slae," het sy verduidelik, maar haar ma het al die skuld op Adam gepak. "Dis oor Ma hom so baby vorentoe en agtertoe lat Tollie dink hy kan doen net wat hy wil. Dis oor Ma elke keer sy part vat lat hy nou so oud lyk en hy's nog nie eers vyf-en-twintig nie. As Dedda nog gelewe het, sou hy sy belt elke dag op Tollie gehou het. Maar dié keer het Tollie homself lekker vasgeloop. Laat hy van nou af net 'n skewe woord sê of sy wyn na onse kant toe drink, dan gaan hy dit kry. Sommer goed ook."

Intussen het Tollie van haar ma af losgebreek en raas-raas van een kamer na die ander kamer gehardloop en deure oop- en toegeklap terwyl sy vrou en kinders net so hard keel opsit in die babakamer.

"Adam, kyk wat het jy nou aan my tjint gedoen! Nou gaan hy heelnag loop en rondkrap en mens iet die slaap iet hou. Shalon, loop kyk lat hy nie 'n mes of 'n ding in die kitsjun loop haal het nie," het haar ma gesê en Tollie se jongste kind wat by hulle in Shalon se kamer kom staan en skree het, opgetel en gesus.

"Shalon, klim in die kooi," het Adam vir haar gesê en die bedliggie van die mat af opgetel en dit weer op die bedkassie staangemaak. En vir Carol het hy gesê: "Tollie is maar net horriesdronk, Ma. Hy nodig lankal 'n ordentlike pak slae."

147

"En jy dink seker lat jy weer aan my tjint sal slat?" het Carol vies geantwoord.

"Wag eers totlat jou tjint daar is en dan slat jy hóm. Tollie is my tjint en ek sal aan hom slat as ek die norageit daarvoor sien. Nee, wat te erg is, is te erg! Ek dink lat hier net een man in die huis moet wees."

"Ek stem saam," het Shalon dadelik geantwoord. "Tollie kan sy vrou en tjinners vat en by daai vrinne van hom loop bly wat hom so elke dag wyn voer."

Dit het haar ma net nog 'n entjie kwater gehad. "My baby het 'n reg om hier te bly! Adam, as jy aan my Tollie slat, moet jy trek. Sommer vannag nog."

"Ek en Adam bly nie verniet hier nie, Ma. Ons betaal vir Ma rent en ek en hy koop die kos wat Ma vir Tollie so dik mee voer. En as Adam loop, dan loop ek ook."

"Nou maak dan lat julle in die pad val. Ek het nie vir julle gevra om rent te betaal en om die kos te koop nie. Daai railway-pensjun wat die goermint my elke maand gee oor jou oorle pa op die railways gewerk het en onner 'n trein dood is, is genog. Toe, toe, toe, Adam! Pak jou goed en loop iet my huis iet!"

Adam het haar ma verbaas aangegaap en op sy horlosie gekyk en op die kooi gaan sit. Maar sy kon sien lat haar ma doodernstig was.

"Dis amper twaalfuur, Ma, en Adam moet môreoggend vroeg inval. Ons sal môre na 'n plek begin soek," het sy gepaai. Maar Carol wou niks verstaan nie.

"Ja, sit hom iet, Ma! Hy kan nie hier kom maak net wat hy willie!" het Tollie van die voorhuis se kant af geskree.

Dit het vir Carol aan die gang gekry. Sy't op haar tone gaan staan en Adam se koffers bo van die hangkas afgehaal en hulle op die voetenent van die kooi neergesmyt en oopgemaak en toe die hangkas oopgeruk en sy klere met hangers en al uitgepluk en dit in die koffers gegooi.

"Jirre, Ma!" het sy probeer keer en uit die bed gekruip. "Waantoe moet Adam dié tyd van die nag? Ma weet net so goed soos ek lat dit nie veilig is om dié tyd van die nag Duncan Village toe te gaan nie. En wat van my? Hoe moet ek op sewe maande deur die donker paaie tot daar loop? Ons sal môre loop."

Adam was weer op en besig om aan te trek.

"Ek sit nie vir jou iet nie. Maar Adam moet loop. En as jy saam met hom wil loop, sal ek jou nie keer nie! Hy moes geweet het lat hy onner my dak is voor hy sy hanne vir my tjint gelig het. Hy kan mos sien lat Tollie dronk is." En met dié woorde het haar ma die laaste boepenskoffer toegemaak.

Adam het haar gekeer toe sy aantrek, maar haar mind was klaar opgemaak. "Ek loop saam met jou. As jy nie hier kan bly nie, dan bly ek ook nie. En Ma," het sy vies maar vermakerig gesê, "Adam sal die goed môre kom haal. Ons vat nou net klere om môre aan te trek. En hou sommer daai twee kitchenkaste en die wasmasjien reg, want ek het hulle gekoop. As Adam nie hier kan bly om die nut daarvan te kry nie, gaan Tollie dit ook nie kry nie."

Wat haar ma geantwoord het, weet sy nie, want Adam het haar aan die hand by die voordeur uitgelei.

"Miskien moet Tollie 'n slag vir non-support opgesluit word solat hy kan opgroei," brom Shalon.

"Hayi suka, nee, wag, jy kan mos nie so lelik van jou eie broer praat nie. Hy loop soek elke dag vir werk, maar als puur verniet. Dis nie asof hy net by die huis rondsit nie. Hy was laas weer by die Wilson-fektrie en wag nou op 'n antwoord van hulle af of hy die werk gaan kry."

"Hy wag alewig op 'n antwoord, Ma." Sy sit die elektriese waterketel aan en trek die koffieblik en bekers nader. "Ek wonner soms of hy rêrag loop regte werk soek en of hy die werk tussen anner vrouens se lakens loop soek. Adam het hom al lankal gesê om met die side-job te kom help, maar daarvoor sien hy ook nie kans nie."

"Ek's bly om dit te hoor. Dit wys net. Al is hy sonner werk, het hy darem 'n bietjie verstand in sy kop. Kyk waar sit jou oudste broer nou van vir Adam help! In die tronk opgeslyt oor hulle dagga en pille op hom gekry het. En die goed was nie eens syne nie! En wat doen Adam toe om vir Boetie uit die moeiligeit uit te kry? Sweet boggherol!"

"Boetie het met oop oge in die business gekom. Ma kan nie vir Adam die skuld gee nie. Niemand het vir Boetie geforce nie. Dis sy eie stupidgeit lat hy nou daar in die tronk sit. Wie't vir hom gesê om die goed helder oordag in Oxford Main Road te loop staan en verkoop? Joe! Ek kan dit nou nog nie glo nie!" Sy gaan aan die lag dat haar trane rol terwyl haar ma haar kopskuddend aankyk. "Om die goed in die Main Road van alle plekke te loop staan en verkoop. En dit boonop nog wragtag aan 'n bleddie poeliesman ook!"

"Ja, lag maar lekker, Shalon. Maar ek warn jou. Van laggies kom traantjies. Adam kon darem iets gedoen het om vir Boetie los te kry, want dis after all sy goed wat hulle op my tjint gekry het."

Shalon dwing haarself met moeite tot bedaring. "Daar was niks wat Adam kon doen nie, Ma. Daai poeliesman aan wie Boetie die goed verkoop het, werk nie saam met Adam nie. Maar oor Boetie sy bek gehou het en nie gesê het wie sy supplier is nie, sorg Adam nou lat Toenie niks kortkom nie. Hy loop druk elke week iets in haar hand. Sy en die kinners kort niks. En hy gaan vir hulle sorg totlat Boetie uit die tronk kom. By the way, ek weet lat die deurklok nie werk nie. Die betteries is pap en ek het nie nou geld om nuwes te koop nie.

Hier's Ma se koffie. Moet ek vir Ma bacon en eiers in 'n pan gooi?" vra sy en maak die groot wit dubbeldeur-yskas oop.

"Nie geld om betteries te koop nie?" Carol staan agteruit en kyk in die volgepakte yskas. "Wat doen julle dan met al julle geld wat julle iet die besageit iet kry? Adam kan tog seker twee penlaait-betteries met sy poelies-wages koop? En vir wat staan en hou jy jou rug so vas?" wil sy weet toe Shalon 'n ruk aan haar rug staan en vryf ná sy die spek en eiers uit die yskas gehaal het..

Shalon hou haar met die spek en eiers doenig en antwoord nie, maar sit 'n bord met kos voor haar ma neer en skuif 'n paar snye witbrood ook nader.

"En jy? Gaan jy nie brekfis nie?" vra sy toe Shalon met 'n vars beker koffie in 'n stoel oorkant haar gaan sit.

"Hû-ûh. Ek het vroegmôre met die kinners gebrekfis voor hulle skool toe is. My rug lol weer. Seker gister se bondel strykgoed. Daai vroumens wat Ma vir my gekry het, het weer nie uitgesteek nie," lieg sy sonder blik of bloos. Behalwe Adam moet niemand ooit weet dat haar rug seer is omdat sy byna elke derde dag daai swaar hangkas moet rondskuif om die geld weg te steek nie. En op besige dae moet sy of Adam dit élke dag doen. Dis hulle neseiertjie vir die dag wanneer dinge dalk lelik skeef kan loop en Adam dalk uitgevang word.

"Shalon! Moet'ie vroegmôre vir my kom staan en lieg nie." Carol gluur Shalon vies aan. "Daai strykvrou was gister hier. Ek het haar daar onner by Parkside-brug gekry en sy't gesê lat sy hier van jou af kom."

Shalon voel haar wange raak rooi. "Daai vrou se bek is te los!" sê sy verdedigend. "Dis tyd lat ek haar in die pad sit en iemand anners kry. Daar's baie mense wat werk soek."

"Jy kan haar nie in die pad wil steek oor sy die waarheid praat nie. Van waarheid gepraat. Waar is Adam? Ek wil met julle twee praat. Oor daai side-jop van hom."

Shalon se kop ruk toe sy die laaste sin hoor en sy sit kiertsregop in haar stoel. "Watse side-jop? Adam het lankal daai besageit gelos. En ek het dit al lankal vir Ma gesê ook. Hy doen dit nie meer nie. Het dit nog daai tyd gelos toe PAVAD so 'n las van hulleself hier kom maak het. Dis hoekom ons nou nie meer geld het nie en dit nou so swaar gaan. Nou moet ek hamper-stêmps loop en verkoop, want ek kan nie net op Adam se wages staatmaak nie. Dis te min."

"Nou wie is PAVAD?"

Shalon kyk haar ma uit die veld geslaan aan. Wie op aarde weet nie wie hulle is nie?

Sy maak haar mond oop om te antwoord, maar dan kan sy nie onthou waarvoor die afkorting staan nie. Dit neem haar 'n rukkie om by te val. En in daardie rukkie het haar ma opgestaan en die waterketel weer gaan aanskakel. "Ek dink dis People Against Violence And Drugs, of so iets. Kan nie mooi onthou nie. Ek weet net lat hulle elke weekend hier op en af deur die strate loop en raas het en smokkelhuise wou afbrand."

"Was hulle hier by jou?" vra Carol bekommerd.

Shalon wil haar eers vererg, maar bedink haar. "Tshini, Ma! En wat sou hulle miskien hier by my kom soek? Ek smokkel mos nie. En Ma weet goed lat ons nooit die besageit hier uit die huis uit gerun het nie. Ek sou dit nooit allow nie."

"En wat as hulle my huis loop staan en afbrand oor ek Adam se goed daar bêre? Nog 'n ding: hoekom sit ek dan nou nog met die goed opgeskeep as julle nie meer die besageit het nie?"

"Bedaar, Ma. Niemand sal aan die huis loop raak nie. Hete, niemand weet mos dat Ma elke nag op 'n klompie E en snow slaap nie! Ma het ook nie eens geweet wat die goed rêrag is wat Ma elke nag so warmlê nie, het Ma? Anyway, niemand sal vir Ma saspek nie. Ek meen, wie het nou al van 'n ou-vrou gehoor wat drugs in haar huis wegsteek?"

Toe die water kook, maak Carol hierdie keer self vir haar tee en drink dit in stilte. Maar haar verstand is aan die werk soos sy die maande en dae tel. "Hoe sê jy, wanneer was die PAVAD-mense hier?"

"O, so drie, vier jaar gelede," antwoord Shalon sonder om te dink.

"Jirre, Shalon! Hoe het ek dit dan met jou? Hoe kan jy hier oorkant my sit en my oop oë belieg? As daai mense jare laas hier was, sal Boetie mos nie vier maande laas met Adam se goed gevang gewees het nie. Nee, dis bietjie laat om nou jou oë so te rek." Sy bly vererg stil voor sy verder praat. "Tshini, jy staan en lieg vir my! Julle is nog altyd daarmee besag! En dis juis hoekom ek hier is. Ek wil met jou en Adam praat."

"Ons het rêrag opgehou!" kap Shalon verdedigend terug. "Daai goed wat Boetie op hom gehad het, was die laastes. Die Jirre kan my net hier op die plek doodstraf as ek vir Ma lieg. En as Ma my nie wil glo nie, kan Ma nou die hele huis omkrap en dit van hoek tot kant search en kyk of Ma iets gaan kry."

"Nee, ek sallie my kragte mors om na goed te soek wat ek en jy al twee weet nie in die huis is nie. Jy vergeet lat jy my op 'n slag gesê het lat Adam die goed iet 'n smokkelhuis hier rond verkoop."

Shalon se oë raak weer groot en sy gryp na 'n sigaret en maak dit brand met bewerige hande.

"Ja, skrik," sê Carol vermakerig. "Moenie dink lat oor ek oud en vol rimpels is, my verstand ook oud is en nie meer kan werk nie. Daar's niks met my ver-stand verkeerd nie. Toe, waar is Adam?"

151

"By die werk," kom die nors antwoord. "Oor wat wil Ma met ons praat? Ma kan maar vir my sê en dan sal ek hom die boodskap gee, want ek weet nie wat sy shift vandag is nie."

"Ek wil oor die goed praat wat onner my matras lê. Toemaar, ek sal wag totlat hy iet die werk kom. Netnou sê ek vir jou en verdraai jy my woorde as jy met hom praat en kom vat hy nooit sy goed iet my huis iet nie."

"Hehake! Ag nee! Ma maak asof ek 'n liegbek is! En wat as Adam eers ounag kop uitsteek?"

"Jy ís 'n liegbek. En as hy eers teen donker kom, kan een van julle my met een van julle karre huis toe ry. In jóú kar solat ek kan voel hoe 'n splinternuwe kar ry. Ek sal nooit weet hoekom jy die ding loop staan en koop het as ek jou nooit daarmee rond sien ry nie."

"Ek ry daarmee. Soggens vat ek die kinners skool toe en loop haal hulle weer smiddags. En ek ry met dit om die hamper-stêmps te verkoop en om die geld te kollek. Moet Ma nie by 'n sustersbiduur of 'n ding wees nie?" vra Shalon hoopvol. Sy moet haar ma onder haar voete uitkry. Voor haar dag bedrywig raak en die mense aan die agterdeur kom klop, moet haar ma uit die huis wees.

"Daar's g'n biduur vandag nie." Haar oë val op 'n sak uie wat in die hoek staan. "Trek daai sak uie vir my nader solat ek die kleintjies kan ietsoek en vir ons 'n paar bottels piekel kan maak. Het jy asyn en goed? Gee sommer 'n skottel water en 'n mes ok."

Shalon ignoreer haar ma en gryp haar sigarette en aansteker en stap by die agterdeur uit. Buite gaan sit sy teen die muur op 'n houtbankie en maak haar oë toe. Sy is vies. Nie vir haar ma nie. Vir haarself. Vir haar tong wat dinge uitgelek het sonder lat sy nagedink het. Maar wie sou nou kon dink dat die ouvrou wat aldurig kens lyk so 'n goeie geheue het?

As vertroosting dink sy aan die geld wat in die gat in haar slaapkamer versteek lê, en sy glimlag. Die laaste keer toe sy en Adam dit getel het, was dit byna agthonderdduisend rand. Alles vyftig-, honderd- en tweehonderdrandnote. Hulle geld. Net jammer lat hulle dit nie kan spandeer soos sy graag wil nie. Maar Adam is reg. Hy is altyd reg. As hulle die geld nou moet spandeer, raak mense agterdogtig en lek dit dalk by sy werk uit dat hy geld het.

Maar hy het alles haarfyn beplan. Sou sy besageit op die lappe kom of iemand hom tama, want dis altyd 'n gevaar dat hy verklik kan word, en word hy gevang, sal sy op hom wag. En as hy die dag uitkom, sal hy natuurlik sonder werk sit en sal hy as 'n eyeblind 'n ander werk doen terwyl hulle van die geld in die huis lewe. Hulle albei is voorberei op die dag wanneer die huis deursoek word. Maar hulle kan maar kom. In Adam Jones se huis sal hulle niks kry nie.

Nie eens die gevreesde Scorpions sal iets in die huis kry nie, het Adam gesê. In sy bankrekening ook nie. Daar sal hulle net die vyftig rand kry wat hy elke maand in sy rekening los om dit oop te hou. En aan haar meubels kan hulle nie raak nie.

Ja, Adam is slim. Niemand kan hom 'n kop aansit nie. Toe die geld van die besigheid begin inkom, het hy die plan van die casino uitgedink. Enige mens wat haar goed wil kom uitdra, moet sy storie ken. Sy sit met al die strokies van die geld wat hulle by die casino gewen het. Nie een pot, pan of stoel is met die dwelmgeld gekoop nie. Dis als met die casinogeld gekoop. En al sy kollegas weet elk geval hoe gelukkig sy by die casino is, want hulle vra hom altyd om geld vir hulle by haar te leen, en betaal dit dan met rente terug. En toe sy die kar wou koop, het hy 'n amptelike brief aan sy hoofde geskryf om te vra of hy 'n ekstra werk as sekuriteitsman by 'n diskoplek kan doen, al het hy goed geweet dat hy dit sommer agter hulle rug kon doen. Maar hy wou niks verkeerd doen nie. Hy't almal vertel lat hy ekstra werk soek om die paaiemente vir die kar wat sy spandabelrige vrou wil koop, te kan bekostig. En hy't die toestemming gekry om by die diskoplek as sekuriteitsman te gaan werk. Sy lag onderlangs. Niemand sou loop ondersoek instel en uitvind lat daai diskoplek in Buffalo Flats waarheen amper al die teenagers van East London oor weekends na toe hardloop, eintlik aan hom behoort nie.

Maar as als goed verloop, dink sy en druk haar sigaretstompie op die sementblad dood, wag ons net tot daai gat vol geld is en dan vat hy die pakket. Met daai pakketgeld gaan hulle 'n huis in Buffalo Flats laat bou. En ook nie sommer enige huis nie. Ook nie daar naby daai council-huise waar haar ma bly nie. Sy't vir Adam klaar gesê lat sy 'n double-storey wil hê wat so eenkant en weg van die ander huise moet staan solat almal dit kan sien. Solat almal wat daai tyd met spierwit tandjies vir haar gelag het toe haar ma vir haar en Adam uit die council-huis geskop het en sy saam met hom hier in Duncan Village tussen die deurmekaarspul swartes en coloureds moes kom bly, hul laggies lekker kan insluk. Ewe, ja, sy wat Shalon Jones is, sal hulle wys! En terwyl sy die madam van haar spoghuis is, sal Adam daai diskoplek kamma oorkoop solat hulle elke week so 'n bietjie geld in die bank kan sit.

"Maar nie al die geld nie," het hy haar gewarn. "Dinge kan nog altyd skeef loop. Elke polisieman weet dat daar dwelms by sulke diskoplekke verkoop word, en hulle gaan die plek dophou. En al sal ons hande teen daai tyd van dwelms afgewas wees, is dit moontlik dat iemand my nog steeds in die rug kan steek."

Ja-nee, dis uitstekende planne. Niemand sal ooit 'n vinger na hulle kan wys nie.

Sy maak haar oë oop en kyk na die groenigheid van die piesang-, moerbei- en koejawelbome wat onversorgd tussen die hoë gras van die agterwerf staan. Dis ook maar goed lat Adam nie na my geluister het toe ek hom sê om die geld onder een van die bome weg te steek nie, dink sy. Netnou bring Ma vir Tollie om in die tuin te kom werskaf en dan kom hy op die geld af en hol daarmee weg. En nie ek of Adam sou dan kan sê lat dit ons geld is nie. Nee, Adam se plan om die geld in die huis te hou, was uitstekend.

Ek moet hom remind om al die vyftigrandnote uit te haal en dit vir tweehonderdrandnote om te ruil, want daai hoop vyftigrandnote maak net die gat onnodig vol.

Vyftigrandnote. Sy onthou die tye toe sy nie eens twee vyfsente gehad het om teen mekaar te skuur nie. Dit was moeilike tye. Harde tye. En die swaarkrytyd het begin toe hulle hier in Duncan Village kom bly het.

Eers het sy en Adam by haar ma in die council-huis met ses vertrekke in Buffalo Flats gebly. In haar kamer wat sy eers met haar suster Glenda gedeel het tot dié getrou het en Park Side toe getrek het. Sy en Adam het lekker by haar ma gebly, want haar broers was toe al getroud en uit die huis uit. Sy was 'n sorteerder by die Wilson-lekkergoedfabriek en Adam toe nog 'n konstabel. Haar ma het die huis heeltemal aan hulle oorgelaat en haar met haar kerksake besig gehou. As jong bruid was sy trots op Adam. Het vir hom alles gedoen. As hy toegelaat het dat sy hom voer, sou sy dit ook gedoen het. Adam, my poeliesman, het sy altyd na hom verwys as sy met iemand van hom gepraat het. En al was sy salaris min, was hulle gelukkig.

Geldelike probleme was daar nie, want sy het weekliks gepay en nog ekstra geld van die lekkers en sjokolade gekry wat sy uit die fabriek gesmokkel en teen 'n goedkoop prys in die buurt verkoop het. Adam en haar ma het ook net so goed oor die weg gekom. Adam het skoons vir haar ma valstande met sy medical aid laat maak. En waar sy en haar vriende eers die hele ent van Buffalo Flats af na die fabriek en terug huis toe moes stap, het Adam haar menige dae met die poelieswên werk toe gevat of daarmee voor die fabriek op haar gewag, en dan het hy haar vriende ook ingelaai. Daai tyd was daar nog nie teksies wat in die buurt rondgery het nie, en die busse wou sy en haar vriende nie vat nie, want hulle was soggens alewig stampvol rokers wat mens vir die heeldag na rook laat stink het.

"Shalon! Kom haal vir my jou inlêbottels iet lat ek dit solank skoonmaak!" roep Carol, net toe 'n man om die huis se hoek kom.

"Sssj!" wys Shalon met 'n vinger voor haar mond en hou haar hand na die man uit. "Ek kom!" sê sy en vat die wit koevert en druk dit in haar bors.

"Tshini, Ma weet goed waar ek die bottels hou," sê sy toe sy 'n paar glasbottels met hul dekels en rooi rubberringe uit 'n kas haal en op die tafel sit. "Ek gaan gou toilet toe."

Toe sy uit die kombuis is, hardloop sy op haar tone kamer toe en sluit die deur saggies agter haar toe. Laat niemand tog kom terwyl ek hier besig is nie, dink sy en gaan lê plat op haar maag langs die bed en druk die koevert met kleefgom onder die bed vas. Daarna trippel sy gangaf badkamer toe en spoel die toiletbak. "Hoeveel bottels piekel gaan Ma van daai uie kan maak?" gaan vra sy in die kombuisdeur en vryf haar hande asof sy hulle gewas het.

"Seker so vier klein botteltjies. Wanner maak Adam 'n plan met daai muur? Dit steek af teen jou kitsjungoed!" en Carol wys met die mes na die swart streep agter die elektriese stoof waar daar eers 'n kolestoof en 'n kaggel gestaan het.

"As hy tyd het. Hy peint elke slag, maar daai vullis slat elke keer deur die peint. Maar hy't gesê lat hy volgende keer olieverf gaan probeer. Maar Ma moes dié huis gesien het toe ek hier ingetrek het! Hy't nes daai streep gelyk," sê sy en sien weer die plek soos dit daardie tyd was. Vuil. Seker daarom dat Adam my saans reguit na sy kamer toe gevat het toe ons nog gevry het en ek 'n paar keer hier was, dink sy.

"Seker oorlat julle sommer net oor die vullis peint en nie eers die mure afwas nie," sê Carol. Maar Shalon hoor haar nie.

Daai nag toe hulle pootuit sak en pak in Duncan Village aankom, het Adam lank aan sy ma se venster geklop. En toe sy uiteindelik die deur kers in die hand oopmaak, moes Shalon eers 'n tree teruggee, so het die drankwalms in die huis haar tot op die krop van haar maag naar gehad.

"En nou?" wou Ma Helena sleeptong weet.

"Niks nie, Ma. Kom, Shalon."

Hy het die kers by sy ma gevat en dit hoog bokant sy kop gehou sodat hulle kon sien waar om in die voorhuis te trap. Daar het grootmenslywe op twee kooie gelê. Sy broers. Die derde kooi was leeg.

En daai ounag kon sy en Adam ook nie dadelik in die kooi klim en slaap nie. Sy suster Kathleen en haar twee kinders het in sy bed geslaap en moes eers wakker gemaak word om op hul eie kooi in die voorhuis te gaan lê.

"Skoon lakens, asseblief, Ma," het Adam vir Ma Helena gevra wat lam teen die deurkosyn probeer regop bly het. Sy het die lakens uit haar kamer gaan haal. Stukkende maar skoon lakens.

"Het Ma vandag geëet?" wou hy weet voor hy die kamerdeur toegemaak het.

"Waar! Tshini, die sopper wat ek van hier langsaan gekry het, moes ek net so vir al die tjinners gee. Ek weet nie wanner Sedrick en Willie en Helen 'n bietjie nes jy wil gaan werk nie. Ek is moeg om my oor hulle tjinners te worry," het sy mompelend gesê en slinger-slinger na haar kamer gegaan en die deur agter haar gesluit.

"Kathleen, help my om die kamer en die huis bietjie skoon te maak," het sy gevra toe sy die oggend opstaan en sien hoe vuil die plek is. Alles in die kombuis was taai en smetterig, nes die badkamer en die res van die huis. My poeliesman kan nie in so 'n plek bly nie, het sy geskok gedink en gedagte aan haar ma se skoon huis gekry.

"Ek werk nie mahala nie," het Kathleen parmantig geantwoord en in die oggendsonnetjie langs die voordeur by Sedrick en Willie gaan hurk.

"Ek sal mos vir jou iets daarvoor gee, al bly ons nou ook algar onder een dak," het sy vies gesê.

"Nou gee sommer solank 'n bottel se geld solat ek my kop eers kan oopskiet."

Toe Kathleen die rand in haar hand het, is sy en Willie en Sedrick rats op hul voete en vinnig by die hekkie uit. Toe hulle eers ná 'n uur terugkom, het Sedrick en Willie net so hard help werk. En sy hét hulle lat werk. Hulle die wit olieverfmure in al die kamers lat afwas en Adam se kooi en matras lat uitdra en die kamer skoonmaak. Sy self het die skottelgoed in die kitchen en die ou kolestoof en kitchenrakke getakel, onthou sy nog goed.

"Kom ons maak sommer die ruite vir haar skoon solat sy ons meer kan gee," het sy Kathleen vir Sedrick hoor sê.

Sy wat Shalon is, het hulle heeldag lat werk – tot groot vermaak van die bure en die straat se mense.

Toe Adam teen laatmiddag by die huis kom en dit skoon kom kry, het hy sommer met haar geraas. "Ek het jou nie hiernatoe gebring sodat jy jouself dood moet werk nie, Shalon! Al plek wat jy moet skoon hou, is ons kamer."

Maar ek kan nie jou kos in 'n vuil kitchen gaarmaak en die huis net so los nie, het sy by haarself gedink maar haar mond gehou.

"Adam is nog nie by die huis nie," sê Shalon en knipoog vir 'n man wat sy te laat om die hoek sien kom het. Sy gewaar haar ma na die man kyk, en beloof: "Ek sal hom sê dat jy hier was, dan kan hy 'n draai by jou gaan maak."

"Ek het net die vorms vir hom gebring," sê die man en oorhandig 'n lang koevert aan haar. "Hy sal my nie vanaand by die huis kry nie, want Vrydae is ek baie besig."

156

"Ek wonder waarmee hy so besag gaan wees?" sê Carol uit die kombuisdeur en vee die uietrane met die agterkant van haar hand af. "Elke slag as mens hom sien, staan hy die straathoeke warm."

"Ek wonder watse vorm dit is?" Shalon kom staan langs haar ma en begin die koevert stadig oopmaak.

"Shalon! Mens maak nie anner mense se goed oop nie! Loop sit die brief weg totlat Adam by die huis kom," raas Carol. Shalon loop kamer toe en sluit die deur saggies agter haar.

As Ma maar net weet! lag sy by haarself toe sy weer op die bankie by die agterdeur gaan sit.

Sy en haar ma het eers met Andriena se geboorte vrede gemaak. Toe sy die dag uit Frere-hospitaal ontslaan word en aan Adam se arm met Andriena by die huis kom, was haar ma besig om skoon gordyne in hulle kamer op te hang. "Waar's Adam se ma dan as die plek so deurmekaar lyk?" het haar ma daai dag in haar oor gefluister. Shalon kon net glimlag en niks sê nie. Ma Helena se gewoonte was om douvoordag stilletjies uit die huis uit te glip om dan eers saans laat lekker tandenat terug te kom. Maar een aand het Ma Helena nie soos altyd slinger-slinger by die deur ingesluip nie. En niemand het onraad gemerk nie. Ook nie Adam nie. Haar stokstywe lyk is die volgende dag in Park Side met 'n halwe bottel goedkoop wyn in die hand gekry.

Niemand in die huis het juis trane oor haar dood gestort het nie. Nee, daarvoor was daar nie tyd nie. Adam het nes Kathleen en Sedrick en Willie soos 'n valk sit en wag lat 'n polis of 'n ding te voorskyn moet kom. Adam het tot ou Helena se kamerdeur oopgebreek en deur haar laaie en goed gaan krap, maar niks gekry nie. Daar was g'n life-polis nie. Net 'n begrafnispolis. Die opregte trane het eers ná die begrafnis gekom toe hulle uitvind daar het nie 'n pennie van die polis oorgebly nie.

Ou Helena Jones was nie onnosel nie, dink Shalon met 'n wrang glimlag. Sy't haar undertakers presies gesê waarvoor die polisgeld gebruik moes word. Tot op die laaste sent. Terwyl Kathleen en Sedrick en Willie tekere gegaan het oor daar niks van die polis sou oorbly nie, was Adam stil. Ou Helena het die huis vir hom gelos. In daai selfde week ná die begrafnis het Adam sy broers en suster, met haar kinders en al, uitgesit. Dit het haar en haar ma en Adam weke gevat om die huis van hoek tot kant skoon te kry en van binnekant uit te verf. Maar daai swart streep waar die kaggels gestaan het, slat elke keer weer deur.

"Wie't nou so gou om die draai gehardloop?" vra Carol en kom staan in die agterdeur.

"'n Poeliesman wat vir Adam kom soek het om saam met hom King William's Town toe te gaan." Sy druk die koevert gou in haar bors.

"Wat gaan aan lat almal vandag so na Adam kom soek?"

"Ma weet mos hoe hy en sy tjommies die huis vol sit as hy weekends af is. Ek sal nie surprise wees as daar mense na hom kom soek nie. Miskien moet hy sy afdae op 'n stuk papier skryf en dit by die hek hang."

"Ek hoop nie hy neuk nog steeds met daai besageit nie. Ek sien jy't baie suiker. Ek gaan 'n pak huis toe vat, want ek lus nie om môre shopping te gaan doen nie."

"Ek het mos klaar vir Ma gesê lat Adam daai jop lankal gelos het," sê Shalon gemaak vies. "Ma kan sommer 'n paar stukke vleis ook vat. Ek sou dit opgevat het wanner ek die kinners by die skool gaan haal."

Shalon hoor hoe die deure van die kombuiskaste oop- en toegaan en weet dat haar ma weer 'n bietjie van als gaan vat wat sy nodig het. Maar Shalon gee nie om nie. Haar dae van swaarkry is verby. Was dit regtig net ses jaar t'rug wat ons so gesukkel het? vra sy haarself verwonderd af en druk teen haar bors om die dikte van die koevert deur haar nagjapon te bepaal.

Daar was nooit genoeg in die koskas nie. Nugter alleen weet hoekom sy elke dag op haar knieë gegaan het om daai afgetrapte groen linoleumtapyt in die voorhuis te polish as niemand ooit die voordeur gebruik het nie. Maar sy't daai vloer gepolish en blink gehou.

Toe Steven drie maande en Andriena twee jaar oud was, wou sy gaan werk. "Ons norag huisraat en met jou geld sal ons nooit daaraan kom nie," het sy Adam die dag gesê.

"En die kinders?" wou hy weet.

"Ma kan na hulle kyk. Ek –"

"Hû-ûh. Jou ma is te kens. Sy pas nie my kinders op nie. Nou die dag het sy die hele huis omgekeer en na haar valstande gesoek wat in haar mond was. Nee wat, sy kyk nie na die kinders nie. Ons sal aan goed kom."

"Wanner?" het sy vies gevra. "Toe dit net Andriena was en jou ma nog gelewe het, was jy te bang dat sy die tjint saam met haar na die smokkelhuise sou vat, asof ek haar sou gevra het! En daai tyd wou jy nie hê lat my ma na die tjint kyk nie, oor Tollie nog by haar gebly het. Nou's dit Ma se tanne. Hayi suka, jy bly verskonings maak! As ek werk, sal ons gouer aan goed kom."

"Ek sal 'n plan maak, Shalon. Noudat ek sersant is, sal dinge regkom."

"Maar jy's al vir meer as 'n jaar sersant en als is nog net so!"

"Ek sal 'n plan maak, het ek gesê! En as jy nie so elke dag die kinders liters op liters melk laat drink en hulle vol groente stop nie, sal daar seker elke maand genoeg geld oor wees om iets vir die huis te koop."

"Hayi suka! Los die tjinners uit. Die nurse by die kliniek het gesê lat die tjinners melk en groente norag het."

"Nee sies, Shalon!" raas haar ma met 'n skerp stem van die deur af. Shalon draai haar kop skuins en kyk op na haar ma. "Dis al twaalfuur en jy's nog in jou gown en nightie! Skaam jy jou nie voor al die manne wat so na Willem kom soek nie? Loop trek jou aan!"

"Netnou, Ma. Die son is nog te lekker," sê sy. En ek wag nog op drie koeverte, dink sy. "Wil Ma nie gou vir ons sênwhietsjes maak nie? Daar is nog van die hoender oor wat ek gister gebak het," sê sy vinnig toe Carol langs haar op die bankie wil kom sit. "Daar's 'n boks tamaties onner die tafel. Ma kan g'rus daarvan saamvat, anders raak dit vrot."

"Ek weet nie hoekom jy so baie goed koop nie," sê Carol en gaan weer terug kombuis toe.

Adam het woord gehou en 'n plan gemaak. 'n Week ná sy vir hom gesê het sy wil gaan werk, het 'n man met 'n mandjie vol groente en eiers by die agterdeur kom klop.

"Ek het nie geld nie," het sy die man afgejak terwyl hy nog aan die groet was.

"Hayi, miesies. Ek het dit vir miesies gebring. Yeyako. Dis joune. Ek sal elke markdag hier by miesies 'n draai kom maak en ietsie drop. Miesies moet maar net sê wat miesies short-kom," en die man het die mandjie by haar voete neergesit en gewag dat sy die groente moes uitpak sodat hy sy mandjie kon kry.

Daardie aand het sy vir Adam van die groente vertel. "Ek meen, niemand loop en gee mos net goed mahala weg'ie," het sy hom gesê.

"Eers kla jy oor ons niks het nie. Noudat iemand vir jou iets verniet gee, is jy ook nie tevrede nie. Ek gaan slaap, want ek moet môre vroeg inval."

Die volgende dag het 'n slaghuistrok voor die hek stilgehou en 'n man het 'n plastieksak vol vleis agterdeur toe gebring.

"En dit?" het sy gevra toe die man die sak in die deur los en omdraai om weg te stap.

"Ndi nxamile, antie. Ek is haastig. Ek moet nog 'n klomp deliveries maak. Dis antie se vleis. Ek het maar sommer self geraai wat antie wil hê. Maar antie kan my next week sê wat antie als wil hê."

Daar sit sy toe met 'n klomp vleis sonder 'n yskas en sy moet vir Nothando, haar buurvrou, vra om dit in haar yskas te hou.

159

Oor die vleis het Adam ook niks gesê nie. Hy't nie eens verbaas gelyk nie.

'n Paar dae later was sy nog besig om vir Steven pap te voer, toe nog 'n vreemde man aan die oop agterdeur kom klop. 'n Jong man met blinkswart skoene.

"Molo," het sy van die tafel af gegroet en net daar bly sit.

"Molo, miesies. Ek bring maar net dié," het hy gesê en 'n wit koevert na haar uitgehou, maar net buite die deur bly staan. Sy was verplig en loop tot by hom. Sy't skaars die koevert by hom gevat, of hy't vinnig om die hoek van die huis verdwyn. Daar was g'n adres of 'n ding op die koevert nie en sy het dit oopgemaak. En die twaalf twintigrandnote stom staan en aftel.

Sy het Adam ingewag. En toe sy die geld voor hom sit, het hy weer nie verbaas gelyk nie. Hy't eerder net die geld getel en sy kop tevrede geknik.

"Wat gaan aan, Adam?" wou sy weet. "Jy gaan my als vertel, al moet ek jou ook heelnag uit die slaap hou. Hierdie keer lat ek jou nie wegslip soos met die groente en die vleis nie. Wat gaan aan? Mense loop en gee nie net geld weg nie!"

"Ek het maar net 'n paar favours vir iemand gedoen, en nou betaal hy my t'rug," het hy geantwoord en die geld in sy broeksak gesteek.

Sy't op die krop van haar maag gevoel hy lieg. "Watse favour, Adam? Jy't nie dalk iets illegal gedoen nie, het jy?"

Hy't haar nie geantwoord nie.

"Adam? Jy's 'n poeliesman! Watse favour?"

Hy't homself vir haar opgeruk. "Ja, ek is 'n polisieman," het hy vererg gesê. "So what? Ek't jou gesê dat ek 'n plan sal maak, en ek het. En dit nogal so 'n maklike plan dat ek nou nog wonder hoekom ek nie lankal daaraan gedink het nie! Ek het niks verkeerd gedoen nie, Shalon," las hy vinnig by toe sy 'n vloekwoord laat val. "Ek het maar net 'n paar smokkelhuise vooraf gaan waarsku van die dae en tye wanneer ons hulle gaan skud. Dis al. En toe gee hulle die groente en die vleis, want hulle het konneksies by daai plekke. Ek is nog op die uitkyk vir iemand wat konneksie het met iemand by die dairy sodat ons melk en kaas ook kan kry."

"En die geld?"

"Dis van die drank wat ons by 'n smokkelhuis gekry het toe ons dit gaan skud het. Ons moes die bottels stukkend kap, maar ek het nie. Ek het 'n paar gevat en dit hier op na Charlie toe gevat om dit vir my te verkoop."

Sy het verslae in haar stoel oorkant hom in die kombuis bly sit. "Ag, Jirre, Adam," het sy ná 'n ruk gesê. "Wat as jy uitgevind word? Wat dan?"

"Hoe? En deur wie? Dink jy Charlie sal praat? Aikôna! Ek weet dat hy maar te bly is om 'n polisieman in sy sak te hê. Maar Shalon, gebruik 'n slag jou verstand! Dink jy dat ek al daai bottels alleen tot hier kon bring sonder dat die manne dit sou sien? Ek is nie al een wat dit doen nie! Dè, vat die geld en gebruik dit."

"Hier is jou brood," sê Carol en gee haar dogter die bord toebroodjies en 'n koppie tee aan.

"Dankie, Ma." Shalon wil die bord langs haar op die bankie sit, maar Carol spring haar voor en gaan sit. "Ma kan nie in die son kom sit nie. Netnou kry Ma 'n stroke! En wat van daai uie wat nog op die stoof is?"

"Wat makeer jou vandag? Dit smaak my of jy my net in die kitsjun wil hê! Die piekel is al reg. Dit moet nog net 'n bietjie afkoel solat ek dit in die bottels kan gooi. Dis jammer lat jy nie rissie het nie, dan't ek dit saam met die uie ingelê nes Adam van dit hou. Wat doen jy Sondag?"

"Hoekom vra Ma?"

"Ek wil hê lat jy my Port 'lisbeth toe moet vat solat ek vir Boetie kan sien. Ek weet nie hoekom hulle hom daar loop opsluit het as daar 'n tronk hier is nie. Hy sit nou al vier maande in daai tronk en ek was nog nie daar nie. Netnou dink hy lat ek hom weggegooi het. Toenie kan mos sommer saam met ons gaan."

"Ek sal vir háár saamvat, maar nie daai snotneustjinners in my kar nie! Ek sal iets vir hom gaarmaak, dan kan ons so eleven o'clock se kant ry."

"Hoekom het jy so hoogmoedag geword, Shalon?" vra Carol. "Dis nie mooi nie. Dis mos nie hoe ek jou grootgemaak het nie. Vat nou maar die tjinners saam. Hier sit Pepperville Primêrie Skool net hier bo, maar dis nie goed genog vir jou nie, nee, jou bloedjies moet elke dag daar bo in Buffalo Flats loop skoolgaan. Vir wat? Jy't tog te aanstellerag geword vandat jy goed in die huis het. Mens sal sweer lat jy die mêrrem van die plaas is! Adam is nie eens so nie. Jy sal moet regkom, my tjint."

"Het Ma al die tjinners gesien wat hier bo skoolloop? Hayibo! Nee, nie my tjinners nie! Netnou sit Andriena en Steven opgeskeep met daai tjinners se luise en siektes." En ek ís die mêrrem van die plaas, dink sy.

Sonder lat Adam haar daai aand voorgesê het, het iets haar gewaarsku om nie al die geld dadelik te gebruik nie. Toe die volgende koevert na die agterdeur toe kom, was daar meer geld in. Driehonderd rand. Sy't vir Adam daarvan gesê en hy't gesê lat sy dit op die huis moet spandeer. Maar sy het nie. Sy't tot Adam se payday gewag en lekker shopping loop doen, dit onthou sy nog goed. En niemand het eens genotice lat sy ewe skielik so baie shopping gedoen het nie. En deur die maand het sy seker gemaak om nog steeds so af en toe 'n koppie suiker of iets by haar buurvrou Nothando te leen.

Maar dit het nie net by gesteelde drank gebly nie. Dit het sy geweet sonner om te raai, want die wit koeverte het meer dikwels en dikker na die agterdeur toe gekom. Dit het só gereeld begin inkom, lat Adam vir hom 'n second-hand kar loop koop het.

"Jy neuk met 'n kar while die huis leeg staan!" het sy die dag vies gesê toe hy met die geroeste geel kar in die jaart optrek.

"Jy kan môre as ons van die casino af kom al die meubels koop wat jy wil hê," het hy laggend gesê en die deur vir Andriena en Steven oopgehou solat hulle voor by hom kon inklim.

"Casino? Met watter geld? Jy's dan vanmôre met die ligte en water se geld hier weg! Ek hoop nie jy't daai geld op dié stuk ding loop mors nie. Ek wil nie weer met kerse sukkel'ie!"

Hy't vir haar oog geknip en met sy kop na hul bure beduie. Nothando en haar kinders het in die deur staan en luister. "Ek het daai geld by my bonus gesit en die kar gekoop. Met die paar sente wat oorgebly het, kan ons volgende naweek Fish River Sun toe gaan. Ek voel lucky en dalk wen ons iets om die krag en water te betaal."

"Hayibo, Adam!" het Nothando oor die draadheining na hom geroep. "Hoe kan jy jou laaste huisgeld mee loop gamble? Dis bad luck soek, sê ek jou!"

"Ek voel lucky," het Adam vir haar geskree.

Daai aand het dit vir haar gevoel of Adam nie kon wag lat Andriena en Steven loop slaap nie. En die tjinners was nog nie eens reg aan die slaap nie, of hy het haar aan die hand kamer toe getrek en haar op die kooi lat sit. Hy't opgewonde gelyk. So asof hy iets op die hart gehad het en nie kon inhou nie.

Maar pleks van vir haar te sê wat dit was, het hy 'n kombers gevat en dit oor die gordyn getrek. "Jy moet dikker gordyne vir hierdie kamer kry," het hy gesê en die kamer uit gehardloop. Maar ná 'n ruk was hy weer t'rug. Met 'n graaf en 'n pik en die sinkbad en die mes wat sy nog daai môre skerpgemaak het.

Sy kon nie meer wag nie. "Adam?"

"Wag, Shalon," het hy gesê en plat op sy maag langs die kooi loop lê en 'n arm onder die kooi gedruk en iets uitgetrek. Dit was 'n klein koerantpakkie wat met twaain gebind was, sy sien dit nog voor haar oë. Hy't die pakkie op haar skoot gesit en gesê: "Dè, maak oop en tel solank ek 'n bêreplek vir dit maak."

Hy't die hangkas van die muur af weggeskuif en die mat begin sny. Sy kon nie vra wat hy doen nie, want die pakkie in haar skoot was al oop. Geld. 'n Klomp geld! Sy't begin tel. Haar hart het in haar mond gesit en haar lippe was kurkdroog gelek soos sy vinger natmaak en tel. Twintigduisend rand!

"Adam!"

Hy't aan die mat gemeet en gesny en nie eens na haar gekyk nie. "Daar hoort twintigduisend te wees. Haal vyfduisend uit en draai dit in die koerant toe en maak dit onder die kooi aan die base met daai tape vas wat daar langs die lampie lê. Ons gaan daarmee casino toe."

"Adam? Waar . . .?"

'n Stuk mat het klaar eenkant gelê en hy was besig om met die pik aan die sementvloer te kap. Sy moes hom aan die mou gryp solat hy haar kon hoor en antwoord. Toe hy op die piksteel leun en na haar kyk, kon sy net met 'n vinger na die hoop geld wys.

"As ek my verstand lankal gebruik het, was ons nooit sonder geld nie. Ons het huise gaan skud en op 'n klomp sakke vol Mandrax en Ecstasy-pille beslag gelê. Voor ons dit kon opteken en wegsluit, het ek 'n paar sakke in my locker gaan sit en dit later vir Charlie loop gee om dit vir my te verkoop. Shalon, dit was so maklik om met die sakke uit die polisiestasie te stap! En noudat ek 'n ryding het, kan ek met nog meer sakke daar uitloop. Ek het gedink om die gat te grawe sodat ons die geld daarin kan wegsteek. Daar gaan nog baie geld kom, en ons kan dit nie onder die kooi hou nie. Netnou loop iets skeef en dalk kom soek hulle die huis deur. Ons moet van die geld by die casino gaan uitspeel en die casino se geld vir die huis gebruik. Ek gaan 'n gat hier onder die hangkas maak en ons gaan die geld daarin bêre. Niemand sal ooit dink om daar te soek nie."

Hulle het casino toe gegaan, en sy het vir die huis goed begin koop. En ook nie sommer goedkoop goed nie!

En nou lat ons als het, kom staan en neuk Ma skeef, dink sy vies en staan op en gaan bad en trek haar gou aan. Toe sy weer buite kom, is sy net betyds vir die man wat om die hoek van die huis kom. Haar ma is besig om die asyn vir die uie aan te maak.

Sy druk 'n vinger net betyds voor haar mond om die man te waarsku om stil te bly en haar nie te groet nie. En sonder 'n vraag of 'n woord gee hy net die koevert af en verdwyn weer om die hoek, en sy druk die dik koevert in haar bors.

Met die volgende man is sy nie so gelukkig nie, en hy groet haar ewe kliphard voor hy die koevert in haar hand druk.

"Wie's dit, Shalon?" roep haar ma uit die kombuis.

"Niemand nie, Ma. Net iemand wat na Adam kom soek."

Maar die volgende keer gewaar sy haar ma agter haar in die deur staan en moet toe lieg en vir die man met 'n oogknip sê: "Ja, Adam het gesê lat jy 'n brief sal bring. Hy's nog'ie hier nie. Hy tjaila eers drie-uur. Maar ek sal hom jou brief gee." Sy steek haar hand uit, vat die koevert by die man en hy verdwyn rats om die hoek.

"Watse klomp briewe word heeldag vir Adam afgelewer? En moet'ie stry nie. Van wanner af is hy 'n posman?" wil Carol weet.

"Dis aansoekbriewe om poeliesman te word, Ma. Hulle het 'n pos geadverteer. Adam het hulle belowe lat hy dit vir hulle sal invat."

"Aansoekbriewe, nè? Hoekom het jy my nie vroeër gesê toe ek jou vra nie?" Carol druk haar hande op haar heupe. "En daar sit jou broer sonner werk en julle loop sê hulle nie eens lat die poelieste mense soek nie! Jirre, Shalon! Mens maak mos nie so met jou eigene bloed nie."

"Ag, Ma! Ek en Adam het eers laas nag daarvan gehoor toe hulle hom kom vra het om die goed vir hulle in . . . O, hello, Adam! Jy's vroeg!" groet sy toe hy in sy blou uniform langs haar ma in die deur kom staan. "Wil jy nie sommer netnou vir Andriena en Steven by die skool loop haal nie? Dan kan jy sommer vir Ma 'n lift huis toe gee. Ek sal solank gou iets in die pot gooi. O ja, ek het 'n klomp aansoekvorms wat jy moet invat. Dè, hierdie een het netnou gekom," en sy hou die koevert na hom uit. Sy kan nie eens vir hom oogknip nie anders sien haar ma dit. Moet tog net nie die koevert vat en dit hier staan en oopmaak of nog 'n hoop vrae het nie, bid sy, toe hy haar fronsend aankyk.

"Aansoekbriewe? Wat —"

"Ek het nie vir 'n lift gevra nie. Ek wil eers met julle al twee praat," kom Carol tussenbei. "Ek sal net hier wag totlat Adam die tjinners loop haal het."

"Die briewe wat daai manne jou laas nag van . . ." begin Shalon en probeer ongemerk vir Adam wys dat sy nog koeverte in haar bors het.

"Daai briewe om poeliesman te word," sê Carol vies. "Moenie jy ok nog vir my kom staan en lieg en jou kom onnosel hou nie. Ek kan nie glo lat julle nie eens vir Tollie van die werk gesê het nie! En dit nalat julle goed weet hoe lank hy al sonner werk sit!"

Shalon spring in toe Adam sy mond oopmaak: "Maar ek het mos vir Ma gesê lat ons eers laas nag van die advertensie gehoor het!"

"Ek glo dit nie. Adam het daarvan geweet, want hy's elke dag by die poeliesstasie. Nee goed, hou julle werk," gaan sy met 'n gekrenkte stem voort. "Hou julle werk en sien hoe ver lat dit vir julle sal bring. Maar Carol, Adam, hoor wat ek vir julle sê: die Jirre slaap nie!"

Adam trek gesigte langs Carol en knipoog vir sy vrou wat die koevert in sy hand druk. Hy vat dit en draai om om te loop, maar sy skoonma keer hom: "Adam, ek wil met jou en Shalon praat. Loop haal die tjinners. Ek sal hier wag."

Toe hy vraend na Shalon kyk, kan sy net haar skouers lig.

"Oor wat wou Ma praat?" vra hy 'n uur later toe hulle saam met Andriena en Steven by die tafel sit en toebroodjies eet.

"Nee, wag. Lat die tjinners eers klaar eet en loop speel. Ek hou nie van tanne tel'ie."

Sy begin eers praat toe die kinders buite aan die speel is. "Kom sit, Shalon. Nee, nie hier langs my nie. Daar langs jou man. Ek wil met julle praat, en ek wil in julle oge kyk as ek dit doen. Ek was laas nag in daai tentkerk wat daar bo in Buffalo Flats op die sokkerveld staan. Julle weet, daai handeklapkerk," verduidelik sy toe hulle uitdrukkingloos na haar staar. "Anyway, die Jirre het in daai tent met my gepraat, en ek –"

"Wat het die Jirre vir Ma gesê?" wil Shalon met glinsterende oë weet.

"Lat ek my moet bekeer. Ek het my hand daar voor almal hoog in die lug gesteek en nou is ek bekeer. En dis waarvoor ek hier is."

"As die Here Ma gestuur het om my ook te laat bekeer, moet Ma maar vir Hom sê om op 'n ander dag self met my te kom praat. Verskoon my. Ek is moeg," sê Adam en staan op.

"Sit, Adam!" kom dit hard van Carol af. Verbaas gaan sit hy weer. "Niemand speel met die Jirre nie! Hy sal jou straf lat jy nie weet hoe jy dit het nie. Hy't my nie gestuur om jou te kom bekeer nie. Ek is hier oor daai goed van jou wat onder my matras lê."

"Nie so hard nie, Ma!" keer Shalon vinnig.

Carol praat weer sagter. "Noulat ek 'n tjint van die Jirre is, kan ek nie met drugs in my huis opgeskeep sit nie. Jy moet jou goed kom haal. Sommer vandag nog."

Shalon sien hoe Adam se oë vernou en sy weet dat hy aan 'n ander nag dink toe haar ma amper dieselfde woorde geuiter het: "As jy aan my Tollie slat, moet jy trek. Sommer vannag nog."

"Goed, Ma," sê sy om die vrede te bewaar, voor Adam uitbars en iets laat val wat 'n stryery aan die gang sal sit. "Ons sal vir Ma huis toe vat en sommer die goed kry. Maar Ma weet seker lat Adam nie meer vir Ma elke week twee-honderd rand kan gee as die goed nie meer daar onner die matras is nie, nè?"

Sy kan aan haar ma se oë sien dat sy die woorde te wagte was. "Ja, ek weet. Maar ek sal sonner die geld klaarkom. Die Jirre sal vir my sorre oor ek nou sy tjint is."

"Soos Hy vir ons gesorg het toe ons swaargekry het?" vra Adam sarkasties en staan op. "Kom ons vat vir Ma huis toe. Maar Ma, hoor nou 'n slag wat ek sê: as Ma ooit vir iemand sê wat daar onder Ma se matras was en aan wie dit behoort, sal Ma in die tronk gestop word. As medepligtige. En in die tronk sal nie eens die Here vir Ma kan help nie!"

Shalon sien die skok en vrees in haar ma se oë en vryf nog 'n bietjie sout in die wond: "Dis waar wat hy sê, Ma. Daar gaan lelike goed in die tronke aan. Vra maar vir enige vrou wat daar was. Vrouens gebruik mekaar soos mans met vrouens doen. En hulle lê nie net bo-op jou nie. Hulle druk allerhande goed in jou op."

"Ek sal mos nooit vir iemand sê nie!" sê Carol verskrik en vroetel met haar sakdoek.

Vir 'n oomblik voel Shalon sleg toe sy die trane oor die verrimpelde wange sien loop. Maar dis norag, dink sy. Netnou loop staan en bieg Ma op straathoeke oor die pille wat onder haar matras was. En Ma kan nog nooit vir iemand van die coke en Ecstasy vertel wat Adam by haar weggesteek het nie. Daardie sakke het hy vir 'n noodgeval daar by haar gaan sit. Net vir in case hy die dag niks meer by die stasie kan uitsmokkel nie. Nou moet hy dit seker maar verkoop of saam met die geld in die gat sit.

Sy gaan staan by die voordeur en roep: "Andriena! Steven! Kom! Ons moet vir Ouma huis toe vat!"

Sy hoor Steven in Nothando se huis lag. "He, Nothando! Shout 'n bietjie vir daai tjinners lat hulle huis toe kom!" skree sy van die deur af. Na 'n ruk kruip Steven met sy vet beentjies deur die draad en die dun Andriena hardloop by Nothando se hek uit om eers 'n ruk in die straat by 'n groep meisies te gaan touspring. "Andriena! Jy't nie ore nie. Ouma wil huis toe. Kom!" raas Shalon met haar.

Andriena spring nog 'n paar keer en kom ook nie by die hekkie in nie. Sy gaan wag eerder by Adam se kar wat in die straat staan.

"Kyk net wat doen ek met daai dun riet as ek haar in die hanne kry!" brom sy toe sy en haar ma en Steven by die deur uitgaan en Adam dit agter hulle sluit.

"Dis oor jy net met jou mond 'lowe en haar nooit slat nie. Buig 'n boom terwyl hy nog jonk is – soos ek met jou moes gemaak het," sug haar ma en vryf nog 'n paar maal met haar sakdoek oor haar oë.

Shalon sê niks daarop nie, maar agter haar hoor sy Adam brom dat sy kinders nie verniet geslaan sal word nie.

In Buffalo Flats gekom, bly sy en die kinders in die kar sit en gaan Adam saam met haar ma die huis in. Hy bly nie lank binne nie, en toe hy met 'n swartsak die huis uitkom, lyk dit vir Shalon asof iemand hom jaag, so vinnig loop hy om by die kar te kom. Hy sit die goed net so vinnig in die kattebak. Eers toe hy weer in die kar is, kyk hy ongemerk om hom rond.

"Wat gaan jy met die goed doen?" vra sy toe sy die kinders klaar gebad en in hulle beddens gesit het.

"Seker maar verkoop, wat anders? Ek wag net tot dit lekker laat is, dan gaan ek dit na Charlie toe vat. Ons kan dit nie hier in die huis saam met die geld hou nie. Ons honde is goed opgelei en sal dit dalk uitsnuffel as iets moet skeef loop en die huis deursoek word. Ons gebruik nie eintlik honde in huise nie, maar ek wil nie die kans vat nie. Hel! Dat jou Ma juis nou moet staan en bekeer wat ek op die drumpel staan om met die besigheid klaar te maak! Kon sy nie nog net twee maande wag nie?"

Net ná tien vat hy drie leë bierbottels en sit hulle bo-op die dwelms in die swartsak, nes hy altyd maak as hy iets vir die smokkelaar wegbring, en stap by die huis uit. Terwyl sy op hom wag, tel sy solank die dag se geld en maak 'n merkie in haar boekie langs die naam van elke persoon wat geld ingebring het. Toe Adam terugkom, is hy net betyds om haar met die regskuif van die hangkas te help.

"Ek sien lat Jannie nou al vir drie weke niks ingebring het nie. Het hy dit miskien vir jou gegee?" vra sy.

"O, ek het vergeet om vir jou te sê. Hy sit in die tronk. Op Grahamstown. Het die goed daar gaan verkoop. Iemand moes iets laat val het, want hulle het hom nog daai selfde nag gaan optel wat hy daar aangekom het. En ek het hulle almal uitdruklik gesê om nie in ander ouens se gebiede besigheid te gaan maak nie. Ek self kan hulle net na plekke toe stuur wat onder beheer van die smokkelaars is met wie ek besigheid doen. Maar hoor is mos min, en nou moet ek na sy ma omsien. Ek weet voor die vader nie wat hom makeer het om Grahamstown toe te gaan nie. Ek meen, hy's 'n slim ou en het genoeg geld hier gemaak om vir sy studies by die Tech te betaal."

Shalon dink aan Jannie met die blinkswart skoene wat altyd ordentlik uitgevat was as hy aan die deur kom klop. Hy was die eerste een wat die koevert met die twaalf honderdrandnote by die agterdeur kom afgee het, onthou sy.

Sy vra nie vir Adam wanneer die besigheid dan so ver gevorder het dat hy nou self verkoopplekke het nie. Sy wil nie weet nie. Laas toe sy gehoor het, het hy die goed net vir Charlie gaan afgee en Charlie het die verkoopwerk gedoen. Nou klink dit of hy wat Adam is die verkope self doen. G'n wonder nie lat die koeverte van dikgeit skaars kan toegaan.

Die volgende oggend het sy net die kinders by die skool gaan aflaai en is sy besig om haar hare in die son op die agterstoep te was, toe 'n kind uitasem om die huis se hoek gehardloop kom. "Antie!" hyg hy, en Shalon voel hoe haar hart wild in haar bors begin bons. Adam! dink sy benoud.

"Ja?" vra sy die kind met opgehoue asem.

"Antie Shalon! uMama sê ek moet vir antie Shalon sê die blok is benoud. My ma sê lat antie Shalon gou na die hoek toe moet kom. Sy sal vir antie Shalon daar kry," en hy wip weer rats om die hoek.

Vir 'n oomblik kan Shalon nie roer nie. Adam! Maar toe sy haar voete kan beweeg, is dit nie na die hoek toe nie maar na hulle slaapkamer. Om te kyk of die hangkas reg staan waar hy hoort en om te kyk of die patroon van die mat reg lê en om seker te maak dat al die leë koeverte uitgebrand is.

Sy wil net die kamer uithardloop toe iets haar byval en sy op haar knieë gaan en die koevert onder die kooi uithaal. Haar kosgeld wat hulle daar gesit het vir 'n dag soos hierdie. Sy haal die seshonderd rand uit die koevert en druk die leë koevert in haar bors. Daarna druk sy vierhonderd rand in die Krismis-hamper-katalogus. Die orige tweehonderd rand vou sy in die telefoonrekening wat op die spieëlkas lê.

Sy is al by haar hekkie uit toe nog iets haar byval en sy weer net daar om-draai en die huis inhardloop. Terug hoofslaapkamer toe. Ag, Jirre, wat het ek laas nag met die ding gemaak nalat ek die geld en die name gecheck het? bid sy toe sy deur haar laaie krap. Dis eers toe sy na aan trane is van nie die boekie kry nie, dat sy onthou dat Adam dit self saam met die geld in die gat gesit het, soos hulle nog altyd van die begin af doen.

Toe sy naby die straathoek kom, sien sy dis Doris, Charlie se vrou. Shalon voel hoe haar moed stadig kwyn. Doris staan met dik arms oor die groot borste straatop en kyk, maar toe sy Shalon gewaar, beduie sy met haar arms dat dié vinniger moet loop.

"Molo," groet sy. "Ek kan nie baie praat nie. Ek wil'ie hê lat ons saam gesien word'ie. Dis —"

"Het iets met Adam gebeur?" onderbreek sy die vrou en voel hoe haar oë begin brand.

Doris knik op en kyk weer vinnig straatop. "Ja. Hy's netnou by die werk ge-vang."

"Hoekom?" vra Shalon sag toe 'n groep vrouens by hulle verbystap.

Doris groet eers die vrouens asof niks gebeur het nie. "Ons al twee weet mos wat daai antwoord is, Shalon. Die poelieste is nou daar by my plek besag. Hulle staan en breek al wat 'n wynbottel is en het al twee sakke van die goed gekry.

Ek weet'ie hoekom Charlie so onnosel was om die goed in die huis te hou nie. Hy't dit nog nooit voorheen gedoen'ie. Maar Adam was laas nag by hom. Hy't seker met die goed daar aangekom."

"Waarvan praat jy? Watse goed?" vra Shalon gemaak verbaas. Maar binnekant is sy lam geskrik. Dis daai goed wat Adam laas nag vir Charlie loop gee het, dink sy.

Doris klik haar tong. "Kyk, Shalon, daars'ie nou tyd om dom te speel'ie. Jy kan in die hof loop stry, want ek gaan dieselle loop doen. Ek sou nie nou hier met jou staan en praat as Charlie my nie gesê het om jou te kom warn nie. Ek sou seker reguit na jou huis toe geloop het en aan jou deur loop klop het. Maar Charlie het gesê lat ek nie na jou huis toe moet loop'ie, anners sien die poelieste ons saam en dink hulle lat ons twee ook in die besageit is. Ek weet'ie van jou nie, maar ek weet niks van my man se besageit af'ie. Ek verkoop net die wyn vir hom. Ek weet'ie eens hoe die drugs lyk'ie. Daar stop'ie wên nou by jou hek."

Shalon kyk straataf en sien vier polisiemanne by haar hekkie ingaan. Ag, Jirre, help my, bid sy.

"Onthou lat jy van niks weet'ie. En jy skrik jouself dood as hulle vir jou sê lat hulle vir Adam gevang het," gee Doris vir oulaas raad en loop vinnig in die teenoorgestelde rigting.

Ruk jouself reg en lyk verbaas as jy by hulle kom, sê Shalon oor en oor vir haarself toe sy by haar hekkie instap en hulle op die stoepie sien staan. Een van Adam se maats wat altyd by hulle aan huis kom, is ook daar en kyk haar verslae aan.

Sy groet hom eerste gemaak opgewek en forseer haar gesigspiere in 'n vrolike uitdrukking. "Môre, Hendrick! Môre, almal. Soek julle vir Adam? Hy's nie hier nie. Hy werk vandag tot drie-uur toe. Maar stap in, die deur is oop, dan maak ek eers gou vir julle iets om te drink."

Sy merk dat Hendrick net sy kop effe knik, maar nie soos altyd skertsend teruggroet nie. Dis een van die ander wat besluit om die praatwerk te doen: "Ons weet dat hy nie by die huis is nie, mevrou. Maar kan ons binnegaan?"

Sy skuif verby hulle en bid dat hulle nie haar banggeit kan ruik nie, druk die deur oop en stap eerste in. Agter haar hoor sy die fluite van verbasing toe hulle in die koel sitkamer kom. "Hel!" sê die rooi borselkop vol verbasing. "Watter soort werk doen jy, mevrou?"

"Ek werk nie. Ek verkoop Easter- en Krismis-kosstêmps," antwoord sy nog steeds glimlaggend. Maar haar derms draai van vrees.

"Jislaaik! En met die kommissie wat jy met die verkope van die kosseëls kry, kon jy al hierdie meubels koop? Ongelooflik! Daardie televisie kos ietsie oor die twaalfduisend rand. Jou man kon dit nie met sy salaris koop nie. Of het julle al die goed op huurkoop uitgeneem?" wil hy sarkasties weet.

Sy voel hoe haar gesig styf trek en die glimlag verdwyn, hoe die woede in haar styg. Bedaar, Shalon, bedaar, maan sy haarself. As jy kwaad raak, praat jy nes jou bek staan. Bedaar. Adam het jou vir hierie dag reggemaak.

"Het julle al die pad gekom om na my furniture te kom kyk? Als is cash ge-koop." Uit die hoek van haar oog sien sy Hendrick verbleek en sy hand op sy mond sit. Te hel met hom! Die ander twee loop in die vertrek rond en voel-voel aan elke ding.

"Cash gekoop met casinogelde en nie met die stêmps se geld nie. Daai geld sorg lat ons elke dag iets kan eet. En hou jou vuil pote van my goed af!" skree sy op die ander een wat een van haar glasengeltjies in sy pote het en dit van nader bekyk. Adam het daai glasengeltjies vir my gekoop toe die besageit maar nog net begin het, dink sy, en probeer die knop in haar keel vinnig afsluk.

"Magtig! Adam het nooit laat blyk dat hy so gerieflik bly nie. En jy het seker bewyse dat jy die geld by die casino gewen het, nè? Gee jy om as ons sit?" Hy mik na die naaste rusbank.

"Ja, ek gee om," antwoord sy skerp voor hy kan sit. Hy kom weer stadig reg-op. "Julle kan enige tyd kom sit as Adam hier is. Wat soek julle any case hier as julle goed weet lat Adam by die werk is?"

Dit lyk asof die mannetjie hom verlekker, dink sy toe die borselkop sy mond glimlaggend oopmaak. "Moenie vir Adam gou verwag nie. Hy is in hegtenis geneem. Vir dwelmbedryf. Ons is hier om die huis te deursoek. Wys haar die lasbrief," knik hy na Hendrick.

Toe sy dit hoor, wil sy kamma in 'n floute gaan. Maar haar mond gaan oop en sy hoor haar eie histeriese krete: "Nee! Nee! Dis nie waar nie! Adam sal nooit iets verkeerd doen'ie! Hy hou van sy werk!" Wat sy eintlik wou skree, is: Nee, Adam sal hom nooit lat vang nie! Hy sal nie, want hy't 'n plan vir als!

Deur mistige oë sien sy Hendrick na haar toe kom en hoe die borselkop hom aan die mou terugtrek. "Los haar. Dit lyk nie asof sy enigiets van sy bedrywig-hede weet nie. Kom ons deursoek eers die huis en dan buite." Vir haar sê hy: "Mevrou, ek wil 'n bewys hê van die geld wat jy beweer julle by die casino ge-wen het. Ook 'n bewys van die goed wat jy beweer julle met die casino se geld bekom het. Die staatsaanklaer sal dit wil sien."

Sy knik haar kop en wys huilend na 'n laaitjie in die vertoonkas waarop haar glasengeltjies staan.

Sy't ophou kyk en uitreken hoe lank hulle al in elke kamer in die huis tot buite in die vullisblik na die goed soek. Sy't afgeswitch, maar sy hoor wat haar buurvrou kliphard verkondig: "He bethuna, ngani jongeni! Haai, mense kyk! Kyk!" En dan skree Nothando weer: "Yu! Yu! Ngani jongeni!"

Ná 'n ruk hoor sy ander stemme ook heen en weer na mekaar roep.

Die vier het 'n lang tyd gesoek. Een het later haar karsleutel kom vra en sy het met haar kop beduie waar dit teen die muur by die voordeur hang. Sy't op die rusbank bly sit en kyk hoe hulle elke laai en elke bank omdop en selfs die televisie van die muur afskroef en daaragter kyk. Uiteindelik moes sy opstaan sodat hulle haar stoel ook kon omkeer.

"Niks," laat Hendrick van hom hoor toe hy weer in die vertrek kom. Sy sien die flou glimlag, maar steur haar nie aan hom nie. Sy wag in spanning op die borselkop wat nog al die tyd in haar slaapkamer doenig is.

Toe hy met palms na bo gelig by hulle aansluit, kan sy van verligting net daar omkap. Tóé eers toon hy 'n bietjie menslikheid: "Jammer, mevrou. Maar dis ons werk. Kry vir Adam klere sodat ons dit kan saamvat, want hy kan nie in sy uniform in die selle sit nie. Dis 'n helse skande . . ." Hy voltooi nie sy sin nie en kyk liewer weer na die meubels om hom. "Jy kan hom in die selle kom besoek. Vat sommer vir hom iets te ete saam. En ek stel voor dat jy van hierdie goed van die hand sit om vir sy borgtog reg te wees. Ek weet nie wat die bedrag gaan wees nie, want dit word deur die staatsaanklaer bepaal. Kom, manne!"

Sy en Adam het altyd oor hierdie dag gepraat en sy het gedink dat sy daarop voorbereid is. Maar sy is nie. Sy het haar nie gereed gemaak vir die groot skaamte wat haar oorval toe die polisiemanne uitstap en sy in die deur gaan staan en die straat vol nuuskierige mense sien nie. Adam! Hoe gaan ek ooit oor die skande kom? Met watter krag gaan ek my kop regop hou om in almal se oë te kan kyk? Wat van Andriena en Steven? Wat gaan ek vir hulle sê?

"Ja! Tshotsho! Goed so," hoor sy 'n vrou uit die skare skree. "Ek het julle mos al lankal gesê lat daai bleddie poeliesman korrup is. Dis van steel lat hulle met twee karre sit, while ek my voete skurf moet loop en nog boonop têks moet betaal ook. Tshotsho!"

Sy bars in trane uit en gooi die deur agter haar toe. Jirre, Adam, hoekom het ek jou toegelaat om dit te doen?" vra sy haarself hardop af en soek na haar karsleutel wat die polisieman nie weer op sy plek teruggesit het nie.

Ma! Ek moet in Buffalo Flats by Ma kom solat sy vir Adam kan bid, dink sy terwyl sy met die karsleutel, wat sy op die tafeltjie in die sitkamer gekry het, op en af deur die huis dwaal. Maar ek kan nie nou na Ma toe gaan nie. Ek moet by Adam wees. Hy't my norag. Hy's dalk honger . . .

Sy is nog besig om vir hom toebroodjies te maak, toe die klop aan die agterdeur kom. Toe sy omdraai, staan een van die mans wat altyd 'n koevert bring, in die deur. McGyver, onthou Shalon sy bynaam. Sy sien hoe hy sy hande senuweeagtig teen mekaar vryf en op een plek rondtrippel. Ag, Jirre, tog nie nog moeiligeit nie, dink sy toe hy sy mond oopmaak.

"Môre, miesies. Jammer om te pla. Ek weet nie of miesies weet nie, maar Adam is in die moeiligeit," sê hy en sy knik om te beduie dat sy alreeds weet. "Ek's hier om vir miesies na die stasie toe te vat waar hulle vir Adam hou." Tóé eers kry sy gedagte dat die poeliesmanne haar nie gesê het waar hulle haar man aanhou nie. Sy het aanvaar dat dit by die stasie sou wees waar hy werk. Maar nou maak McGyver haar voel dat hy by 'n ander stasie is.

"Maar miesies moet oor niks worrie nie. Als sal regkom. Ons sal na miesies en die tjinners kyk, want Adam is onse main ou en ons sal hom nie afstaan nie. En moet'ie oor die tjinners worrie nie. Iemand sal hulle by die skool loop optel en hulle na miesies se Ma toe vat. Gee solank die sleutel solat ek die kar kan uittrek."

"Wat het skeef gedraai?" vra sy hom snikkend.

"'n Bleddie informer het laas nag gesien toe Adam die goed vir Charlie gee. Maar moet'ie worrie nie, miesies. Als gaan regkom."

Toe sy by die polisiestasie kom, kry sy nog 'n preek by een van die polisiemanne in die aanklagkantoor: "Mevrou, dis teen die reëls om iemand in die selle te gaan besoek," sê hy en kyk haar streng aan oor sy dik bril. "Verstaan? Geen besoekers word in die selle toegelaat nie. Maar ek sal hierdie keer 'n uitsondering maak. Net hierdie één keer. En net vir vyf minute! Kom saam."

Toe hy die groot slot van die deur wat na die selle toe lei met 'n kraakgeluid oopsluit, loop koue rillings langs haar ruggraat af. Haar voetstappe klink hard op die sementvloer toe sy die lang gang na die selle afstap. Naby die selle raak die ruik van ou pis en Dip sterker. Die polisieman praat nie 'n woord langs haar nie. En toe sy na hom kyk, lyk dit ook nie of die stink ruik hom pla nie.

Eers net voor die selle sê hy: "Ek sal hier wag. Iemand sal vir jou oopmaak. Onthou, net vyf minute," en hy kap met die bos sleutels aan die ysterdeur.

Die deur word van binnekant af oopgesluit en 'n polisieman laat haar verby hom loop en sluit die deur weer agter haar toe. Jy was al 'n paar maal met Adam by die huis en skuld my nog geld! dink sy, maar bly stil.

"Wat het jy daar? Kom lat ek sien!" sê hy en gryp die bak toebroodjies en koue vleis en ruik daaraan.

Dit kon sy nog vat, maar nie toe hy elke sny brood oplig nie. "Hou jou vuil pote van my man se kos af! En ek soek my geld wat jy my skuld sommer nou op die daad, anders loop sê ek vir jou kaptein lat jy van Adam se geld het," sê sy hardop.

"Moenie befok wees nie. Ek skuld jou niks," antwoord hy, maar sy't gesien hoe vinnig hy in die leë kamer rondkyk.

"Nè?" sê sy nog 'n bietjie harder en hoop dat Adam haar sal hoor en weet dat sy daar is om hom te sien. "Jy vergeet lat daar anner vrouens by my in die kitchen was toe ek jou die honderd-en-vyftig rand gegee het. Moenie my soek nie. As ek hier uitkom en nie my geld kry nie, gaan jy sien wat ek maak! Ek wil my man sien!"

Hy gaan sluit vloek-vloek nog 'n deur oop en roep hard na Adam. Toe sy met wange gloeiend van kwaadheid vir Adam deur die tralies sien, vergeet sy van woede en geld. Sy oë is dik en rooi asof hy lank en hard gehuil het. En hy lyk bang. Verskriklik bang.

Sy het hom nog nooit bang gesien nie.

"Adam!" is al wat sy kan uitkry en sy druk eers die kosblik deur die tralies voor sy hom aan die hande gryp en hulle styf vashou. Sy hande is yskoud en sy is bly dat sy na Hendrick geluister het en die dik trui saamgestuur het. Hy kyk 'n paar keer met geligte wenkbroue oor haar kop en sy hoor die deur agter haar toegaan.

"Iemand het gepraat, Shalon. Ek weet nie wie dit is nie. Maar iemand het gepraat. Ek is bang. Ek wil nie tronk toe gaan nie. Weet jy wat hulle in die tronk met polisiemanne doen? Ek wil nie tronk toe gaan nie!"

Sy wil hom graag in haar arms vashou en hom troos, maar sy kan nie. Sy kan net sy hande krampagtig deur die tralies vashou. Sy vertrou haarself nie eens om te praat nie, want sy wil nie voor hom huil nie.

"Het hulle al die huis deursoek?" vra hy nes 'n bang kind wat op 'n pak slae wag.

"Ja."

"Het hulle iets gekry?"

"Nee."

"Joe! Dankie vader! Ek het klaar 'n prokureur gekry. Hy is duur en die borg-tog gaan seker hoog wees. Ek skat so vyftigduisend of meer. Verkoop albei karre. Doen soos ek sê, asseblief, Shalon!" soebat hy toe sy haar asem skerp intrek. "Gaan kry my kar se sleutel by my kaptein en sê hom dat jy dit gaan ver-koop om borggeld te kry. As ek hier uitkom, sal ek seker my werk en alle voor-dele verloor," sug hy.

Sy kry nie gepraat nie.

"Het jy alleen gekom?" vra hy net toe die deur weer oop- en toegaan.

173

"McGyver," fluister sy vinnig toe die polisieman agter haar keel skoonmaak.

"Goed. Hy sal jou help om die karre nog vandag verkoop te kry. Ek verskyn môre in die hof. Bring die geld saam wat jy vir die karre gaan kry. Wat gaan jy vir die kinders sê?"

Sy moet eers 'n rukkie hard op haar lippe byt voor sy kan praat. "Ek weet nie. Maar ek sal aan iets dink."

"Sê vir McGyver ek wil nie tronk toe gaan nie, asseblief, Shalon!" fluister hy toe die deur agter haar weer oopgaan.

Sy druk sy hande so hard dat haar eie pyn. Net voor die polisieman die deur oopsluit waar die ander een met die dik bril gesê het hy op haar sal wag, hou sy haar hand uit: "My geld."

"Jirre, Shalon! Ek het nie nou geld nie. Waar moet ek dit in die middel van die maand kry?" vra hy vererg.

"Dis nie my probleem nie. Jy moes daaraan gedink het voor jy met jou vuil pote aan my man se kos loop vat het en nog boonop daaraan geruik het," sê sy.

Toe hy die deur vir haar oopsluit, sien sy die ander een nog op haar wag, soos hy belowe het. "Luister, waar kan ek julle bevelvoerder kry?" vra sy hard voor die deur agter haar toegaan.

Sy hoor 'n sagte vloek agter haar. "Shalon, wag! Dè, vat die geld en koop vir jou kinders kos!" kom dit van agter haar. Sy draai om en vat die geld uit die hoogte. Hû! Vir iemand wat netnoumaartjies nie geld gehad het nie, het jy dit maar gou gekry, dink sy toe die deur hard agter haar toegaan en gesluit word.

Terug in die aanklagkantoor voel sy haar wange van vernedering brand toe sy Adam se uniform kry.

McGyver en nog 'n man wag buite in die sonlig in haar kar op haar. Sy beduie dat die man voor by McGyver moet bly sit en sy klim agterin. "Ons moet sy kar loop haal en al twee verkoop solat ek môre met die borggeld in die hof kan wees, McGyver. Adam sê lat jy my sal help om die karre verkoop te kry. Sal jy?"

"Moenie worrie nie, miesies. Los als in my hanne. Ek het dit sien kom en sommer klaar met die baas van die diskoplek in Buffalo Flats loop praat." Hy draai die truspieëltjie tot hy haar kan sien en gee haar 'n oogknip. "Wel, die baas stel belang en hy sal môre met die borggeld in die hof wees."

Die diskoplek! Sy het skoon daarvan vergeet. Adam is die werklike eienaar. Maar wat as die polisie dit ook uitvind? "Sal die man my weer by die huis kan drop? Ek glo nie ek sal dit te voet kan maak'ie."

"Hy sal 'n plan maak, miesies. Is dit al wat Adam gesê het, miesies? Ek meen, het hy net van die karre gepraat?"

174

McGyver se miesies vorentoe en agtertoe irriteer haar tot in haar siel, maar sy het nie die krag of die moed om hom te sê om daarmee op te hou nie. "Hy is bang lat hy tronk toe gestuur gaan word. Hy't gesê lat ek jou moet sê lat hy nie in die tronk wil gaan sit nie. Hy worrie seker lat daai man van die diskoplek nie genoeg borggeld gaan het nie. McGyver, miskien moet jy by almal omgaan en kollek wat op hulle is, want niemand het vanoggend vir my iets gebring nie. Miskien het almal gehoor wat gebeur het."

Jy't ook nie jou koevert gebring nie, dink sy. "As ek by die huis kom, sal ek jou sê wie almal iets moet gee." Maar jy sal buitekant moet wag, solat ek daai boek uit die gat kan kry, dink sy en laat rus haar kop teen die sagte leer van die kar se sitplek.

Die man wat voor langs McGyver in die kar sit, praat vir die eerste keer. "Almal het hulle shares vir my kom gee, miesies. Ek het dit hier by my, maar ek dink nie miesies moet dit vandag al vat nie, want netnou maak die cops weer 'n draai by die huis. Ek en McGyver sal dit vannag vir miesies bring."

Sy kry Adam se karsleutel by die kaptein en teken daarvoor, sonder dat die man na haar kyk of 'n woord rep. McGyver se maat ry met Adam se kar agter hulle aan tot hulle in Buffalo Flats kom.

By die eienaar se dubbelverdiepinghuis staan sy vernederd en ken op die bors voor hom. Hy praat nie veel nie, vat net die sleutels van al twee karre by McGyver en skommel dit in sy hand rond. "Dis 'n moeilike tyd, mevrou. Maar jy kan solank my vrou se kar gebruik tot dinge uitgesort is. Nee, wag," keer hy met 'n hand omhoog toe Shalon se kop opruk en sy wil praat. "Ek was ook in die moeiligeit en niemand het my gehelp nie. Nie eens my eie familie nie. Almal het hul rugge op my gedraai en wye kringe om my geloop. Maar nie Adam nie. Hy het my daar waar ek en my vrou en kinders onder Park Side se brug onder swart plastieksakke gebly het, gaan uithaal en my gehelp en bygestaan tot waar ek nou is. Dit sal ek nooit vergeet nie. Vat die kar. Dis joune. Ek sal môre met die geld in die hof wees. Vat vir McGyver saam en gee hom die karre se papiere."

Sy voel haar keel toetrek. Dié keer nie uit skaamte nie, maar uit dankbaarheid. Uit dankbaarheid dat Adam vriende het wat nie net vir hom nie, maar vir haar ook bystaan.

In die kar sien sy dat dit al amper drie-uur is en sê sy vir McGyver om eers by haar ma 'n draai te maak.

Hy knik en sê: "Miesies weet seker lat daai ou nie rêrag die karre gaan verkoop nie. Hy gaan dit hou totlat Adam uit die moeiligeit is. Hy sal dit seker spreipeint ook. Ek hoort nie al die dinge te praat nie, maar ek het gesien hoe miesies na miesies se kar kyk toe hy hom in sy garage trek."

Toe sy in haar ma se huis instap en vir Andriena en Steven voor die televisie sien sit, besef sy eers werklik wat Adam gedoen het. En sy het hom daarmee gehelp! Ag, heiland, wat gaan ek vir hulle sê, bid sy toe haar ma uit die kombuis kom en haar arms sonder 'n woord om haar skouers sit en haar nader trek. Toe Shalon oor haar ma se skouer kyk, sien sy die verwardheid op Andriena se gesig en hoe Steven nog sonder sorge aan die televisieprogram vasgenael sit. Sy woel haar uit haar ma se arms los en gaan sit tussen haar kinders met haar arms om hulle skouers. "Ma is lief vir julle," sê sy en soen elkeen op die kop. Die woorde wat uit haar eie mond kom, verbaas haar, want sy besef dat sy baie selde vir die kinders sê dat sy hulle liefhet.

"Wat is dit, Ma?" vra Andriena met 'n diep frons tussen haar ogies.

"Niks. Julle pa het my netnou gephone. Hy moet vir 'n paar dae weggaan en hy kon julle nie by die skool loop groet nie. Hy't gesê lat ek vir julle moet sê lat hy julle baie liefhet en na julle gaan verlang." Sy hoor hoe haar ma in die kombuis in 'n sakdoek blaas, en sy kry diep berou oor wat sy en Adam die dag tevore gesê het. Maar ek kan nie nou verskoning vra nie, want netnou loop blaker Ma als by daai handeklapkerk uit, dink sy.

"Gaan jy hier slaap?" vra Carol.

"Nee, Ma. Ek moet in my eie huis loop slaap, want algar weet lat Adam nie daar gaan wees nie en netnou breek hulle in. Wil Ma nie seblief by ons kom slaap nie?"

"Nee, goed. Ek het klaar my goed in 'n bag gesit. Nou, kom ons loop. O ja, wag eers. Ek het vanmôre koerantpatrone vir die rakke sit en ietsny toe ek iets vir jou gesien het. Ek loop kry dit gou in die kitsjun."

"Waar is Tollie-hulle dan?" wil Shalon weet.

"Daar onner in Park Side. Dis mos deesdage elke dag se ding om soontoe te loop en ounag dooddronk hier in te kom. En die vrou weet ook nie van beter nie. Hol met tjinners en al die hele wêreld vol agter hom aan. Kom, my tjint, lat ons by jou huis ietkom."

Toe die kinders in die bed is en haar ma by haar op die sagte wit leerrusbank in die sitkamer sit, kan Shalon nie meer nie. "Wat gaan ek doen, Ma?" vra sy en gooi haar kop teen haar ma se bors.

"Jy gaan by jou man staan, my tjint. Dis wat jy gaan doen. Adam kom mos môre iet, nè?" Shalon hoor hoe huiwerig haar ma klink en bid dat Adam wel op borgtog uitgelaat sal word.

"Nou wie loop en klop so laat aan mense se deure?" vra haar ma toe hulle net ná agt die klop aan die agterdeur hoor. Shalon wil opspring, maar Carol keer. "Nee, bly sit."

"Naand, miesies. Het miesies nie 'n bietjie oorskietkos nie?" hoor Shalon die stem en sy spring op en hardloop kombuis toe.

McGyver en die man wat voor langs hom in die kar gesit het, staan buite op die agterstoep. Haar ma is al besig om kosbakke uit die yskas te haal. "As julle môre kom," sê sy, "en so 'n bietjie in die tuin kom werskaf, sal ek vir julle kos gee en hoef julle nie daarvoor te bedel nie."

"Nee, Ma, hulle kan nie hier kom werk nie," keer Shalon met haar oë op die agterdeur. "Ek sal wag tot Adam eers by die huis is voor ek mense huur wat ek nie ken nie." McGyver knik, trek die man aan sy mou, en verdwyn in die donkerte.

"Nou wat het van hulle geword?" vra Carol verbaas toe sy met twee borde koue vleis, slaai en 'n paar snye brood by die deur kom.

Shalon sit die agterstoep se lig aan en loer uit. "Hulle is skoonveld," sê sy gemaak verbaas, sluit die deur en sit die lig af.

"Ek sweer dis van luigeit en oor ek van 'n bietjie werk gepraat het lat hulle onner die kos ietgehol het!" sê Carol vies en haal die brood uit die borde en sit die borde kos in die yskas. "Ek sal die borde môre op huis toe stuur solat Tollie se tjinners die kos kan eet.

Kom Adam môre voor?" vra sy vir Shalon toe hulle weer in die sitkamer gaan sit.

"Ek weet nie, Ma. Ek hoop so. Ek weet nie wat ek tot môre gaan doen nie, want ek sal seker vannag nie 'n oog kan toekry nie."

"Jy gaan op die drade klim en Kaap toe foun en hoor watse goed daai mense jou kan gee," sê Carol en krap deur haar handsak en kry waarna sy soek: 'n klein stukkie koerantpapier.

"Wat is dit?" vra Shalon.

"'n Advertiesmint iet die Kaap iet. Kyk," en sy hou die papiertjie onder Shalon se neus. "Dit sê lat enige familie van poeliesmanne daai nommer vir ondersteuning kan foun. Toe, loop foun die mense, Shalon."

"Watse ondersteuning? Netnou is dit mense wat goed aan jou wil verkoop of geld uitleen."

"Loop foun, want jy sal nie weet voor jy nie self met die mense gepraat het nie. Toe, my tjint. Ons het nou elke bietjie help norag. Loop foun."

"En wat gaan ek vir die mense sê?" wil Shalon weet.

"Die Jirre sal vir jou die regte woorde gee, my tjint. Loop kamer toe en foun, dan maak ek solank vir ons drinkgoed."

Toe die telefoon vir die derde keer aan die ander kant lui, wil Shalon die gehoorbuis neersit. Maar voor sy dit kan doen, klink 'n opgewekte stem in haar oor: "Joan Arries wat praat. Kan ek help?"

177

"Ek . . . ek weet nie of jy kan help nie," sê Shalon en bly stil.

"Mevrou, kom ons begin eers by jou naam en dan kan jy self besluit of jy verder wil praat. Jy hoef nie nou te praat as jy nie so voel nie. Jy kan my weer later bel as jy reg is. Goed so?" sê Joan.

"My man is in die moeiligeit en ek weet nie wat om te doen nie," sê Shalon sag.

"Ek neem aan dat hy 'n polisieman is?" vra Joan ook sag maar duidelik.

"Ja. Sersant. My naam is Shalon. Ek bel uit Oos-Londen uit. Wat moet ek doen, mevrou?"

"Wil jy praat oor wat jou pla, Shalon? Soms kry 'n mens 'n antwoord terwyl jy aan die praat is," sê Joan.

Waar begin ek, vra Shalon haarself af en gaan sit op die rand van die bed met 'n hand oor haar oë. Van skaamte. So asof Joan Arries voor haar staan. "Ek weet nie wat om te sê nie," begin sy en maak haar oë toe. "My man sit kniediep in die moeiligeit oor ons gou ryk wou word. Wat moet ek doen om hom te help? Sy poeliesvrinne wat hier by my deur in- en uitgekom en aan my tafel kom sit en eet het, het my vandag nie eens geken nie! Hulle wil hom ook nie eens op sy rang roep soos hulle altyd maak nie. Hulle het vandag van hom gepraat asof hy 'n ou tsotsi is!"

"'n Wat?" vra Joan.

"'n Misdadiger," sê Shalon. Sy maak haar oë oop en tel die foto van Adam in sy uniform, wat langs die bedliggie staan, op en streel met 'n vinger daaroor. Die skouers wat trots agteroor gegooi is en die laggende gesig wat na haar op-kyk, wil haar hart in twee skeur.

"Soms is dit juis wanneer dit voel asof alles te donker om jou is, dat jy inner-like krag kry en die mense rondom nader staan om te help, Shalon," sê Joan.

Shalon dink aan die straat vol mense toe die polisie op die werf rondgesnuf-fel het. "Behalwe vir my ma is daar niemand anders wat kan help nie. Miskien sal hulle, maar ek weet nie. Mevrou, ek voel só skaam! Die hele buurt weet dat die polisie my huis kom deursoek het en teen dié tyd weet hulle seker ook dat my man in die tronk sit. Hoe gaan ek ooit my kop hier rond kan lig?" Sy laat val die geraamde kiekie in haar skoot en byt op haar kneukels toe die be-sef kom dat sy klaar te veel uitgeblaker het. Vir wat moes ek nou vir haar loop sê lat die poeliese vandag hier kom rondsoek het? dink sy vies. En vir wat moes ek nou spesiaal loop sê wat die woord "tsotsi" beteken?

"Mense het en sal nog altyd van ander mense praat," hoor Shalon Joan sê. Maar sy lus nie meer langer praat nie. Sy wil die gesprek stop voor sy nog iets sê waaroor sy later spyt sal wees, maar Joan praat nog: "Maar dink jy nie dat jou man belangriker as die ander mense is nie? Ek weet dat jy so dink, anders het jy nie die moed bymekaargemaak om te bel nie. Net die feit dat ek nou jou stem hoor, sê my dat jou man vir jou baie belangrik is, nie waar nie?" vra Joan.

"Hy is," sê Shalon sag en gooi haar agteroor op Adam se kussing. "Hy is," herhaal sy 'n bietjie harder.

"Goed, Shalon," sê Joan, "en die probleem wat jy en jou man nou mee sit, sal oorwaai. Sekerlik nie môre of oormôre nie, maar dinge kan verander as die wil daar is. Jy kan my enige tyd bel – om te gesels, soos ons nou doen. Maar soms voel mens tog om oorkant iemand te sit en praat. Kan jy met jou predikant gaan gesels?"

Shalon knyp haar oë weer toe en probeer om die predikant se gesig te sien, maar sy sien net die blink pankop soos toe hy tien jaar gelede water oor Steven se kop wou gooi, oor sy lang rok gestruikel en die kind se doopklere sopnat gespat het. "Ek weet nie, maar ek sal sien," lieg sy en vra: "Kan ek jou een van die dae weer bel?"

"Ja! Enige tyd. Dis waarom ek die advertensie geplaas het. Sodat ons mekaar ondersteuning kan gee omdat ons wat met polisiemanne getroud is, nie ons probleme met almal kan bespreek nie. Toe ek die advertensie geplaas het, het ek ook probleme gehad. Groot probleme. En net van met ander mense te praat wat ook met die polisielede getroud is, het dit met my … met ons … begin beter gaan. Bel my asseblief enige tyd as jy wil praat. Oor enigiets. Ek sal jou ook nog vertel wat ons groepie hier alles doen. Wat is jou nommer?"

Shalon gee die nommer en sê totsiens. My bek het te veel geklap, verwyt sy haarself.

Toe sy die gehoorbuis terugsit en weer na die sitkamer wil gaan, val haar oë op die geld wat sy in die hamper-koevert en ligterekening gesit het net voor die polisie deur die huis kom soek het. "Laat hulle net 'n sent van my gevat het, dan kry hulle met my te doene," brom sy en tel die geld. Dis nou wel nie soos sy dit gelos het nie, maar die seshonderd rand is vol. Daai rooikoppoeliesman is nogal lekker slim, maar hy slat die bol ver mis, dink sy, toe sy sien waar hy die geld en kwitansieboek van haar hamper-goed gelos het. Die boek was in die onderste laai waar sy dit saam met die catalogue hou, weet sy. "Maar hy kan maar enige mens wat in daai receipt-boek opgeskryf is, gaan vra, en hulle sal hom vertel hoeveel stêmps hulle al gekoop het," sê sy vir haarself en lê plat op haar maag om die geld onder die bed vas te gom voor sy teruggaan sitkamer toe.

"Jou tee is amper koud. Ek gaan dit gou in die micro sit," sê haar ma en staan op. Sy stap saam kombuis toe.

Terwyl hulle wag vir die tee om warm te word, sê Carol: "Jy lyk 'n bietjie beter. Wat sê die mense in die Kaap?" vra Carol en maak die mikrogolfdeur toe.

"Dis 'n vrou, Ma. Ons het net 'n bietjie gepraat. Sy't gesê lat ek haar enige tyd weer kan bel. Sy's ook met 'n poeliesman getroud. Hy't ook probleme gehad en sy't met iemand, met ander mense, gepraat."

"Is dit maar al?" vra Carol teleurgesteld. "Nou hoekom sit sy dit in die koerant as sy net wil praat? Is daar dan in die hele Kaap nie genog mense met wie sy kan praat nie?"

"Ma kan aan Adam se kant lê. Ek gaan my tee in die bad drink."

Haar ma snork al liggies toe Shalon nog met oop oë in die donker lê en wonder of Adam genoeg komberse in daardie koue sel van hom het. Sy lê en kyk na die plek waar die hangkas staan, en dink aan die nag toe Adam aan die gat gewerk het.

Daai aand toe hy die hangkas weggeskuif en die gat uitgekap het, het hy, toe alles na sy smaak was, tevrede op sy hurke loop sit en met 'n vuil sweetgesig na haar gekyk.

"So ja," het hy geglimlag. "Gee daai groot plastieksak aan sodat ek die gat kan uitvoer, anders raak die geld klam en muf as ons dit net so insit. Draai jy solank die vyftienduisend rand in die ander plastiek in. En onthou, Shalon. Niemand hoor van die gat nie. Ook nie jou ma nie. En jy kom neuk nie hier rond as die kinders in die kamer is nie! Daai vyfduisend gaan ons gebruik om mee te gaan speel. Maar nie met alles nie. En elke keer as jy iets wen, hou jy die slips wat die casino met elke uitbetaling gee, en koop dan met daardie geld iets vir die huis.

"Ons moet my salaris gebruik om nes altyd kos en klere mee te koop. En môre gaan jy dorp toe en gaan maak 'n klererekening oop en koop klere. Maar moet dit nie elke maand betaal nie. Slaan so af en toe 'n maand oor, want almal weet hoe polisiemanne sukkel. Maar Shalon, moet tog net nie dat daar skuldbriewe na die deur toe kom nie! Ons het nog nooit skuldbriewe in die swaarkrydae gehad nie." Sy kon nie praat nie, en het net haar kop geknik. Ook toe hy haar wys hoe om die sementblok oor die gat in te skuif en die stukkie mat wat hy uitgesny het, presies so te lê dat dit by die patroon van die mat pas voor sy die hangkas weer presies op sy plek skuif. "As jy klaar is, moet niemand kan sien dat die kas geskuif was nie," het hy gesê.

Sy lê en dink aan al hulle drome en wonder wat nou daarvan sal word as hy miskien vir lank tronk toe gaan. Sy wonder wat van Charlie geword het, want in haar bekommernis oor Adam het sy skoon van hom vergeet. Ja, dink sy met 'n sug, hier lê ek met al die klomp geld en ek kan niemand omkoop om my man in die kooi langs my te kry nie.

Die hof waarin Adam se saak verhoor gaan word, is stampvol toe sy en haar ma die volgende dag deur McGyver daar ingevat word.

Net binne die deure gaan staan sy eers stil en kyk rond. Sy was nog nooit in 'n hof nie. Daar is ses rye lang houtbanke regoor die deur. Net voor die banke is daar 'n heuphoogte houttralie-afskorting wat die res van die vertrek van die lang banke skei. Aan die anderkant van die afskorting is daar 'n hokkierige ding – wat nes die preekstoel in die kerk lyk, dink sy, maar net groter – met 'n bank waarop maklik ses mense kan sit agter die tafel met die een mikrofoon op 'n staander. Verder is daar 'n paar groot tafels met mikrofone op en 'n paar stoele in die vertrek. En heel voor is daar 'n lang toonbankagtige ding wat hoër as die vloer is.

"Gaan jy in of uit?" vra iemand agter haar. Dis 'n polisieman en sy beduie met haar kop dat sy ingaan.

"Nou gaan dan binne. Maar as die deure toegaan, kan jy nie meer uit tot die magistraat klaar is en uit die hof uit is nie. Verstaan? En geen etery in die hof nie!"

Sy knik dat sy verstaan, maar talm nog langs haar ma met haar oë op soek na 'n sitplek. "Daar's plek vir miesies in die voorste bank net agter die dok," fluister McGyver wat voor hulle ingestap het.

Toe sy en haar ma verby die vyf banke gaan, hoor sy 'n paar mense giggel en proes en sy sien hoe twee vrouens mekaar met die elmboë in die ribbes stamp. Sy voel haar gesig warm raak. Vir 'n oomblik oorweeg sy dit om weer uit die hof te loop, maar kry gedagte van die gesprek wat sy die vorige aand met Joan Arries gehad het. Adam, dis al rede waarvoor ek hier is. Laat hulle maar lag, dink sy. Ek ken hulle any case nie.

In die eerste bank herken sy byna al die mense: manne wat die koeverte na die agterdeur gebring het, die kamma-eienaar van die diskoplek, en Doris wat daar vir Charlie is. Daar is plek langs Doris, en sy en haar ma gaan skuif langs haar in. Maar net voor sy sit, loer sy oor die tralies en sien die trap wat na iewers onder die hofsaal lei.

"Molo. Dis waar hulle gaan opkom," fluister Doris.

Shalon groet en sien dat Doris se oë dik gehuil is.

Dis nie lank nie, of twee mans en 'n vrou in lang swart jurke wat voor oop is, kom die hof deur 'n sydeur binne, met twee polisiemanne en 'n man in 'n vaal pak kort op hulle hakke.

"Die vrou is die staats-prosecutor en daai lang maer man is Charlie se lawyer," verduidelik Doris in haar oor. "Daai een in die vaal soet is die tolk."

"Is die anner een die magistraat?" vra Shalon.

"Hayi, nee, ek ken hom nie."

Charlie is die eerste een wat met die trap op in die dok gaan staan. Shalon onthou die dag toe Adam haar aan hom voorgestel het. Dit was in die dorp net ná Adam die wynbottels wat gebreek moes word, na hom toe aangedra het. Dis waar al die moeiligeit eintlik begin het, dink sy. Maar vir wat nóú vies raak? vra sy haarself af. Daar was niks furniture in die huis nie; die kinders was klein en het goed norag gehad en Adam wou nie hê lat sy moes loop werk nie. Toe't hy 'n plan gemaak om ekstra geld te kry. En Adam het nie net die gesteelde drank vir Charlie loop gee nie, hy't ook vooraf vir Charlie en ander smokkel-huise gewaarsku wanneer die polisie op hulle sou toesak. As jy maar net nee gesê het toe Adam die eerste keer met die drugs na jou toe kom, het ek nie nou hier gesit nie, praat sy in haar gedagte met Charlie.

Die magistraat kom by 'n deur heel voor langs die lang bank uit, en almal moet opstaan tot hy sit en die klag teen Charlie gelees is.

En toe pleit Charlie skuldig. Vir besit van dwelms. Daar is 'n oor-en-weer-gepraat tussen die prokureur en die staataanklaer en die magistraat, waarvan Shalon nie alles kan hoor nie. Nie dat haar ore juis daarop ingestel is nie. Sy wag op Adam. Maar toe sy hoor dat Charlie op 'n borgtog van sestigduisend rand uitgaan en 'n datum vir die volgende verhoor kry, krimp sy teen die bank ineen. Sestigduisend!

Haar ore suis. Sy buk af en loer benoud na waar die disko-eienaar sit en probeer sy aandag trek. Maar hy kyk nie na haar nie. Wat as hy nie genoeg geld vir Adam gebring het nie?

Adam is bleek met donker stoppels van die baard wat oornag uitgegroei het. Hy het sy grys pak aan wat McGyver vroegoggend by haar kom haal het. Van waar sy agter hom sit, kan sy sien hoe hy bewe. Sy merk dat die prokureur die-selfde man is wat vir Charlie verteenwoordig het.

"Hy't darem nie boeie aan nie," fluister haar ma bemoedigend in haar oor. Charlie het ook nie boeie aangehad nie, dink sy.

Toe hy moet pleit, sê Adam met 'n harde stem: "Onskuldig, Edelagbare." Shalon weet dat dit al sy krag en inspanning moes vat om so oortuigend te klink.

Sy luister fyn toe die staatsaanklaer begin praat. Die staatsgetuie wat ge-sien het toe Adam die dwelms aan Charlie oorhandig, kan nie opgespoor word nie. Die saak moet uitgestel word tot die man opgespoor is. Adam se borgtog is vyfduisend rand. Hy kry ook 'n datum vir die volgende verhoor.

My man kan vanaand in sy eie kooi slaap! wil sy hard uitroep, maar sy bly so stil soos 'n muis sit en kyk eerder hoe McGyver en die man wat Adam se kar die vorige dag Buffalo Flats toe gery het, skelmpies vir mekaar oog knip. "Dankie, Jirre," sê haar ma.

Toe Adam omdraai, val sy oë dadelik op haar en hulle kyk net na mekaar. Lank. Tot hulle hom by die trap af lei en sy hom nie meer kan sien nie.

"Die Jirre is goed, my tjint," sê haar ma langs haar toe almal moet opstaan en die magistraat die hof verlaat.

Sy en haar ma en McGyver staan en wag amper 'n uur voor die hof op Adam om sy verskyning te maak. "Is jy seker lat daai man die geld op hom het, McGyver? Hoekom vat dit dan so lank?" wil sy weet.

"Moet'ie worrie nie, miesies. Hy sal netnou hier wees," stel hy haar gerus.

"Is Adam nie miskien weer in die hof oor hulle die man gekry het wat teen hom moet praat'ie?" vra haar ma ook op 'n slag.

"Nee, antie. Hulle sal nie daai man kry nie. Daar's Adam nou, miesies."

Sy wil na Adam toe hardloop, maar hy en Charlie staan en praat laggend met die groep manne wat in die eerste bank by haar gesit het.

Toe hy uiteindelik by haar kom, groet hy haar ma en McGyver. Vir haar groet hy nie. Sy ook nie vir hom nie. Hulle hou mekaar net styf vas.

Toe hulle in die kar klim en sy vir McGyver soek, is hy weg. Sy gewaar hom later toe hy saam met Charlie en Doris in 'n rooi kar verbyry.

By die huis gekom, keer Carol vir Adam toe hy ook uit die kar wil klim. "Nee, wag, Adam. Ek loop kry net gou my sak in die huis dan moet julle my opvat solat ek kan sien wat Tollie in my afwesageit aangevang het. Waars'ie slytels, Shalon?"

"Hey! Nibonile! Het julle gesien! Hello, Adam," skree Nothando van haar voordeur af toe sy vir Adam in die kar sien. 'n Paar mense kom dadelik by hul hekke staan en kyk na die kar. Shalon se wange raak weer warm, maar sy laat sak nie haar kop nie. Sy kyk na Nothando tot dié weer in haar huis verdwyn. Sy kyk, nie omdat sy nie meer skaam voel nie, maar oor Adam sy kop laag op sy bors het en sy gesig met sy hande probeer toehou.

"Never mind hulle, Adam. Ek traak'ie wat hulle sê of dink nie, want ons vra hulle van nou af niks!" sê sy en hy haal sy hande stadig van sy gesig af en lig sy kop. Om ook net voor hom uit te kyk.

Nadat hulle haar ma Buffalo Flats toe gevat het, wil sy hom soen en vir hom sê hoe eensaam en bang sy gevoel het. Maar hy draai sy kop vinnig weg toe haar lippe nader kom, en hou haar net styf vas. Is dit hoe almal optree wat opgesluit was, wonder sy en onderdruk die seer gevoel wat in haar opkom.

183

"Gaan jy iets eet?"

"Later. Ek wil eers bad en daai stink ruik van die sel van my vel afkry. Ek het die pak klere maar eers vanoggend gekry, maar dit stink klaar na daai sel. En ek kry nog altyd die ruik. Ruik jy dit ook?" vra hy en staan dig teen haar.

Behalwe die growwe reuk van die seep waarmee hy hom vroegoggend moes was, kan sy niks anders ruik nie, en skud haar kop. Maar hy sien dit nie, want hy is alreeds op pad badkamer toe.

Sy gaan sit op die rand van die bad en kyk hoe hy aan hom begin skrop terwyl die water nog in die bad tap. Die vaal pak en wit hemp en vaal kouse lê in 'n bondeltjie gefrommel in die hoek. Sy gaan tel die pak op en skud die baadjie uit.

"Los dit, Shalon!" sê hy skerp.

Sy kyk hom verbaas aan. "Maar ek kan dit mos dry-cleaners toe stuur as jy dink dat dit 'n ruik het," sê sy en skud die baadjie uit.

"Los dit! Gee dit weg of verbrand dit! Ek wil dit nie in die huis hê nie. Wil dit nooit weer aan my vel hê nie."

Sy lat val die baadjie weer in die hoek en gaan sit verslae op die rand van die bad en druk 'n vinger in die water. Dis amper kokend warm. "Moet ek die koue têp meer oopdraai?" vra sy.

"Nee. Ek wil daai sel se ruik van my afhê!"

Sy draai agterna self die warmwaterkraan toe en laat die koue water loop toe sy sien dat hy met toe oë hard oor sy vel met die naelborseltjie skrop.

"Adam," sê sy sag en probeer die borsel uit sy hand kry.

"Ek is vuil, Shalon! Ek moet my vel skoonkry!"

"Jy gaan jou vel stukkend skrop! Daar staan die tjinners se Dettol in die hoek. Gooi 'n bietjie in die water."

Hy gryp die bottel, maak dit vinnig oop en maak die hele bottel in die water leeg. Shalon sê niks. Sy is te bekommerd.

Van nie weet wat om te sê nie, sê sy: "Ek is bly lat die ergste verby is," en vat die waslap en seep en begin sy rug was. Hy hou die borseltjie na haar uit en sy vat dit en begin skrop. Maar nie so hard soos hy nie.

"Dis nog lank nie verby nie, Shalon. Daai man gaan gesoek word tot hulle hom kry. En ek sal elke keer in die hof moet wees om 'n uitsteldatum te kry as hulle hom nog nie opgespoor het nie. En dis nie net die hofsaak nie. Dis die Departement ook. Al word ek onskuldig bevind in die hof of word die saak later uitgegooi, gaan daar nog steeds 'n Departementele ondersoek teen my gelas word. Dit hang van die Departement af of ek nog my werk gaan behou. En as ek dit nie gaan behou nie, gaan hulle besluit of ek met of sonder voor-dele uit die diens moet tree. Shalon," en hy draai sy kop met waterige oë na haar, "ek het al hierdie dinge geweet! Maar toe ek al die geld sien wat ek maak, was ek nie gepla nie. Maar nou . . . Ek wou van kleins af net 'n polisieman wees! Sies, ek kan die ruik nie vat nie!"

"Kom, Adam. Die water is al koud," sê sy ná meer as 'n uur.

Maar hy bly sit en sy moet die water uitlaat en hom aan sy arm trek sodat hy kan staan. En toe hy op is, moet sy hom afdroog terwyl hy elke keer aan sy vel ruik en weer warmwaterkraan toe mik.

"Kom nou, Adam. Ek moet vir Andriena en Steven by die skool gaan haal."

Hy vra nie na die kinders uit nie, loop en ruik net aan sy vel toe sy hom kamer toe lei en hom help aantrek. En toe hy aangetrek is, sit hy net op een plek op die bed.

"Ek was so bang, Shalon! Ek was so bang om tronk toe te gaan!"

Sy wil hom vra of hulle toekomsplanne nou verander het, maar sy weet dat dit nie die regte tyd is nie. Sy wil hom los en die kinders gaan haal, maar sy is te bang om hom alleen te laat, want sy's bang dat hy weer in die bad sal spring. Sy wil die kinders gaan haal, maar sy wil ook nie hê dat hulle hul pa in so 'n toestand moet sien nie.

Daar is net een mens wat kan help.

"Ma, kan Ma seblief vir Andriena en Steven by die skool loop haal? Ma kan 'n teksie vat en dan sal ek later met Ma regmaak. Seblief, Ma! Ek gaan eers vir Adam na ons huisdokter toe vat. Sy nerves. Ek sal later die tjinners kom haal."

Sy besef eers toe sy die gehoorbuis op die mikkie terugsit, dat sy haar ma nie 'n kans gegee het om te praat nie.

Sy moet vir Adam aan die hand uit die huis tot in die kar lei en hom weer tot in die dokter se spreekkamer lei. Toe dit Adam se beurt is, gaan Shalon eers alleen in en praat met die dokter. Sy vertel hom kortliks van die polisiesel, die skroppery met kookwater, en die vaal pak.

Teen die tyd dat sy hom weer by hulle voordeur inlei, is Adam al lomerig van die inspuiting wat die dokter hom gegee het, en 'n rukkie later is hy vas aan die slaap op hul bed. Sy gaan lê met klere en al langs hom en hou hom styf in haar arms vas. "Adam, ek gee nie om oor die gat vol geld nie. Ons kan maar als verloor. Maar ek wil nie vir jou en die tjinners verloor nie," praat sy sag teen sy kop terwyl hy liggies snork.

Eers toe sy seker is hy slaap, staan sy op en gaan haal vir Andriena en Steven by haar ma in Buffalo Flats.

"Wat sê die dokter?" wil haar ma weet.

"Hy sê Adam se nerves hang aan 'n draadjie, en lat ek hom net in tyd na hom toe gevat het. Hy slaap nou. Die dokter het vir hom 'n injection gegee. Maar hy krap nog aan sy vel."

"Oe! Intwala! Luise!" sê Carol en begin haar kop te krap. "Toe Tollie vir die eerste keer vir non-support loop sit het en toe 'n paar dae later ietkom, toe't hy sy velle net so van sy lyf afgekrap. Oor die luise en weeluise en vlooie wat hom daar in daai selle ampertjies opgevreet het. Groot goed. Ek't sy klere self ietgebrand. Adam is seker gaar gebyt. Jy moet sy klere iet jou huis iet loop smyt. En vat dip en maak daai plek skoon waar die klere gelê het. Het hy baie bommels op sy lyf?"

"Ek weet nie, Ma. Sy voorlyf was te rooi gekrap. Maar ek sou dit op sy rug gesien het, en daar was niks."

"En jy't seker ook nie op sy kop gekyk nie. Nou broei daai luise lekker ter-wyl Adam slaap. Elke slag as Tollie ietkom, laat ek hom agter in die jaart kaal iettrek en sy kop blink sny voorlat hy in die huis kan kom. Dis nie maklik om luise en goed iet jou huis iet te kry nie. Wag, ek het calamine-lotion. Loop smeer dit oor sy lyf as jy nou by die huis kom. Dit sal vir die jikkerageit help. En jy loop smyt daai klere iet die huis iet! En as jy môre die kooi opmaak, moet jy kyk of die lakens nie vol strontmerkies van die luise en goed is nie."

Op pad huis toe maak sy vir Andriena en Steven gereed vir Adam se snaakse optrede. "Pa is siek en hy slaap nou. Die dokter het vir hom goed gegee om te slaap. As ons by die huis kom, moet ons nie baie raas nie."

"Kan ek van Pa se luise kry?" vra Steven en Andriena trek haar neus op.

"Wie sê vir jou Pa het luise?" vra Shalon verbaas.

"Tshini, Ma. Ek het dan daar voor Ma-hulle by die tiewie gesit toe Ouma van die luise praat! Kan ek 'n paar luise kry?"

"Vir watsegeit?" wil Shalon geskok weet. Ag, Jirre, moet toggie lat die tjin-ners uitvind waar Adam was nie, bid sy.

"Om dit op my kop te sit solat ek ook by die huis kan bly. Juffrou stuur al-mal huis toe wat luise het. Die graadvierkinders in die klas langs myne ver-koop 'n luis vir 'n rand. Maar Ma gee mens mos nie sakgeld nie. Maar ek kan 'n klomp by Pa kry en dit mahala vir my tjommies gaan gee."

Adam is nog aan die slaap toe hulle by die huis kom. Maar sy smeer nog-tans die calamine aan sy bolyf, al sien sy geen knoppe nie.

Adam skrik laatnag wakker, ná die kinders nie meer kon wag dat hy wakker word nie en reeds gaan slaap het. "Hoe voel jy, Adam?" vra sy sag.

"Honger. Moeg," en hy begin te krap, maar nie so hard soos vantevore nie. "Shalon, ek wil nooit weer in 'n sel gaan sit nie. Ook nie in 'n tronk nie. Ek maak my liewer dood voor dit weer moet gebeur. Weet jy hoe voel dit om deur jou eie vriende geboei en na die selle gelei te word? Weet jy hoe dit is om in daai sel te sit en nie te weet hoeveel jaar tronkstraf jy gaan kry nie? Ek was nog nooit so bang nie!" Hy knip sy oë vinnig en staan op.

Sy volg hom kombuis toe en maak sy bord kos warm. "Wat gaan jy doen, Adam?" vra sy en gaan sit by hom toe hy begin eet.

"Wag en kyk wat vorentoe gebeur. Wat ek wel nou vir jou kan sê, is dat my voete nie weer 'n sel sal sien of met 'n tronk sal kennis maak nie. Maar as die Departement my uitskop, het ons die geld en die diskoplek in Buffalo Flats om van te lewe."

Die volgende oggend is Adam al uit die bed uit toe sy wakker word. Toe sy in die kombuis kom om die kinders se ontbyt reg te kry en deur die venster kyk, hurk hy en McGyver tussen die gras onder die piesang- en koejawelbome met hulle koppe naby mekaar. Ag, Jirre, moet tog nie vir my sê lat Adam nog met die besaigeit wil aangaan nie! Sy loop op haar tone tot langs die oop deur en hou haar kop skuins om te hoor, maar sy kan niks uitmaak wat hulle vir mekaar sê nie

Sy glip badkamer toe, maak die badkamervenster stadig oop en luister. Sy is reg oorkant hulle. Al kan sy hulle net-net sien, kan sy hulle duidelik hoor en sy sien Adam vat 'n koerantpapierpakkie by McGyver en weeg dit stadig op en af in sy hand. "Hoeveel is hierin?" vra hy.

"Met als saamgetel, is dit twee-en-vyftigduisend. Dit was 'n lekker week, en die interskole-sportsdag het ons besig gehou. Ek het almal s'n apart getel en die amounts wat almal gebring het, vir Shalon opgeskryf. Die bladsy is in die parcel," sê McGyver.

Shalon hoor papier kraak en weer Adam se stem: "Vat die geld en deel dit gelykop tussen julle. Sê vir hulle dis 'n bonus. Maar julle moet onthou wat ek altyd sê: Niks word op een slag gebruik nie. En niemand loop en flash geld rond nie! Ja, gee vir hulle die geld, want op daai manier sal hulle als wat hulle nog het, gouer verkoop. En gee sommer vir almal wat nog in die tronk is se mense ook daarvan. Hoeveel stock is daar nog?"

"Baie. Maar binne 'n week of so is als klaar," sê McGyver.

"Goed. Laat almal hulle koeverte vir jou gee, dan bring jy dit so een keer 'n week. Nie op dieselfde tyd en dieselfde dag nie. Die manne gaan my nou check. Jy moet vir Dudley sê dat hy niks op die disko se jaart moet toelaat nie. Julle gereelde klante moet dit op 'n ander plek by julle kry. Sê vir hom hy moet maar solank die karre daar hou en eers in die koerant adverteer dat hy dit wil verkoop as alles agter die rug is. Het hy die kleure verander?"

Shalon se bene kramp waar sy op die rand van die bad staan. Haar gesig voel aan die een kant dood soos sy dit teen die blompatroon van die muurteëls druk. Haar regterhand se vingerpunte wat aan die rand van die vensterbank klou, kramp net so. Dit kom nou van die hele vensterbank vol badgoed te pak, dink sy en kyk vies na die horde badoliebottels. Raak sy aan een, stamp dit netnou dalkies aan die ander en kyk Adam of McGyver op, of nog erger, kom een van hulle die huis in en kry haar in die badkamer.

Dit lyk my hy't aan als gedink, sê sy vir haarself. G'n wonder dat McGyver gister so rustig was nie.

"Ja," sê McGyver. "Teen sonop was ons met al twee klaar. Shalon s'n is nou rooi, en joune is swart. Toe ek netnou daar weg is, was hulle besig om die deure en ligte aan te sit. Hierso, dis die receipt wat Dudley gegee het. Hy't gesê lat ek dit vir Shalon moet gee, want almal weet lat sy die karre moes verkoop."

"Dankie vir als, McGyver. Ek sal nooit vergeet wat julle vir my gedoen het nie. Ek sal agter julle kyk. En die . . . die . . . Is jy seker dat hy nie gaan kop uitsteek en teen my gaan getuig nie?"

"Ek is doodseker. Hy's gisteraand al langs 'n smokkelhuis in Mdantsane gekry. En jy weet hoe lank lyke soms in die lykhuis lê voorlat iemand hulle uitken. En niemand sal 'n vinger na iemand hier rond kan point nie, want Mdantsane is te ver van hier af. Hy was after all 'n wynvlieg!"

Sê vir McGyver ek wil nie tronk toe gaan nie, het Adam gesê, val dit Shalon by. Haar knieë raak lam en sy klim stadig van die bad af. Adam! Jirre!

Sy staan nog 'n ruk besluiteloos in die badkamer rond. En ék, domonnosele ding wat ek is, het sonder om hom in of uit te vra, die boodskap vir McGyver gegee! verwyt sy haarself. En als oor ek huisgoed wou hê. En nou is daai man dood! Sy loop in 'n dwaal slaapkamer toe.

Toe Adam 'n ruk later inkom van buite af, gaan sit hy 'n CD op en laat die musiek kliphard deur die huis dreun. Nes hy altyd oor naweke gedoen het, voor hy in die selle geland het.

"Die kinders slaap nog!" moet sy oor die geraas na hom skree. Maar hy hoor nie. Dans net tussen die rusbanke deur.

Toe sy die kinders later skool toe vat en terugkom, kry sy hom in die slaapkamer. Hy het al die kooie opgemaak. "Shalon, wat is verkeerd?" vra hy ná hy die musiek sagter gemaak het en langs haar op die bed kom sit het.

"Niks. Hoekom?"

"Jy praat nie. Jy sit hier en kyk teen die mure vas sonder om iets te sien. Dis mos nie hoe jy is nie."

"Ek het vroegmôre vir jou en McGyver gehoor, Adam," sê sy en kyk hom reguit in die oë.

Hy gaan tel eers sy kouse op en gaan sit hulle in die wasgoedmandjie en kom sit dan weer langs haar. "Wat het jy als gehoor?"

"Ek het gehoor wat McGyver gesê het. En ek voel skuldig! Ek het vir hom jou boodskap aangedra. As ek my mond gehou het, was daai man miskien nog lewendig!"

"En het ek nou in die tronk gesit, Shalon! Maar ek het niks met daai man se dood te make nie. My gewete is skoon. En jy weet net so goed soos ek dat die manne nie besigheid in Mdantsane doen nie. Dit is nie 'n gebied wat onder my val nie. En as jy mooi afgeluister het, sou jy gehoor het wat McGyver sê. Hulle het heelnag aan die karre gewerk. Dis nie maklik om een kar binne 'n aand gesprei te kry nie. Dit vat baie werk, en hulle het al twee gedoen! Toe ek vir jou die boodskap gee, het ek geweet McGyver sou weet wat om te doen. Hy sou die disko-eienaar vra om die staatsaanklaer om te koop sodat ek dan ten minste 'n buitestraf kry. Die staatsaanklaer en die disko-eienaar het al vantevore besigheid gedoen," sê hy.

Nou hoekom glo ek jou dan nie? worstel dit binne-in haar.

"Waarheen gaan jy?" vra hy toe sy Sondag douvoordag opstaan en aantrek.

"Kerk toe. Ja, jou mond val verniet oop. Ek gaan kerk toe, en jy kan g'rus saamkom," sê sy en wonder wanneer die diens begin en of die kerk nog in dieselfde gebou in Park Side is.

"Nee, gaan jy maar en bid sommer vir my ook. Maar wat laat jou nou ewe skielik die kerkdeure opsoek?"

Oor ek skuldig voel oor die gat vol geld in ons kamer en daai man se dood en nie daarvan ontslae kan raak nie, dink sy, maar sê: "Na als wat in die laaste tyd gebeur het, voel ek maar net om 'n slag in 'n kerk te gaan sit."

In die kerk kry sy nie waarna sy soek nie en ry van daar af reguit dorp toe. Sy parkeer die kar wat die disko-eienaar haar geleen het voor 'n luukse hotel wat oor die see uitkyk, en gaan stap langs die promenade.

Sy loop en dink terwyl sy die seelug inasem: Hoekom glo ek nie vir Adam nie? Hoekom voel ek so skuldig oor daai man wat ek nie eens ken nie?

Toe sy omdraai en terug kar toe loop, sien sy vir die eerste keer die mooi wit dubbelverdiepinghuis met die blink verniste planke al langs die boonste vloer se mure. As als oorgewaai het, sal ek vir Adam bring om na dié huis te kom kyk, want myne moet net so wees, dink sy. Maar sonder al daai papiere wat om die heining vasgesteek is.

Tog loop sy oor die straat na die huis toe, en lees 'n paar van die plakkate. *Practice safe sex* en *Love life* en *HIV/Aids Helpline* lees sy.

Iets woel in haar bors toe sy die kar aanskakel en terug Duncan Village toe ry. Iets waarop sy nie 'n vinger kan lê nie, bly heelweek aan haar krap.

"Ek sien jou tjommie, sersant Hendrick, netnou hier verbygaan toe jy by die hek was. Het hy jou darem gegroet?" vra sy vir Adam toe hy in die huis kom.

"Nee. Hy't net sy kop anderkant toe gedraai. Hy voel seker ongemaklik. Maar ek blameer hom nie. Ek sou dieselfde gedoen het."

"Kom sit, Adam. Ek wil met jou praat voor Ma netnou hier aangeloop kom," sê sy en klap met 'n hand op die sagte leer langs haar.

Hy kom gedienstig langs haar sit. "Wat is dit? Jy dink tog nie nou nog dat ek iets met daai man se –"

"Nee, maar ek kan nie help om daaroor skuldig te voel nie. Maar ek weet hoe om die skuldigeit weg te vat. Ek gaan van die geld in die gat vat en dit vir die Aids Foundation loop gee."

Adam spring op en kom staan oor haar. "Is jy dan nou heeltemal befok? Jy weet tog hoe lank ons gewerk het om daai geld in te kry, Shalon! Waarvan gaan ons lewe as ek uit die polisiediens tree? Ek het jou mos gesê dat ek die werk gaan los sodra als oorgewaai het!"

"En dan gaan jy die diskoplek kamma oorkoop," sê sy en staan ook op. "Dis my sweet ook wat in daai gat is, Adam. Nie net joune nie. Ek gaan van daai geld vat!"

"Hoeveel nogal?" vra hy, hande in die sakke.

"Ek het gedink om so dertigduisend te vat."

"Dertigduisend! Is jy mal? En wat as –"

"Ek gaan dit nie hier in East London loop staan en ingee nie," sê sy vererg. "Dink jy ek's stupid? Ek gaan Port Elizabeth toe ry en dit daar by 'n Aids-plek loop ingee. Moenie worrie nie, ek sal toggie my regte naam gebruik nie. En dis nie baie geld nie. McGyver het nou die aand twee keer soveel gebring. Ek weet ook nie hoekom jy hier staan en kla as jy vir die manne bonusse gee nie. Ek gaan van die geld vat!"

Hy loop en krap sy kop, gaan staan dan voor die tamaai televisie en kyk na haar. "Nou goed. Doen dit dan as dit jou gewete gaan sus. Maar moenie dink dat jy geld soos water gaan loop staan en uitdeel sodra jy 'n skuldige gewete oor iets kry nie! Ons kan nie te veel van die geld net loop weggee nie, want ons sal hiervanaf so moet lewe soos ons altyd beplan het."

Met die deure gesluit en die gordyne van die kamervenster toegetrek, help hy haar om die hangkas van die muur af weg te skuif. Sy tel die dertigduisend rand glimlaggend af.

Die gewoel in haar bors is stil toe sy die volgende oggend die geld onder in 'n oop kosmandjie sit en kos bo-op pak. "Moenie die geld in jou handsak sit nie. Sit dit in daai oop kosmandjie, dan kan jy sommer later by die tronk aangaan en die kos vir Boetie gaan gee," het Adam gesê voor hy met die tjinners weg skool toe is, en toe nóg raad gegee: "En sit die mandjie langs jou op die voorste sitplek. Netnou volg die polisie jou en skud hulle die kar. Maar hulle sal die oop mandjie sien en nie nog tyd mors om deur die kos te krap nie."

Nou moet ek net gou vir Joan Arries bel en haar bedank dat sy my daai aand moed ingepraat het, en as Adam met die kar terugkom, moet ek in die pad val om voor vanmiddag weer terug te wees, dink sy toe sy die gebakte hoender in plastiek toedraai en dit in die mandjie sit. "Boetie gaan dink dis vandag Krismis," praat sy hardop toe sy na die vol mandjie kyk. "En dis al die tweede keer in twee weke wat ek kom visit."

⁓ *Joan* ⁓

"EN AS JY NOU SO BEKAF DAAR STAAN?" ROEP MAGDA, WANT JOAN STAAN arms gevou in haar agterdeur.

"O, niks nie. Dink maar net. Môre, Magda," groet sy ingedagte en kom kruip deur die heining.

"Hû-ûh, girl," sê Magda toe sy die ketel aansit. "Ek ken jou darem al goed genoeg teen dié tyd. Jy lyk preoccupied nes jy laas gelyk het toe jy die bullet-proof-ruite gekry het. Of het jy nou Willem se werk van so op een plek staan by hom oorgevat? Daarvan gepraat, ek sien mister pas nie meer sy shadow so baie op nie. Toe, wat is dit?"

Joan skud haar kop 'n paar keer voor sy praat. "Ek weet nie. Shalon het net-nou uit Oos-Londen gebel. Ek het mos laas vir jou gesê dat ek 'n oproep van daar af gekry het. Onthou jy?"

"Ja. Is daar iets verkeerd?"

Joan skud haar kop, maar die fyn plooitjie tussen haar wenkbroue sit nog daar. "Nee, dit klink asof dit met haar goed gaan. Sy't heel vrolik geklink en nie so af soos daai eerste aand nie."

"Nou wat pla jou dan?"

"Dis nie iets wat my pla nie, Magda. Ek is maar net 'n bietjie teleurge-steld, dis al. Jy weet, almal wat my tot dusver gebel het, doen iets in hulle plekke om ander polisiemense se vrouens en mans te help. Nou nie op so 'n groot skaal soos Gladys dit in Johannesburg doen nie. Ek hét jou mos gesê dat Gladys haar eie werkswinkels begin het, nè? Toe sy my Sondagaand bel, het sy al veertien mense gehad. En dit binne 'n maand! En sy't my gesê dat sy elke dag oproepe kry. Weet jy hoe sy dit doen?"

Magda skud haar kop waar sy gebukkend voor die oond staan. "Nee, vertel my."

"Sy sê behalwe vir die advertensie wat sy daar laat loop het, het sy haar vriende ingespan om vir mense te sê waarmee sy besig is. Maar toe ek netnou met Shalon praat en haar aanmoedig om mense daar bymekaar te kry, sê sy sy's nie daarvoor uitgeknip nie. Sy is glo van plan om mense met HIV en Aids op een of ander manier te help, ek kon nie mooi agterkom hoe nie. Sy voel dat sy meer vir hulle kan doen. En as sy ondersteuning nodig het, sê sy, kry sy dit by haar ma, want dié het onlangs die Here gevind. En sy sê haar man het in elk geval die polisie gelos."

"Voel jy dáároor disappointed? Ek sal nie as ek jy is nie. Jy kan mos nie verwag om die hele wêreld te convert nie, Joan! En wie weet, miskien phone 'n ander mens jou uit daai plek uit wat nie soos die Shalon-vroumens is nie. Julle gaan mos weer advertise, het jy gesê, nie so nie?"

"Jy is seker reg. Ons gaan weer koerante toe, maar dit gaan hierdie keer regtig net in die plaaslike koerante wees," sê Joan en vat 'n slukkie koffie. "Adriaan Cronjé het ook al vir my gesê dat ons ons nie moet pla as die mense so druppel vir druppel bel en ons nie so baie mense soos Gladys kry nie. Sy't skoons haar skoonmaakwerk, waarmee sy ekstra geld verdien het, gelos, so besig hou die mense en die werkswinkels haar."

"En hoe gaan dit met hom?"

"Met Adriaan? Goed," sê Joan en glimlag. "Sy vrou het besluit dat hulle met haar verlof die kind by sy ouers moet los en Mauritius toe moet gaan."

"Sien jy nou wat jy in daai couple se lewe gedoen het? Ek sal my nie oor Shalon pla nie. Jy moet altyd positive wees, het ek nog nou die dag in Oprah se magazine gelees. En as jy die dag weer iemand kry wat nie interested is om te praat of om ander mense te help nie, kan jy net na Willem kyk. Ek meen, selfs Michael is surprised oor die change in hom. Hy staan nou wel nog rond en kyk in die lug op, maar hy roer darem nou sy litte. En is jy nie bly dat hy nou weet dat jy die ding aan die gang gesit het nie?"

"Ek is bly," sê Joan, "maar jy weet net so goed soos ek hoe Willem daai dag tekere gegaan het."

"En wat is dié?" het Willem die Dinsdagoggend in die kombuis gevra en die koerantuitknipsels na haar toe uitgehou. Haar hart het net een ruk gegee.

"Vir wat staan en krap jy in my laaie?" wou sy kwaad geskrik weet.

"Ek het nie gaan krap nie. Jy weet dat ek nooit in jou goed krap nie. Die goed het uitgesteek en ek wou dit net weer terugsit toe ek ons telefoonnommer op die advertensie sien. Vir wat gaan publiseer jy die telefoonnommer terwyl jy weet dat dit vir jou en die kinders se veiligheid nie eens gelys is nie? En watter ondersteuning praat die advertensie van? Kom, praat!"

"My naam en van is nie op die advertensie nie. En dis net soos dit op die papier staan, Willem. Dis vir mense wat met iemand in die polisie getroud is.

En niemand anders behalwe mense wat op die advertensie gereageer het, het gebel nie."

Sy neusvleuels het gerek. "Jy het vir my gelieg, Joan! Jy het wel van die mense gepraat wat jy altyd ontmoet en oor die telefoon mee gesels, maar jy het nie gesê dat jy agter die hele ding sit nie! Jy het vir my gelieg!" Hy het so hard gepraat dat Magda haar kop by haar kombuisdeur uitgesteek het.

Sy het na die ketel gedraai en dit aangesit en 'n koppie en die blik teesakkies nader getrek. Als om haar tyd te gee om haar woorde agtermekaar te kry. "Ek het nie gelieg nie, Willem." Sy het vir haar tee gemaak en op die stoel gaan sit. Dit was elfuur op die Mickey Mouse-horlosie teen die muur. "Ek het regtig nie vir jou gelieg nie. Ek het vir jou daai aand die waarheid vertel. Dis jy wat my nie in- en uitgevra het nie. As jy my daai tyd gevra het, sou ek jou gesê het. Maar nee, daai aand was jy mos te haastig om jou bier in die kamer te gaan drink."

Hy het die koerantuitknipsels voor haar neergegooi, gaan sit en sy hare deurmekaar gevryf. "Vir wat het jy dit gedoen, Joan? Enigeen by my werk kon die telefoonnommer gesien en herken het en dan gedink het dat ons dalk probleme het!"

"Ons hét probleme gehad, Willem. Nou nog, maar dis nou nie meer so erg vandat ek met daai ander mense praat en by die werkswinkel geleer het om dinge beter te hanteer nie."

"Bespreek jy my met ander mense?"

Joan het haar tee gevat en in die agterdeur gaan staan, want Willem was briesend. Magda het in haar kombuisdeur gestaan en haar stilletjies met die hande aangemoedig om te praat.

"Ek bespreek jou ook nie met ander mense nie. Ons gesels net oor ons probleme sonder om name te noem, en dan help ons mekaar deur mekaar moed in te praat," het sy van die deur af gesê. Sy het Willem al baiekeer kwaad gesien, maar nie so kwaad soos nou nie.

"Watse probleme? In hierdie huis is daar geen probleme nie," het hy gebulder. "En as daar wel was, sal ek hulle self oplos en hoef jy nie na koerante toe te hol nie."

"Oe-la-la!" het sy Magda saggies hoor sê.

Die wind was uit haar seile geruk. Maar ook net 'n rukkie. "Nie probleme nie, Willem?" het sy gevra en voor hom gaan staan. "Ons het sommer helse probleme gehad! Hoe het jy gedink moes ek en die kinders voel toe jy die nag agter die huis aan die skiet geraak het? Jy't agterna vir hulle om verskoning gevra, maar nie vir my nie. Met my het jy soms maande lank kwalik gepraat. Ook nie eens na my gekyk nie."

Hy het haar net aangegluur. Sy het nie omgegee nie. "Hoe dink jy moes ek voel wanneer jy soms gemaak het asof ek in jou pad in is? Ek kon nie met jou praat nie, en nog minder aan jou raak! Dink jy dit was vir my lekker om jou elke dag te sien drink of jou na die dokter te sien loop as daar iets met 'n ander polisieman gebeur het? Ek is ook liggaam en gees, Willem, nie net 'n stuk ding met geen gevoelens nie! Ja, ek het koerante toe gehardloop. Om nie net hulp vir my te kry nie, maar sodat ek vir jou ook kon help. En die groep mense met wie ek elke keer oor die telefoon mee praat, hét my gehelp. Het ons gehelp. Ek kon na jou werk toe gegaan het en met hulle gaan praat het, en dan?"

"Jy sou dit nie waag nie!" Hy opgespring en na haar gemik. Sy het effens teruggestaan.

"Ook maar net omdat ek jou nie by die werk wou swak maak nie! Maar Willem, jy kan nie stry nie," het sy skielik doodmoeg gesê en weer gaan sit. "Ons hét probleme gehad. En danksy die groep wat my gehelp het om dinge te sien soos dit is, is ons besig om reg te kom. Die kinders ook. Hulle hang nou weer aan jou, waar hulle 'n klompie maande gelede van jou af weggekruip en in hulle kamers loop sit het."

"Hoe kan jy, wat skaars jou standerd sewe klaargemaak het, met so iets begin? Of is al die ander mense ongeletterd?" het hy ná 'n ruk gevra en ook weer gaan sit.

"Nee." Sy het geglimlag en die trots uit haar stem probeer hou. "Ons groep vra nie vir geleerdheid nie. Ons stel net in ons probleme belang. Maar een van die lede is 'n sakeman en die een in Johannesburg is 'n matrone. Ek weet nie wat die een in Oos-Londen doen –"

"Johannesburg? Oos-Londen?"

Sy het die koerantuitknipsels oor die tafel na hom gestoot. "Ja. Hierdie advertensies was in die *Sunday Times* en die *Rapport*."

Hy het weer na die advertensies gekyk. Vir die res van die dag, onthou sy, het sy hom so af en toe kopskuddend na haar sien kyk. En van daardie dag af kon sy vrylik voor hom met iemand oor die telefoon praat, en vra hy haar nie uit nie.

⇜ *Nadia* ⇝

NADIA VILJOEN SKRIK SKIELIK WAKKER EN HOU HAAR ASEM OP. IETS HET haar wakker gemaak.

"Kobus!" roep sy sag na haar man en strek haar hand in die donkerte oor die bed uit om hom wakker te maak. "Kobus! Ek het iets gehoor! Daar is iemand in die huis. Word wakker!" Sy voel-voel langs haar, maar sy kant van die bed is leeg. En koud. Hy moes al 'n geruime tyd opgestaan het, dink sy en skakel haar bedliggie aan. Sy moet haar oë 'n paar keer knip om aan die lig gewoond te raak. Dis kwart oor drie sien sy toe sy op die wekker kyk.

"Ag toggie! Nie weer nie!" praat sy met haarself en staan op om haar kamerjas en pantoffels aan te trek.

'n Geweldige knal laat die lamp op die bedkassie bewe net toe sy 'n pantoffel met haar voet nader trek.

My kinders! Ag, liewe Vader, nee! Sonja! Johan!

"Nee, Kobus! Nee!" Sy besef nie dat sy gil nie, besef net dat sy in haar kinders se kamers moet kom om hulle te beskerm. Die dun ligroos nagrok wapper agter haar toe sy kaalvoet en skreeuend uit die kamer hardloop.

Sy is net betyds om vir Kobus in Sonja se kamer te sien gaan. "Kobus! Wag!" skree sy terwyl sy die lang plankvloergang afhardloop. "Asseblief, my man, wag! Moenie!"

Maar sy is te laat. Hy het reeds in die kamer verdwyn en maak die deur agter hom toe.

Die oomblik toe sy die deur hoor toegaan, hoor sy: "Ma! Help my!" En toe heeltemal angsbevange: "Pa! Asseblief, moenie, Pappa!"

"Kobu-u-u-us!" Haar gil smelt saam met die geweerskoot. Die geluid weergalm deur die huis.

En toe is dit verskriklik stil en sy staan versteend, met opgehoue asem, in die gang. Staan en wag om haar kind se helder stem te hoor, ten minste 'n piepgeluid uit Johan se kamer te hoor. En om vir Kobus te hoor. Maar dis doodstil.

Hoeveel skote was daar? Twee? Drie? vra sy haarself af terwyl sy haar mond met albei hande toedruk om nie weer te gil nie.

Sy weet dat sy na haar kinders se kamers moet gaan, maar haar voete wil nie beweeg nie. Sy weet ook dat sy iemand moet bel en hulp ontbied, maar eers sy wil by haar kinders kom. Tog staan sy net daar, vasgeanker aan die plankvloer, met haar polsende hartslag in haar ore.

Uiteindelik kry sy dit reg om met swaar voete tot voor Sonja se deur te kom. Sy druk die kamerdeur oop en gaan stadig binne. Die lig van die bedlampie laat die kamer sag en rustig lyk.

In die verste hoek van die kamer sit Kobus met geboë hoof op die bed met Sonja se kop op sy skoot. Maar iets is verkeerd, skreeu 'n stem in haar kop. Hoekom is daar 'n stukkende kussing oor haar kop? Hoekom hang haar arm so slap langs sy been af? Wat tap so by Kobus se bene af?

"Kobus?" Sy herken nie die fluisterstemmetjie wat sag en onseker na hom roep nie.

Hy lig nie sy kop nie en sy staan nader na hulle toe. "Kobus, lê vir Sonjatjie neer. Toe, my man. Lê haar neer."

Sy kop lig stadig tot sy oë op hare rus. Sy sien die trane oor sy wange afrol en in sy snor verdwyn. "Kobus?"

Hy lig sy hand stadig asof sy arm doodmoeg is en wys met 'n vinger na haar. "Ek het julle baie lief. Ek is jammer, Nadia. So jammer," sê hy in 'n oneindig moeë stem.

"Ons is ook baie lief vir jou, Kobus. Toe, lê Sonjatjie neer."

Maar Kobus hou sy tienerdogter op sy skoot en hou sy regterhand na haar gelig. En sonder waarskuwing krul sy vinger en voel sy hom hard teen haar bors stamp. Maar hoe kon hy my stamp as hy met Sonja se kop op sy skoot sit? wonder sy toe die stamp haar voete onder haar uitruk en sy agteroor deur die lug vlieg en hard op haar dogter se lessenaar land. 'n Oomblik rus haar kop en rug op die houtblad en die volgende oomblik gly sy af en val in 'n sittende posisie met oopgevlekte bene op die vloer. Haar kop kap met 'n dowwe slag teen die muur. Terselfdertyd beland die telefoon met 'n harde klettergeluid op die vloer langs haar. 'n Brandpyn skiet deur haar linkerboud. Dis seker 'n houtsplinter, dink sy, en wil dit uittrek. Maar sy kan nie haar hande en vingers beweeg nie. Haar arms voel soos lood en lê slap en nutteloos langs haar sye. Sy kyk af op haar bleek boude en wil maar kan nie haar nagrok wat teen haar heupe opgeskuif het, aftrek nie.

"Kobus?" roep sy. Die woord klink vreemd hard in haar kop. "Kom help my op my voete."

Maar hy sit net daar en kyk haar huilend aan. "Waarom huil jy en kyk jy my so snaaks aan? Kom help my op, asseblief!" As hy haar eers op haar voete gehelp het, sal sy hom vra waarom hy haar geslaan het. Hy het nog nooit sy hand teen haar gelig nie. Waarom het hy dit nóú gedoen? Wat het sy verkeerd gedoen?

'n Brandende pyn skiet deur haar bors waar Kobus haar gestamp het. Die pyn is so erg dat sy daarvan skree. "Kobus! Jy is nie meer snaaks nie. Kom help my, asseblief! Daar is iets met my verkeerd."

Haar stem klink so vreemd soos 'n roggel. En haar mond is vol dikkerige soet warm spoeg wat by haar ken afloop en op haar bors tap. Sy probeer haar nek stadig afbuig om te kyk of daar nie 'n houtsplinter in haar bors gesteek het wat die onuitstaanbare pyn veroorsaak nie, maar toe sy haar nek wil buig, val dit vanself slap vooroor tot haar ken op haar bors rus. Daar is 'n groot donker kol op haar nagrok. En 'n groot donker kol op die mat tussen haar bene. Bloed!

"Here, Kobus! Wat het jy gedoen?" Maar dit is nie meer háár stem nie.

Sy probeer haar kop lig, maar die gewig is te swaar vir haar nek. Haar kop val slap op haar regterskouer. Sy kan hom sien. Hy sit en huil nog steeds met Sonja se kop onder die kussing. Sy mond gaan oop en hy sê iets wat sy nie kan hoor nie. Die geluid van branders raas te veel in haar kop om hom te hoor. En toe lig hy sy regterhand weer stadig en druk sy vinger teen die kant van sy kop. Die oomblik toe sy liggaam ruk en agteroor val, verskyn daar honderde donker kolle teen die muur. Weer 'n donderstorm, dink sy toe die plankvloer onder haar bene 'n paar oomblikke lank vibreer. Dit gebeur altyd in die somer.

Sy wil vir Kobus vra waarvan die muur so vuil geraak het, maar sy kan nie. Die pyn in haar bors raak erger. So erg dat sy nie reg kan asemhaal nie. Die pyn maak haar so duiselig dat sy wit spikkeltjies voor haar sien ronddans.

Sy knip haar oë 'n paar keer. Haar ooglede voel swaar, maar sy hou aan knip om van die spikkels ontslae te raak. Maar die spikkels raak groter! En later is hulle groot wit kolle. In elke wit kol sien sy iets.

Sy kyk. Sy kyk deur 'n vergrootglas. Alles beweeg stadig, asof die spoed van 'n film op sy laagste gestel is.

Sy staan voor 'n lang spieël in haar kamer. Die kamer ruik na haarsproei, naellak en parfuum. Haar kamer op die plaas? Nee, dit kan nie wees nie. Hierdie rakke langs haar is nie vol lappoppe nie. Dis vol boeke. Sy draai haar kop na die rakke en laat haar oë oor die boeke gly. Dis akademiese boeke en 'n paar ligte liefdesromans. Sy draai heeltemal om en kyk na die kamer. Die enkelbed is met 'n sagte herfskleurige deken oorgetrek. Die gordyne by die groot oop venster is dieselfde kleur. Helder lig val deur die venster. Haar bed op die plaas is altyd met 'n lappieskombers oorgetrek en die gordyne het 'n blokkiespatroon. Waar is die skommelstoel waarop sy altyd sit? Sy kyk na die regop stoel en lessenaar langs die bed. Net die hangkas lyk bekend. Waar is die pot vol blomme wat altyd in haar kamer op die ronde tafeltjie voor haar bed staan? Daar is geen ronde tafeltjie nie. Ook geen blomme van enige aard nie. Daar staan net twee geraamde kleurfoto's op die lessenaar langs die elektriese lamp. Sy gee 'n paar treë en tel albei portrette op. Haar ouers lag na haar.

"Pa," prewel sy en soen die foto. Sy wyerandveldhoed is tot agter op sy kop geskuif en die stuk blonde kuif wat voor uitsteek rus deurmekaar op sy voorkop. Sy grys oë is nou getrek soos altyd wanneer hy lag. Onder die snorretjie byt hy 'n pyp in die hoek van sy mond vas. Sy kakiehemp met die opgerolde moue is oopgeknoop en daar's 'n kakiesakdoek om sy nek gebind waarvan die punte skuins oor sy bors lê. Hy is bruin gebrand en lyk so gelukkig, sien sy.

"Dis 'n goeie oesjaar," het hy laggend gesê die agtermiddag toe sy die kiekie op die stoep geneem het, onthou sy.

Ma het steeds daardie soet glimlag om haar lippe, sien sy, en soen ook haar foto. Haar ligbruin hare hang los oor haar skouers. Sy staan langs 'n rangskikking van pienk rose, dieselfde kleur as haar kortmourok. Sy buk vooroor, haar blou oë rus op die blomme voor haar. 'n Skraal hand waarop 'n groot diamantring duidelik sigbaar is, reik na die rose asof sy hulle nader wil trek om daaraan te ruik.

Sy soen weer albei foto's en streel met haar voorvinger liefdevol oor die gesigte voor sy hulle weer langs die lamp sit. Sy kyk na die vloer en frons toe sy die dik, sandkleurige volvloermat sien. Die hele huis op die plaas het dan plankvloere. Blink plankvloere wat elke dag gevryf word. Sy kyk deur die venster, maar sy sien nie die vrugteboord en die lande wat tot in die verte strek nie. Sy kyk teen 'n paar bome en plante vas wat teen 'n hoë betonmuur opgroei. Daar was nog nooit hoë mure op die plaas nie. Alles daar is …

O! Ek onthou nou waar ek is, dink sy en glimlag verlig. In my kamer by oom Gawie en tant Petronella.

Sy draai na die spieël en kyk na haarself. Sy staan in 'n lang, wye, wit trourok. Die rok is van dik satyn gemaak en daar is pêreltjies op die borsstuk geborduur en kant op die lang moue. Haar ma se trourok, onthou sy en raak weemoedig.

Sy draai skuins voor die spieël om die lang, wit sluier te sien wat van haar kroontjie tot op die mat hang. Tant Petronella moes haar help aantrek.

Iemand klop aan die deur en sy hoor tant Petronella sê: "Nadia, die fotograaf is hier! Kan ons maar binnekom?"

"Ja, tante," hoor sy haarself uitroep.

Sy sien asof in 'n film hoe haar kop weer vinnig na die foto's draai en 'n glimlag op haar lippe verskyn.

Die deur gaan oop en tant Petronella, gevolg deur oom Gawie en 'n kort man in 'n swart pak met 'n kamera in sy hand, kom die kamer binne.

Tant Petronella dra 'n geel rok en geel breërandhoed en wit laehakskoene en sy hou 'n ruiker van langsteel- wit rose en varings voor haar uit. Oom Gawie het 'n vaal pak aan en 'n kraakwit hemp met 'n vaal das en grys leerskoene. Hy hou 'n langwerpige donkerblou dosie in sy hand. Toe hy by haar kom, maak hy die dosie oop. Op die rooi fluweel binne-in lê 'n string pêrels en twee pêrel-oorkrabbetjies.

Oom Gawie lig die string pêrels uit en gee die dosie vir haar om vas te hou. "Nadiatjie," sê hy en sy hoor hoe sag hy praat. "Dit was jou mamma se pêrels. Grootbroer Dawie het dit op hul troudag vir haar gegee. Gelukkig kon die in-brekers darem nie die kluis oopkry nie. Hier, Nadiatjie, kom ek sit dit om jou nek. Petronella, kom lig die sluier en sit die oorbelle vir haar aan."

"Dankie, oom Gawie," hoor sy haarself sê en sien hoe haar kop skuins draai en sy hom op die wang soen.

Sy sien haarself weer in die spieël kyk en voel die koel pêrels teen haar vel.

In die spieël sien sy tant Petronella en oom Gawie agteruit tree om na haar te kyk. Albei snuit hul neuse, hy in 'n wit katoensakdoek, sy in 'n fyn kantsak-doekie, terwyl die fotograaf se oë vinnig oor die kamer gaan.

"My broer sou vandag so trots gewees het," sê oom Gawie en loop by die deur uit.

"Jy lyk pragtig, my kind," sê tant Petronella. Sy draai met 'n sug na die foto-graaf. "Jy kan maar begin. Jy het 'n halfuur voor ons by die kerk moet wees. Moet Nadia nou die ruiker in haar hande hou?"

"Nie nou nie, mevrou. Ek sal sê wanneer. Staan net so, Nadia. Draai jou kop effe skeef. Nee, nie so baie nie. So ja. Glimlag," hoor sy die fotograaf sê.

Die flits van die kamera verblind haar. Wanneer haar oë weer aan die lig ge-woond is, is sy nie meer in die kamer nie.

Sy lê in 'n swart baaikostuum op 'n wit handdoek waarop die embleem en naam van 'n hotel in rooi gare geborduur is. Sy lê onder 'n groot wit sonsam-breel op 'n wye wit strand. Onderkant haar, na die seewater se kant toe, speel 'n blondekop-, blouoogdogtertjie tussen ander kinders. Sy is die enigste een in 'n wit baaibroekie. Die kinders bou sandkastele, sien sy. Haar oë bly 'n wyle op die dogtertjie wat – tong-tussen-die-tandjies van skone konsentrasie – met haar grafie sand spit en op 'n hopie gooi. Dan druk sy dit met vet vinger-tjies vas. Sonja.

Ek moet netnou weer sonroom aan haar smeer, dink sy en glimlag.

Sy lig haar bolyf en steun op haar elmboë. Haar oë soek na die swemmende figure in die water. O, daar is hulle.

"Moenie dat Johan so ver ingaan nie, Kobus!" roep sy, al weet sy dat hulle haar nie bo die vrolike geluide van die mense op die strand kan hoor nie.

Maar asof hy haar tog gehoor het, sien sy hom na 'n ligtekopseuntjie swem.

Sy maak die kosmandjie langs haar oop en haal 'n plastiekbottel met rooi koeldrank uit. "Sonja! Kom drink 'n bietjie. Dan kan jy weer gaan speel," roep sy.

Die dogtertjie kom aangehardloop en spring opgewonde op die handdoek rond. "Het Mamma my kasteel gesien? Kyk net hoe groot is hy! Agge nee!" Die opgewektheid is weg.

Sy kyk. 'n Brander het al die sandkastele plat gespoel. Al die ander kinders lyk ook hartseer.

"Toemaar, Sonja," troos sy en sit die koeldrankbottel in haar handjie. "Dis omdat julle die kastele te na aan die water gebou het. Bou hulle 'n entjie verder weg waar die branders nie kan kom nie."

"Maar ons wil naby die see speel, Mamma. Die ander sand is te droog." Die blouoogdogtertjie neem vinnige slukkies van die koeldrank terwyl sy haar maatjies dophou wat weer sandkasteelhopies begin pak het.

"Ek gaan 'n groter een bou," spog sy en gee die leë bottel vir haar.

"Môre gaan ek en Pappa vir jou en Johan 'n regte kasteel wys," beloof sy en smeer sonroom oor die kind se mollige lyfie.

"'n Regte kasteel, Mamma?"

"Ja. Die heel eerste kasteel wat in hierdie land gebou is. Toe, jou maatjies roep."

Sy lê weer agteroor en tel die boek op wat langs haar op die wit handdoek lê. Maar sy lees nie toe sy dit oopmaak nie, haar oë is op 'n berg in die verte waaroor 'n laag wit wolke hang.

Ons moet met die sweefkar tot bo-op die berg gaan, dink sy. Toe ons twee jaar gelede hier was, was hulle nog te klein om die uitsig te waardeer.

Sy draai haar oë van die berg weg toe 'n man en 'n seuntjie nat en laggend na haar toe aangehardloop kom. Sy steek haar hand uit en gee vir elkeen 'n wit handdoek met rooi letters op aan.

"Gaan jy dan nie swem nie? Die water is yskoud! Ek sal 'n ogie oor Sonja hou," sê die man. Sy kyk na die bruin bene, die mooi lenige lyf, die kort blonde hare wat plat op sy kop gepleister lê. Daar hang waterdruppels aan sy wimpers.

"Die water is nie koud nie, Mamma! Dis net koud as mens ingaan, maar ná 'n tydjie word dit lekker. Is daar nog toebroodjies, Mamma? Ek is honger," sê die seuntjie met haar ligbruin hare en grys oë.

"Ek gaan nie vandag swem nie. Die strand is te vol, skatlam. Ek het 'n boek gebring om te lees. Kom dat ek sonroom aan jou kan smeer."

Die seuntjie is bruin van die son. Hy lag en hardloop oor die sand, dan plassend in die branders in.

"Moenie te diep ingaan nie, seun!" roep die man langs haar. Hy gooi die handdoek waarmee hy hom afgedroog het langs haar oop en gaan sit daarop. "Gee die sonroom aan en kom sit hier tussen my bene. Kyk hoe bruin gebrand is jy al." Toe sy die room vir hom aangee en nader skuif, soen hy haar op die mond.

"Wat het jy vir vanaand beplan?" Sy voel hoe sy hande oor haar rug gly, oor haar bo-arms, agterom haar nek.

"Niks. Hoekom?"

"Ek het gedink as ons Johan en Sonja by die hotel se kinderoppasser los, kan ons gaan fliek. Of wil jy liewer gaan dans?"

"Ons het dan eergisteraand gaan dans," sê sy. "Ek wil liewer gaan fliek. Ek wil die film sien van die bergklimmers wat op die Himalaja-berge vermis geraak het. Dis gebaseer op 'n ware gebeurtenis. Maar wat wil jý doen?"

"Enigiets, skat. Solank ons dit saam doen."

Die man raak voor haar oë weg en sy is op die plaas, sien sy. Op Bessie se rug. Sy voel die koel wind op haar gesig en deur haar hare waai, en hoor dit verby haar ore suis. Sy hoor Bessie se hoewe hard en vinnig oor die droë grond galop. Die son skyn warm op haar kop en kaal arms en bene.

Toe Bessie nader aan die voet van die koppie kom, galop sy stadiger.

Sy laat die teuels slap in haar hande hang en sy gee die merrie rigting deur haar kort-kort met die binnekant van haar knie teen die flanke te druk. Die perd stap met haar tot hulle onder 'n groot doringboom kom.

"Hoo, Bessie," praat sy met die perd en leun vooroor en vryf oor die bruin voorkop.

Sy spring rats uit die saal en gaan staan voor die perd. Sy haal 'n wortel uit die sak van haar kakiebroek. "Mooi so, nooi se pêre," praat sy terwyl die merrie aan die wortel kou.

Die klip is warm onder haar kaal voete toe sy die rantjie uitklim. Bessie wei onder die boom met teuels wat oor die grond sleep.

Halfpad teen die koppie op draai sy om. Onder in die laagte lê 'n plaashuis. Die sinkdak blink in die voormiddagson. Sy buk en pluk 'n grashalm. Die grashalm smaak soet. Die son bak die aarde dat dit na droë gras en stof ruik. 'n Vrou met wit voorskoot en 'n kopdoek op kom uit die huis, maak die tuinhek oop en loop oor 'n groen vierkantjie. Dis so stil dat sy oor die lang afstand hoor: "Daai Kiewiet het al weer in my groentetuin kom foeter. Al my kruie kom uitskoffel. Mies Anso moet met hom praat …"

"Hy ken seker nie die verskil tussen kruie en onkruid nie, Sannie."

"Hy weet goed, mies Anso! Hy's net skoon aspris en hy soek my net!"

"Toemaar, Sannie. Kiewiet is al oud en sien nie meer mooi nie. Ek sal met hom praat. Hy het gister van my dahlias ook per ongeluk raak gespit. Ons moet sy oë laat toets."

"Sommer sy kop ook!"

Haar kop raak vol woorde en sy hoor: "Mies Nadia, my meisiekind sê sy't jou weer kaalbas in die dam siet swem. Kan dit dan waar wees? Dis nie reg om so voor die volk te swem nie. Een van die dae siet iemand jou wat nie hier op die plaas hoort nie. Ek het hoeka geester vir ou Siljoos gehoor toet hy vir baas Dawie van die vreemde volk sê wat hy daar bo in die pad siet ronddrentel het. Lowe my lat jy jouself mooi sal oppas. En moenie daar in Prietorie dinge gaat doen wat ek jou nie geleer het nie."

In die lande duskant die huis sien sy 'n geel trekker. Sy trek haar oë op skrefies om in die helder lig te kan sien. Pa sit op die trekker. Hy ry oor die vaal grond en laat 'n wit streep stof agter. Sy breërandhoed is laag oor sy kop getrek. Sy sien nie die grys oë nie, net die skerp neus en die hangsnor en die vierkantige ken. Een van sy kakiesakdoeke is soos altyd om sy nek geknoop. Sy kromsteelpyp hang onaangesteek in die hoek van sy mond. Tog suig hy af en toe daaraan. Sy hande met die witgebleikte haartjies op die rugkant rus gemaklik op die stuurwiel. Nou en dan krap hy ingedagte met sy regtervoorvinger aan die merk op sy linkerduim waar die vishoek uitgesny moes word die keer toe hy by die Vaaldam visgevang het. Af en toe drink hy so in die ry 'n slukkie koffie uit die fles wat tussen sy voete in 'n rottangmandjie staan.

"Dis planttyd," hoor sy hom sê. Dis donker en hulle sit om die tafel, want dis tyd vir boekevat. Sy hoor hoe die motte teen die glas van die paraffienlamp vasvlieg.

Sy sien haar ma in die helder môrelig in 'n liggroen rok en met 'n strooihoed op die kop in die blomtuin voor die huis staan. Daar is 'n peinsende uitdrukking op haar gesig.

"Nee, Nadia. Daardie angeliere is te kort geknip om in daardie blompot te kom. Dis die blomme wat die aandag moet trek en nie net die blompot nie."

Haar ma ruik na lavental. Sy sien 'n diamant langs die troupand op haar ma se linkerhand skitter toe haar ma afbuk en 'n roos afsny en dit by die ander blomme in die oop rietmandjie sit en die sonstrale op haar hand val.

Haar oë volg haar ma na die huis. Sien hoe sy haar voete aan die sisalmat op die voorstoep afvee en haar hoed afhaal en dit op die riempiesbank op die stoep neersit. Sy sien hoe haar ma haar hare losskud en hoe die ligbruin lokke tot laag oor haar rug val. Haar voetstappe klink dof oor die blink houtvloer.

Die huis is koel binne en ruik na vars politoer. Die houtmeubels blink.

Haar oë soek anderkant die vrugteboord na die plaaswerkers se wit huisies wat soos stewige kartondosies langs die plaaspad staan. Sy sien ouma Tinkie, Sannie se ma, op 'n houtbankie voor haar deur sit. Die krom, knobbelrige hande wat eers vir Pa en toe vir haar grootgemaak het, werk aan 'n lappieskombers. Sy sien hoe die krom figuurtjie opstaan van die bankie af om die ysterpot op die oop vuur voor die deur te gaan roer. Sy sien hoe ouma Tinkie die Voortrekkerkappie waarsonder sy nooit is nie, stywer onder haar ken vasmaak.

"Sussie! Kom steek vir my die garing in die naald!" hoor sy ouma Tinkie roep.

Sy kyk op. Die lug is blou en wolkloos. In die verte lê daar grysblou berge op die horison. Dis moeilik om tussen aarde en lug te onderskei.

Haar kop draai weer na waar haar pa op die trekker sit. Maar wanneer het Kobus dan wakker geskrik en uit die bed geklim? Sy is 'n ligte slaper, maar sy het hom nie hoor opstaan nie, nie die matras voel beweeg nie. Sy moes tog sy bewegings gehoor en gevoel het, want hulle het in mekaar se arms aan die slaap geraak.

"Kobus? Waar is jy? Waar is die kinders? Hoekom antwoord jy my nie?"

Sy probeer haar kop lig, maar kan nie. Daar is 'n ondraaglike pyn in haar bors en dik soeterige spoeg wat in haar mond opdam.

"Johan?"

Sy luister maar sy hoor niks.

"Sonja? Waar is julle!"

Sy probeer verby die kol voor haar kyk of Kobus en die kinders nie naby is om haar te help nie. Maar sy sien niks. Dit is asof haar oë en kop nie van die wit kol kan wegbeweeg nie.

Sy lê in 'n hospitaalbed tussen wit lakens. Kobus sit op 'n stoel langs haar bed en glimlag so breed dat sy oë op skrefies trek. Sy voel moeg en tog is sy bly.

"Hy is pragtig, skat," sê Kobus en buk oor haar en soen haar op die mond en vee haar hare uit haar gesig.

'n Vrou in 'n wit rok kom die kamer binne met 'n baba in haar arms. Sy kom reguit na haar toe en sit die baba in haar arms.

Sy druk die kombersie van sy gesig weg om hom beter te sien. Hy slaap. "Johan," hoor sy iemand fluister. Die gesiggie is pienk en rond en die donshaartjies staan regop op sy kop. Sy hoor 'n snik en kyk op. Kobus het op sy voete gekom en staan langs haar. Hy glimlag nog steeds maar nou rol daar groot blink druppels oor sy wange.

"Hy is pragtig, nè?" sê hy sag. Sy knik instemmend. "Ek het klaar sy vingertjies en toontjies getel, en hy skort niks. Hy weeg 'n hele twee punt nege, Nadia. Hy gaan sommer 'n bielie van 'n man wees!"

Sy sien hoe sy met 'n pienk baba in haar arms aan die slaap val. Sy sien hoe 'n man met blonde hare oor hulle wag hou. Later sien sy 'n ouer man en vrou die kamer op hul tone binnekom. Hulle buig oor haar en sit 'n doos sjokolade en 'n ruiker op die bedtafeltjie neer. Die ouer man skud die jonger man se hand.

Die baba skrik wakker toe Pa Giel en Ma Koba die kamer binnekom en Pa Giel hard van die deur af sê: "Geluk, seun! Dag, Gawie, dag, Petronella. Waar is my kleinkind?"

"Nie so hard nie, Pa!" keer die man langs haar bed. "Nadia is moeg en Johan slaap . . . Kyk wat het Pa nou gedoen!" Die baba het begin huil.

"Hoor net hoe sit so 'n meneertjie 'n keel op! Hy gaan sommer sterk longe hê," spog die ouer vrou wat laaste die kamer ingekom het en buk af en soen haar op die voorkop. "Ek het vir jou lekker groentesop gebring, my kind. Ek weet hoe smaakloos hospitaalkos kan wees. Is hy darem nie te pragtig nie, Petronella?"

Sy sien hoe Kobus die motorkardeur vir haar oophou en haar met die baba in haar arms op die agterste sitplek inhelp.

Sy sien hulle by die huis in die babakamer. Sy sien haar lag toe hy voor die wiegie ronddraai en na elke paar minute vra: "Móét hy so lank slaap? Is dit nie al tyd om sy luier om te ruil nie? Is hy nie al honger nie?"

"Jy wil hom maar net wakker hê, Kobus," lag sy. Sy lê op 'n bed tussen sagte babaspeelgoed. "As jy iets soek vir jou hande om te doen, kan ek hom na ons kamer dra sodat jy nog 'n rakkie vir al hierdie beertjies kan opsit."

Sy sien 'n man wat onhandig 'n baba se doeke omruil en 'n paar keer aan die water voel voor hy die baba bad. Sy hoor hom saans rats uit die bed spring om die baba in sy kamer te gaan haal sodat sy hom aan die bors kan sit.

"Hoe kan jy dit selfs oorweeg om terug werk toe te gaan as hy nog aan jou drink?" vra hy.

"Ons het mos klaar daaroor gepraat, Kobus," hoor sy haarself sê. "Ek wil nie nou daaroor stry nie. Ek gaan terug werk toe. Rita het goed aangepas en Johan hou van haar. Buitendien het Ma Koba en tant Petronella self onder mekaar besluit om beurte te maak om bedags hier te wees."

"Maar wat gaan Johan deur die dag drink?"

"Borsmelk, wat anders? Ek gaan elke dag 'n paar bottels in die yskas hou en 'n paar leës saamneem werk toe. En etenstyd sal ek hom self kom voer."

"En wat as hy nie meer die melk wil hê nie? Jy kan mos by die huis bly tot hy groter is."

"Dan is daar poeiermelk."

Sy sien 'n ontevrede trek op die man se gesig, en dan sien sy 'n jong meisie in 'n kort groen skooluniform met 'n boek in haar hand. Sy sit met haar bene onder haar ingevou onder 'n jakarandaboom. Agter haar jaag 'n paar seuns mekaar rond terwyl 'n ander klomp 'n rugbybal na mekaar gooi. Voor haar staan groepies skoolmeisies. Sy hoor gruis kraak en sien 'n seun na haar aangestap kom. Hy dra die kleurbaadjie van 'n prefek. Sy ken hom, want in die klaskamer sit hy net 'n paar banke van haar af weg.

'n Meisie roep na hom, maar hy hoor nie, want hy kom hurk langs háár. Die groepies meisies hou op gesels en draai om en kyk na haar toe hy langs haar kom hurk. Sy voel haar wange raak warm, want waarom sal die rugbykaptein met haar wil gesels?

"Jy's darem 'n regte boekwurm," sê hy. "Doen jy nooit iets anders as studeer nie?"

Sy sê niks, want sy leer vir 'n toets.

"Kom jy Saterdag rugby toe? Dis die finale interskoolwedstryd van die jaar."

Sy skud haar kop en hou haar oë op die boek.

"Waarom nie?" Hy klink verbaas. "Almal gaan daar wees."

"Oor naweke gaan ek plaas toe."

"Kan jy nie net hierdie een keer 'n uitsondering maak nie?"

"Hoekom? Sodat ek moet sien hoe al die meisies op en af langs die kantlyn hardloop en vir jou skree?"

Hy lag en val agteroor. "O, dan het jy my al sien speel!"

"Net omdat ek my oom se vriend se perd in die oop veld langs die rugbyveld oefening gegee het."

Sy sien hoe afgehaal hy lyk. "En die matriekafskeid oor drie weke? Het jy al 'n maat?"

"Nee, die ou met wie ek sou gaan, lê met 'n gebreekte been in die hospitaal."

"O, Danie. Sal jy saam met my gaan?"

"Waarom?"

"Waarom nié? Ek het ook nie 'n maat nie. Ek wou jou lankal vra, maar jy lyk so kwaai as jy so met jou neus in die boeke sit. Sal jy saam met my gaan? Asseblief."

Sy kyk na die meisies.

"Hulle is te raserig en hangerig," sê hy.

Sy hoor die skoolklok lui en sien die jong meisie vinnig opspring en die gras van haar jurk afskud.

"Jy het my nog nie geantwoord nie, Nadia!"

Sy hoor iemand vra: "Mag ek jou tas neem?"

Voor sy kan antwoord, het hy reeds die boeketas in sy hand en staan opsy sodat sy eerste by die klaskamerdeur kan uitgaan. Sy hoor haar maats giggel en sien 'n paar meisies haar rof eenkant toe druk, en hoe 'n paar seuns mekaar in die sye stamp en fluit. Haar wange brand soos vuur.

Hulle loop sonder om te praat deur die strate. Sy is bly, want sy weet nie waaroor om met hom te gesels nie.

By hulle hekkie vra hy: "Het jy al besluit?"

"Ja."

Sy sien oom Gawie by die voordeur uitkom en op die stoepbank gaan sit.

"En?"

"Ja, Kobus."

Sy sien sy gesig stadig ophelder tot hy uitgelate lag.

Sy wil weer daardie diep lag van hom hoor, maar hy is weg en sy is in 'n plek vol boeke. Sy stap tussen rye en rye boekrakke deur tot in 'n kamer waar iemand besig om ou koerante van 'n rak te haal en op 'n lang tafel oop te pak. Die vrou in die stofjas kyk na die datums op die koerante, blaai in hulle rond en rangskik hulle in groepe. Die vrou hou skielik op blaai en kyk na iets op die koerantblad voor haar.

"Wat is dit?" vra sy, want Estelle kyk na 'n blad vol advertensies.

"Luister net na hierdie eienaardige advertensie: *Familielede van polisiemaglede: Soek u ondersteuning? Bel 021-905000,*" lees die vrou. "Waarom, dink jy, sou iemand na familielede van polisiebeamptes soek?"

"Sy's seker eensaam," sê sy. "Kom ek skryf die telefoonnommer af, dan bel ek haar sodra ek by die huis kom en vertel jou môre."

Sy kom by die huis en merk dat Kobus se motor nog nie daar is nie. Johan se fiets staan ook nie in die motorhuis waar hy dit altyd ná skool staanmaak nie.

In die kombuis sit sy die ketel aan om eers 'n koppie tee te maak voor sy begin aandete maak. Sy hoor ligte voetstappe in die gang en toe Sonja se stem: "Ma?"

Sy draai om en stap gang toe. Sonja staan voor haar kamerdeur.

"Middag, skat. Waarom lyk jy so senuagtig?" sê sy.

"Middag, Ma. Ek het nie vir Ma die deur hoor oopmaak nie en toe skrik ek my boeglam toe ek 'n geluid in die kombuis hoor. Daar is gisteroggend by die huis op die hoek ingebreek, staan in vandag se koerant."

"Waar is Johan dan?" Sy volg Sonja by haar kamer in. 'n Skoolboek lê toe langs die telefoon op die klein lessenaar, sien sy.

"Hy is na Pa toe. Pa het hom gebel. Die Springbokke oefen hier iewers vir Saterdag se wedstryd en Pa het toestemming gekry om hulle te gaan ontmoet. Johan het sy rugbybal saam sodat hulle dit kan teken." Sonja val op haar bed neer.

"Het jy al jou huiswerk gedoen of was jy weer net met oproepe besig?"

"Albei. Ek het nie baie huiswerk nie, want ek het die meeste reeds by die skool klaar gedoen."

"Regtig?"

"Ja, Ma, regtig. Ons was amper heeldag sonder onderwyser. Hulle het 'n vergadering met die ouers van die nuwe kinders gehad."

Sy sien hoe die blou oë haar vraend aankyk. "Wat soek Ma?"

"Iets het my nou net bygeval. Ek wil iemand bel. Die stukkie papier waarop die telefoonnommer is, was hier in my langbroek se sak."

"Nee, hy is in Ma se hempsak!" lag haar mooi dogter en spring van die bed af en gee die telefoon vir haar aan.

"Vir wie bel Ma?"

Sjt! beduie sy, want iemand gee dadelik antwoord. "Joan Arries," hoor sy 'n vrou sê.

"Goeiemiddag, mevrou Arries. Ek is Nadia Viljoen, my man is 'n kaptein in die polisiediens. Ek skakel van Pretoria af, Sunnyside," hoor sy haarself sê.

Die vrou borrel oor van woorde. Kaap. Ondersteuning. In kontak bly. Luisterende oor. Persoonlik ontmoet.

"Wie was dit, Ma?" hoor sy Sonja sê.

"Net 'n vrou wat ook met 'n polisieman getroud is. Haar man sukkel 'n bietjie. Hy klink vir my depressief."

"Meer depressief as Pa?"

"Wat?" hoor sy haarself sê. Haar stem is vol verbasing. "Wat sê jy daar? Jou pa is nie depressief nie. Hy is maar net bekommerd."

"Hoekom stoot hy dan elke maaltyd sy kos in sy bord rond? Hoekom is daar donker kringe onder sy oë? Hoekom kla hy hy is moeg?"

"Sonja, waarvan praat jy?"

"Pa gesels nie meer soos vroeër nie. En ek het al gesien sy oë raak sommer vir niks vol trane. Mamma, iets is nie reg met Pa nie."

Sy voel haar keel toetrek.

Soe! As die pyn net wil bedaar! Kobus, waar is jy tog? Sy kan die pyn nie meer verduur nie.

Sy sien iets voor haar beweeg. Dis nie Kobus nie. Dis oom Gawie.

Hy staan met die gehoorstuk slap in sy hande. Maar sy het tog die telefoon op die lessenaar teruggesit? Sy gesig is bleek.

"Wie was dit, Gawie?" vra tant Petronella en loop vinnig oor die sitkamervloer na hom toe.

"Wat is dit, oom Gawie?" vra sy.

Oom Gawie praat nie. Hy staan wasbleek daar en kyk na die gehoorstuk in sy hande of hy dit nog nooit vantevore gesien het nie.

Sy vat die gehoorstuk uit sy hand en druk dit teen haar oor. Niks. Die lyn is dood. Sy help tant Petronella om oom Gawie in 'n stoel te kry.

"Gawie?" vra tant Petronella. Haar stem klink onseker. "Met wie het jy nou net gepraat, Gawie?"

Hy antwoord nie, maar hy draai na háár en trek haar aan die arm af tot sy langs hom op die rusbank sit. Hy trek haar nog nader tot haar kop op sy bors rus en sit sy arms om haar skouers.

"Gawie, jy maak my nou bang. Wat is dit?" Tant Petronella klink bang.

"Nadiatjie," sê hy. Daar is 'n snik in sy stem. "Jy moet vandag sterk wees, my kind. Grootbroer en Anso . . . Ag, Vader . . ."

Sy hoor tant Petronella na asem snak.

Haar kop ruk van oom Gawie se bors af op. "Wat van Ma en Pa, oom? Is een van hulle siek?"

Oom Gawie skud sy kop stadig. "Nee, Nadiatjie. Hulle is nie siek nie. Dis erger. Veel erger, my kind. Hulle . . . hulle . . . Die plaaswerkers het vanoggend op hulle lyke afge-"

"Nee! Nee! Oom maak 'n fout! Dis nie waar nie! Dit kan nie waar wees nie!" skree sy en slaan oom Gawie met haar vuiste op die bors.

Sy sien haarself in 'n swart rok en swart hoed in die voorste bank in die kerk sit. Kobus sit aan haar linkerkant en hou haar hand vas. Oom Gawie en tant Petronella sit aan haar regterkant. Hulle blaas hulle neuse in 'n sakdoek. Die trane rol so vinnig oor haar wange dat sy hulle nie meer probeer afvee nie, net die nat sakdoekie teen haar ken gedruk hou.

Sy sien haarself omkyk. Die kerk is stampvol. Die meeste gesigte ken sy. Dis plaasboere van hulle kontrei, sien sy. In die agterste bank sien sy 'n vrou met 'n wit kopdoek langs 'n gryskopman met 'n dik bril. Aan die ander kant van die vrou met die wit kopdoek sit 'n vrou met 'n wit Voortrekkerkappie op haar kop. Daar is net een mens wat nog daardie kappies dra! Sy wil opspring en na agter hardloop, maar sy bly sit en draai haar kop en kyk voor haar uit. Voor die preekstoel staan twee glimmende donkerhoutkiste tussen 'n massa blomruikers.

"Dis nie reg nie," snik ouma Tinkie op haar skouer. Sy kyk op en sien hoe blou die lug is. Daar is nie 'n enkele wolkie te sien nie. "Dis nie reg wat die Meester gedoen het nie. Hy kon baas Dawie gespaar het en liewer vir my gevat het."

Sy kan nie aan woorde dink om te sê nie. Al wat sy kan doen, is om die kappie se strik onder die verrimpelde ken reg te trek.

Sy staan voor 'n groot oop graf. Sy wil skree om van die groot pyn in haar keel ontslae te raak, maar sy bly stil. Sy luister na die vrae wat in haar kop maal, maar sy verstaan niks.

Sy skud haar kop toe sy die arm vol wit rose op haar ma se kis neersit, want sy verstaan nie.

Hoekom? vra sy toe sy die bruinsteelpyp op haar pa se kis sit. Sy skud haar kop, want sy ken nie die antwoord nie.

Sy kan nie sluk toe die kiste in die gat afsak nie. Sy bly stom by die graf staan, maar elke hand vol sand wat op haar pa se kis val, maak haar seer en sy probeer wegdeins van die pyn. Maar sy kan nie.

"Kom, Nadia," sê die jong man wat haar hand vashou en die ou man aan haar ander kant gelyktydig. Sy skud haar kop en bly staan. Dan hoor sy 'n stem in haar kop wat sê: Hulle is dood. Jou ma se keel is afgesny, én haar vinger, om die diamantring te kry. Jou pa is met 'n telefoondraad verwurg en verskeie kere in die kop en bors geskiet. Jy kan maar huis toe gaan. Watter huis? vra sy, maar die stem in haar kop bly stil.

Sy sien haarself laataand voor die televisie sit en na die skerm staar. Waar is hy tog? Hy sal mos laat weet as hy laat sal wees. Sy voel hoe die onrustigheid in haar toeneem. Om iets te doen, gaan loer sy by Sonja se kamer in. Die bedliggie is aan, maar Sonja het met 'n biblioteekboek op die bors aan die slaap geraak. Sy trek die boek stadig uit haar hande en sit dit op die bedkassie neer. Sy sien hoe Sonja in haar slaap glimlag. My pragtige kind, fluister sy en skakel die bedliggie af.

Dan gaan loer sy by Johan se kamer in. In die halfdonker sien sy hy lê uitgestrek op die naat van sy rug. Hy snork liggies. Sy trek die deur saggies agter haar toe en gaan sit weer voor die televisie.

Kobus kom by die voordeur ingestap. Iets aan die manier waarop hy die deur toeklap en sluit, laat haar vra: "Het iets gebeur, Kobus?"

"Wat is daar om te gebeur wat nie alreeds gebeur het nie?"

Sy kyk hom verbaas aan, want hy is nooit onbeskof met haar nie. Sy loop agter hom aan na hulle kamer toe.

Sy sien hoe hy 'n paar keer sluk en dan aan sy keel vryf. "Die land is besig om te vergaan, dis wat dit is. Daar is geen wet en orde meer nie. Wat baat dit ons vang die oortreders en dan is hulle sekondes later weer op straat?"

"Het iets gebeur?" vra sy weer.

"Ek was vandag amper dood! Jou kaptein Kobus Viljoen se polisiekar is vandag gekaap terwyl hy in volle uniform agter die stuurwiel sit. Ek was nog nooit so bang nie! Toe ek in die loop van my eie dienspistool vaskyk, het ek net aan jou en die kinders gedink. Die ergste is dat die een wat my pistool van my afgeneem het, nog 'n paar weke gelede vir onwettige besit van 'n vuurwapen in ons selle opgesluit was. Maar toe is hy op borgtog vrygelaat. Ek het gesoebat en gepleit, maar hulle wou niks weet nie. Wou my soos 'n hond net daar doodskiet. As een van Brixton se manne nie op ons afgekom het nie, was ek nou dood. Dis eers toe die ou van Brixton met loeiende sirene agter die staatskar stilhou dat die twee my uit die kar geruk en weggejaag het."

Hy vryf weer aan sy nek voor hy sê: "Nee, ek sal jou en die kinders nooit alleen in hierdie land kan agterlaat nie."

Sy het nie verstaan nie, daarom sê sy: "Ek dag dan dat jy net in die kantoor is en nie meer patrolliewerk doen of op sake uitgaan nie?"

"Ek bly gewoonlik net op kantoor." Sy sien hoe sy sy hemp oopknoop en van sy skouers laat afgly. "Maar daar was 'n uitverkoping by 'n sportwinkel in die middestad en in my etenstyd wou ek vir Johan 'n paar rugbyskoene gaan koop."

"Maar kon jy dan nie met jou eie kar gaan nie?" Sy verstaan nog nie so mooi nie.

"Vir wat? Almal gebruik die staatskarre. En as ek myne gebruik het, het ek nou sonder 'n kar gesit!" Hy glimlag skeef.

Dan staan hy onder 'n boom in die tuin met 'n baba op sy arm. 'n Klein seuntjie speel 'n entjie weg met 'n karretjie wat hy woes oor die grond stoot. Sy sien hoe Kobus die baba op haar borsie kielie. Die baba lag en skop met haar beentjies in die lug. Dis 'n sonskynkind. Sonja, het sy en Kobus op die naam besluit.

"Kyk," het Kobus se Ma Koba net ná haar geboorte gesê. "Ek en julle pa wil nou nie in julle huwelik inmeng nie. Maar, Kobus, jy is ons oudste en Johan en Sonja is ons eerste kleinkinders. En hulle dra nie die familiename nie. Dit hoort nie so te wees nie, Kobus. Jy het jou pa en sy oupa en oupagrootjie se naam. Dis hoe dit hoort. Niemand in die familie of in Nadia se familie heet Johan of Sonja nie."

Sy en Kobus het na mekaar gekyk aan die lag gegaan. Sy ma het gesteurd na hulle gekyk. "Ek weet, Ma," het hy gesê. "Maar Ma weet nie hoe dit voel om langs Pa en Oupa, toe hy nog geleef het, te staan as mense praat nie. Dit was: Groot Kobus, Kobus en Klein Kobus. Dink hoe sou dit gewees het as Oupagrootjie ook nog gelewe het! Ek wou hulle Nadia se ouers se name gee, maar sy wil nie 'n onenigheid aan die gang sit nie. Ons het maar besluit om dit hulle tweede name te maak. Johan Dawie en Sonja Anso Viljoen."

"Sy gaan gou tande kry, want sy kwyl baie," sê hy.

"Alle babas kwyl maar so," sê sy en sit die skinkbord op die tafeltjie langs hom neer en gaan hurk by klein Johan.

"My prinsessie," hoor sy Kobus sê.

Hulle kuier met die kinders by Pa Giel en Ma Koba. Hulle staan in die sonkamer. Sy sien Kobus soos 'n broeis hen agter sy ouers kloek wanneer een van hulle vir Sonja vashou. Hy wag met bak hande nes 'n skrumskakel wat gereed staan om 'n rugbybal te vang.

"A-nee-a, Boetman!" sê sy pa. "Ons gaan haar mos nie laat val nie. Gaan sit en laat ek en jou ma haar 'n bietjie vashou. Toe, kry jou sit."

"Dan moet julle haar ruggie vashou. Ongelukke kan baie gou gebeur."

"Nee, Kobus! Jy's net te erg," berispe sy ma hom. "Dis darem nie asof ek 'n baba vir die eerste keer in my arms hou nie. En oor Johan het jy nooit so aangegaan nie."

"Johan is 'n seunskind, Ma."

Ma Koba maak haar mond oop, maar sy raak weg voor sy kan hoor wat sy sê.

"Ek bring 'n vriend vir die naweek huis toe, Ma," hoor sy haarself oor die telefoon vir haar Ma sê.

"Jy weet dat jou vriende altyd hier welkom is, liefling."

"Dié keer is dit anders, Ma. Ons was saam in matriek. Hy het verlede week sy weermagdiens voltooi en gaan volgende maand met polisie-opleiding begin. Sy naam is Kobus Viljoen. Ek wil hom graag huis toe bring en hom aan Ma en Pa voorstel."

"Goed, Nadia."

Sy kan die afwagting in haar ma se stem hoor.

"Pak 'n paar slenterbroeke en 'n trui in, Kobus. Die aande kan koel wees," waarsku sy die dag voor hulle ry.

Haar ma en pa wag hulle op die stoep in. Kobus kyk hulle met 'n snaakse uitdrukking op sy gesig aan toe sy in haar pa se arms vlieg en hy haar 'n paar keer rondswaai.

"Ma, Pa, ontmoet vir Kobus," sê sy ná sy haar ma gesoen het.

Hulle drie gaan goed oor die weg kom, dink sy.

"Dawie! Moenie hom terg nie," hoor sy haar ma ook sê. "Welkom, Kobus. Julle is seker moeg van die lang rit. Kobus, kom ek wys jou die gastekamer sodat jy kan opfris."

Kobus verdwyn met sy klein oornagtassie die huis in. Sy en haar pa staan na die lande en kyk. So ver soos die oog kan sien, staan die lande groen en welig. "Dit lyk vanjaar goed, Pa."

"Ja, my kind. Dit lyk goed. As die hael en stormbuie net tot ná die oes kan wegbly. En Kobus, is hy spesiaal?" vra hy.

"Ja, Pa. Baie spesiaal."

"Wat dan van jou kursus?"

Sy kyk vierkantig in die grys oë. "Ek maak mos volgende jaar klaar, Pa. En ek is amper seker dat ek 'n betrekking in die stadsbiblioteek in Pretoria sal kry. Maar ons het nog nie oor troue gepraat nie, Pa! Ek wou hom eers aan Pa en Ma kom voorstel."

"Kom vra hy huis, mies Nadia?" vra Sannie sonder om te groet.

Sy kan maar net lag.

"Dis die eerste keer dat mies Nadia 'n mansvriend huis toe bring. En dit sê vir my net een ding."

"Ma wag op die drinkgoed, Sannie!" keer sy.

Hulle sit en gesels toe sy vars gewas by hulle op die stoep terugkom. Kobus lag vir iets wat haar ma kwytgeraak het.

Sy trek Kobus aan die hand op. "Kom saam. Ek wil vir Bessie gaan groet."

"Moenie laat wees nie, Nadia," sê haar ma. "Kan jy perd ry, Kobus?"

Sy draai om. Kobus kyk haar ma onseker aan.

"Toemaar, ou seun," sê haar pa en lag. "Jy sal kort voor lank in die saal wil boer."

Bessie vryf haar kop teen Nadia se skouer en gesig. "Nooi se pêre," praat sy met die merrie en soen haar op die neus.

"Jy is seker nie van plan om my met daardie mond te soen voor jy jou gaan was nie?"

"O, nie? Wat wed jy?" en sy soen hom vol op die mond. Hy val agteroor op die hooi en trek haar saam met hom. Hulle lê 'n ruk lank in die hooi. Sy hoor hoe hy asemhaal. Dan staan hy vinnig op, trek haar aan die hand regop en haal die hooihalms een vir een uit haar hare.

"Is iets verkeerd, Kobus?" vra sy. "Hoekom het jy so haastig opgespring?"

Dis boekevattyd. Hulle vier sit in die sitkamer. Sy langs Kobus op die dubbelrusbank, haar pa in sy leunstoel, haar ma met borduurwerk in die sagte lig van die staanlamp. "Dis 'n edele beroep, Kobus. Wat doen jou ouers?" vra sy.

"Ma is huisvrou, tante, en Pa is 'n bestuurder by 'n kettingwinkel."

"Is jy klaar met jou weermagdiens?" vra haar pa.

"Ja, oom. Gelukkig is dit agter die rug."

"Ek dink nie Kobus hou van die grensdiens nie, Nadia," hoor sy sy ma sê. "Hy sê nie so nie, maar ek kan dit uit sy briewe aflei."

"Ek het dit ook agtergekom, tante. Maar gelukkig is hy oor 'n paar weke klaar."

"Julle jaag net spoke op," sê sy pa. "Daar is niks met hom verkeerd nie. Mens kan nie terroriste moet jag en terselfdertyd lieftallig wees nie. Hy moet op sy werk konsentreer. Die weermag maak manne van ons seuns, en ek is trots op Kobus."

Kobus wou nooit oor die grens praat nie.

"Dis 'n ou hings, Kobus," lag sy toe sy sien hoe skrikkerig hy die perd aankyk.

"Dit mag 'n ou perd wees, maar daar is nog skop in hom. Kyk hoe tril die spiere op sy boude." Hy sit sy voet versigtig in die stiebeuel.

"Gee die teuels 'n bietjie skiet! So ja, hoe voel dit?"

"Vra jy nog vrae as die grond so ver lyk?"

"Jy sal gou daaraan gewoond raak. Kom, ons moet gaan eet en vir kerk klaarmaak."

Hy frons.

"Die kerk word twee plase van hier af gehou. 'n Predikant kom een keer 'n maand van Pretoria af. Kom."

"Ek het nie kerkklere saamgebring nie. Net vakansiegoed soos jy my gesê het."

"Maak nie saak nie. Al die jong mense in die kontrei dra Sondae gewone klere kerk toe." Sy kan nie wag om by die kerk uit te kom en Kobus aan haar vriende voor te stel nie.

Maar voor hulle by die kerk kom, skrik sy wakker. Iets het haar wakker gemaak. Ja, daar is dit weer. Dit klink asof die geluid uit die kombuis kom. "Kobus!" roep sy sag. "Daar is iemand in die huis, word wakker!" Sy kry geen antwoord nie en leun oor na sy kant van die bed, maar hy is nie daar nie. Sy skakel die bedliggie aan en moet eers haar oë 'n paar keer knip om aan die lig gewoond te raak. Dis drie-uur.

Sy hoor weer die geluid, hierdie keer sagter.

Sy kruip met opgehoue asem suutjies uit die bed, trek haar kamerjas aan. Op haar tone sluip sy by die slaapkamerdeur uit. Die plankvloer in die gang voel koel en hard onder haar kaal voete. Sy staan 'n ruk stil en luister. Dis doodstil. Is Kobus miskien hierdie tyd van die nag uitgeroep? Maar Kobus is nie op roep nie. Wat as daar 'n krisis iewers is en hy moes hom daarheen haas? Maar dan sou hy my darem seker wakker gemaak of 'n briefie gelos het? En as iemand hom geskakel het, sou die telefoon my mos wakker gelui het.

Sy hoor 'n geritsel nes dié van 'n gordyn wat oopgetrek word.

Sy wil eers in die rigting van die geluid loop, maar bly dan staan. Johan! Sonja!

Sy hardloop na die kinders se kamers. Sonja slaap. Sy tel Sonja se hokkiestok op en weeg dit in haar hand. Dit sal net móét doen, dink sy, en trek Sonja se kamerdeur agter haar toe en haas haar na Johan se kamer. Hy slaap ook rustig. Sy trek sy deur ook weer agter haar toe.

Met die hokkiestok hoog in albei hande gelig, voel sy haar weg in die donker al teen die gangmuur af na die kombuis toe. Behoedsaam kyk sy om die deur. In die flou maanlig wat deur die venster val, sien sy die buitelyne van 'n man wat by die opwasbak staan.

Sy sluip nader en haal oor om aan te val.

Die man swaai om. "Wat doen jy?" vra hy verbaas.

"Kobus! Ek kon jou katswink geslaan het. Waarom staan jy hier in die donker?" Sy skakel die lig aan.

Hy staan met haar lang vleismes in sy hand.

"Kobus? Dis drie-uur in die oggend! Wat maak jy met die mes?"

"Ek kon nie slaap nie." Hy klink moeg en gooi die mes in die opwasbak.

"Sit, dan maak ek gou vir jou melk warm. Jy het mos nog nooit 'n probleem met slaaploosheid gehad nie."

Om by die ketel te kom, moet sy by hom verby. Sy vat die mes sonder woorde en sit dit terug in die laai.

"Ek sê jou mos ek kon nie kon slaap nie, Nadia," brom hy en loop uit die kombuis.

"Hier's die melk," sê sy toe sy in die kamer kom. Hy het terug in die bed geklim.

"Dankie," sê hy, maar hy neem net 'n slukkie voor hy die glas op die bedkassie terugsit.

Sy talm 'n oomblik onseker aan sy kant van die bed.

"Moenie so bekommerd lyk nie, skat. Daar is regtig niks verkeerd nie. Ek kon net nie slaap nie, en ek wou jou nie wakker maak deur in die bed te lees nie. Kom hier." Hy trek haar met 'n glimlag op sy bors neer.

Maar waarom het jy dan met 'n mes in die donker gestaan? vra sy hom in haar gedagte terwyl sy hom help om van haar kamerjas ontslae te raak.

Is dit Kobus wat sy hoor lag? Kobus sal ons nooit leed aandoen nie.

"Kobus! Help my! Daar is iets met my bors verkeerd. Kobu-u-us!"

Kobus staan opgewonde soos 'n skoolseun voor haar. "Ek is besig om aan 'n fiets vir Johan af te betaal." Maar Johan kan skaars loop.

"Maar hy kan nie nou al op 'n fiets ry nie, Kobus. Miskien moes jy 'n drie-wiel gekoop het." Johan se beentjies is te kort vir die fiets wat sy pa vir hom huis toe bring. Hy val om toe sy pa hom op die fiets laat balanseer.

"Ek weet. Maar dit kan solank in sy kamer staan."

"Liewer in die motorhuis, waar hy dit nie kan omtrek en homself seermaak nie."

Sy sien die angs in die oë van die grysoogseuntjie op die fiets. "Hy's nog te klein, Kobus!" soebat sy.

"Twak! Elke mens is eers bang, maar ná 'n paar valle kom jy reg. Kom, klim op, seun."

Die grys oë kyk pleitend na haar maar hy klim op die fiets.

"Moenie so huil nie! Jy's 'n man! Trap en hou die handvatsels reguit!"

"Kobus, –"

"Nadia! Die kind moet leer!"

"Ek kan fiets ry, Pa! Het Pa gesien? Ma! Ek het dit reggekry!"

Johan lyk vreemd in sy nuwe vaalgrys broekie, wit hempie en blink swart skoene, met die kouse netjies opgetrek. Sy staan met 'n knop in haar keel langs Kobus. Hy gee 'n droë hoesie. "Hy kyk nie eens om nie," kla sy toe die manne-tjie kordaat met sy koffertjie in die hand saam met sy maats oor die speel-grond hardloop.

"Hy het so gou grootgeraak, Nadia. Ek het nog anderdag sy luiers omgeruil."

Sy sit op die stoep langs oom Gawie en sien Kobus in sy weermaguniform die straat oorsteek en by hulle hekkie inkom. Haar wange brand toe hy haar soengroet.

Wat het geword van die grapmaker en spelerige prefek en rugbykaptein? wonder sy toe Kobus teruggetrokke langs haar fliek toe loop.

"Geniet jy nog jou tyd in die weermag?" vra sy as hy ingedagte voor hom uitstaar.

Sy staan op die perron en wapper haar sakdoek na hom. Hy hang saam met ander weermagmanne by die treinvenster uit en waai sy hand stadig na haar.

Sy haal sy briewe uit die sjokoladedoos in haar spieëlkaslaai. Sy maak die strik los. Sy gaan lê op haar bed en lees almal weer deur. Sy ken hulle al uit haar kop. Die eerste vier is grappig en vol staaltjies. Die res lees soos die aantekeninge van 'n vreemde in 'n dagboek.

"Kobus was darem hierdie keer besonder stil," sê tant Petronella.

"Die grens maak manne van ons seuns," sê oom Gawie.

Sy sien hoe sy en Kobus oor die straat na die huis toe hardloop. Hulle lag. Hy gaan staan en hou hy sy kop agteroor om die reëndruppels in sy mond op te vang.

"Jy is mal!" sê sy en hardloop by die hekkie in en gaan wag op die stoep vir hom.

"Mal van geluk!" skree hy. "Die weermag is agter die rug en my lewe lê voor!"

"Johan! Sonja? Kom help Ma op, asseblief!"

Sonja klou aan Kobus se broekspyp en huil. Haar blonde vlegseltjies lyk potsierlik dun by die effens te groot blou skoolrokkie. Haar pa se trane is ook nie ver nie. "Toemaar, Pa se prinses," troos hy. "Kom, Pa vee jou trane af. Hier kom jou juffrou. As die skool uitkom, sal Pappa hier vir jou wag."

Toe die juffrou met Sonja aan die hand die skool instap, staan hy nog 'n ruk by die ingang. "Jy het haar belowe dat jy haar sal kom haal, Kobus. Werk jy nie vandag 'n middagskof nie?" vra sy.

"Ja," antwoord hy dadelik. "Maar ek sal hier wees."

Sonja kom net voor middagete aan Kobus se hand die huis binnegetrippel. In sy ander hand dra hy haar nuwe klein boeksakkie. Sy dra 'n groot prent. Sy het 'n portret van haar pa geverf op haar eerste dag by die skool.

Wanneer het Kobus wakker geskrik en uit die bed opgestaan? Sy is 'n ligte slaper maar het hom nie gehoor nie. Het nie die matras voel beweeg toe hy opstaan nie. Sy moes tog gehoor en gevoel het, want hulle het in mekaar se arms aan die slaap geraak.

"Kobus? Waar is jy? Waar is die kinders? Hoekom antwoord jy my nie? Kom, my man. Kom, help my op, daardie ondraaglike pyn op my bors is nou weg."

Van iewers binne haar kry sy die onmenslike krag om haar kop te lig en haar oë oop te maak. Sonja! Kobus!

Tóé onthou sy die geweerskote.

Johan! Sou hy nog leef?

Ek moet hulp kry, dink sy, vreesbevange en tot die dood toe moeg.

Sy probeer vooroor buig om op te staan, maar kan nie.

Die telefoon!

Die gehoorstuk lê langs haar, maar sy kan die telefoon nie sien nie. Haar vingers voel dood en styf toe sy die gehoorstuk nader trek. Die gehoorbuis is loodswaar in haar hand. Dis so swaar dat sy sukkel om dit by haar oor te kry, en toe sy dit teen haar oor druk, val haar kop op die gehoorstuk en druk dit teen haar skouer vas. Sy kan haar nek nie gedraai kry om die nommers te lees nie. En sy kan die polisie se noodnommer nie onthou nie. Wat is oom Gawie-hulle se nommer tog?

Vir wie het hulle laaste gebel? Sy laat haar stywe vingers oor die nommers gly voor sy die herhaalknoppie raak voel en druk.

Dankie, Here. Die telefoon lui aan die ander kant. Hoe lank gaan dit die ambulans vat om tot hier te kom om haar en die kinders te red?

Hoekom neem hulle so lank om die telefoon te antwoord?

Dan hou die gelui op, want iemand het aan die ander kant opgetel. Sy wag nie om te hoor wie nie. "Dis Nadia Viljoen. Help my. Help my kinders."

Kobus staan voor haar en vat die gehoorbuis van haar nek af weg. Hy hou sy oop hand na haar toe uit. Maar dis Johan en Sonja wat haar onder die arms vat en haar op 'n wit laken neerlê. Dis hulle wat haar linkerarm lig en 'n naald daarin druk.

"Hardloop voor Pa julle kry. Hardloop!" fluister sy.

Maar hulle maak nie soos sy sê nie. Hulle glimlag net en druk iets oor haar neus en mond. Sy voel koel lug in haar neus en oop mond stroom.

"Johan, vat Sonja se hand, asseblief!" Maar hulle bly staan, vat die kopkant en die voetkant van die laken waarop hulle haar gesit het op en loop deur toe.

Kobus? Hoekom lê hy so stil, en wie lê daar op sy skoot?

⇜ *Joan* ⇝

SY VOEL WOES EN MET TOE OË IN DIE RIGTING VAN DIE BEDKASSIE. WIE op aarde bel in die middel van die nag? Sy kry nie mooi gefokus nie, maar swaai haar bene oor die kant van die bed. Willem! dink sy met bonsende hart. Asseblief, Vader, net nie my man nie, bid sy. Dan kry sy die knoppie van die bedlig raak gedruk en sy kan om haar sien.

Willem lê en slaap oopmond op sy kant van die bed.

Sy kyk verlig na die wekker. Vyf-en-twintig oor drie.

"Nou wie de hel sal 'n mens dié tyd van die oggend wakker maak?" brom sy. Sy is gedaan, want sy moes die hele dag die vrede bewaar tussen haar twee meisiekinders en Gladys se drie seuns. Sy is maar dankbaar sy het nie élke dag vyf kinders in haar huis nie. Vies hardloop sy na die voorkamer waar die telefoon nog eenstryk deur lui. As Willem tog net nie wakker word nie, dink sy.

"Die Arries-woning, goeienag." Sy beklemtoon die "nag" sodat wie ook al gebel het, kan weet dat sy uit die slaap wakker gemaak is.

Maar niemand praat aan die ander kant nie, sy hoor net 'n roggelgeluid, asof die persoon aan die doodwurg is.

"Hello? Hello? Dis Joan Arries wat praat. Kan ek help?"

Sy hoor weer die geroggel. Wie sal nou dié tyd van die nag lus hê vir sulke onsmaaklike grappe? dink sy vererg. As dit een van Willem se maats is, klap ek sy kop van sy skouers af!

Sy wil net die gehoorbuis neerplak, toe sy die hygende fluisterstem hoor: "Dis Nadia Viljoen. Help my. Help my kinders."

"Nadia? Ek het nie mooi gehoor nie. Wat sê jy van die kinders? Wat het gebeur?"

Maar die lyn is doodstil. Sy druk die gehoorstuk styf teen haar oor vas, maar nou hoor sy absoluut niks, nie eens die geroggel nie.

'n Groot paniek pak haar. Vadertjie tog! Wat het ek met daai nommer gedoen? "Willem! Willem! Staan op! Daar's groot moeilikheid," skree sy benoud, terwyl sy vervaard deur haar boekie blaai.

Anna vlieg grootoog by haar kamer uit. "Wat's verkeerd, Ma? Wat het gebeur?"

"Gaan maak wakker jou pa! Ag, Here, waar het ek daai nommer gesit?"

"Het Ma mooi in die adresboekie gekyk?"

"Waar's die adresboek?" Sy besef dat Anna nog daar staan. "Het ek jou nie gesê om jou pa te gaan wakker maak nie? Willem!" roep sy

"In Ma se hande," sê Anna en skree: "Pa-a-a!" terwyl sy na hulle kamer hardloop.

Willem kom verskrik uit die kamer gestorm. "Wat is dit? Wie het seergekry?"

Joan moet 'n paar keer diep asemhaal voor sy samehangend kan praat. "Daar's groot moeilikheid in Pretoria, Willem. Nadia Viljoen het nou net gebel. Sy't baie seergekry. Ek kon hoor hoe sy roggel."

"Wie's Nadia Viljoen en waarom bel sy jou en nie die polisie daar nie?" vra hy vies. "Het jy my daarvoor wakker gemaak? Joan, oor 'n paar uur moet ek gaan werk!" Hy draai om om terug te gaan kamer toe, maar dan steek hy vas en sê: "Wag, vertel my weer."

"Sy is een van die vrouens wat na aanleiding van die advertensie gebel het. Jy weet mos," sê sy toe hy frons. "Die ondersteuningsgroep. Ek het vandag vir die eerste keer met haar gepraat. Ek weet net dat haar man ook 'n kaptein is."

"En jy sê sy het seergekry?" Willem draai so vinnig om dat hy amper sy balans verloor, en pluk die gehoorstuk op. "Waar's die nommer?"

Sy blaai weer vinnig deur haar boekie, maar in haar haas kan sy nie die nommer vind nie, nie onder N nie en ook nie V nie. Ná 'n ruk sit Willem die gehoorbuis neer. "Het jy haar adres?" vra hy baie kalmer.

Sy skud haar kop. "Ek weet net hulle bly in Sunnyside of so iets."

Willem tel weer die gehoorbuis op en skakel haastig 'n nommer. "Kaptein Willem Arries hier," stel hy homself voor, sy stem saaklik en ferm soos toe alles nog goed gegaan het. En hy klink nes daai dag toe sy en die kinders hom oor die televisie hoor praat het. "Gee my asseblief die telefoonnommer van die polisiekantoor in Sunnyside, Pretoria. Of die een naaste aan Sunnyside. Ja, gou!"

Joan gee hom die pen wat sy altyd by die telefoon hou, en toe iemand die nommer gee, skryf hy dit vinnig op die buiteblad van die telefoongids.

Dan bel hy weer. "Naand, kontrole. Kaptein Arries hier. Die stasiebevelvoerder, asseblief!"

Joan knoop haar hande inmekaar soos sy Willem se gesigsuitdrukking probeer lees. Maar sy raak niks wys nie, want hy toon geen emosie nie. Dit voel soos 'n ewigheid. "Goeienaand, Sup!" sê hy uiteindelik en sy sien hoe hy skielik regopper staan. "Dis kaptein Arries en ek bel uit Kaapstad. Ek wil 'n voorval by die huis van kaptein Viljoen en sy gesin in Sunnyside rapporteer. Kan Sup asseblief dringend 'n paar manne en die noodhulpdienste daarheen stuur?" Hy luister 'n oomblik. "Nee, maar ek weet dat dit 'n noodgeval moet wees … Ja, Sup. Daarvan is ek doodseker, maar dit is 'n lang storie. Ek sal 'n verslag by my tak inhandig. Baie dankie."

Willem sit die gehoorbuis neer, maar voor hy nog sy hand op haar skouer kan sit, glip Joan die gang af en gaan sluit haarself in die badkamer toe. Sy val op haar knieë. "Liewe Vader, net U weet wat daar in Nadia se huis gebeur het. Vader, ek smeek U, hou u hand oor haar en die kinders en waak oor haar man."

Toe sy uit die badkamer kom, maak Willem koffie in die kombuis. Die lug begin al in die ooste verkleur. "Ek het die ding sien kom, Joan. Ek het nog nou die ander dag gedink dat jy en die vrouens liewer saam met die unie moet werk, want jy het mos gesê julle bespreek nie julle mans nie. Julle kan nie in julle onkunde mense ondersteun nie. Waarheen gaan jy?" vra hy toe sy omdraai om te loop.

"Gaan bel. Johannesburg toe."

"Dié tyd van die nag?"

"Ja, ek wil Bongani-hulle se ma bel. Sy werk nagskof op die oomblik."

Maar eers gaan sit sy en blaai rustig deur haar adresboekie tot sy Nadia Viljoen se nommer kry. G'n wonder dat sy dit misgekyk het nie, want V is vol en sy het dit by W ingeskryf. Dan skakel sy die nommer wat Gladys haar gegee het vir die Chris Hani-Baragwanath-hospitaal. Die telefoon lui lank voor iemand antwoord en haar deurskakel.

"Matrone Mhauli," sê Gladys aan die ander kant.

Sy klink moeg, dink Joan. Willem kom staan agter haar met 'n hand op haar skouer.

"Gladys, dit gaan goed met jou kinders. Hulle het die hele dag hier gekuier." Sy gee Gladys nie kans om uit te vra nie. "Ek bel oor 'n ander saak. Gister het 'n vrou uit Pretoria gebel. Sy't seker nog op 'n ou advertensie geantwoord. En so halfuur terug het sy hierheen teruggebel. Haar naam is Nadia Viljoen en daar moes iets vrysliks gebeur het, want ek kon niks hoor nie behalwe dat sy in nood verkeer . . . Ja, dit het geklink of sy groot pyn verduur . . . Ja, ek het haar nommer, maar my man het reeds die polisie in Pretoria gebel, ek wil nie nou na haar huis toe bel nie."

Dan val iets haar by. "Weet jy, miskien moet jy liewer die hospitale naaste aan Sunnyside bel en hoor of daar iemand met die naam Nadia Viljoen opgeneem is . . . Ja, want ek glo nie sy sal meer by haar huis wees nie . . . Ek sal baie bly wees as jy dit kan doen. Ons sal van hier af ook probeer uitvind wat gebeur het . . . Sal ek jou in die loop van die oggend by sisi Bukelwa bel? . . . Baie dankie."

Joan bly net so staan met Willem se hand op haar skouer. Sonder dat hy vra, sê sy: "Sy't gesê sy werk môre-aand weer en sal my sommer dan van die hospitaal af bel. Pretoria is glo nie baie ver nie en sy het 'n kar en sy sal 'n draai daar gaan maak sodra sy kan uitvind waar Nadia opgeneem is. As sy voor môre-aand iets uitvind, sal sy my onmiddellik bel."

Willem sê niks, maar hy gee haar skouer 'n drukkie en stap terug slaapkamer toe. Sy hoor hom die slaapkamerdeur toemaak.

Later begin sy mieliemeelpap vir ontbyt kook en toe Willem weg is werk toe, gaan staan sy by die draad en roep na Magda.

Haar buurvrou maak haar kombuisdeur gaap-gaap oop.

"Môre, Magda," groet sy en sê sommer dadelik: "Ek wil jou 'n groot guns vra. Kan jy asseblief vir Magriet skool toe vat? Ek wil naby die telefoon wees ingeval Gladys bel. Ek het haar gevra om te bel sodra sy uitgevind het wat met Nadia Viljoen gebeur het."

"Wie's Nadia?" vra Magda, nou behoorlik wakker. "Maar wil jy nie inkom nie?"

"Nee, dankie. Ek loop vanmôre nie ver weg van die telefoon nie. Ons moet sommer so staan en praat."

Magda trek 'n gesig, en leun met haar rug teen die kombuiskosyn.

"Nee, jy weet nie van Nadia Viljoen nie . . . Sy't my laat gistermiddag vir die eerste keer van Pretoria af gebel," en sy verduidelik vir Magda van die vreemde oproep wat sy gekry het.

"Hel, nè?" sê Magda. "Ek wonder wat met haar gebeur het? Ek het niks op die tiewie van 'n happening in Pretoria gesien nie. Jy weet mos dat ek heelnag nuus kyk om up to date met die dinge in Irak te wees. Mens sal nooit sê die oorlog is nou al amper 'n maand oor nie. Daar was dan gister nog weer 'n geskietery en –"

"Magda," onderbreek Joan haar. "Ek moet nog die kinders uit die kooi kry. Ek wou net hoor of jy vir Magriet skool toe kan vat."

"No problem. Skree maar as sy reg is."

"Ek hoop nie Gladys het besluit om my eers vanaand van die werk af te bel nie," sê Joan toe sy en Magda net ná tien by die kombuistafel sit en tee drink. "Want ek kan nie vir Willem vra om uit te vind wat gebeur het nie, selfs al sou hy weet, sal hy sê ek moet wag tot dit in die koerante kom."

"Dis 'n goeie sign as sy nie nou al gebel het nie. Was daar –" Die telefoon knip haar kort en sy vlieg op om saam met Joan sitkamer toe te hardloop.

"Joan Arries wat praat," begin Joan.

"Jammer dat ek nou eers bel," hoor sy Gladys se stem. "Maar ek is nou eers terug van Pretoria af, Joan."

Is dit huiwering wat sy hoor? Amper te bang om te vra, sê sy: "Wat is dit, Gladys?"

"Nadia Viljoen, Joan. Sy is in 'n kritieke toestand in die waakeenheid van die akademiese hospitaal in Pretoria. Haar seun ook."

"Ag, nee!" sê Joan met 'n sug en voel Magda aan haar mou trek.

"Ja, blykbaar het haar man hulle geskiet. Hy en die dogter is dood. Volgens die polisieman wat ek later by hulle huis gekry het – hy en my man ken mekaar toevallig – het hulle die meisiekind dood op haar pa se skoot in haar kamer gekry."

Joan weet nie wat om te sê nie. Met haar vry hand oor haar mond geslaan, luister sy woordeloos na Gladys. "Maar ek is eers hospitaal toe," vertel Gladys. "Sy was nog in die teater toe ek daar aankom. Hulle het eers die seun geopereer. Die dokter in Ongevalle het my gesê hulle is net betyds ingebring. As hulle 'n uur later gevind is, was albei nou ook dood. Dis seker oor ek nog in my uniform was en hy moes gedink het ek werk daar, dat hy my dit alles gesê het."

Toe Joan nog niks sê nie, troos sy: "Maar hulle gaan deurtrek, Joan. Hulle is buite gevaar, al word hulle toestand gemonitor."

"Dankie, Vader!" prewel Joan en dan 'n bietjie harder: "Dankie, Gladys. Ons praat later weer."

"Ja, sien jy nou," sê Magda later in die kombuis. "As dit nie vir jou advertisement was nie, sou hulle ook nou ter siele gewees het." Dit lyk of sy niks meer te sê het nie, maar dan skud sy haar kop. "Jy surprise my, Joan. Wie sal nou kan raai wat in jou steek as hulle na daai skewe hair-cut kyk? Eers was dit die skool se bome wat jy geplant het, en toe die advertisement. Weet jy wat? Ek het jou nooit gesê nie, maar ek het nie gedink mense sou op daai advertisement react nie. En nou het jy 'n vrou daar doer in Pretoria se lewe gered. En haar seunskind s'n. Ek is baie trots op jou."

Sy gee 'n tree agteruit sodat sy Joan in die gesig kan kyk. "En Willem ook. Nou die ander dag het hy by Michael oor jou gespog. Ek het skoon vergeet om jou dit te sê."

"Regtig?" vra Joan verbaas. "Hy't mý niks gesê nie."

"Hy's trots op jou, make no mistake. Ek ook. Maar net môre vat ek jou hairdresser toe sodat hulle daai skewe punte wat soos onpaar vlerke om jou ore hang, kan regsny!"